# 광주전남 지역문학과 매체

■ **저자 소개** 이동순 李東順

전남대학교 대학원 국어국문학과에서 박사학위를 받고, 조선대학교에서 학생들을 가르치고 있다. 주로 광주전남 지역의 작가들을 발굴하고 문학적 위치를 부여하는 연구를 하고 있다. 논문이나 글을 읽고 연구 대상의 가족들이 찾아오는 경우가 늘고 있어 보람을 느낀다. 저서로 『광주문학 100년』 『광주전남의 숨은 작가들』 『광주의 시인들』, 엮은책으로 『조태일 전집』 『박흡 문학전집』 『목일신 전집』 『조종현 전집』 『정태병 전집』 『조운 문학전집』 『조남령 문학전집』 『조의현 문학전집』 『땅의 노래―조태일의 시세계』 등이 있다.

# 광주전남 지역문학과 매체

인쇄 · 2020년 9월 10일 | 발행 · 2020년 9월 15일

지은이 · 이동순
펴낸이 · 한봉숙
펴낸곳 · 푸른사상사

주간 · 맹문재 | 편집 · 지순이 | 교정 · 김수란
등록 · 1999년 7월 8일 제2―2876호
주소 · 경기도 파주시 회동길 337―16
대표전화 · 031) 955―9111~2 | 팩시밀리 · 031) 955―9114
이메일 · prun21c@hanmail.net/prunsasang@naver.com
홈페이지 · http://www.prun21c.com

ⓒ이동순, 2020

ISBN 979―11―308―1704―0   93800
값 30,000원

이 저서는 2016년 대한민국 교육부와 한국연구재단의 저술출판지원사업의 지원을 받아 수행된 연구임.(NRF 2016SIA6A4A01020224)

현대문학
연구총서

56

# 광주전남
# 지역문학과 매체

이동순

*Gwangju–Jeonnam Regional Literature and Media*

푸른사상
PRUNSASANG

이 책은 광주전남에서 발행된 매체를 통해서 광주전남 문단의 형성과정을 자세하게 들여다볼 수 있는 첫 번째 연구서이자, 특히 해방 이후에 발행된 매체들을 발굴하여 쓴 첫 보고서이기도 하다. 그래서 발행되었던 모든 매체의 목차를 제시하여 정보를 제공하였고, 매체들이 담고 있는 큰 형식과 방향성을 중심으로 기술하였다. 광주전남 문단의 형성은 매체의 발행과 긴밀하게 연결되어 있으며, 작가들의 성장 또한 매체와 무관하지 않았다는 것을 알 수 있다. 그럼에도 불구하고 다루지 못한 부분이 있고, 정보 제공에 방점을 두다 보니 개별 작가와 작품 연구에까지 이르지 못한 한계도 있다.

광주전남은 다른 지역에 비해서 근대문학의 출발이 늦었기 때문에 당연히 문학과 관련된 매체의 발행도 활발하지 않았다. 여기서 본격적으로 다루고 있는 매체는 해방 후에 발행된 매체들이다. 매체가 발간된 시기에 따라 크게 5장으로 구성했고, 가독성을 위해 한자는 한글로 바꾸었고, 띄어쓰기도 바꾸었으나 작품의 표기법은 바꾸지 않고 그대로 두었다.

1장은 일제강점하에서 발간된 매체의 대략을 개관하였다. 광주전남의 지역성을 반영한 매체 중에 가장 먼저 나온『호남학보』는 서울에서

발행되었고, 매호 60면 내외의 분량으로 주된 내용은 국권 회복과 애국
계몽에 있었다. 1920년에 전남 영광에서 발간된 『자유예원』은 일종의
문예지 형식의 매체로 시인 조운이 냈다. 소설가 박화성이 문학적 역량
을 키운 매체였는데 실물은 확인되지 않았다. 그리고 1930년 서울의 시
문학사에서 현대문학의 이정표를 세운 『시문학』이 발행되었다. 발행인
은 박용철이었다. 『시문학』은 시문학파를 탄생시킨 매체로서 순수서정
시의 토대를 구축했다. 『문예월간』이나 『문학』, 『극예술』도 박용철의 작
품이다.

　그런 가운데, 1935년 목포에서 『호남평론』이 발행되었다. 1937년에
종간된 『호남평론』은 나만성이 발행했던 『목포평론』을 김철진이 받아
서 발행한 종합지였다. 1930년대 사회주의 운동가로 목포 지역사회의
변혁을 주도했던 김철진이 지역 유지들과 전문가들의 전문적인 지식을
전달하는 채널로 활용했다. 소설가 박화성, 이무영 등이 작품을 발표했
고, 시는 주로 문학 지망생들의 작품이었다. 여기에는 해방 후 목포예
술문화동맹 회원이자 『예술문화』의 중심 작가로 부상하게 되는 오성덕,
정철이 작품을 발표했다. 『호남평론』이 종간되고 해방을 맞을 때까지
어떤 형태의 잡지도 발행되지 않았다. 일제의 강압 통치와 태평양전쟁
으로 인해 학병으로 징집되거나 전쟁노동자로 징용되는 동안에는 어떠
한 매체도 발행되지 않았다.

　2장은 해방기에 나온 매체를 중심으로 살피고 밝혀 적었다. 해방을
맞이한 목포에서는 서울보다 빨리 목포예술문화동맹을 결성하였고 기
관지 『예술문화』를 발행했다. 일제 치하에서 『호남평론』이 목포의 구심
점이었던 것처럼 해방기에는 『예술문화』가 구심점이 되었다. 사상의 자
유가 보장되었던 때 『예술문화』는 다양한 사유와 고민의 토대를 사회
주의 사상에 두고 있었다. 여기에는 소설가 박화성, 시인 이동주, 오덕,

심인섭, 정철을 비롯한 당시 문학인과 예술인들의 사상적 행보가 담겨 있다. 『예술문화』가 폐간되고 남북한 단독정부가 수립된 후 한동안 발간된 매체도 없었다. 그것을 채운 것은 학교에서 발행한 문예지와 교지였다. 목포의 항도여중은 문예지 『새싹』을 통해 학생들의 문학적인 역량을 키울 수 있도록 이끌었다. 「부용산」의 시인 박기동이 문예부 지도교사였다. 안성현이 「부용산」에 곡을 붙인 것도 이때였다. 그리고 또 목포에서 학생 매체인 『학생문화』가 발행되었다. 목포공립상업중학교에서도 문예지 『마을』을 발간하여 학생들의 문학적 상상력을 자극하였다. 학생 매체는 작가로 성장하는 토대를 마련해 주었다.

3장은 한국전쟁기에 나온 매체를 자세하게 다루었다. 한국전쟁기였던 1950년 해군목포경비부 정훈실에서 정훈 잡지 『갈매기』가 나왔다. 광주전남의 작가들과 군인들의 작품으로 정훈 공작을 했지만 정훈성보다는 문학성이 더 부각된 매체였다. 여기에는 조희관, 김현승, 박흡, 이수복이 참여했고, 4권이 발행된 것으로 추정된다. 1951년에는 광주에서 문예지 『신문학』이 창간되었다. 비로소 문학전문 매체가 등장한 것인데 박용철의 미망인 임정희의 재정적인 지원과 백완기와 김현승이 주도한 매체로 순문예지를 표방하였다. 황순원 등 당대 유명한 작가들이 작품을 투고해서 『신문학』의 역할과 위상도 높아졌다. 4권을 발행한 뒤에 종간되었다. 바로 이어서 시 전문지 『시정신』이 나왔다. 희곡작가 차범석의 동생인 차재석이 '시화첩'을 표방하면서 발행했다. 광주전남의 시인들인 김현승, 서정주, 박흡, 이동주 등이 참여해서 창간호를 냈으나 중앙문단 작가들의 참여로 그 위상도 높아졌다. 이와 같은 시기에 종합잡지의 성격을 띤 『젊은이』와 『호남공론』도 발행되었지만 실물은 확인되지 않았다. 이때는 광주전남의 작가들이 의기투합하여 문학 전문매체를 발행하면서 지역문단을 저변을 확대하고 문학적 분위기를 고

조시키는 역할을 했다.

4장은 1950년대의 학생들이 발행한 매체를 다루었다. 독자적인 시운동을 주도한 박봉우, 강태열, 주명영, 윤삼하가 고등학생 신분으로 시집 『상록집』을 냈다. 1955년 창간한 시동인지 『영도』는 『상록집』을 냈던 박봉우, 강태열, 윤삼하, 주명영, 정현웅 등이 결성한 동인지로, 신춘문예를 거부하고, 추천을 거부하는 등 주체적인 시운동을 전개하며 성장을 거듭하였다. 그 영향을 받은 이성부 등은 역시 학생 신분으로 『광고시집』을 냈다. 학생 매체인 『학생예원』은 1959년에 김포천이 주간하였고, 전남교육청의 후원하에 발행되었다. 문예인 양성에 주안점을 둔 학생 매체였고 고등학생이었던 문순태가 편집에 참여하였다.

5장은 1960년대부터 1980년대의 매체를 다루었다. 광주전남의 문학운동을 확인할 수 있다. 이때는 이렇다 할 전문매체가 발행되지는 않았다. 지역신문이 많은 부분 매체 역할을 하였다. 서울에서 재경호남향우회지 『영산강』이 나왔는데 광주전남 지역 출신의 정치인들을 포함한 주요 인사들의 글과 시인 김현승, 박정온, 소설가 박화성, 백두성 등의 작품이 지면을 장식했다.

서울에서 활동하고 있던 시인 조태일이 1969년 시 전문지 『시인』을 냈다. 김지하, 김준태, 양성우가 등단한 매체로 공교롭게도 모두 광주전남 출신의 작가들이었다. 시인 조태일, 김지하, 김준태, 양성우는 광주전남의 문단에 많은 영향을 미쳤다. 그리고 시인 강인한, 고정희, 국효문, 김종, 허형만이 창간했고, 김준태와 송수권이 합류한 『목요시』는 1979년에 창간호를 냈다. 1986년 6집을 내고 종간했다. 1980년 5월 광주민중항쟁은 지역문학의 흐름에 큰 변화를 가져왔다. 분노와 공포, 슬픔이 공존했던 때 오월시 동인은 『오월시』로 감시와 처벌을 각오하고 증언과 애도를 담아냈다. 그런가 하면 지역출판문화 운동과 함께 '도서출판 광주'를 설립하여 매체 『민족현실과 지역운동』과 『민족현실과 문학운동』을 냈다. 이처럼 광주전남에서 발행된 매체들은 시대와 대결하거나 가로지르면서 문학담론을 생산하고 수렴하고 확장하면서 지역의 문단을 형성했고 지역문학의 지평을 넓혀왔다.

매체라는 그릇과 형식을 중심으로 살핀 성긴 글이지만 광주전남 지역문학의 사적인 흐름과 전개를 알 수 있게 되었다는 것으로 그간의 노력을 위안 삼고 싶다. 그럼에도 불구하고 아직 여기에 쓰지 못한 매체들도 있고, 또 발행했다는 기록만 확인한 매체들도 있다. 이것은 숙제로 남겨 둔다. 독자 제현의 성원과 질책을 바란다.

책이 나오기까지 많은 분들의 도움이 있었다. 발 벗고 나서서 정보와 자료를 제공해 준 여러 선생님들, 함께 하는 연구자들의 응원과 지지는 잊을 수 없다. 무엇보다도 한국연구재단의 저술출판 지원은 책이 나오는 데 가장 큰 힘이 되었다. 그리고 이 책을 출간해 준 푸른사상사 한봉숙 대표님, 맹문재 주간, 그리고 세심하고 꼼꼼하게 잘 살펴준 편집진들께도 진심으로 감사를 전한다.

나는 이렇게 어느 누군가의 도움으로 숨을 쉬며 살아왔고, 살고 있고, 또 살아갈 것이다. 지상의 삶을 동행하고 있는 나의 사람들에게 한 송이 들꽃으로라도 보답하리라.

2020년 8월
저자 이동순

# 제3장 광주전남 문단과 전문매체의 출현

# 제4장 독자적인 시운동과 학생 매체

## 제5장 광주전남 지역문학운동의 확장

제1장

# 일제강점기의 '호남' 로컬리티

# 박용철과 순수문학 『시문학』

## 1. 순수문학의 출발과 『시문학』

근대 이후 가장 먼저 등장한 매체인 『호남학보』는 1908년 6월 25일에 창간되어 1909년 3월 25일 9집까지 발행되었다. 일제가 조선에 대한 지배를 노골적으로 드러내기 시작하자 주권수호와 항일담론을 배면에 깔고 조직된 호남학회는 호남 출신으로 조직되었고 『호남학보』를 통해 국권회복과 애국계몽에 주력했다. 『호남학보』와 제호가 같으면서도 다른 『호남학보』는 일본으로 유학을 갔던 호남유학생친목회에서 발행했는데 철필을 긁어 만든 매체다. 유학생들이 '호남'이라는 로컬리티를 내세우고 만들었는데 문학매체라고 할 수는 없다.

용아 박용철은 아오야마학원 재학 시절 영랑 김윤식과 사귄 이후 문학인으로, 문화인으로 문학 발전에 힘을 쏟았다. 사재를 털어 『시문학』을 창간하였다. 번영로, 정인섭, 김윤식[1] 정지용, 이하윤 등이 창간 동인이

---

1  김윤식은 김영랑의 본명이다.

다. '착실한 보조로서 예술의 길을 걷고자 하는 본위'에서, 발행한 '시문학사'는 경성부 옥천동 16번지에 주소를 두었다.[2] 『시문학』 창간호에 참여한 작가와 작품은 다음과 같다.

『시문학』 창간호, 시문학사, 1930.3.5, 편집 겸 발행인; 박용철
김윤식: 동백닙에빗나는마음, 어덕에 바로누어, 누이의마음아 나를보아라, 사행소곡 7수, 제야, 쓸쓸한 뫼아페, 원망/정지용: 일은봄아츰, Dahlia, 경도갑천, 선취/이하윤: 물네방아, 노구의 회상곡/박용철: 써나가는배, 이대로가랴만은, 싸늘한이마, 비나리는날, 밤기차에그대를보내고
**외국시편**-정인섭 역: 목란시/이하윤 역: 폴·포-르(불), 원무, 새벽/용아 역: 헥토-르의이별(독 실레르), 미뇬의노래(독 쬐테)//편집후기/투고규정

『시문학』 2호, 시문학사, 1930.5.20, 편집 겸 발행인; 박용철
정지용: 바다, 피리, 저녁 햇살, 갑판우, 홍춘, 호수, 호수/번영로: 고흔산길/김윤식: 내마음고요히고흔봄길우에, 쑴바테 봄마음, 사행소곡 5수, 가늘한 내음, 하날가ㅅ다은데/박용철: 시집가는 시악시의 말, 우리의젓어머니(소년의말), 한조각 하날, 사랑하든말/김현구: 님이여 강물이 몹시도퍼럿슴니다, 물우에뜬갈매기, 거룩한봄과 슯흔봄, 적멸
**외국시집**-정인보 역: 고가사 2편/지용 역: 윌렴·블레잌 시편/용아 역: 예-ㅌ스시편/이하윤 역: 사맹 시편/용아 역: 하이네시편//편집후기/투고규정

2 『중외일보』, 1930.1.23.

**제1장** 일제강점기의 '호남' 로컬리티

『시문학』 3호, 월간문예사, 1931.10.10, 편집 겸 발행인; 박용철

박용철: 선녀의 노래, 애사중에서/김현구: 황혼, 밤새도록, 눈감고생
각하면, 애별/정지용: 무제, 석류, 뻣나무열매, 바람은부옵는데/김윤
식: 내마음아실이, 사행소곡 5수, 시내ㅅ물소리/허보: 거문밤, 닢떠러
진나무/신석정: 선물

**외국시편**—이하윤 역: 향기로운바람(쟈므), 눈(구-르몽)/용아 역: 하
이네 시 10편//시인의 말/편집후기


『시문학』 2호부터 변영로, 김현구, 3호에는 허보와 신석정이 합류했다.
박용철이 왜『시문학』을 창간하게 되었는지는 아래의 글에서 확인된다.


    우리는 시를 살로 색이고 피로 쓰듯 쓰고야 만다. 우리의 시는 우리
살과 피의 매침이다 그럼으로 우리의 시는 지나는 거름에 슬적 읽어치
워지를 바라지 못하고 우리의 시는 열 번 스무번 되씹어 읽고 외여지
기를 바랄쑨 가슴에 늣김이 잇슬째 절로 읇허나오고 읇흐면 늣김이 이
러나야만 한다 한말로 우리의 시는 외여지기를 구한다.
    이것이 오즉 하나 우리의 오만한 선언이다.
    사람은 생활이 다르면 감정이 갓지 안코 교양이 갓지 안으면, 감수
의 한계가 짜라 다르다 우리의 시를 알고 늣겨줄 만흔 사람이 우리 가
운데 잇슴을 미더 주저하지 안는 우리는 우리의 조선말로 쓰인 시가
조선사람 전부를 독자로 삼지 못하고 어리석게 불평을 말하려 하지도
안는다.
    이것이 우리의 자한계를 아는 겸손이다.
    한 민족이 언어가 발달의 어느 정도에 이르면 구어로서의 존재에 만
족하지 안이하고 문학의 형태를 요구한다 그리고 그 문학의 성립은 그
민족의 언어를 완성식히는 길이다.
    우리는 조금도 바시대지 안이하고 늘진 한거름을 쭈벅거러 나가려
한다 허세를 펴서 우리의 존재를 인정바드려 하지 아니하고 엄연한 존

재로써 우리의 존재를 전취하려 한다.

　임의 일가의 품격을 이루어 가지고도 쏘 이루엇슴으로 작품의 발표를 써리는 시인이 어덴지 여러분이 잇슬 듯 십다 우리의 동인 가운대도 자가의 시를 처음 인쇄에 부치는 2, 3인이 잇다 우리는 모든 겸허를 준비하야 새로운 동인들을 마지하러 한다.[3]

　박용철은 "우리의 조선말로 쓰인 시가 조선사람 전부를 독자로 삼지 못하고 어리석게 불평을 말하려 하지도 안는다."는 문제의식을 갖고 "문학의 성립은 그 민족의 언어를 완성시키는 길"이라고 여겼다. 그래서 절박한 마음을 '조선말'로 시를 써서, '민족의 언어를 완성'시키는 것이 목적이었다. '시문학파'로 분류되는 시인들의 시가 우리말을 잘 살려내고 있는 것도 목적과 부합하였다. 그래서 "시를 살로 새기고 피로 쓰듯 쓰고야 만다. 우리의 시는 우리 살과 피의 맺힘이"므로 "지나는 거름에 슬적 읽어치워지"기보다는 "열 번 스무번 되씹어 읽고 외워지기를 바"라며, "가슴에 느낌이 있을 때 절로 읊어나오고 읊으면 느낌이 이러나"게 하는 시를 쓰고자 했다. '조선말'로 우리의 시를 써서 '민족의 언어를 완성'시키는 것은 조선혼을 지키는 것이었기 때문이다.

　그래서 박용철도 「떠나가는배」, 「이대로가랴만은」, 「싸늘한이마」, 「비나리는날」, 「밤기차에 그대를보내고」 등 5편을 발표하여 시인의 길을 걸었다. 그리고 시를 번역하여 게재하는 해외문학 전공자로서의 면모도 보여주었다. 『시문학』 2호에는 「시집가는시악시의말」, 「우리의젓어머니」, 「한조각 하날」, 「사랑하든말」 등 4편을 발표하였고, 예이츠의 시 2편과

---

3　용아, 「후기」, 『시문학』, 시문학사, 1930, 39쪽.

　　　　　　　　　**제1장** 일제강점기의 '호남' 로컬리티

하이네의 시 10편을 번역하여 실었다. 『시문학』 3호에 「선녀의노래」, 「애사중에서」 등 2편과, 하이네의 시 10편을 번역하여 실었다. 박용철은 『시문학』에 시 11편을 발표하였고, 외국의 시 24편을 번역하여 국내에 소개하였다. 시를 쓰고 외국시를 번역하여 국내에 소개함으로써 "우리의 감각에 녀릿녀릿한 깃븜을 일으키게 하는 자극을 전하는 미, 우리의 심회에 빈틈업시 폭 드러안기는 감상, 우리가 이러한 시를 추구하는 것은 현대에 잇서서 힌거품 물려와 부듸치는 바회우의 고성에 서 잇는 감이 잇" 기 때문에 "조용히 거러 이 나라를 차저"[4]나섰다.

## 2. 문예지식의 함양과 『문예월간』

박용철은 『시문학』에 이어서 1931년에 『문예월간』 4권을 발간하였다. 『시문학』 3호에 "여러분의 문예지식을 넓히고 문예취미를 함양하는 데 조그만한 도움이 될가함니다. 시의 감상을 깊게 하는 데 문예 전반의 조지를 필요로 하는 것은 다언을 요치 아니할 줄 암니다"라는 「사고」를 미리 냈다. 편집은 이하윤과 박용철이 맡았다. 예고대로 『문예월간』은 1931년 11월 1일 창간되었고, 1932년 3월 4호를 끝으로 종간되었다.

『문예월간』 창간호, 문예월간사, 1931.11.1. 편집 겸 발행인: 박용철
　　김진섭: 문학의 진보퇴보, 작품과 독자/박용철: 효과주의적 비평논
　　강/함일돈: 9월 창작평/조희순: 현대 독일문단 점묘/이헌구: 불우의
　　여시인 베르르드 · 쌀모-트/오덕순 역: 영화배우 반대론/함대훈: 노

---

4　박용철, 「편집후기」, 『시문학』 3호, 시문학사, 1931.

서아혁명과 여간첩/고영환: 여성세계의 원산/시, 박용철: 고향 외 1
편/허보: 표백의 마음 외 1편/현구: 풀우에 누어/역시, 긔제 역: 비한
의 홍수/헌구 역: 만추의 소요 외 2편/시조, 하윤 역: 가을노래/용철
역: 시조6수/변영만: 문예잡담/이은상: 주몽과 동명/소설, 유진오: 상
해의 기억/홍일오: 고우/장기제 역: 황금운동/해외문예소식/편집후
기/소화, 차호광고, 투고규정, 사고

『문예월간』 2호 문예월간사, 1931.12.1, 편집 겸 발행인: 박용철
홍일오: 글공부(소설)/최독견: 구혼(소설)/유치진: 토막(희곡)/현민:
문학과 성격/박용철: 문예시평/정용: 아침/유치환: 정숙/이은상: 계
룡산까치/용철 역: 역시 4편/이하윤 역: 역시 4편/변광호: 오수극필/
이헌구: 불란서문단종횡기/HYI: 노벨상을 탄 서전의-향토시인 「칼
펠트」와 그의 시/오덕순 역: 영화각본론/김진섭: 이태리적 감성/조희
순: 슈니츨러-의 예술과 그사상/문예월간 묘/해외문예소식/문예실/
각본 최민락/시문학회원모집/편집후기

『문예월간』 3호, 문예월간사, 1932.1.1, 편집 겸 발행인: 박용철
문예계에 대한 신년희망: 평론계에 유진오, 연구계에 정인섭, 소설계
에 박용철, 시인에게 이하윤, 화가에게 안석주, 음악계에 홍종인, 영
화계에 심훈, 연극계에 홍해성/홍일오: 진맥(소설)/윤백남 (전설)/유
치진: 토막/편석촌: 청중없는 음악회/김성근: 춘원의 문학현실/신석
정: 어머니는 나의꿈을/정지용: 소녀시 2편/임춘길: 동시 2편/황석우:
소녀의 맘 외 2편/박용철, 시조 5수/서항석: 역시 2편/이하윤 역: 일
허진길/함대훈: 싸베-트 노서아문단의 현세/김진섭: 걸린 쌜래의 고
탄/이헌구: 단상편편/〈문인인상기〉: 최의순: 동아일보사/최정희: 삼
천리사/김원주: 매일신보사/송계월: 개벽사/해외문예소식/편집후기/
특별부록: 조선문예가명록, 문예작품총람(1931)

『문예월간』 4호, 문예월간사, 1932.3.1, 편집 겸 발행인: 박용철

조희순: 괴―테의 생애와 그 작품/김진섭: 괴―테의 예술/서항석: 괴테의 시/현민, 파인, 주요한, 변광호, 이헌구, 김진섭, 정인섭, 서항석, 이광주: 괴―테와 나/서항석, 박용철: 괴―테서정시초/박용철 역: 베르테르의 서름, 괴―테 격언집, 괴―테 연표/홍일오, 4엽 클로―버(소설)/최정우: 하숙실/양백엽 역: 탄금련/유진오: 문예시평/고영환: 여권신장운동자의 면영/오덕순 역: 영화각본론/해외문예소식/문예실/정정란/편집후기

『문예월간』은 매월 발행하는 것을 원칙으로 하여 3호까지는 잘 발행되었으나 4호는 2개월 만에 발행하였다. 그것이 종간이었다. 박용철이 『문예월간』을 창간하게 된 동기와 목적은 아래의 글에서 확인할 수 있다.

> 이제 모든 문예운동은 세계를 무대로 하야 향상하고 발전해나간다. 일개인 일유파의 문학은 그것이 일국민문학이 되기도 하는 동시에 쏘한 세계문학의 권내로 포괄되여야만 하는 것이다.
> 그러면 우리의 문학도 임이 세계적으로 진출하엿다고 볼 수가 잇는가 쏘 이것을 가지고 세계문단에 나설만 한가 말하는 것만이 오히려 파렴치한 일이다. 우리들의 입으로 신문예를 운위한 지 십유여 년에 무엇을 쑴쑤고 잇섯든가.
> 우리는 이제 훗터진 문단을 감히 정리해보랴는 부질업는 야심이 잇다. 동시에 아즉껏 침묵을 직혀오든 동지들을 쓸어내야 할 의무를 절실히 늣긴다. 그리하야 어서밧비 억개를 세계 수준에 견우어 보지 안흐랴는가.
> 남붓그럽지 않은 우리의 우리다운 문학을 가지기에 노력하자. 그리하야 세계 문학의 조류 속에 들어스자. 우리는 이 사업의 일조가 되기

위하야 이 잡지의 전부를 바쳐나가고자 한다.[5]

　그는 "신문예를 운운한 지 십유여 년"이 지났지만 "세계문단에 나설
만" 하지도 못하기 때문에 민족주의 계열과 카프 계열의 '흩어진 문단을
감히 정리'하여 "어서 바삐 어깨를 세계 수준에 견"주는 "남부끄럽지 않
은 우리의 우리다운 문학"을 하고 싶어 했으나 뜻을 이루지 못했다. 이는
1934년에 『문학』을 간행하는 것으로 이어졌다. 『문학』은 3권을 발행하였
다. 자세한 내용은 다음과 같다.

　　『문학』 창간호, 시문학사, 1933.12.25, 편집 겸 발행인: 박용철
　　김진섭: 창/김광섭: 수필문학소고/영랑: 사행소곡 6수/조운: 만월대
　　에서/유치환: 수선화/편석촌: 산보로/허보: 나의 일생, 아침/현구: 내
　　마음사는곧/신석정: 너는비들기를부러워하드구나/박용철 역: 꿈나라
　　장미의 노래, 저녁노래/조희순: 문학에 있어서의 체험과 세계관/이헌
　　구 역: 회화론/이하윤 역: 시인 더 · 라 · 메―어연구/함대훈 역: 보모/
　　김진섭 역: 애독자/조희돈 역: 독일민중무대종간사/페르시―데네/편
　　집여언

　　『문학』 2호, 시문학사, 1934.2.1, 편집 겸 발행인: 박용철
　　박용철 역: 시의 명칭과 성질/김상용: 우리 길을가고 또갈까, 자살풍
　　경스켓취, 남으로 창을 내겠소/임학수: 먼곡조, 항해/영랑: 불지암서
　　정/신석정: 고요한 골에는 물로 흘러가겠지, 길/허보: 하나님의 장식,
　　처/유치환: 포푸라/최재서: 굼주린쫀슨박사/하인리 역: 사랑하는 하
　　느님과의 싸움/이헌구 역: 메르시에의 죽엄/편집여언

5　이하윤, 「창간사」, 『문예월간』, 문예월간사, 1931, 1쪽.

『문학』 3호, 시문학사, 1934.4.1, 편집 겸 발행인: 박용철
이하윤 역: 더·라·메ー어의 시경/영랑: 모란이 피기까지는/유치환:
눈/신석정: 산으로가는마음, 바람/현구: 산비달기같은/임학수: 달에
빛외인정자/허보: 처/함대훈 역: 거미와 파리/김진섭 역: 작가역인간
호?/김광섭: 풍자론/유치진: 망상수기/박용철 역: 거울/후기

『문학』에는 시문학파와 해외문학파들이 참여했다. 좀 달라진 것은 영
광의 시인 조운[6]과 순천의 시인 임학수가 참여한 것이다.[7] 여기서도 민족
주의 계열과 카프 계열을 아우르지는 못했다. 이어서『극예술』을 발행했
다.『극예술』도 시문학사에서 1934년 4월 18일에 발행하였다.『극예술』
은 1936년 9월에 5호까지 발행하고 종간된 '극예술연구회'의 충실한 기
관지였다. 박용철은 매체를 통해 지역성을 드러내지는 않았지만 광주전
남 지역의 문학인들에게 미친 영향은 컸다.


## 3. 문학인, 문화인, 박용철

시인으로 희곡작가로 평론가로 번역가로, 그리고 매체의 발행인으로
활동했던 박용철은 1932년에 장티푸스를 앓으면서 건강에 문제가 생겼
고, 1934년에는 후두결핵으로 경성제국대학에서 치료를 받았다. 잠시 건
강이 회복된 1937년에는 일본을 다녀왔고 가을에는 정지용과 금강산을

---

6  조운,『조운시조집』, 조선사, 1947.

7  임학수,『석류』(한성도서, 1937),『팔도풍물시집』(인문사, 1938),『후조』(한성도서,
   1939),『전선시집』(인문사, 1939),『필부의 노래』(고려문화사, 1948) 등이 있다.

여행하였다. 다시 건강이 악화되어 세브란스병원에 입원하여 치료를 받았으나 회복하지 못하고 1938년 5월 12일에 생을 마감했다. 그의 이른 죽음으로 인해 광주전남 지역문학의 지평은 더 확장되지 못하고 말았다. 신문에는 부고 기사가 떴다.

> 오랫동안 조선시단에서 활약하든 시인 박용철 씨는 지난 정월부터 병석에서 누워 있든 바 약석이 무효하여 지난 5월 12일 오후 5시 반 아깝게도 35세를 일기로 영면하였다. 박용철 씨는 일직 배재고보를 졸업하고 청산학원과 동경 외국어학교 독일어부를 수업하고도 조선에 돌아와 조선시단에서 활약하는 일방 시문학사를 만들어 시문학 문예월간 문학 등 문예잡지를 간행하야 조선문단에 공헌한 바가 크다. 그런데 영결식은 15일 오후 4시 사직정 자택에서 거행한다고 한다.[8]

박용철은 문학 매체를 간행하여 한국문학의 발전에 큰 기여를 했다. 문우들은 시와 번역시와 동요, 한시 등을 망라한 『박용철전집 1』을 간행하였다.

> 일대의 천재적 서정시인 용철의 주옥같은 유고집 제1권 시가편이 만인대망 속에 금일 출래!!
> 수정처럼 순수한 서정시인으로 명철한 시론가로 다단한 현세 조선 시의 명일을 개척할 일대 귀재 용철이 홀연히 타계한 뒤 현하 시단의 적막은 이루 형언할 바가 없다. 시론의 빈곤! 시정신의 상징! 시단의 상흔은 심대하야 우리는 그의 유산을 정리하고 음미하고 연구하야 명일의 조선 서정시가 성육할 영양을 빚어내야겠다. 시의 원천은 언제나

---

8 『매일신보』, 1938.5.14.

서정시가 아닌가? 오늘날 우리가 이 천절한 시인 용철의 유고집을 발행하는 것은 조선이 낳은 서정시의 최대의 저수지를 만인에게 공개함을 의미한다.

　본서는 그의 전 유작중 시가를 전부 망라한 것으로 제1부가 창작시집『떠나가는 배』이하 74편 제2부가 번역시편『괴－테』시 13편,『실레프』시 1편,『하이네』시 69편 외『릴케』영시 67편 애란시 12편 미시 40편 외 동요, 한시, 일본시 등 전부 4백여 편의 장대한 양에 달하야 실로 현대시단의 일대 금자탑이다. 이 책이 다수인에게 읽혀질 때 조선시단은 분명히 일대 비장의 시기를 맞이할 것이라.[9]

　그리고 1940년 6월에『박용철전집 2』를 발행했다. 김진섭은 "시인으로서의 그의 성가는 이미 정평이 잇는 바요 또 그의 평론의 가치에 대해서도 이 평론집 첫머리에 김광섭 제시의 현명한 평가가 있음으로 사족을 첨함을 피하거니와 우리가 이 책 한 권을 들고 정직하게 말할 수 있는 것은 그 참으로 우리가 가질 수 있는 최고의 문학 이론자, 문화관심자이었다는 사실이다. 그의 총명과 박학은 결로 만사를 오인하는 법이 없으며 그리하여 그가 한번 다른 이의 문제를 인식할 새 그는 그 미지인의 문을 두드려 일찍이 한 번인들 흔악의 기회를 노친 법이 없었다. 사람이 이와 같은 총명과 포용력 이해력과 애정을 동시에 갖는다는 것은 그리 쉬운 일이 아니니 이 평론집에 모여진 모든 그의 문장은 결국은 그의 그러한 아름다운 천자의 산물이라 보아 틀림없으리라."[10] 하였다.

　박용철은 광주전남 지역의 시문학 "터전을 닦아준 분들이며 한국문단

---

9　『동아일보』, 1939.7.22.
10　『동아일보』, 1940.6.23.

에 신문학의 씨를 뿌린" 작가로 "광할한 영토를 보존해오고 있음은 우리 전남인들뿐만 아니라 한국 전체적인 데서도 그 위치"[11]가 뚜렷하다. 지역 어를 활용하는 언어에 대한 각별한 관심과 그 안에서 찾은 리듬의 활용, 그 자체가 지역문학의 정체성을 담보했다. 그에게 문학의 경계는 없었 다. '시문학파'의 출현은 비단 광주전남 지역문단뿐만 아니라 한국 현대 시사에 새로운 전환점이었다. 박용철의 힘은 컸다.

---

11 김해성, 「전남문단보고」, 『자유문학』, 1959.1, 247쪽.

제1장 일제강점기의 '호남' 로컬리티

# '호남' 로컬리티와 『호남평론』

## 1. 서론

목포는 개항지가 되면서 근대도시의 모습을 갖추기 시작했다. 이후 일본으로 유학을 다녀온 지식인들이 많아졌다. 그런 연유로 목포는 일찍 문화의 토대를 구축하였는데 대표적으로 문학인들이 앞자리에 있었다. 목포사론협회와 문학동인회 Socie Mai가 그 역할을 했는데, 목포사론협회는 목포 유지들의 발기로 1923년 6월 19일 발기총회, 6월 25일 제1회 임시총회를 거쳐 만들어진 단체이다. 당시 박양규, 김필호, 김희영, 권녕례, 김동원 등으로 구성되었다. "일반의 향상을 도모키 위하여 필요한 연극 또는 제반 강연 및 토론회 개최, 현대에 적의한 문예현상회 또는 법학 및 속기술 연구 강습회의 수시 개최, 문화에 필요한 기사를 신문 잡지 등에 통신하여 일반 사회에 소개할 일"이 이사회에서 채택된 강령이었다. 중심에 문학이 있었다. 그러나 이들의 활동을 알 수 있는 기록이 없고, 문학동인회 "Socie Mai"도 김우진 중심으로 목포 지역 문학도들과 함께 1925년 5월 발족했으나 구체적인 활동을 알 수 있는 매체가 남아 있지 않아서 정확한 활동상을 파악하기 어렵다.

그렇지만 이런 활동들은 조선 프롤레타리아예술동맹 목포지부가 계승했다. 조선 프롤레타리아예술동맹 목포지부는 1925년 8월 조선 프로레타리아예술동맹(KAPF)결성 이후 2년 뒤인 1928년 12월 5일 설립되었다. 원래는 4월 1일 조선 프롤레타리아예술동맹 목포지부 설립대회를 개최하기로 되어 있었지만 목포운동 분규 사건으로 카프 맹원들이 검거되거나 투옥되어 예정보다 늦게 결성되었다. 정학현, 정적파, 송호, 박응신, 박용운, 김상만, 오성덕, 임태호가 활동하였다. 조선 프롤레타리아예술동맹 목포지부에서는 특별한 기관지나 잡지를 발행하지 않아서 역시 활동 상황을 알기는 어렵다. 이후 1935년 4월에『목포평론』,『전남평론』의 속간호 형식인『호남평론』을 발행하면서 문학적 활동을 확인할 수 있게 되었다.『호남평론』은 김철진이 주간을, 나만성이 편집책임을 맡았다. 따라서『호남평론』은 광주전남 지역문단이 형성되는 과정을 알 수 있는 가장 오래된 매체라고 할 수 있다.


## 2.『호남평론』에 발표된 작품 현황

대중잡지이자 종합지였던 매체인『호남평론』은 목포를 거점으로 한 분야별 전문가들이 필진으로 포진하였다.『호남평론』은 광주전남 지역의 여론을 수렴하고 지식을 공유하며 사회담론을 형성하는 사상의 거처였다. 대중매체였던 만큼 기성작가들의 작품보다는 독자들이 투고한 작품이 많았다.

그도 그럴 것이 '시문학파'가 중앙문단을 중심으로 활동하고 있을 무렴 목포에서는 종합지 『목포평론』(1933.1.)이 창간[1]되어 5호까지 발행되었다.[2] 『목포평론』을 창간한 나만성[3]은 전남 신안군 지도청년회에서 지도청년회 교육부장 겸 외교부장이었으며, 사회철학을 연구할 목적으로 동경으로 유학하였고[4], 신안군 지도 임은조합 창립회에서 노조집행위원을 맡기도 하였다.[5] 또 무안청년연합회 창립회에서 「우리는 빈약자이다」라는 주제로 강연,[6] 소작쟁의로 검속되었다가 실형을 언도[7]받은 후에 광주에서 열린 전남해방운동자동맹 주최 사회문제 대강연회에서 「청년운동에 대하여」라는 제목으로 강연[8]을 하는 등 사회운동에 진력하였던 인물이다. 그런 한편, 『동아일보』 함평지국장을 거쳐 목포지국 기자를 하면서 목포 기자단 서무간사로도 활동하였다.[9] 그런 경험을 토대로 『목포평론』을 통해 지역사회운동을 구체화한 것이다.[10] 『목포평론』은 『전남평론』

---

1 『목포평론』은 그동안 기록으로만 전해졌으나 필자가 최근 입수한 창간호의 일부의 내용을 토대로 정리한다.

2 『동아일보』, 1933.1.7, 『동아일보』, 1933.3.22, 『동아일보』, 1933.5.12.

3 나만성은 광주전남의 사회주의 청년활동가로 항일에 앞장선 항일운동의 공적을 인정받아 1993년 건국훈장을 받았다. 공훈록에는 "1918년 전남 무안 지도읍에 청년회관과 양명여학교를 설립하였으며, 1924년 봄에는 무안소작인공조회를 조직하여 지주의 횡포에 대항해 소작쟁의활동을 전개하던 중 피체되어 징역 6月을 받아 옥고를 치렀으며, 출옥한 후에도 무목청년연맹 대의원으로 활동하는 등의 사실이 확인됨."으로 기록되어 있다.

4 『동아일보』, 1922.9.20.

5 『시대일보』, 1924.10.5.

6 『동아일보』, 1925.1.16, 『시대일보』, 1925.1.16.

7 『시대일보』, 1926.1.19.

8 『동아일보』, 1926.2.26.

9 『조선일보』, 1932.3.12.

10 『목포평론』의 「창간사」와 『호남평론』의 「창간사」는 김성호가 썼다. 목포평론의 발

으로 제호를 바꾸어 출간[11]하던 것을 받아서 『호남평론』으로 재창간되었다. 『목포평론』에서 『전남평론』 그리고 『호남평론』으로 이어지는 종합지의 발간은 지역사회의 저력을 보여준 것이기도 했다. 종합잡지를 표방했던 매체인 『호남평론』은 지역의 사회담론과 문학담론을 생산하고 수렴하였다. 『호남평론』에 발표된 문학작품의 현황은 다음과 같다.

『호남평론』, 1권 1호, 1935.4.1
처시하(일막 희극), 방인근/고서원을 차저가(시), 찬일생/표도의 밤, 숨은 장미꽃(시), 슬약/일홈없는 꽃(시), 김엽주/S의 정사(단편소설), 무명초/우리의 참사랑 (애정소설), 박화영/가로에 피는 꽃(대중소설), 나만성

『호남평론』, 1권 2호 1935.6.1
야마계와 승안악(수필), 김철진/진달래의 애심곡(소곡), 유도순/양양 범버꿍(동요), 윤복진/지촌의 봄(시), 갈 님(시), 박찬일/여감사 이약이 (손바닥에 쓴 소설), 종명/모던 부부 금슬기(일막희극), 홍답회/가로에 피는 꽃(대중소설), 나만성

『호남평론』, 1권 3호 1935.8.1
수상1 · 2, 김철진/거리의 윤락녀(수필), 항인/여중잡감(수필), DK생/차창에 빗겨서(단상), 고독, 박찬일/조소치, 시풍/뜸북새 우름, 순영/님이 그리워, 오세천/영산강타령, 오성덕/달성사 종소리, 나천수/유월

---

행인 겸 편집인이었던 나만성은 『호남평론』의 상무취체역을 맡았고, 김성호는 취체역을 맡았다.

11 서재길, 「1930년대 라디오드라마 텍스트 연구—호남평론 소재 자료를 중심으로」, 『민족문학사연구』 43, 민족문학사연구소, 2010, 278~279쪽.

**제1장** 일제강점기의 '호남' 로컬리티

의포-즈, 노변/부부싸홈(제이막, 콩트), 이종명/가로에 피는 꽃3(대중소설), 나만성/우리집의 평화(일막희극, 라디오 드라마), 서광제

『호남평론』, 1권 4호, 1935.9.1
피서지의 수난기, 안일송/유달포행록, 오성덕/성하의 가로소경(산문시), 노변/황혼, 춘인/풀밭에 누원노라면, 김순현/항구, 망월/암흑가의 한숨, 일출정일기/석양, 오세천/황천의 아버님, 변성혼/불효, DK생/금반지(일막희극), 나해성

『호남평론』, 1권 5호, 1935.10.1
우감우감, DK生/백양사를 찾어서(기행문), 김극수/정원의 소조(수상), 항인/중구난방, S생/여정수제, DK생/술노래, 죽동학인/망향, 나천수/형과 누나에게, 이근화/목욕하는 여자(해외문예), 휘잇쉐/그 여자의 애인(해외문예), 막심꼬르키/고향(1막 희곡), 민병휘/심청전(3막), 나만성

『호남평론』, 1권 6호, 1935.11.1
초심정 행각(기행문), 일기자/사랑(시), 나천수/형의 영앞에(시), 박노기/낙엽조(시), 무연/여명만가(시), 이규희/암야, 김중복/중구ㅅ날(중양절), 박화성/심청전(전3막), 나만성

『호남평론』, 1권 7호, 1935.12.1
황혼의 용당리(시), 코스모스(시), 박찬일/어머니를 부름(문예), 서백곤/추동야화(문예), DK생/급행열차 이등실(일막 희곡), 서광제

『호남평론』, 2권 1호, 1936.1.1
해와 함께 보내는 생명, 이근화/추억의 강 영산포구의 옛꿈, 홍정훈/영산항해기, 석두옥/탄세월(시조), 치심(시조), 장응두/무제음 이수(시

조), 하보/남해초(시조), 노변/여수(민요), 두상/동방의 아들과 딸 된 이여(민요), 이북초/내 고향 추억(민요), 김중복/한탄(민요), 최태산/낙원을 쫓겨나(민요), 천효철/추동야화2 (문예), DK생/현대 여성기질(일막 희곡), 이무영

『호남평론』, 2권 2호, 1936.2.1

밤이여! 새여 지질마라(시), 이북초/해저문 포구(시), 무두인/인생(시), 김중복/희망의 새벽(시), 나천수/걸인(시), 천수/감상(시), 신석호/우영 수수(시조), 엄상섭/옛마음 들처서(시조), 이근화/추동야화, DK생/타락녀, 이무영

『호남평론』, 2권 3 · 4호, 1936.4.1

밤(시), 계양/난항기1(실화), 석주/수문통거리(산문시), MS생/정월밤 편감, 사성섭/바다(시), 포구의 황혼(시), MS생/강산에 봄드오니, 이북초/무안가, 이춘배/숨쉬이는 백골!(시), 사성섭/광상, 무두인/발자욱 소래(시), 계양/호남영성, 다도해를 찾어서(기행), 최영수

『호남평론』, 2권 5호, 1936.5.1

학교를 졸업하고 나오는 누나의게(수필), HCD/실뽑는 처녀(신민요), 이북초/송춘(시), 나천수/영산강 흘음(시), 곽동규/그리운 밤(시), 최승년/도망군(일막 희곡), 나만성

『호남평론』, 2권 6호, 1936.6.1

일인 일문, 세탄부/만춘편편(우감), 이근화/광상 사수(시조), 무두인/모운(시), 계양생/초조한 마음(시), 최승년/빨내집 처녀(창작), 나만성

『호남평론』, 2권 7호, 1936.7.1

우감우감, DK생/유달산 밑에서 이형에게(수필), 박덕상/어둠은 바다

우에도 나리노니(시), 이근화/청춘을 울이는 검은고, 나천수/송우(금추성), 효소/백사(시), 박칠순/그릇된 논리, 오성덕/동낭개(소설), 박덕상

『호남평론』, 2권 8호, 1936.8.1
상초 찬미(수필), DK생/사향, 오덕/하야의 목포 가두, 김상수/세상 편관(수감), 이북초/솔포기 밑으로 보는 목포항(수필), 나천수/고 나형의 게, 나천수/고 나형께(시조), 이근화/광연이곡(시), 무두인/명상의 밤(시), 최승년/실제(시), 춘정(시), 검은 우슴(시), 박덕상/낙원(가정소설), 광산신월

『호남평론』, 2권 9호, 1936.9.1
마즈막 편지(수필), 나천수/송금일관(한시), 효소/산벗, 나천수/단상(시), 이근화/광상, 무두인/낭인화(시), 목포대K생/호소(시), 김중복/희망(시), 이중호/고독, 천남선/목포해안의 아츰(시), 정우채/팔월 한가운날 밤(신민요), 이북초/인생부(시조), 김만석/동낭개(소설), 박덕상/낙원 2회(가정소설), 광산신월

『호남평론』, 2권 10호, 1936.10.1
수상편편(수필), 최승년/양추 감영(시조), 이근화/폐허(시), 명상의 가을(시), 이중호/광상, 무두인/달밤 설어워(시), 나천수/성심성의에 불 붓트라!(시), 이북초/낙원 3회(가정소설), 광산신월

『호남평론』, 2권 11호, 1936.11.1
연모(수필), 이근화/번민의 가을(수필), 나천수/회상의 가을(산문시), 박세사/곡업는 노래(시), 천남선/인간의 부(광상), 무두인/초조심(시조), 이북초/나의얼굴(시), 정우채/영산강 뱃노래(시요), 유명/가을(시), 조남/외그려우 아버지(시), 고민성/성종(시), 이중호/울뚠목(시), 김중복/죄와 벌1(발성영화 각본), 서광제/젊은어머니(단편소설), 박덕

상/낙원 4회(가정소설), 광산신월

『호남평론』, 2권 12호, 1936.12.1
황혼의 꿈(수필), 나천수/풍진에 싸인 가두(수필), 이북초/황혼의 수첩
(산문시), 노변/길드린 풍경(시), 실제(시), 요마(시), 오후 한시의 감각
(시), 우석/병자년(시), 정우채/한려팔경시(한시), 정문식/이해도 저무
네!(시), 이근화/한만은 인생(시), 천남선/항해(시), 이중호/추월송(시),
봉아/죄와 벌2(발성영화 각본), 서광제/목매는 줄(소설), 문이석/낙원
5회(가정소설), 광산신월

『호남평론』, 3권 1호, 1937.1.1
그리운 옛터를 차저(기행문), 오병남/새생활을 목표로 참다웁게 살
아가자(수필), 이근화/우송(시조), 이북초/시조2수(시조), 김상수/실제
(시), 나천수/지평선(시), 조남/고별곡(시), 노변/낙원을 차저서(시), 김
중복/도라지꼿숭이(시조), 서트른 강담사를 보고서(시조), 모미녀를 가
름하야(시조), 안태시/죄와 벌3(발성영화 각본), 서광제/재출발 1회,(중
편소설), 채규호/낙원 6회(가정소설), 광산신월

『호남평론』, 3권 2호, 1937.2.1
어머니(수필), DK생/꽃핀무덤(수필), 나천수/눈나리는 겨울밤(수필),
오병남/나와 눈?(수필), 채규호/여로정서(기행시조), 이근화/흐린 일
요일(시) 석일랑/아들아!(시), 이북초/이곳은 바다가(시), 나가일/사장
아(시), 김중복/송우인(한시), 고성태/우울풍경(소설), 노변/고민(소
설), 김인화/재출발 2회(중편소설), 채규호

『호남평론』, 3권 3호, 1937.3.1
목포야!! 잘잇스라!(소품), 이근화/차거운 정열(시), 근우/그대여!(시),
이북초/눈나리는 수평선(시단), 송식/춘매(한시), 원일음(한시), 정산

인/아리랑 3편을 보고(시), 나천수/엄마품이 그리워(동요), 때려줄태
요(동요), 깁흔밤 방문을 가벼히 "녹크"하는 예술가(시), 오병남/범
종아 웨우는야!(시), 고민성/출발(시), 김광석/안해(전일경, RADIO
DRAMA), 무두인/눈뜬 봉사(소인극 각본, 사막육장, 희곡), 채규호/
젊은 어머니(소설), 박덕상/쌍복희 1회(비련소설), 광산신월

『호남평론』, 3권 4호, 1937.4.1
상장을 찬봄(수필), 백령/나의 영춘기(수필), 윤준희/여학교를 졸업한
여러 누나의게, KC생/춘우의 상심(수필), 정학보/광경, 무수인/유달
산 타령(민요), 남촌/항구에 비가 오면(시), 김애순/송춘(시단), 이근
화/가는 청춘(시), 정명환/신춘(한시), 정산인/쌍복희 2회(비련소설),
광산신월

『호남평론』, 3권 5호, 1937.5.1
목포를 떠나면서(수필), 석두옥/나의 존경하는 C선생께(수필), 근사/
추억 · 신록 · 그 여인(수필), 박덕상/신록의 파노라마 환상의 오월(수
필), 노변/신록의 오월(수필), 최승년/보헤미안(시), 눈물의 누적(시),
봄소식이 듯고십허(시), 이종렬/불류 · 버ー드(시), 독소/백앵무의 사
(탐정소설), 남경전 번안/맹산점묘(소설), 백촌강/눈뜬봉사(이막 희
곡), 채규호

『호남평론』, 3권 6호, 1937.6.1
잔춘 편편(수필), 채규호/다방산화(수필), 최승년/회(수필), 이소성/유월
이 실혀(수필), 이적천/소시민성(일기), 이일공/엇던 어머니(시), 오덕/고
향(시), 백령/여로정서(시), 이근화/실춘부(시), 최승년/유랑(단편소설)
윤준희/맹산점묘(소설), 백촌강/쌍복희 3회(비련소설) 광산신월

『호남평론』, 3권 7호, 1937.7.1
어느 하루날(수필), 박덕상/그늘진 女人(수필), 나천수/칠월과 고우(수

필), 이일공/화병(콩트), 최승년/나의 여급생활기, 한순/절계의 노래
(시), 이요섭/비극(시), 노변/충무공 영당(한시), 정산인/자조(한시), 자
회(한시), 목포전망(한시), 취원산인/사랑(시), 무두인/담배(시), 초조
(시), 무명씨/목포찬가(시), 김치묵/농야(시), 이중호/망상의 꿈을 안
고(시), 천남선/숙국새(동요),효소/꿈(시), 김양수/기차(창작소설), 문
이석/유랑(창작소설), 윤준희/백앵무의 사(탐정소설), 남경전 번안

『호남평론』, 3권 8호, 1937.8.1
소하를 위한 인간의 태도(수필), 박덕상/잃어진 문학청년(수필), 문경/
하일한화(수필), 이종호/버드나무 그늘의 소녀(수필), 윤영/바다가에
서(시), 일석/수해후(이막 희곡), 박동화/H양의 반생기(시), 구은/부정
녀(창작소설), 야인

1935년 4월부터 1937년 8월까지 2년 4개월 동안 『호남평론』에 발표
한 장르별 작가는 시 53명, 소설 17명, 수필 22명, 시조(민요, 한시 포함)
14명, 희곡 10명, 비평 3명, 아동문학 2명이다. 또 장르별로 2회 이상 발
표한 작가들은 시 16명, 소설 8명, 수필 11명, 희곡 2명, 시조 2명, 아동
문학 2명이다. 『호남평론』에 작품을 발표한 작가 중에는 방인근, 이무영,
박화성과 같은 유명 문인도 있지만 대부분 지망생들로 가명이나 필명으
로 발표해서 인물을 파악하기 어려운 실정에 있다.

또 『호남평론』에 발표된 문학작품과 작가들의 활동을 점검해본 결과
한 작가가 여러 장르를 넘나들었다. 이근화는 북초(北草)라는 필명과 본
명으로 시와 시조, 수필을 발표하였고, 나천수는 '천수'라는 필명과 함께
시와 수필을, 박덕상은 시와 소설을, 최승년은 시, 수필, 소설을 발표했
다. 오성덕은 '오덕'이라는 필명과 함께 시와 수필, 나만성은 소설과 희
곡을 썼으며, 오병남은 수필과 동요, 무두인은 시와 희곡을, 노변은 시와

소설을 발표했다.

『호남평론』의 특징 중의 하나는 소설의 명칭을 다양하게 세분화해서 쓰고 있다는 점이다. 단편·중편소설, 애정소설, 대중소설, 가정소설, 탐정소설 등 작품의 성격에 따라 분류하고 있다. 희곡도 소설처럼 명칭을 다양하게 세분화해서 1막 희극, 라디오 드라마, 발성영화 각본 등으로 분류하고 있다. 이런 현상은 장르에 대한 고민이 없었거나 혹은 주제를 장르로 분류해서 썼던 것으로 이해된다.

이와 같이 시와 소설, 희곡 등은 많이 발표되었으나 상대적으로 문학비평은 많지 않다. 1936년 11월호에 장효근의 「문예와 인생」, 이석의 「학예 문화 옹호의 자유사상론」, 12월호에 김인화의 「문학의 감동성」, 1937년 1월호에 박병선의 「시인 제씨에게 일언, 대중이 요구하는 작품을!」, 3월호에 김인달의 「연극의 민중예술성」, 8월호에 남촌의 「문학방법론」만이 문학비평의 자리를 지켰다.

## 3. 『호남평론』의 특징과 역할

김철진이 주간한 뒤 시조나 동시, 민요를 제외하고 순수하게 시를 발표했던 작가만 64명에 이른다. 이북초, 나천수, 무두인, 박찬일, 김중복, 노변, 이중호, 천남선, 오성덕, 최승년, 이종열, DK생, 박덕상 등이 다수의 작품을 발표했고, 문일석[12]을 비롯한 대부분은 1, 2편의 작품을 발표하였다. 이

---

12 문일석은 이난영이 부른 「목포의 눈물」을 쓴 작사자이다. 차재석은 「목포의 눈물」에 대하여 "여담이지만 고인이 되기 전 오성덕씨는 「목포의 눈물」 가사는 자기 것인데 문일석 군이 표절해서 응모했다고 뇌까리곤 했습니다"라고 적고 있다. 차재석,

상의 작가들을 포함하여 『호남평론』에 작품들은 목포와 목포 주변 지역을 소재로 삼았다.

특히 이러한 특징은 시 부분에서 두드러지는데 오덕 「영산강타령」, 나천수 「달성사 종소리」, 박찬일 「황혼의 용당리」, 이근화[13]의 「어둠은 바다우에 나리니 – 목포부두에서」, 「성심성의에 불붙으라 – 목포고보설립 기성회에 던지는 나의 시 한 수」, 이춘배의 「무안가」, 정우채의 「목포해안의 아츰」, 유명의 「영산강뱃노래」, 김치묵의 「목포찬가」, 취원산인의 「목포전망」, 곽동규[14]의 「영산강」, 망월의 「항구」, 김중복의 「울뚠목(鳴胖津)」, 「목포찬가」, 「포구의 황혼」, 「해저문 포구」 등이 그러하다. 그래서 많은 작품들이 개인적인 정서가 드러나 있고 문학적 완성도도 낮은 것이 사실이다.

그럼에도 불구하고 목포의 지역성과 향토성을 담론화했다는 것은 의미가 있다. 일제가 문화정치를 표방는 것이 식민화에 걸림돌이 된다는 것을 간파한 뒤에는, 무단정치로 선회한 지점에서 지역성과 향토성을 표방한 작품들이 대거 발표된 것은 일제의 식민정치를 무력화시키는 일이기도 했기 때문이다. 설령 수준이 낮은 작품일지라도 민족의 미래를 도모하고 일제의 통치에 동조하지 않았다는 점, 필진이 지역사회의 유지들

---

『삼학도로 가는 길』, 세종출판사, 1991, 133쪽.

13 이근화는 목포마차조합창립총회에서 이사로 선임하였다. 목포마차조합은 종래에 무통제하고 분산적인 관계에 있어 서로 경쟁이 심하였던 만큼 불편을 느껴오던 바, 이를 유감으로 여기던 마차업자들은 임금문제와 여러 가지 문제를 통제하기 위하여 조합을 결성하였다.(『동아일보』, 1938.8.12)

14 곽동규(郭東奎)는 동아일보 제3회 학생계몽운동의 책임대원으로 2주 동안 전라남도 무안군 목포부 북교동에서 계몽 활동을 하였다.(『동아일보』, 1933.7.29;8.4;8.17)

이었지만 지역민들과 함께 담론을 함께 공유하였다는 점은 『호남평론』의 역할이 값진 것이었음을 의미한다. 또 '독자들의 투고'를 받아 지면을 할애하고 담론을 수렴한 점은 일종의 되돌려주기 전략이었을 것으로 이해된다. 따라서 발표된 작품의 수준을 떠나 그 자체만으로도 시대적인 조건에서 충분한 역할을 한 매체였다고 할 수 있다. 여기서는 문학작품 목록을 정리한 것으로 대신하였지만, 개별 작품에 대한 연구와 작가들을 추적하고 밝히는 것은 향후의 과제로 남긴다.

제2장

# 해방기 목포와 학생 매체

# 정치 이데올로기와 『예술문화』

## 1. 서론

일제로부터 해방되었던 1945년부터 남한 단독정부가 수립된 1948년
까지는 우리 역사상 유례없는 절대 자유공간이기도 했지만 정치적으로
는 매우 혼란한 시기였다. 해방은 좌익과 우익 구분 없이 맞은 경사였지
만 시간이 흐르면서 사상적 이념에 따라 이합집산, 합종연횡의 형태로
서서히 편이 갈라졌고 그것은 남북분단으로 가는 빌미가 되었다. 이런
혼란기에 지식인들은 정치적인 행방을 결정하느라 분주했고 사상을 분
명히 드러내기도 하면서 월북과 월남을 선택하여 정치적 현실 속으로 온
몸을 던졌다. 사회주의 사상을 전면화한 문학단체가 등장하고 순수문학
을 주장하는 문학단체가 정치권력과 함께했다. 한편으로는 순수했으나
다른 한편으로는 불온했다.

특히 해방기의 문학지형도는 지역일수록 중앙의 움직임에 더 민감하
게 반응하며 움직였다. 한국전쟁을 겪으면서는 남한 내의 이른바 좌익계
열의 문학단체들은 완전히 소멸되고 문총구국대의 일원으로 흡수 통합

되는 수순을 밟으면서 문인들은 과거의 전력을 은폐하거나 전향하기에 바빴다. 광주전남 지역도 마찬가지로 거의 모든 문인이 문총구국대원으로, 이른바 반공주의를 앞장세운 활동에 진력하였다. 그 과정에서 작가들은 사상을 전향하거나 행방불명되었다.

해방기의 광주전남 지역의 문학과 정치사회의 관계를 잘 보여주는 매체는 『예술문화』이다. 목포예술문화동맹의 기관지인 『예술문화』는 예술문화운동의 지향점을 분명히 하고 있어서 광주전남의 문학지형도를 파악하는 데 중요한 사료임에도 불구하고 그 전모를 알 수가 없었다. 그동안 목포예술문화동맹에서 발행한 매체 『예술문화』가 있었다는 기록과 회고록에 의존한 후일담 정도만 전해져왔을 뿐이다. 그 『예술문화』를 발굴하는 데 그동안 알려진 것과 다른 여러 지점을 확인할 수 있다. 따라서 해방기의 광주전남 지역문단과 문학담론의 지형을 살필 수 있는 중요한 사료로서 해방기 광주전남 지역문단의 사상적 궤적과 공백기로 치부되었던 해방기 지역문학사의 복원, 그리고 작가들의 사상적 행로를 확인할 수 있다.

## 2. 목포예술문화동맹과 『예술문화』 서지사항

목포예술문화동맹에서 발행한 『예술문화』는 간행되었다는 사실만 전해졌다. 그동안 알려진 대로 여기에서도 역시 4호로 종간되었다는 것을 전제로 『예술문화』를 정리하였다. 『예술문화』 5호가 발행되었을 가능성[1]이

---

1 엄동섭, 「한 고전주의자의 좌파적 전향-조남령론」, 『어문연구』 106호, 2000.(엄동

제기되고는 있으나 현재로서는 확인된 것이 없기 때문에 『예술문화』창간호부터 3권 전체, 그리고 4권의 목차와 확인된 일부의 평론과 글을 연구 대상으로 삼아 해방기 목포, 더 나아가 해방기 광주전남 지역문단의 흐름을 정리하였다. 먼저 『예술문화』의 서지사항과 목차를 정리하면 다음과 같다.

『예술문화』(창간호), 목포예술문화동맹 문학부, 편집책임: 오덕, 1945.12.1.
표지, 허련/제자, 정신현/권두언/무궁화 원정(시), 이동주/용(소설), 정철/신조선문예의 구체성(평론), 무유/창작실천을 앞두고(평론), 장병준/음악문화에 대한 소감(평론), 금생옥/내용과 기교(평론), 백영수/유달산에 올라(수필), 박화성/이조의 치명적 당쟁(사학), 서광호/다시 차진 한글(국학), 상원/태양으로 향하는 얼골들(수필), 오덕/생애(시), 심인섭/정객열차(희곡), 박경창/연 뛰우는 소년(시), 박문석/닭(시), 화민/세월아(시), 안태준/건국아동작품전 입선란/코큰아저씨(동요), 김춘자/조선(시), 정해동/혼이있는미이라(시), 최병학/자유(작문), 김철호/설침, 명의/편집후기

『예술문화』 제2집(신년호), 편집인: 예술문화동맹 문학부, 발행인: 예술문화동맹 출판부, 1946.1.1.
새날행진곡(시), 오덕/현단계의 정치문화와 혁명문예(평론), 무유/계몽운동과 작가적 임무(평론), 정철/고집(평론), 이동주/해방교육의 현실문제(평론), 송홍호/과거조선교육제도(평론), 서광호/인민(시), 심인섭/집(시), 이동주/야곡(시), 안태준/신설(시), 안태준/눈물(시), 박문

섭에 따르면 조남령은 시 「수은주」를 『예술문화』 5(1946.9.)에 발표한 것으로 기록하고 있어 그동안 알려진 4호가 종간호가 아닌 5호가 종간호일 가능성이 커졌다. 엄동섭에 확인한 바 어디서 봤는지 정확한 기억이 없다고 했다.)

석/우리애기(동요), 오덕/호박입배(동요), 김대창/눈보라(수필), 박화성/山으로 갈가 바다로 갈가(수필), 나천수/편지초(수필), 청야랑/제1회아동작품전입선란/이순신의 묘비, 강은규/무궁화, 김용무/가갸거겨, 박원규/헛공부하였소, 윤태범/설침, 명의/일상어해석, 박종옥/후예/생장기(소설), 노변/땅(소설), 백두성/단결(희곡), 박경창

『예술문화』 제3집(2·3월호), 편집인: 예술문화동맹 문학부, 발행인: 예술문화동맹 출판부, 1946.2.1.

민족문제(평론), 김홍배/조선농촌 재건설을 제하야(평론), 서광호/신극운동에 대하야(평론), 홍순태/신극대화(평론), 이화삼/아침에오는 사람(시), 박문석/쌍강아지목숨(시), 안태준/원수는 쓰러지고(시), 나천수/눈나린아침(시), 이동주/신념(시), 엄주선/시풍형께(수필), 박화성/광상보(수필), 송홍호/단상일속(수필), 김일로/백계로녀(소설), 정철/우악소리(희곡), 박경창/편집여묵

『예술문화』 제4집(특집호), 편집인: 예술문화동맹 문학부, 발행인: 예술문화동맹 출판부, 1946.7.15.

표지, 곽종선/과도기에처한민주주의 문예관과혁명작가(평론), 무유/경향문학론(평론), 남령 역/인민예술의건설을위하야(평론), 이일민/민족문제(평론), 김홍배/비바람성긴밤(시), 조벽암/가정(시), 이보성/회정(시), 최규창/팔려가는여인의노래(시), 이동주/탄환처럼 던져지다(시), 노변/애정(시), 최석두/보리가실은해서무엇하리(시), 김일로/광인집단(외 1편, 시), 심인섭/세상은 병들다(시), 화민/포엽(시), 박화진/모자(시), 곽석향/삼일세우, 김승해/어느날아침, 이영주/청호점화(수필), 이동주/북지서돌아와서(수필), 강원순/헐어진청년회관(소설), 박화성/병든인간(소설) 정철/편집후기

이상의 『예술문화』 목차를 다시 장르별, 작가별로 정리하면 다음과 같

다. 먼저 시 분야를 정리한다.

시 분야 작가와 작품 목록

| | 창간호 | 2집 | 3집 | 4집 |
|---|---|---|---|---|
| 이동주 | 무궁화 원정 | 집 | 눈나린아침 | 팔려가는여인의노래 |
| 심인섭 | 생애 | 인민 | 철로길을 간다 | 광인집단 외 1편 |
| 박문석 | 연쮜우는 소년 | 눈물 | 아침에오는사람 | |
| 안태준 | 세월아 | 야곡, 신설 | 쌍강아지목슴 | |
| 화민 | 닭 | | | 세상은 병들다 |
| 오덕 | 새날행진곡 | 우리애기(동요) | | |
| 김대창 | 호박입배(동요) | | | |
| 나천수 | | | 원수는 쓰러지고 | |
| 엄주선 | | | 신념 | |
| 조벽암 | | | | 비바람성긴밤 |
| 이보성 | | | | 가정 |
| 최규창 | | | | 회정 |
| 최석두 | | | | 애정 |
| 노변 | | | | 탄환처럼 던져지다 |
| 김일로 | | | | 보리가실은해무엇허리 |
| 박화진 | | | | 포엽 |
| 곽석향 | | | | 모자 |

위 표에 제시한 대로 『예술문화』에 발표된 시는 총 30편이다. 이중에서 동요가 2편이고 시는 28편이다. 이동주가 4편, 심인섭이 5편, 안태준이 4편, 박문석이 3편, 화민이 2편이고 오덕이 동요를 포함하여 2편을 발

표하였다. 그리고 김대창, 나천수, 엄주선, 조벽암, 이보성, 최규창, 최석
두, 노변, 김일로, 박화진, 곽석향이 각 1편씩 발표하였다. 심인섭이 가장
많은 5편을 발표하였고 다음으로 이동주와 안태준이 4편을 발표하였다.
심인섭과 이동주와 오덕은 목포예술문화동맹의 핵심인물들로 소설을 쓴
정철과 함께 『네동무』라는 4인시집을 목포예술문화동맹의 이름으로 발
행하기도 하였다. 『예술문화』 창간호의 편집을 맡았던 오덕은 1928년 12
월 5일 오후 7시 30분 목포 청년동맹회관에서 설립된 조선 프롤레타리아
예술동맹 목포지부 회원[2]으로 활동을 시작하여 『호남평론』을 통해 다수
의 작품을 발표하였다. 오덕은 목포의 문학인으로서는 가장 먼저 사회주
의 사상을 기반으로 작품 활동을 한 작가로 추정되고 있으나 해방 이후
의 행적은 확인되지 않는다.

다음으로 『예술문화』에 발표된 소설의 작가와 작품은 다음과 같이 정
리된다.

| | 창간호 | 2집 | 3집 | 4집 |
|---|---|---|---|---|
| 정 철 | 용 | | 백계로녀 | 병든인간 |
| 노 변 | | 생장기 | | |
| 백두성 | | 땅 | | |
| 박화성 | | | | 헐어진청년회관 |

소설 분야 작가와 작품 목록

정철은 앞서 언급했던 것처럼 목포예술문화동맹의 핵심인물로 소설 3

---

2  허형만, 「목포 시문학사 개관」, 『목포 100년의 문학』, 목포100년의 문학 발간추진위
   원회, 올뫼, 1997, 212쪽.

편을 발표하였고, 노변과 백두성[3]과 박화성이 각 1편씩의 소설을 발표하
였다. 이들은 모두 『호남평론』의 필진들이었다.

다음으로 수필을 쓴 작가와 작품의 목록을 정리하면 다음과 같다.

| | 창간호 | 2집 | 3집 | 4집 |
|---|---|---|---|---|
| 박화성 | 유달산에 올라 | 눈보라 | 시풍형께 | |
| 오 덕 | 태양으로 향하는얼 골들 | | | |
| 나천수 | | 山으로갈가 바다로갈가 | | |
| 청야랑 | | 편지초 | | |
| 송흥호 | | | 광상보 | |
| 김일로 | | | 단상일속 | |
| 이동주 | | | | 청호점화 |
| 강원순 | | | | 북지서돌아와서 |

수필 분야 작가와 작품 목록

『예술문화』에 발표된 수필은 모두 10편이다. 이 중에서 박화성이 3편
을 발표하였고, 오덕과 나천수, 청야랑, 송흥호, 김일로, 이동주, 강원순
이 각 1편씩을 발표하였다. 박화성은 3집까지는 수필만 발표하다가 4집

---

3  백두성(白斗星)은 목포출신으로 일본 유학을 마차고 돌아와 교직에 종사하였고
소설가로 활동하였다. 작품집으로 『대화없는 광장』(선명문화사, 1966.), 『유산없
는 젊음들』(대한출판사, 1972.), 『단계』(을유문화사, 1976.), 『냉과 열』(세운출판사,
1977.), 『쫓기는 사람』(국제출판사, 1982.), 『쫓기는 지성들』(유림,1988.), 『새글짓는
법』( 형설사, 1995.)이 있다.

에는 수필 대신 소설을 발표하였다. 다음으로 『예술문화』에 발표된 평론의 작가와 작품의 목록을 정리하면 다음과 같다.

| | 창간호 | 2집 | 3집 | 4집 |
|---|---|---|---|---|
| 무 유 | 신조선문예의 구체성 | 현단계의 정치문화와 혁명문예 | | 과도기에처한 민주주의 문예관과 혁명작가 |
| 서광호 | 이조의 치명적 당쟁 | 과거조선교육제도 | 조선농촌 재건설을 제하야 | |
| 김생옥 | 음악문화에 대한 소감 | | | |
| 백영수 | 내용과 기교 | | | |
| 장병준 | 창작실천을 앞두고 | | | |
| 상 원 | 다시 차진 한글 | 일상어해석 | | |
| 정 철 | | 계몽운동과 작가적 임무 | | |
| 이동주 | | 고집 | | |
| 송흥호 | | 해방교육의 현실문제 | | |
| 홍순태 | | | 신극운동에 대하야 | |
| 이화삼 | | | 신극대화 | |
| 김홍배 | | | 민족문제 | 민족문제 |
| 이일민 | | | | 인민예술의건설을 위하야 |
| 남령역 | | | | 경향문학론 |

평론 분야 작가와 작품 목록

『예술문화』에는 총 20편의 평론이 발표되었다. 그 중에서 무유와 서광호가 각 3편씩의 평론을 발표하고 있고, 김홍배는 「민족문제」를 연재하였다. 상원[4]은 2편을 발표하였고, 김생옥[5], 백영수, 정철, 이동주, 송홍호, 장병준, 홍순태, 이화삼, 이일민은 각 1편씩 발표하였다. 남령[6]은 「경향문학론」이라는 엥겔스의 글을 번역하여 발표하였다. 여기에 실린 평론들은 해방기의 사상적 흐름과 문학적 흐름을 그대로 노정하고 있다.

위 표에서 확인되는 것 중의 하나는 『예술문화』 창간호에는 문화예술 전 분야의 평론이 실려 있다는 점이다. 해방을 맞이하여 각 분야의 전문가들이 문화운동의 방향과 관련된 창작론을 펼친 것으로, 무유의 「신조선문예의 구체성」은 어떻게 글을 쓸 것인가에 관한 문제를 다루고 있다. 김생옥의 「음악문화에 대한 소감」은 음악에 관한 움직임에 대하여, 백영수는 「내용과 기교」는 그림의 주제와 기교에 대하여, 장병준[7]의 「창작실천을 앞두고」에서는 민족문학의 창작론을 발표하였다. 이처럼 『예술문

---

4  상원은 박종옥으로 『상원시조집』(고려문화사, 1948)을 발간하기도 하였다.

5  김생옥은 목포고 음악교사였다. 그는 여순사건 때 사망하였고 그의 부인 박순이(1921~1994)는 1955년 광주 양림동에 고아원 충현원을 설립하여 운영하다가 난소암으로 사망하여 양림동 충현원 내 합장되어 있다.

6  조남령(1920.12.2.~?) 은 전남 영광군 영광읍 도동리 281번지에서 부 조용현, 모 김영묵의 6남매 중 3남으로 태어났다. 1933년 영광보통학교 졸업, 1938년 목포상업전수학교 졸업, 1939년 일본 동경으로 유학, 법정대학 영문과 입학 후 일문과로 편입하였다. 1944년 학병으로 징집되어 일본의 고사포 부대에 배치되었다. 해방 직후 귀국한 조남령은 조선학병동맹과 조선문학가동맹에 참여하여 활동하였다. 그는 일본 유학 중 『문장』지에 이병기 추천으로 「창」과 「금산사」, 「향수」 등을 발표하여 3회 추천 완료한 유일한 시조시인으로, 월북 이후의 행적은 알 수 없다.

7  장병준(張秉俊)은 한국전쟁기인 1951년에 발간된 정훈 잡지 『갈매기』에 「대한의 길」이라는 시를 발표하여 이 평론과는 다른 행보를 보이고 있다.

화』는 문화예술 전 분야에 걸쳐 해방 이후 민족문화담론의 방향을 점검하고 고민하기에 바빴던 지역 문화예술인들의 열정이 녹아있다. 상원의 「다시 차진 한글」이라는 글도 일본어의 잔재를 청산하는 것은 한글을 철저하게 사용해야 한다고 주장하는 해방의 기쁨과 기대를 담고 있다. 평론에는 해방기 지식인들의 민족 문화예술에 대한 고민과 기대가 함께 표출되어 있다.

특히『예술문화』 2집에서는 새로운 시대의 교육을 고민하고 있다. 서광호의 「과거조선 교육제도」에는 교육제도의 문제점을, 송홍호의 「해방교육의 현실문제」에는 현실적으로 해결해야 할 교육 문제를 다루고 있다. 교육에 민족의 미래가 달려있기 때문에 민족교육에 힘써야 한다는 것을 강조하였다. 3집에서는 극예술이 발달하였던 목포지역답게 신극운동에 관한 평론이 2편이 발표되었다. 4집에서는 사회주의 사상이 완전하게 노출된 평론 무유의 「과도기에 처한 민주주의 문예관과 혁명작가」와 이일민의 「인민예술의 건설을 위하야」가 실려 있다. 목포예술문화동맹의 색깔을 분명하게 드러낸 글이다.

다음으로『예술문화』에 발표된 희곡을 정리하면 다음과 같다.

|  | 창간호 | 2집 | 3집 | 4집 |
|---|---|---|---|---|
| 박경창 | 정객열차 | 단결 | 우악소리 |  |

희곡 분야 작가와 작품 목록

『예술문화』에 발표된 희곡 작품은 모두 3편으로 박경창의 작품이 유일하다. 박경창의 희곡들은 해방기 민중들의 방황과 방향 노선의 갈등을 보여주고 있는 작품들이다. 박경창[8]의 희곡 3편은 "초기의 작품이 모두 분실되었기 때문에 부득이 수록지 못한 점이 여간 섭섭하지 않다"[9]고 하였던 작품들로 추정된다. 박경창은 작품집『운촌』과『예술문화』에「우악소리」,「단결」을 발표하면서 문단에 데뷔하였다고 약력을 소개하고 있다.「우악소리」에서 북쪽으로 떠나는 젊은이의 모습은 사회주의라는 이상을 좇아 북쪽으로 떠났던 지식인들의 모습과 겹쳐진다. 이를 통해서 사상적 행방에 따라 이상을 실현하고자 하였던 지식인들의 갈등과 고뇌를 살필 수 있다.

이상에서 살핀 것을 종합하면 해방기 광주전남 지역의 사회주의 예술문화 담론을 생산한 유일한 단체는 목포예술문화동맹이었다. 목포예술문화동맹은 문학부(아동문학과), 연극부, 미술부, 판매부를 두고 있었으며,『예술문화』는 예술문화동맹 문학부가 발행했다. 창간호의 편집책임자는 오덕이었으며,『예술문화』2호인 신년호부터는 이동주가 편집책임을 맡았다. 이동주는『예술문화』를 통해 사상적인 색깔을 분명히 드러냈다. 향토적 서정을 대표하는 시인이 된 이동주는 해방기의 문학 활동을 묻었다

---

8 박경창(1918.11.24~1987.4.16) 일본 법정대학 정경학과를 졸업하였으며 언론계에서 25년간 근무하였고, 한국신문윤리위원회 심의위원으로 8년간 활동하였다. 〈현대극회〉 대표, 한국문인협회 이사, 한국극작가협회 이사, 한국연극협회 회원으로 있었다. 작품집으로는『운촌』이 있다. 그는 경기도 안산시 성포동 예술인아파트 4동 805호 자택에서 70세를 일기로 별세했다.

9 박경창,「후기」,『운촌』, 월간문학사, 1978, 436쪽.

## 3. 해방기 문단과 목포예술문화동맹

광주전남의 지역문학에 있어서 목포는 광주전남의 문화예술을 선도한 지역이다. 목포는 개항과 더불어 드나듦이 자유로웠던 지리적 특성이 문화 전반에 영향을 미쳤다. 상대적으로 해외 문물의 유입이 용이하였던 만큼 사회주의 활동이 활발하게 전개되기에 알맞은 지역이었고, 사회주의자들이 활동에 진력할 수 있는 조건이 되었다. 그래서 일제 치하에서도『호남평론』을 발간하여 지역사회 담론을 이끌 수 있었던 것이다. 해방을 맞이한 후에도 달라지지 않았다. 중앙문단에서 8 · 15해방 다음 날인 8월 16일에 문학건설문학본부가 결성되었듯이 목포에서는 목포예술문화동맹이 결성되었다.

조선문학건설본부가 카프 맹원들에게서 이른바 순수문학을 주도한 해외문학파들까지 흡수하여 문단을 주도했고, 조선문학건설본부와 조선프롤레타리아문학동맹이 조선문학가동맹으로 통합되는 과정을 통해 조선문학자대회를 개최했다. "진보적 민주주의 국가의 건설 과정에 있어서 조선문학의 자유스럽고 건전한 발전을 위하여" 만장일치로 통과된 강령의 첫째는 일본 제국주의 잔재의 소탕이요, 둘째는 봉건주의 잔재의 청산이었으며, 셋째는 국수주의의 배격이었다. 넷째는 진보적 민족문학의 건설이고 다섯째는 조선문학의 국제문학과의 제휴였다.[10] 이런 중앙문단의 흐름과 목포예술문화동맹의 움직임은 크게 다르지 않다.

다만 목포예술문화동맹이『예술문화』창간호를 낸 것은 1945년 12월

---

10 조선문학가동맹,『건설기의 조선문학─제1회 전국 문학자대회 자료집 및 인명록』, 온누리, 1988, 186쪽.

1일로 전국문학자대회에서 조선문학건설본부와 조선프롤레타리아문학동맹이 '조선문학가동맹'으로 통합되기 전이었다. 물론 해방 다음 날인 1945년 8월 16일에 조선문학건설본부가 결성되었지만 특별한 활동을 보여주지 못했고, 1946년 7월에서야 기관지『문학』이 창간되었다. 목포예술문화동맹이 중앙보다 먼저 기관지『예술문화』를 발행하였다는 것은 분명히 문단사적으로 중요한 의미가 있다.

목포예술문화동맹의 성격은 창간호의 「권두언」에 잘 나타나 있다.

> 민족문화는 민족만이 아니고 세계사적 문화를 내포했을진대 우리의 예술은 우리의 땅에 뿌리를 박았을 때 세계라는 무대에 등장할 수 있으리라. 모든 것이 건국의 일익으로 속할진대 예술영역도 아리따운 미의 나라만을 추궁하는 예술지상주의의 소극적 태도를 일소하고 통일 정권의 수립과 새 건설의 위대한 사업에 온 정력을 쏘다야 할 것이다.
>
> 이제 파급의 기염도 용소슴치고 일어날 예술운동은 새 조선의 정치와 문화에 파급할 역할이 막대하되 특히 현과정의 예술인은 자기 재능이 허하는 한 서슴없이 정열을 쏘다 어즈럽고 거친 길에 방황하는 민중을 지도하고 교육하고 계몽하는 것만이 위대한 사명일지니 현실주의에 입각한 박렬한 정신만이 필요할지니라.
>
> 과거의 예술은 특정 사회계급의 생활 내용만이 주제가 되었으나 이제야 조선예술은 강조된 사회의식 가운데 전 민중의 한발 앞선 앞자비가 되어야 할진대 그러한 거대한 지도성을 띄운 주류가 될 것을 전망하며 이 잡지의 엇부르지즘은 강호에 선언하는 바이다.[11]

목포예술문화동맹은 해방과 동시에 "예술영역도 아리따운 미의 나라

---

11 목포예술문화동맹, 「권두언」,『예술문화』창간호, 1945.12.

만을 추구하는 예술지상주의의 소극적 태도를 일소하고 통일 정권의 수립과 새 건설의 위대한 사업에 온 정력을 쏘다야 할" 새로운 예술운동의 필요성에 따라 "예술운동은 새 조선의 정치와 문화에 파급 역할이 막대하되 특히 현 과정의 예술인은 자기 재능이 허하는 한 서슴없이 정열을 쏘다 어즈럽고 거친 길에 방황하는 민중을 지도하고 교육하고 계몽하는 것"을 목적으로 창간되었다. 따라서 목포예술문화동맹은 "조선예술의 강조된 사회의식"으로 무장한 "거대한 지도성을 띄운 주류"로 지역의 예술문화 담론을 주도하였다.

> 연이나 연합국의 승리에 따라 조선민족의 적이였든 일본제국주의는 붕괴되었고 동시 조선에서 그 횡폭은 존재를 감추는 도정에 있고 말구에 완전히 소멸될 운명에 봉착하였으나 조선민족 가운데 그 잔재 세력이 남어 있는 것이다. 그러면 일본 제국주의는 조선민족의 여하한 부류에다 그 뿌리를 남기고 간 것인가. 소위 친일파 민족반역자들이다. 친일파 민족반역자가 조선민족을 유린하고 심대한 참화를 강요는 일본 제국주의에 가담하야 압박과 착취와 약탈을 부조한 것에 대하야 일본 제국주의와 똑같은 조선민족의 적이였고 조선문화의 적으로 선정하는 데에 무슨 이의를 말할 자 있으랴. 그럼으로 친일파 민족반역자는 일본 제국주의와 이체동심으로써 조선민족에게 고통을 부과한 것으로써 인류의 평화와 행복을 파괴한 독재문화의 찬양자가 아니었으랴.[12]

예술문화동맹은 해방과 동시에 "횡폭은 존재를 감추는 도정에 있고 말

---

12 무유, 「현단계의 정치문화와 혁명문예」, 『예술문화』 2권, 1946.1, 7쪽.

구에 완전히 소멸될 운명"에 처해 있었다. 그러나 여전히 남아 있는 "잔재세력"인 "친일파 반민족주의자"가 "조선민족을 유린하고 심대한 참화를 강요는 일본 제국주의에 가담하야 압박과 착취와 약탈을 부조한 것에 대하야 일본 제국주의와 똑같은 조선민족의 적이였고 조선문화의 적"으로 간주했다. 이는 조선문학자대회의 첫 번째 강령 "일본 제국주의의 잔재의 소탕"에 대한 의지와 일치하는 것으로 "인류의 평화와 행복을 파괴한 독재문화의 찬양자"들은 우선적인 정리 대상으로 삼았다. 친일파 청산 문제는 전국에서 동시다발적으로 일어난 사회담론이었다. 무유가 친일파들을 문제시하고 있는 것은 "조선의 유산층과 지식층의 정신"이었고 청소년 학생들이 "조선의 국어조차 서투른" 점 때문이었으며 근로대중의 "의식수준의 저열"과 민족반역자들의 "단말마적 모략" 때문이었다.

한편으로 무유는 친일잔재와 봉건의 청산을 내세웠으면서도 그것보다는 이념성을 강조하는 문예운동을 주장하고 있다. "조선민족의 팔할 이상이 근로대중이라는 이 놀라운 대다수의 진정한 행복과 자유를 위해서는 공산주의를 반대하는 자는 결국 그는 조선민중의 적으로 자처하는 자요 사회주의 혁명을 증오하는 문화인이 있다면 이는 백팔의 희생 우에 건설된 일인의 왕국을 찬미하는 야만인에 불과할 것"[13]이라는 발언을 서슴지 않은 것으로 보아 당시 목포의 정치적인 분위기를 가늠할 수 있다.

목포 지역의 정치적인 분위기를 확인할 수 있는 단초는 광고에서도 확인된다. 목포예술문화동맹의 『예술문화』 창간호에는 창간을 축하하는 광

---

13 무유, 「현단계의 정치문화와 혁명문예」, 『예술문화』 2권, 1946.1, 10쪽.

고가 대거 실려 있다. 목포청년동맹, 목포건국부녀동맹, 전남권투연맹의 목포지부인 목포권투구락부, 목포어업조합, 목포소방대, 목포신문사, 목포시청(시장 최섭, 총무과장 지용수, 서무과장 김용규, 재무과장 김태봉, 산업과장 이채현, 사회과장 권정규, 토목과장 홍길균, 위생과장 최섭(겸)), 목포소비조합, 목포시 인민위원회(위원장 국순홍, 부위원장 이석형, 부위원장 김백동, 서기국 김권주, 내무부 유치오, 산업부 허성천, 재정부 임종배, 문교부 윤해광, 선전부 임영춘), 해남군 황산면 우항리 이해균[14] 등의 축하광고가 그것이다. 목포의 주류 정치담론이 사회주의 사상이었음을 알 수 있는 명백한 증거인 것이다.

광고에서 확인할 수 있듯이 당시 목포는 민간단체나 기관단체가 모두 사회주의적인 경향을 띠고 있었고, 해방기의 정치투쟁 속에서 공동의 정치담론을 지향하고 있는 것은 보기 드문 사례이다. 물론 「권두언」에서 제시하였던 "민중을 지도하고 교육하고 계몽"하는 차원에서 공동의 가치실현을 위한 것이었을지도 모르지만, 일단의 맥락 속에서 확인되는 목포문화예술동맹은 남로당이나 민주주의 민족전선 등과 밀접한 관계를 맺고 있을 가능성이 있다. 특히나 『예술문화』가 종간되는 시점에 조선문학가동맹의 기관지 『문학』이 창간된 것은 중앙보다 지역에서 먼저 정치 지형의 변화에 민감하게 대응하였다는 것을 시사한다.

---

14 이해균은 해남 최고의 부자인 참판 이재량의 손자로 황산중학교 개교의 일등공신이다.

## 4. 해방기 지역문학 담론의 지형

해방기의 문학담론은 정치적인 그것으로부터 자유로울 수 없는 조건이었다. 정치의 움직임에 따라 문학사회 담론도 그 흐름을 따라가는 양상을 보이기 때문이다. 해방의 기쁨 속에서 맞이한 또 하나의 감옥은 남북한의 신탁통치안이었다. 남과 북으로 분할하여 통치를 하겠다는 신탁통치안은 결국 남북한의 분단을 초래하는 비극의 서막임을 모를 리 없는 국민들이 전국적으로 신탁통치를 반대하고 나섰다. 『예술문화』도 예외는 아니었다.

> 우리의 피로 획득치 않은 해방이었지만 그래도 이 민족의 진정한 자유의 노선에 올라줄 만 알고 흔희작약하였든것도 일장몽으로 소멸되고 말았다.
> 청천벽력도 분수가 있다. 신탁통치!! 우리는 어데까지든지 완전 자주독립을 주장하고 너나할 것없이 주검으로써 이를 분쇄해야만 한다.[15]

모스크바 삼상회의에서 남북한을 미국과 소련이 신탁통치를 하기로 결정하자 전국적으로 신탁통치를 반대하는 움직임이 거세였다. 신탁통치안이 발표되자 국민적 여론은 "주권거부요 자주독립의 이념에 배치되는 민족말살이며 국가부인"일 뿐만 아니라 "조선민족의 독립국가 건설 욕망에 대한 사형선고"[16]로 받아들였다. 그래서 "삼천만 민족의 중요 관

---

**15** 「후예」, 『예술문화』 2권, 1946.1, 114쪽.
**16** 『동아일보』, 1946.1.8.

심사는 신탁통치 반대운동에 잇"고 "신탁통치 반대의 시위운동은 전국적으로 파급되고 있을 뿐 아니라 국제적으로 반향"[17]을 일으켰다. 신탁통치로 인해 "이 민족의 진정한 자유의 노선에 올라올 줄만 알고 흔희작약하였든 것도 일장몽으로 소멸"되게 할 수 없으므로 "완전 자주독립을 주장하고 너 나 할 것 없이 주검으로써 이를 분쇄"해야만 하는 것이었다. 그러나 미군정의 신탁통치를 지지하는 시위가 일부에서 전개되면서 혼란과 갈등을 겪었고[18] 이후 찬탁을 주장하는 정치세력이 집결하면서 역사의 거대한 물줄기는 신탁통치를 찬성하는 세력이 정치권력을 쥐게 되었다.

1946년 목포의 분위기는 『예술문화』 2권에 실린 신탁통치 반대광고에서 촉발된다. 신탁통치를 반대한다는 광고는 '목포인민위원회'와 '청년동맹' 및 '무안군 청계와 일로의 인민위원회'와 '농민조합' 등 기타 단체와 개인의 이름으로 실려 있다. 그러나 『예술문화』 3호에 이 광고는 "부탁을 받고 올린 것이 아니라 당시 본 동맹의 착오로 인한 동맹 단독으로 내건 것"[19]이라는 사과문을 냈다. 이 사과문은 목포예술문화동맹이 신탁통치를 반대하고 있음을 확실하게 드러낸 것이다. 반면에 목포인민위원회와 청년동맹 등은 신탁통치 찬성, 혹은 입장을 보류하고 있다는 것이 드러난 셈이다. 이어서 『예술문화』 3권에는 창간호와 2권에서처럼 이념성과 사상성을 드러내는 단체나 기관의 광고는 없고, 개인이 운영하는 회사를 알리는 광고만 몇 개 실려 있다. 따라서 단체나 기관이 정치적인 셈법을 달리함으로써 이념갈등과 노선갈등이 첨예화되어 가는 과정이 적나라하

---

**17** 『동아일보』, 1946.1.9.

**18** 『동아일보』, 1946.1.5.

**19** 예술문화동맹, 「사과!!」, 『예술문화』 3권, 1946.2.

게 드러난다. 이것은 지역의 정치문화 담론의 지형을 가늠할 수 있는 중요한 사료적 의미를 지닌다.

이즈음 중앙의 문학가동맹이 "사회의 현실적 과제가 부르주아 민주주의 혁명이라는 것, 그것을 위해서 구체적으로 친일 잔재와 봉건 잔재, 그리로 새로 대두하는 외래 자본주의 세력, 국수주의 파시즘 세력 등과의 투쟁을 통해서 새로운 민주주의 국가를 건설하는 데 문학 역시 함께 해야 한다는 이념의 객관화"[20]를 주장하였다. 목포예술문화동맹도 같은 노선에 있었다. 그것은 김홍배가 쓴 글을 통해서 확인된다.

조선은 일제의 전형적 식민지이었다. 현하(現下) 조선민족의 역사적 과업은 일제의 잔존 세력을 완전히 청산하고 진정한 의미에서의 조선민족의 해방에 있다.

조선은 그 사회 양식에 있어서 봉건사회로 규정된다. 물론 순수한 자급자족의 봉건사회는 아니다. 미약하나마 자본주의적 공장생산 관계도 가지고 있으나 봉건생산 관계가 중구를 점하고 있음으로 봉건사회라고 본다. 이는 농민이 전 인구의 80%를 점하고 있음을 보아도 잘 알 수 있다. 그러므로 농민의 완전한 해방은 토지 문제의 진보적 해결에 있다. 이와 같이 민족문제는 조선민족해방에 있어서 해결하지 않으면 안 될 여러 가지 구체적 과제와 긴밀관계성을 가지고 있는 것이다. 이는 조선민족의 역사적 과업은 민족문제에 대하여 철저한 파악이 없이는 완성하기 어렵다는 것을 증명하고 있다.[21]

---

20 민족문학사연구소 편, 『새 민족문학사 강좌 2』, 창작과비평사, 2009, 277쪽.
21 김홍배, 「민족문제」, 『예술문화』 3권, 1946.2, 1쪽.

위 글을 쓴 김홍배[22]는 '전남운동협의회'의 주동자이다. '전남운동협의회'는 "지역 사회 내부의 전위적 활동가들이 당을 대신하여 그 지역의 대중운동을 정치적으로 지도하는 협의회 형태의 지역별 공산주의자 그룹의 위상을 가지는 조직"[23]으로 "영농 회사의 토지겸병 반대, 양반 기타 봉건사상과 지방열의 배격, 소작료의 감하 또는 면제, 호세 및 기타 공과세의 인하 요구, 간상과 고리대금업자의 배격, 청년에게 공산주의 의식을 고조하여 제국주의 정치에 반대케 할 것, 소년에게 연극과 강연, 야학 등을 통해 반종교, 반봉건 정신을 고취하는 동시에 공산주의 정신을 주입할 것"[24] 등의 강령을 내걸었다. 그러나 조직책 윤가현이 검거된 이후, 1934년 2월부터 대대적인 검거 선풍으로 558명이 검거되었다. 이때 김홍배는 징역 3년을 선고받아 복역하였다. 1937년 7월 목포형무소에서 출소하였으나 거주 제한을 받아 목포에 머물러 있던 중 전향을 강요하였으나 끝까지 거부해 미전향 사상범들과 청주예방구금소에 구금되었다가 해방과 함께 석방되었다. 그리고 바로 목포예술문화동맹에 이 글을 발표한 것이다.

일제하 지식인으로서 농민운동과 반제운동을, 해방 후에는 조선공산

---

22 김홍배(金弘培, 1909~1950?)는 전남 해남군 북평면 이진리 223번지에서 김준행의 둘째 아들로 태어나 소작을 줄 정도의 넉넉한 땅을 소유하고 있었다. 이진학원과 남창서원, 목포영흥학교를 거쳐 1930년 3월 경성경신학교를 수료하고 중동학교를 다녔다. 1931년 일본 와세다대학 법과에 입학하여 공부하던 중 반제동맹에 가입하여 맹렬히 활동하다가 전남노농협의회 사건이 발각되어 전반적으로 검거되는 것을 보고 조선 내지의 좌익운동을 목적하고 귀국하여 활동하였다. (안종철 외, 「김홍배–전남사회운동협의회 책임자」, 『근현대의 형성과 지역 사회운동』, 새길, 1995, 56~62쪽. 『동아일보』, 1934.9.10 참조.)

23 지수걸, 「일제하 전남 완도·해남지역의 농민조합운동 연구」, 『역사교육』 49, 역사교육연구회, 1991, 71쪽.

24 『동아일보』, 1934.9.10.

당 전남도당의 조직책으로 활동하였던 김홍배가 목포예술문화동맹의 회원으로 민족의 개념을 규정하고 있는 것은 목포예술문화동맹의 예술문화운동의 지향점을 확실하게 보여준다. 특히 위의 글에서 "민족문제는 조선민족 해방에 있어서 해결하지 않으면 안 될 여러 가지 구체적 과제와 긴밀 관계성을 가지고 있다. 이는 조선민족의 역사적 과업은 민족문제에 대하여 철저한 파악"이 필요함을 강조함으로써 농민문제를 해결하는 것이 민족문제에 있어서 가장 시급히 해결해야 할 문제로 거론하고 있다. 그는 사회주의 사상가로서 사회주의 이론에 기대어 민족문제를 해결하고자 하였던 것이다.

해방이 가져다준 정치적인 혼란은 지역의 문화예술가들에게도 새로운 고민이었음은 분명하다. 문학창작론이 정치적인 지형과 밀접한 관련성을 맺고 있는 것은 시대를 초월한 것이지만 한편으로는 정치적인 혼란기일수록 정치 지형에 편승하는 현상이 두드러진다.

　　우리가 이제 전 정열을 기울러 창작 실천을 행동해볼랴는 마당에 저열한 매명주의가 아니고 전 양심과 전 성의를 베풀어 새 조선 건설에 예술(문학) 운동 영역에 있어서 참됨을 기여하고 그와 운명을 같이 가겠다는 열의있는 진정한 지망가이라면 상당한 고민과 여러 가지 난관에 봉저함을 느낄 것이다.
　　그 원인은 조선 해방의 역사적 사실이 너머나 돌발적이었고 그가 초래한 현실이란 어떠한 구체성을 가추기도 전에 급속한 탬포로 회전을 거듭하기 때문에 우리는 다만 눈이 휘둥글해 가지고 태도를 수합할 여가조차 얻지 못했다는 데 있으며 또 창작 행동에 직각적인 지침을 줄 정치목표가 국제정세의 다양성과 국내 현실의 복잡성으로 인하여 핵심으로 적확히 침투해 들어가지 못하고 다소간 헛박휘가 돌고 있기 때문에 그 영향으로 우리들 사상과 그러한 헛박휘를 느끼거나 또 그러한 급속한 템포의 회전에 보조를 마치랴면 사상에 대한 건실한 과학적 추구의 단계를 떠나서 어떠한 위험적 태도를 가지고 한숨에 그 난관을 뛰여넘을랴는 대서 고민을 느끼게 되는 것이 아닐까?[25]

장병준이 새로운 조선 문학을 건설하기 위하여 "저렬한 매명주의가 아니고 전 양심과 전 성의를 베풀"지 않으면 안 되는 현실을 직시한 이 글은 "참됨을 기여하고 그와 운명을 같이 가겠다는 열의 있는" 자세를 요구하고 있다. 장병준은 해방기의 주어진 현실을 "창작 행동에 직각적인 지침을 줄 정치목표가 국제정세의 다양성과 국내 현실의 복잡성으로 인하여 핵심으로 적확히 침투해 들어가지 못하고 다소간 헛박휘가 돌고 있"는 상황으로 파악하고 "인생관적인 주관주의 미테서 그려내든 작품이 이제는 객관주의로 이행되는 세계의식와 고조된 사회의식 미테서 그려내"[26]야 한다고 주문하고 있다. 이는 김홍배와 사상적으로 일치하고 문학적 실천을 요구하고 있다는 점에서 문학의 도구화를 주장한 것이기도 하다. 이동주와 심인섭의 시에서도 확인된다.

영리한 종족이 있어
앵화목 그늘에 주연을 팔아
궁전을 짓기에 바쎗더니

---

**25** 장병준, 「창작실천을압두고 – 인생관에서 세계관으로」, 『예술문화』 창간호, 1945.12, 21쪽.

**26** 위의 글, 23쪽.

제2장 해방기 목포와 학생 매체

어쩌나!
이제 취한 웃음으로
가쁜 숨결에 가쁜 숨결에
내 쑤리를 다루어 탐낸다.

— 이동주, 「무궁화 원정」 부분

이동주가 『예술문화』에 발표한 작품들은 공식적으로는 등단 이전의 작품들이다. 특히 이동주는 "소재는 어디까지나 정치에 추종한 그리고 능히 위정자의 일침이 될만 한 건실한 사상성을 띄워야 할 게고 기교는 또한 어디까지나 아름다운 마력을 갖추어야 한"다고 역설했다. 또한 "사상은 골격이요 기교는 피부이니 사상만도 예술이 아니고 기교만도 예술이랄 수 없"고 "사상과 기교 이 두 조건이 구비되는 데서 품 있고 향기 높은 하나의 예술품"[27]이라고 주장하였다. 그런 만큼 이 시에서도 "영리한 족속"으로 기표화 되어 "궁전을 짓기에 바쌨던" 이들이 친일파와 유산자들임을 쉽게 간파할 수 있을 뿐만 아니라, 이 작품이 창간호의 「권두언」 다음 페이지에 있는 작품이라는 점에서 이동주의 시적 출발이 어떠했는지 알 수 있다. 그랬던 이동주도 남북분단 이후에는 골격이 되는 사상을 버리고 전통 서정을 앞세운 작품을 씀으로 사상적으로 전향한 작가가 되었다.

뵈이잖는 큰 손아귀에는
꿇어 엎다려 아양 부리고
미일렸다 쓰을렸다
물결만이 사는것의 보람은 아니다

---

27 이동주, 「고집」, 『예술문화』 2권, 1946.1, 22쪽.

바다가 되어다오 인력이 되어다오 주인이 되어다오

하나를 위한 여럿이 아니라

여럿을 위한 하나이여야 한다

— 심인섭, 「인민」 부분

심인섭 또한 마찬가지다. "큰 손아귀에는/꿀어 엎다려 아양 부리"지 말고 "여럿을 위한 하나"여야 한다는 주장을 전면화한 사회주의 사상을 작품의 기저로 하고 있다. 해방 공간에서 이른바 '하나를 위한 여럿'이 아니라 '여럿을 위한 하나'를 꿈꾸었던 시인 심인섭은 시집 『네동무』를 함께 냈던 오덕, 정철과 함께 한국전쟁 때 실종 또는 사망한 것으로 추정된다.[28]

해방의 기쁨을 표출하면서 새로운 희망에 기대어 "참됨을 기여하고 그와 운명을 같이 가겠다는 열의"로 작품을 썼던 시대, "자금난, 조희난, 활자난 이 천신만고"[29]에도 목포라는 지역에서 해방기를 치열하게 채웠던 지식인들과 문학인의 행보는 『예술문화』에 담겨있다. 해방기의 정치사회 및 문학담론의 지형도 알 수 있다.

## 5. 결론

목포예술문화동맹은 중앙문단보다 먼저 『예술문화』를 발간하였다. 그

---

**28** 박정온, 「해방공간−6 · 25전후 광주 · 목포 문인들」, 『광주전남문학동인사』, 한림, 2005, 71쪽.

**29** 오덕생, 「편집후기」, 『예술문화』 창간호, 1945.12.1, 68쪽.

리고 해방기의 민족문제를 문화예술 전 분야를 망라함으로써 지역문단의 지형을 한눈에 조감할 수 있었다. 『예술문화』에서 확인된 해방기의 문단과 지역문학 담론의 지형을 정리하면 다음과 같다.

첫째, 목포예술문화동맹의 『예술문화』 창간호부터 4호까지 서지사항을 밝히고 정리하여 참여한 작가와 작품들을 일별하여 정리하였다. 시는 30편, 소설은 6편, 수필은 10편, 평론은 20편, 희곡은 3편이 발표되었다. 이 작품들을 통해 해방기 사회주의의 이상을 좇았던 지식인들의 열망과 갈등, 고뇌를 알 수 있었다.

둘째, 해방기 중앙문단에서는 조선문학가동맹이 결성됨으로써 문단의 헤게모니를 장악했던 것과 같은 맥락에서 『예술문화』는 지역 문단의 지형을 반영하고 있다. 『예술문화』는 새로운 예술운동으로 새 조선의 정치와 문화로 민중을 지도하고 교육하고 계몽하는 것을 목적으로 이념성을 앞세우고 있다는 점에서 지역의 정치사상적인 분위기와 무관하지 않았던 것이다.

셋째, 해방이 가져다준 정치적인 변화는 지역의 문화예술가들에게도 새로운 작품을 요구하였음이 확인되었다. 문학창작론이 정치적인 지형과 밀접한 관련성이 있다는 점과 정치 지형에 편승하는 현상이 두드러졌다는 사실을 확인할 수 있다. 특히 시인 이동주가 문학의 도구화를 주장하고 핵심이 사상이라고 밝히고 있다는 점에서 사상을 전향한 작가라는 사실을 알 수 있었다.

해방기의 광주전남 지역의 문학과 정치사회의 관계를 잘 보여주는 목포예술문화동맹은 광주전남의 문학지형도를 파악하는 데 중요한 시사점을 제공하고 있다. 또한 『예술문화』의 발굴로 해방기를 치열하게 채웠던 지역의 지식인들과 문학인의 행보를 통해 정치사회 및 문학담론의 지형을 확인할 수 있었다. 그럼에도 불구하고 『예술문화』에 발표한 작가들의 존재를 확인할 수 없었다는 문제는 여전히 과제로 남는다. 개별 작가들을 확인하고 이들의 행적과 업적들에 대한 세세한 연구가 진행되어야만 지역문학 담론의 지형이 더 명확해질 것이기 때문이다. 이에 후속 연구를 시작하였다.

# 목포 여성교육 운동과 『새싹』

## 1. 조희관의 행적을 더듬어

목포항도 공립 여자 중학교[1] 교장이었던 조희관은 전라남도 영광군 영광읍 남천리 172번지에서 1905년 9월 16일 태어났다. 배재고보를 졸업하고 연희전문 문과 2년을 중퇴하여 중국 북경에 있는 호스돈대학에 유학하였다. 그가 태어나 자란 전라남도 영광은 "교통은 불편하도다 그러나 당지에 입하면 청년회가 잇스며 학원이 잇스며 근로격우애회가 잇스며 유치원이 잇으며 소성회가 잇스며 소년부가 잇스며 소작인회가 잇스며 식산조합이 잇스며 금융회가 잇스며 부녀야학회가 잇어서 '현대의 소재문화적 시설'이라는 것은 물질적 방면을 제외하고는 그 기관이 완전할 쑨 아니라 그 내용이 쏘한 충실한 지역이었다."[2] 일제의 강제병합이 있자 '호남의 이상향'이었던 영광에서는 시인 조운을 중심으로 민족운동 단체

---

1 이하 목포항도공립여자중학교를 '항도여중'으로 약칭한다.
2 『동아일보』, 1922.7.31.

들이 조직되었다. 그리고 일제 식민지 통치를 거부하는 민족운동이 조직적이고 치열하게 전개되었다. 조희관도 그 중의 한 사람이었다. 그는 영광유학생학우회 회원으로 「먼저 건전한 신체를 어드라」[3]로 강연을 하기도 했고 영광읍 소성회 회원으로 연예부장[4]을 맡기도 하였으며, "체육장려운동 정신의 함양"을 목적으로 조직한 영광운동구락부의 총무[5], 영광청년동맹 서기[6]로 민족운동의 전방에서 활동하였다.

한편으로 1928년 6월 18일 동아일보 영광지국 기자[7], 1930년 1월 26일 동아일보 영광지 국장[8]을 하며, 국어 문법을 연구하였다. "484주년 한글날을 기념하여 한글회와 조선, 동아일보 영광지국 합동주최로 300여 매의 쎄라를 산포"하고 「『개정철자법』은 어떠한 것인가」를 강연[9]하기도 하였다. 일제는 영광의 민족운동가들을 일망타진하기 위하여 영광공산당사건을 조작하였다. 일명 '영광체육단사건'은 영광의 민족운동을 위축시켰다. 영광의 민족운동가들과 지식인들 131명이 체포되었고, 조희관은 시인 조운, 위계후, 동화작가 정태병 등과 함께 구금되었다가 1939년 2월 4일 치안유지법위반 예심 면소 판결[10]로 풀려난 후 염산면장을 하기도 하였다. 민족운동가로서 활발하였던 영광에서의 생활은 목포로 이주하

---

3 『동아일보』, 1922.8.23.

4 『동아일보』, 1926.2.2.

5 『동아일보』, 1927.10.5.

6 『동아일보』, 1929.5.1.

7 『동아일보』, 1928.6.18.

8 『동아일보』, 1930.1.26.

9 『동아일보』, 1930.11.22.

10 국가기록원, 「1939년 조희관 형사사건부」 판결문, 1939.2.4.

면서 끝이 났다.

그는 "전남 목포부 호남정 1의 10번지"에서 거주하면서 목포상업학교 교장[11]을 거쳐 1947년 7월 20부터 1950년 11월 15일까지 항도여중 교장으로 재직하였다. 조희관이 항도여중의 교장이 되면서 가장 먼저 한 일은 교훈을 "한송이 들꽃을 보라 남을 시새워하지도 아니하고 스스로 자랑하지도 아니하며 한껏 제 빛을 나타내라"로 바꾼 것이다. 그 교훈은 "극히 미미한 풀꽃에도 가치를 두고 우리를 가르치신 교훈이야말로 선생님의 드높은 정신세계를 엿볼 수 있는 교훈이었고 또한 선생님의 고결한 인격을 상징"[12]하였다. 한 사람이 어떤 역할을 하였느냐에 한 나라의 위상이 달라지고, 한 지역의 문화 수준이 달라지는 것처럼, 조희관은 흙벽이 무너진 집에서 살면서도 학생들을 위해 밤을 지새워 가며 헌신하였다. 그 결과물 중의 하나가 『새싹』이다. 항도여중에 문예부를 만들고 지도교사를 초빙하여 문예지를 발행한 것이다. 항도여중 문예부의 문예지 『새싹』의 발행은 "해방 이후, 우리 남한의 학교에서 가장 처음으로 있었던 일"[13]이었다.

조희관은 "이 조그만 인쇄물은 열 해 후 새날의 황진이와 조선의 펄벅의 서재 책시렁 속에서 발견되리라. 그 여주인공의 어린 학원 적의 가장 소중한 추억거리"[14]일 것이라고 말했다. 그동안 『새싹』이 발행되었다는

---

**11** 「대한민국인사록」, 국사편찬위원회, 한국역사정보통합시스템.

**12** 김정숙, 「한송이 들꽃을 보라의 교훈」, 『목포문학』 7집, 1983, 21쪽.

**13** 박기동, 『부용산』, 남도문화관광진흥센타, 2002, 187쪽.

**14** 조희관, 「교보 「새싹」을 내면서」, 『새싹』 창간호, 목포항도공립여자중학교 문예부, 4281.6.1.

기록만 있었을 뿐 그 전모를 알 수 없었던 차에 항도여중 문예부에서 발행한 문예지『새싹』이 발굴되었다.[15] 『새싹』에는 개성교육을 게을리하지 않았던 조희관 교장과 항도여중 학생들과 교사들의 작품, 목포에 거주하였던 혹은 머물렀던 문화예술가들의 행적을 확인할 수 있다. 또한 혼란했던 시국에도 문화예술 교육에 힘썼던 학교의 사례를 볼 수 있다.

## 2.『새싹』의 발행사항과 목차

항도여중 문예부에서 발행한『새싹』은 1948년 6월 창간호부터 1951년 6월까지 총 9호(총 8회)가 발간되었다.『새싹』의 발행사항과 목차를 정리하면 다음과 같다.

『새싹』 창간호, 단기 4281.6.1, 낸 곳 : 목포항도공립여자중학교 문예부

교보「새싹」을 내면서, 교장 조희관/감화원 설계, 김정희(3-2)/민요 수집의 국문학적 의의, 교사 김종률/봄비, 김효자(3-2)/소풍, 박판순(1-3)/학생의 소리(1)/감싹, 최정순(2-3)/해질 녘, 김복자(1-1)/이별의노래, 교사 이승엽/둘쨋번「예술의 날」을 마치고, 교장 조희관/한짝의 신, 김칠석(2-4)/달, 황귀님(4-1)/예술대화, 교사 엄주선/이름 모르는 꽃, 박순함(3-2)/어머님, 김경희

---

15 목포항도공립여자중학교 문예부에서 발행한『새싹』은 서지학자 엄동섭이 제공하였다.

(2-2)/학생의 소리(2)/침묵, 교사 박기동/학생의 소리(3)/학생의 소리
(4)/어느 날의 기록, 이명숙(3-3)/옛시조 하나 둘/천문학의 발달(1),
교사 김광식/병든 이에게, 임성순(3-2)/시험(콩트), 교사 백두성/나무
잎, 황정단(2-3)/학교 안 소식/목장, 강정자(4-1)/학교의 겪난/새싹
을 엮은 뒤에

『새싹』 제2호, 단기 4281.7.1, 낸 곳 : 목포항도공립여자중학교 문예부

날개, 정옥희(3-2)/별, 김옥순(2-1)/수
업료(소품), 고정애(2-3)/연필(시), 김옥
님(3-1)/목장-창간호로부터-, 강정자
(4-1)/학생의 소리(1)/여름밤(수필), 교
장 조희관/아침(시), 정기선(2-2)/강강
수월래(민요)/고추, 임성순(3-2)/천문
학의 발달(2), 교사 김광식/길을 더듬어
(시), 손순아(3-3)/새벽, 유종순(2-1)/7
월에 피는 꽃 몇가지/언덕에서(시), 황귀
님(4-1)/연꽃(시), 강복님(2-2)/학생의

소리(2)/보리, 문영애(1-1)/학교 안 소식/나는 연필이다(소품), 오봉
자(2-3)/기록/야곡(夜曲, 시), 교사 박기동/옛시조 하나 둘/옛집, 김용
심(4-1)/엮은 뒤에

『새싹』 제3호, 단기 4281.8.1, 낸 곳 : 목포항도공립여자중학교 문예부
단상, 임성순(3-2)/고향 9(시), 김송자(1-1)/파랑새 되어(시), 황귀님
(4-1)/감나무, 김계숙(1-2)/학교 안 소식/노랑장미(수필), 교장 조희
관/제비, 임찬임(1-2)/8월의 메모/국수, 황기련(3-3)/보고 들은 목
포, 교사 이소암/그네(시), 김순자(3-3)/방학 동안 학교에 온 날/밤
(시), 송현경(2-1)/옹기장사, 민요/주검(시), 강정자(4-1)/개미, 김효
자(3-1)/붉은 꽃이(시), 교사 박기동/옛 시조 하나 둘/길(소품), 최금

자(2-2)/문예부에서 알림/엮은 뒤에

『새싹』 제4·5 합동호(열여덟에 꺾인 「김정희」를 위한 추도 특집),
단기 4281.10.29. 낸 곳 : 목포항도공립여자중학교 문예부

가지절까지(기행문), 박판순(2-1)/고양이,
김춘애(1-1)/무제(시), 황귀님(5학년)/가을,
홍성례(3-2)/한 벌(동시), 교사 김종률/청
개구리(시), 조동희(1-2)/단풍(자연 과학 강
좌), 교사 박종진/불(시), 강정자(5학년)/귀뜨
라미의 노래(시), 교사 박기동/꺾인 꽃송이
(수필), 교장 조희관/김정희의 걸어온 길/일
엽주(시), 김정희(여원)/김정희 언니, 김영란
(2-3)/어디로 가느뇨(시), 교사 백두성/김정
희의 산문 노오트에서/바다(시), 김정희(여
원)/비뚤어진 시간, 임성순(4-1)/옛 시조 하나 둘/누워서 보는 하늘,
황귀님(5학년)/내 너를 보내다(시), 김효자(4-1)/별이 하나(시), 박지
산(4-1)/찔레꽃(시), 교사 박기동/동무들이 말하는 정희/정희의 일기
에서/새결심, 김효자(1-3)/기록/불상한 사람, 권희재(2-2)/이 계절
에 피는꽃 몇가지/농촌 일기에서, 오봉자(3-1)/학교안 소식/귀뜨라
미(동요), 조옥순(1-3)/도지기, 황석심(5학년)/학교 안 소식/정(희곡),
교사 백두성/과학자 소전/엮은 뒤에

『새싹』 제6호, 단기 4282.6.1. 낸 곳 : 목포항도공립여자중학교 문예부
본교 다섯째 돌맞이 기념 목포학생현상 문예 특집/이런 저런 일, 황
기련(4-1)/대중말에 대하여, 교사 김종률/자연 그리는 설레(수필),
교장 조희관/가랑비(동요), 이정심(2-3)/공, 박순함(4-2)/밤(시), 강
정자(5학년)/그애 방과 정원, 배정경(4-2)/심술장이(동요), 장영선(2
-2)/봉우리로만(수필), 교사 박기동/골목, 박지산(4학년)/명자의 영

을 불러(시), 황귀님(5학년)/수학 교사의 노오트에서(1), 교사 양치종/본교 다섯째 돐맞이 기념 목포 초 중등학생 문예 페이지/그 애와 나(콩트), 오석순(문태중 3학년)/학생문예작품을 추리고 나서/우리집 개, 김석규(북교국민 1학년)/우리 아기(동요), 문숙자(유달국민 3학년)/어린이 문학가 박군의 집을 찾아서(작문), 장영철(유달국민 6학년)/바다로, 문병우(문태중 6학년)/심화(콩트), 남경술(문태중 4학년)/내동생(동요), 문연자(중앙국민 3학년)/파랑새(시), 윤동석(문태중 5학년)/옛 시조 하나 둘/무능, 유영자(2−1)/언제나(콩트), 교사 백두성/「반딧 불 문고」를 찾아서, 박기동/소녀(시), 임성순(4−1)/엮은 뒤에

『새싹』 제7호, 단기 4282.11.20 낸 곳 : 목포항도공립여자중학교 호국대 문예부

내방, 김영란(3−1)/입학(시), 김윤덕(1−1)/가지 한 나무, 박판순(3−2)/다듬이 소리(시), 최은례(4−2)/가을 시세, 황기련(5학년)/지향(시), 교사 김종률/삶(시), 이영애(3−3)/십자가(시), 임성순(5학년)/가을(시), 심영례(1−3)/표현(시), 권희재(3−2)/가을바람(시), 고은죽(3−1)/화학실, 교장 조희관/구름(시), 황귀님(6학년)/기록/밤중의 손, 박춘례(3−2)/새주검을 보고, 오봉자(4−2)/괴로운 밤(시), 구상/향수, 한호송(4−1)/국화에 배우노라, 문지혜(4−1)/할머니(시), 김화자(3−3)/일기에서, 정금자(2−3)/어머니(시), 김화순(2−2)/점심 시간에, 서영자(3−2)/날 찾아 온 이(동요), 양춘심(4−2)/나는 생각 하다, 이평례(2−2)/소식(단편), 교사 강지윤/거울(시), 박정덕(3−2)/심장, 박순함(5학년)/나는(시), 천정금(4−1)/이웃학교, 김계숙(3−1)/추석날 밤(희곡), 교사 백두성/시름꽃(시), 조정자(3−1)/엮은 뒤에

『새싹』 제8호, 단기 4283.5.5 낸 곳 : 목포항도공립여자중학교 문예부

내 하소연, 교장 조희관/언니들이여, 김효자(5학년)/보내는 말, 교감 강지윤/진실(시), 박지산(5학년)/백합꽃을 그려, 오봉자(4−2)/그대들

가시네(시), 교사 김종률/복숭아(시), 유묘순(3−1)/졸업을 앞 두고, 김용심(6학년)/책(시), 김송자(3−3)/애착, 서영자(3−2)/보름(시), 김숭원(1−1)/어느날 조회, 김남희(2−2)/봄(시), 천종님(2−3)/졸업을 앞두고(일기에서), 황귀님(6학년)/정구장 가에 서서, 오성애(6학년)/어이 잊을까(시), 박정덕(3−2)/동산 노리의 한토막, 황석심(6학년)/기록/앞날의 교정, 조영자(2−3)/저녁거리, 박춘애(3−2)/기록/봄의 어느날, 권희재(3−2)/차 속에서, 박순함(5학년)/옛 시조 하나 둘/죽음(시), 임성순(5학년)/엮은 뒤에

『새싹』 제9호, 단기 4284.6.1, 목포항도여자중학교 학도호국단 문화선전부 엮은이 : 김평옥, 내보낸이: 이상곤, 적은이 : 이성욱, 적은 곳 : 목포시 상락동2가 5번지, 광일인쇄주식회사

여러 학생에게 바람, 교장 이상곤/새싹의 발전을 빕니다. 전 교장 조희관/S를 그리며, 오봉자(5학년)/언니 보고져(시), 김명순(1−1)/우리의 감정에 따른 정서 현상은?, 교사 오병문/지새는 달(시), 김효자(6학년)/악마의 불꽃(시), 김복금(1−3)/선희에게(창작), 황기련(6학년)/찬 달밤에, 윤곤강의 시에서/지난 날의 비애의 회상(수상), 교사 김평옥/굳게, 박순함(6학년)/등나무(시), 교사 김종률/단상, 김후남(2−2)/푸른동산, 김채란(4학년)/새벽 정거장, 김계숙(4학년)/세계과학통신, 과학부/우리나라의 헌법, 편집부/선창가/졸업반 시탑/춘음(시), 홍정숙(6학년)/부초(시), 이서자(6학년)/언덕에 누워(시), 임성순(6학년)/바다(시), 박정희(6학년)/음악과 생활, 전교사 이동욱/고요한 밤(시), 정기선(5학년)/그대의 영혼을 부르나니, 강복님(5학년)/자연을 벗 삼아(시), 송현정(5학년)/깔깔웃음−지리시간−, 박광미(2−1)/오늘도 훈육실로(실화), 이평례(3−2)/봄(시), 김택순(2−3)/영어를 왜 배워야 하나?, 교사 박종돈/철학노트/어느날의 기억(일기초), 교사 고병천/새로 오신 선생님들의 이모저모, 6년 문예반/학교 안 소식/이 책을 엮은 뒤에

제2장 해방기 목포와 학생 매체

## 3. 『새싹』의 발행사항과 작품 목록과 의미

### 1) 『새싹』 발행사항과 지도교사

타블로이드판으로 나온 『새싹』 9호(8회)의 목차를 다시 세부적으로 정리하여 그 의미를 살펴보기로 한다. 먼저 발행일과 발행처, 지도교사를 중심으로 정리하면 다음과 같다.

| 권호수 | 발행일 | 발행처 | 지도교사 |
|---|---|---|---|
| 창간호 | 4281.6.1 | 목포항도공립여자중학교 | 박기동 |
| 2호 | 4281.7.1 | 목포항도공립여자중학교 | 박기동 |
| 3호 | 4281.8.1 | 목포항도공립여자중학교 | 박기동 |
| 4·5호 | 4281.10.29 | 목포항도공립여자중학교<br>〈열여덟에 꺾인 「김정희」를 위한 추도 특집〉 | 박기동 |
| 6호 | 4282.6.1 | 목포항도공립여자중학교<br>〈본교 다섯째 돌맞이 기념 목포 · 학생현상 문예특집〉 | 박기동 |
| 7호 | 4282.11.20 | 목포항도공립여자중학교 호국대 문예부 | 백두성 |
| 8호 | 4283.5.5 | 목포항도공립여자중학교<br>〈본교 제1회 졸업 기념 특집〉 | 백두성 |
| 9호 | 4284.6.1. | 목포항도여자중학교 학도호국단 문화선전부 | 김평옥 |

**발행사항과 지도교사**

표를 확인하면 항도여중 문예부에서 발행한 『새싹』은 발행주기가 일정하지 않다. 『새싹』 1호부터 3호까지는 월간으로 정기간행이었는데, 4 · 5호부터는 부정기간행이다. 4 · 5호의 발행이 늦어진 것은 '김정희' 학생의 사망에 따른 것으로 추정된다. 6호부터 8호까지는 반연간지로 발행되었다. 8호가 한국전쟁 직전인 1950년 5월 5일에 발행된 것을 보면 인민군이 목포를 점령했던 시기인 1951년 초까지는 발행할 수 있는 조건이 되지 못했던 것으로 보인다. 9호는 1951년 6월, 북한의 인민군이 목포에서 후퇴한 뒤에 발행되었다. 『새싹』 8호가 발행되고 나서 13개월이 지난 후 9호가 발행된 것인데 그나마 9호가 종간이다. 그 사이에 조희관 교장이 학교를 떠났고, 새로 부임한 교장 이상곤은 발행비용과 경제적인 문제 등으로 종간한 것으로 추정된다.

다음은 발행처이다. 또 위 표를 보면 발행처의 이름이 조금씩 다르다는 것을 알 수 있다. 『새싹』 1호부터 6호까지의 발행처는 '목포항도공립여자중학교'였는데 7호의 발행처는 '목포항도공립여자중학교 호국대 문예부'이다. '호국대'라는 용어의 등장은 국가 이데올로기가 교육 현장에 투입되었다는 사실을 보여준다. 그리고 8호에서는 '호국대'라는 용어가 삭제되고 '목포항도공립여자중학교'로 바뀌었다가 9호는 '목포항도여자중학교 학도호국단 문화선전부'로 바뀐 것이다. '학도호국단 문화선전부'라는 용어의 등장은 한국전쟁 중이었던 전시체제를 반영하고 있을 뿐만 아니라 국가 이데올로기가 제도교육 속으로 들어온 당대 모습을 보여준다. '학도호국단'은 학생의 자치기구인 학생회의 전신으로 군사정권이 종식되기 전까지 학생회를 대신하였다. '문예부'가 '문화선전부'로 이름이 바뀐 것 또한 전시체제를 반영한 듯하다.

또 하나 특징적인 것은 9호(8회)가 발행되는 동안 3회를 특집으로 꾸민 것이다. 첫 번째 특집은 항도여중 문예부원으로 활동하였던 김정희의 사망에 따른 것으로, 김정희의 유고와 교사와 친구, 선후배가 추모의 글을 남겨 그를 잃은 슬픔을 함께 하고 기억하는 장이다. 김정희의 죽음을 애도하기 위해 국어교사 박기동이 누이(영애)의 죽음을 슬퍼하여 1947년 순천 사범학교 재직시절 쓴 「부용산」이라는 시에 음악교사 안성현[16]이 곡을 붙인 것이 바로 이때였다.[17] 두 번째는 항도여중 개교 5주년을 기념하는 목포학생 문예작품을 공모하여 수상작을 『새싹』에 실어 지역사회 학생들에게 문예작품 발표의 장을 마련한 것이다. 학교에서 지역사회의 학생들을 대상으로 문예작품을 공모한 것은 유례없는 행사였다. 세 번째는 항도여중 1회 졸업을 축하고 기념하는 특집으로 졸업생들의 회고와 후배들이 졸업을 축하하는 작품들을 실어 특집으로 꾸민 것이다. 3회의 특집은 저마다 특별한 의미가 담겨 있다.

또 눈여겨볼 한 가지는 항도여중 문예부 지도교사가 바뀐 것이다. 「엮은이의 말」을 쓴 이들이 문예부 지도교사로, 『새싹』 창간호부터 7호까지의 문예부 지도교사는 박기동, 8호는 백두성, 9호는 김평옥이었다. 박기

---

16 안성현(1920.7.13~2006.4.25)은 가야금 명인 안기옥의 아들로, 전남 나주군 남평면 대교리에서 태어나 1936년 말 함경남도 함흥으로 이주하였다. 일본 도호음악대학 성악부를 졸업하고 전남여고, 광주사범, 조선대에서 음악을 가르쳤고, 항도여중에서 음악교사로 근무하였다. 한국전쟁 때 최승희와 안막의 딸 안성희의 무용 발표회장에 들렀다 안성희와 음악회 일로 평양에 갔다. 이틀 뒤 인천상륙작전으로 길이 끊겨 돌아오지 못하였으며, 월북이나 납북이 아닌 것으로 추정된다.(무등일보, 2013.02.14.참조) 그는 북한에서 공훈예술가 칭호를 받았으며 남한에는 부인 송동월과 1남 1녀가 있다. 안성현은 김소월의 시 「엄마야 누나야」를 작곡한 작곡가로 그의 고향인 남평 드들강변에 노래비가 있다. 〈작곡집〉 2권이 있는 것으로 알려졌으나 본 필자는 아직 확인하지는 못했다. 다만 『새싹』 3호에 「한교안 소식」란을 보면 "우리 학교 음악교사이신 안성현 선생께서 이번에 〈작곡집〉을 내게 되었다."는 기록이 있는 것으로 보아 항도여중 재직 시절 작곡집을 발행한 것으로 추정된다. 그동안 여러 곳에 안막의 조카로 소개된 것은 오류로 안막의 집안과는 아무 관련이 없다.

17 박기동, 『부용산』, 남도문화관광진흥센터, 2002, 227쪽.

동은 7호 발행 후, 1949년 9월에 "'부용산'이라는 시, 그리고 그 무렵 김구 선생이 평양으로 김일성 주석을 만나러 가기 전에 내가 보낸 '밤중이라도 어서 가야지'라는 시(그 시는 김구 선생 수중에 전달되기 전에 검열에 걸려 압수당하고 말았다), 그리고 교내에서 발간하는 〈새싹〉이라는 것의 편집 경향, 그리고 평소에 내가 지방신문에나 문예지에 발표한 산문이나 시"[18] 등 때문에 신변의 위협을 받았다고 밝히며 항도여중을 떠났다. 박기동의 자리는 동료 교사였던 백두성이 맡았다. 그리고 마지막 9호의 지도교사는 수도여중에서 항도여중으로 자리를 옮겨온 국어교사 김평옥이다. 그는 서울대학교 재학 중에 시집 『몽로』[19]를 낸 시인이다. 『새싹』의 발행일과 발행처, 그리고 지도교사의 변화에서 혼란스러웠던 시대상을 읽을 수 있다.

### 2) 『새싹』의 역할과 의미

항도여중 문예부 『새싹』을 통해 확인된 것은 문예부 학생들이 다양한 작품을 발표하고 있는 것이다. 대표적인 학생들의 작품은 다음과 같이 정리된다.

| 학생이름 | 작 품 명 |
|---|---|
| 황귀님 | 달(창간호), 언덕에서(2호), 파랑새되어(3호), 무제(4·5합동호) 누워서 보는 하늘(4·5합동호), 명자의 영을 불러(6호), 구름(7호), 졸업을 앞두고(8호) |

---

18 위의 책.

19 김평옥, 『몽로』, 서울대학교출판부, 1948.

| 박순함 | 이름 모르는 꽃(창간호), 공(6호), 심장(7호), 차 속에서(8호), 굳게(9호) |
|--------|--------------------------------------------------------------|
| 김효자 | 봄비(창간호), 개미(3호), 내 너를 보내다(4·5합동호), 새결심(4·5합동호), 언니들이여(8호), 지새는 달(9호) |
| 임성순 | 고추(2호), 단상(3호), 비뚤어진 시간(4·5합동호), 소녀(6호), 십자가(7호), 죽음(8호), 언덕에 누워(9호) |
| 오봉자 | 나는 연필이다(창간호), 농촌일기에서(4·5합동호), 새주검을 보고(7호), 백합꽃을 그리며(8호), S를 그리며(9호) |

**대표 학생과 작품명**

위 학생들은 가장 활발하게 작품을 발표한 학생들이다. 황귀님의 졸업 후 행적은 확인되지 않지만 "당시 항도여중 출신의 명사로는 박순함 박사(언어학), 김효자(수필문학 주간), 김송희(시인·재미), 김인자(시인), 임성순(시인·재미) 등"[20]이 있다. 김효자[21]는 경기대 교수를 지낸 수필가로, 임성순은 졸업하고 시인이자 화가로, 박순함은 언어학을 전공하여 외국대학교 교수를 역임하였다. "이상과 현실 사이에 가로놓인 깊은 도랑을 재치있게 넘나들면서 명성과 부를 함께 누린 대가들도 허다하건만 선생은 홀로 그 도랑 저편에 엉거주춤하게 서서 이것도 저것도 이룬 것

---

20 차재석, 「목포문학의 뿌리를 더듬으며」, 『삼학도로 가는 길』, 세종출판사, 1991, 137쪽.

21 김효자는 1951 목포 항도여자중학교 졸업하고, 서울대학교 문리대학 국어국문학과 졸업하였다. 정신여고, 서울여상을 거쳐 경기대학교 일어일문학과 교수를 역임하였다. 1982년 제3회 한국수필문학 신인상 수상하였고, 1993년 제9회 소청문학상을 받았다. 수필집으로 『그림속의 나그네(관동출판사, 1978), 『나의 만남 나의 사랑(어문각, 1987) 『두고 떠나는 연습(삼우반, 2003)이 있다.

없이 빈손"[22]으로 『새싹』을 발행한 것인데, 이것이 항도여중 문예반 출신들의 사회적 활동과 문단 활동에 지대한 영향을 주었다. 항도여중 문예부의 사례는 오늘날 대학 입시 위주의 교육에도 시사하는 바가 크다.

『새싹』에는 문예부 학생들 작품뿐만 아니라 교사들의 작품들도 많이 실려 있는 것이 특징이다. 교사들의 작품 목록을 표로 정리하면 다음과 같다.

| 이름 | 시 | 수필 | 희곡 | 콩트 | 일기 |
|---|---|---|---|---|---|
| 조희관 | | 둘쨋번 「예술의 날」을 마치고, 여름밤, 노랑장미, 꺾인 꽃송이, 자연 그리는 설레, 화학실, 내 하소연, 새싹의 발전을 기원합니다 | | | |
| 이승엽 | 이별의 노래 | | | | |
| 박기동 | 침묵, 붉은꽃이, 귀뜨라미, 찔레꽃 | 봉우리로만, 「반딧불 문고」를 찾아서 | | | |
| 백두성 | 어디로 가느뇨? | | 정, 추석날 밤 | 시험, 언제나 | |
| 이소암 | | 보고들은 목포 | | | |
| 김종률 | 한 벌(동시), 지향, 그대들 가시네, 등나무 | | | | |
| 구상 | 괴로운 밤 | | | | |

---

22 김효자, 「나의 은사 조희관 선생님을 그리며」, 『목포문학』 7집, 1983, 44쪽.

| 윤곤강 | 찬달밤에 | | | | |
|---|---|---|---|---|---|
| 김평옥 | | 지난 날의 비애의 회상 | | | |
| 이동욱 | | 음악과 생활 | | | |
| 강지윤 | | 보내는 말 | 소기(단편) | | |
| 고병천 | | | | | 일기초 |

**교사별 작품 목록**

『새싹』은 교사들과 학생들이 함께 만들어낸 것이다. 조희관 교장은 수필가답게 수필 8편을 발표했고, 박기동은 생전에 "내 곁을 떠난 지난날의 나의 분신이었던 그 시들은 다 어디로 갔을까. 지금 남아 있는 것은 단 두 편인 '부용산'과 '바다'밖에 없"다고 했지만 『새싹』에 시가 4편, 수필이 2편이 있다. 백두성은 후에 소설가로 활동하지만 『새싹』에는 시 1편과 희곡 2편, 콩트 2편을 발표하였다. 장르를 넘나들면서 작품을 쓴 것은 습작기로 추정된다. 김종률은 민요에 관심을 많이 가진 국어교사로 동시 1편, 시 3편을 발표했다.

여기서 눈여겨볼 것은 시인 구상의 작품 「괴로운 밤」이 실려 있는 것이다. 조희관 교장과의 인연이었을 것으로 추정되지만 구상이 어떻게 『새싹』에 작품을 실었는지 현재로서는 확인할 수 없다. 「음악과 생활」을 쓴 이동욱은 함경북도 성진 출생으로 평양음대를 졸업했다. 그는 청진의대를 중퇴한 1·4후퇴 때 가족과 함께 피난하여 목포에 정착한 후 항도여중에서 음악교사로 재직한 작곡가로, 가곡집 『두견새』[23]를 남겼다. 이것

---

23 이동욱, 『두견새』, 항도출판사, 1954.

을 종합해보면 『새싹』은 학생뿐만 아니라 교사들에게도 창작 활동의 장이 되었음을 알 수 있다.

교사들은 문예작품뿐만 아니라 교과교육과 관련한 지식들을 알기 쉽게 정리하여 정보를 제공하였다. 『새싹』은 학생들에게 교육 자료를 제공하는 통로이기도 하였다. 정리하면 다음과 같다.

| 교사 이름 | 연관 교과 | 제목 | 발표 호 |
|---|---|---|---|
| 김종률 | 국어 | 민요 수집의 국문학적 의의<br>대중말에 대하여 | 창간호<br>6호 |
| 엄주선 | 미학 | 예술대화 | 창간호 |
| 김광식 | 과학 | 천문학의 발달 1<br>천문학의 발달 2 | 창간호<br>2호 |
| 박종진 | 과학 | 단풍 | 4·5합동호 |
| 양치종 | 수학 | 수학 교사의 노오트에서 1 | 6호 |
| 과학부 | 과학 | 세계과학통신 | 9호 |
| 편집부 | 법제 | 우리나라의 헌법 | 9호 |
| 박종돈 | 영어 | 영어를 왜 배워야 하나? | 9호 |

교과교육 관련 자료

위 표처럼 『새싹』은 교과교육에서 다루지 않은 정보들을 제공함으로써 교실 외의 공간을 활용하여 교과 영역의 지평을 넓혀주는 역할도 하였다. 김종률은 국어교사로 학생들이 수집해온 민요를 분석하여 그것의 의의를 설명하는가 하면, 엄주선은 '예술'에 대한 개념을 대화 형식을 통해 쉽게 설명하고 있고, 김광식은 과학교사로 '천문학'이 발달해온 과정을 쉽게 전달하고 있다. 박종진 또한 과학교사로 '단풍'을 대상으로 색의 변화를 통래 생물학을 쉽게 설명하고 있다. 양치종은 수학교사이며 수학의 중요한 개념을 정리하고 있다. 영어교사 박종돈은 영어를 배워야 하는 당위성을 3가지로 정리하여 설명하고 있다. 당시 교사 중에는 음악교사 안성현, 영화감독으로 진출한 엄주선, 러시아의 정통 발레를 배운 옥파일이 무용교사[24]로 있었다. 교과교육을 담당하는 교사들이 교실이 아닌 또 다른 장을 통해 정보를 제공하는 열정은 쉽게 찾아보기 어렵다는 점에서 의미 있다.

## 4. 조희관과 『새싹』

항도여중 문예부에서 『새싹』이 나올 수 있었던 것은 순전히 항도여중 교장이었던 조희관의 교육철학 덕분이었다. "선생님의 학자다운 덕망과 성자와 같은 온화한 인격 때문에 선생님을 흠모하여 명망있는 스승들이 모여"[25]들었고 "풀나무를 거침없이 베어버리는 우리들에게, 이것은 진달래인데 이렇게 삭뚝 잘라버리면 내년 봄에 어느 가지에 꽃을 피우겠느냐고 걱정했"[26]다는 제자들의 언술은 조희관의 향기를 느끼게 한다.

한마디로 해서 항도여중은 좀 별난 학교였다. 질이 좋은 학생들과

---

24 옥파일은 한국전쟁 중 제주도로 이주하여 양중해, 김영돈 등과 문예지 『흑산호』를 창간하기도 하였다.
25 김정숙, 「한송이 들꽃을 보라의 교훈」, 『목포문학』 7집, 1983, 21쪽.
26 김효자, 「나의 은사 조희관선생님을 그리며」, 『목포문학』 7집, 1983, 42쪽.

질이 좋은 교사들, 그리고 교장 선생님의 독특한 교육방침, 이런 것들이 한덩어리가 되어 굴러가다 보니, 때로는 시대를 너무 앞서 간다는 사회적인 비난도 있었다. 그 중의 한 가지가 예술제였다.

목포극장을 빌려서 연극·무용·독창·합창·시낭독, 이러한 레퍼토리를 무대에 올렸다. 연극은 훗날 영화감독으로 진출한 엄주선 선생, 무용은 옥파일 선생, 음악은 안성현 선생, 그리고 시 낭독은 내가 지도를 했다. 무용을 지도한 옥파일 선생은 만주의 하얼빈에서 백계로인(白系露人)으로부터 러시아의 정통 발레를 배운 사람이었는데, 그의 인체예술의 극치를 보여주는 아름다운 춤 솜씨는 우리를 황홀하게 했다. 인물욕심이 대단했던 조교장 선생님은 어디서 수소문해서 이런 유능한 교사를 초빙해왔는지 모르겠다. (중략) 지금 말한들 무슨 소용이 있을까만 참 좋은 학교였다. 나는 지금도 때때로 그 시절의 그런 학교, 그런 분위기의 학교가 있으면 그 학교에 가서 남아 있는 삶의 정열을 쏟고 싶다는 생각을 하곤 한다.[27]

조희관 선생은 6·25 전 항도여중 교장을 역임한 한글학자로 파묻혀 있는 본디 우리 말 발굴하는 데 남다른 정열을 기울이고 있던 분이었다. 항도여중 교장을 맡고 있을 때 여성교육에도 독특한 지론과 신념으로 목포 여성교육의 황금시대를 이뤘다.[28]

박기동과 차재석은 이구동성으로 그의 교육관을 높이 사고 있다. 박기동은 '교장 선생님의 독특한 교육방침'은 '때로는 시대를 너무 앞서간다는 사회적인 비난'도 이겨내는 '참 좋은 학교'를 만들었다. "그가 그때 목포에 왔다는 것은 이 지역 문화예술계의 행운이었다고 말해도 그 누가

---

27 박기동, 「항구에 핀 꽃」, 『부용산』, 동아인제대 남도문화관광진흥센터, 2002, 188쪽.
28 차재석, 「목포문학의 뿌리를 더듬으며」, 위의 책, 137쪽.

제2장 해방기 목포와 학생 매체

이의를 제기하지는 못할 것이다. 왜냐하면 그때까지만 해도 목포는 극심한 혼란을 겪고 있어서 누구 한 사람이 교육이나 문화에 깊은 관심을 두고 있지 못했었다. 이럴 때에 목포에 온 소청 조희관은 교육자로서, 한글학자로서, 수필가로서, 그리고 이 고장의 문화운동의 선구자로서 목포를 예향으로 가다듬기 시작했기 때문이다."[29]

조희관은 '목포 여성교육의 황금시대'를 연 장본인이다. 특히 항도여중 문예부를 만들어 『새싹』을 발행한 것은 특별한 의미가 있다. 그랬기 때문에 "어쨌건 조교장이 이끄는 항도여중이 창립되면서부터 거리에도 새바람이 휙휙 지나는 듯이 항도의 분위기마저 서늘하게 들떠있는 듯하였다. 학생들도 끔찍하게 아끼고 사랑하는 자애로운 교장"[30]이었다. 그러나 교사와 학생들이 정치 이데올로기에 희생될까 봐 그들을 보호하기 위해 항도여중 교장에서 물러난 뒤 차재석과 함께 항도출판사를 운영하였다. 그는 생전에 국어문법을 다룬 『샘』, 수필집으로 『다도해의 달』[31]과 『새날이 올 때』,[32] 『철없는 사람』[33]을 남겼다. 그러므로 50여 년 전, 남도의 작은 항구도시 목포, 항도여중의 교장이었던 한 교육자가 남긴 『새싹』은 값지다.

**29** 김병고, 「수필가 소청 조희관」, 『목포예술인들의 빛과 그림자』, 뉴스투데이, 2009, 25쪽.

**30** 박화성, 「나의 文友錄-春園과 月灘」, 『동아일보』, 1981.2.18.

**31** 조희관, 『다도해의 달』, 항도출판사, 1951.

**32** 조희관, 『새날이 올 때』, 갈매기사, 1951.

**33** 조희관, 『철없는 사람』, 항도출판사, 1954.

# 목포의 학생 매체 『학생문화』

## 1. 들어가며

해방 이후 사회적으로는 사상과 이념의 표현이 자유로워졌지만, 첨예한 대립으로 남과 북으로 분단되는 빌미가 되었다. 남북분단은 남한정부의 이데올로기에 편승하여 사상과 이념의 다양성은 사라지고 정부 주도의 이데올로기에 종속되었다. 해방과 한국전쟁 사이, 정국의 혼란에도 불구하고 학교 현장은 식민교육을 벗기 위한 노력을 경주하였다. 한글 사용을 금지하고 일본어를 모어로 교육했던 일제의 식민교육, 해방은 학생 교육도 갇힘에서 열림으로 나온 주체적인 변혁이 시작된 것이다. 때에 맞춰 각 학교에서는 교지를 발행하기 시작하였고, 학생들을 옭아맸던 언어와 문자에서 벗어나 표현의 자유를 누렸다. 교지는 학생 교육을 목적으로 발간한 것이지만 소속감과 일체성을 형성하게 하는 내적인 논리로도 작동하였다. 교지는 학교를 구심점 삼아 동질성을 유지하는 방편이었기 때문이다.

학교의 의지대로 교지가 발행될 수 있었던 것은 아니다. 교지의 발행

은 학생들의 적극적인 호응 없이는 불가능한 것이었다. 그래서 중고등
학생들의 예민한 감수성을 표현할 수 있는 역할을 문예란이 일부 담당했
다. 학생들의 감수성은 학교의 경계를 넘어 자율적으로 동인을 만들고
문예활동을 펼치기도 하였다. 기성세대는 학생 잡지에 대해 고민하였다.
해방과 한국전쟁 사이에 발행된 학생 잡지는 많지 않았다. 그때 전남 목
포에서 학생 잡지 『학생문화』가 발행되었다. 학생들을 위한 문예 잡지로
그동안 알려지지 않은 잡지다.[1] 그래서 『학생문화』의 차례를 소개하고 발
간 의도를 살펴본 후 그 역할과 의미를 확인해보고자 한다.

## 2. 『학생문화』의 창간 의도와 목적

전남 목포에서는 해방을 맞아 시인 이
동주, 오성덕, 소설가 박화성 등이 참여
하여 목포예술문화동맹을 결성했다. 아
울러 기관지 『예술문화』를 발행하여 예
술문화를 꽃피우려는 노력을 재개하였
다. 항도여중에서도 문예지 『새싹』을 발
행하여 학생들의 문화예술 교육에 힘썼
다. 목포의 이런 문화적 분위기는 학생

들을 위한 잡지의 발간을 견인했다. 1949년에 12월에 발행된 『학생문화』

1 『학생문화』는 근대서지학회 오영식총무님께서 제공해주신 자료다. 이 자리를 빌
려 감사를 전한다.

가 그것이다. 그 「차례」를 제시하면 다음과 같다.

『학생문화』, 학생문화연구사, 1949. 12. 20. 광선인쇄주식회사

**축사** 목포공립중 교장 조정두, 목포항도여중 교장 조희관

**권두사** 학생문화 대표 김재준

**교재** 글짓기전에, 목포항도여중 교사 백두성

**학생시단** 족사의 단상, 광주서중 4년 이기재/산문 사제, 목포중학교 4년 김형석/소리, 목포항도여중 5년 임정순/옛마을 목포중학교 4년 당몽생/황혼, 목포여중 4년 강남순/나, 목포문태중 6년 윤영/내고향, 목포육영중 2년 이제명/월계의 이슬, 목포동광중 3년 김장환/설야, 목포문태중 6년 윤충현/만년필, 목포상업중 5년 김규훈/첫눈, 광주사범교 5년 이재환/가을밤, 송정여중교 4년 HIJ/달, 목포육영중 2년 이제명/운명, 목포중학교 3년 이송하//예술 명언집//콩트: 온남골영감, 목포항여중 5년 황기련/홍수, 광주여중 유제현

**신인시단** 조국의 혼, 목포중학교 교사 이금래/나, 광주서중교 교사 최상옥/산문소고(풀), 목포상업중 교사 이승엽/서경, 목포공업중 교사 강형준/백양의 단풍, 송정여중교 교사 향촌

**단편** 모멸, 목포문태중 5년 남경술/새로운길, 목포문태중 5년 고남석

**동요** 눈, 목포상업중 3년 진금술/시계, 목포항여중 3년 유묘순/별, 목포여중교 1년 김귀순/창구멍, 목포중 2년 손귀현

**신인수필** 생이냐 주검이야?, 목포사범 교사 김상

**이달의 명언** 편집실

**수필** 추상, 광주서중 6년 김영/고향으로 가는 길, 목포상업중 강철원/밤길, 목포공업중 3년 서정수/별, 목포상업중 1년 오철석/우습, 목포중학교 3년 최종수/단장, 목포중학교 4년 차용석

〈차례〉를 중심으로 학생과 교사의 작품을 장르별로 정리하면 아래와 같다.

| 구분 | 시 | 동요 | 소설 | 콩트 | 수필 |
|------|-----|------|------|------|------|
| 학생 | 14 | 4 | 2 | 2 | 6 |
| 교사 | 5 | | | | 1 |
| 계 | 19 | 4 | 2 | 2 | 7 |

학생과 교사의 장르별 작품 편수

위 표에서 확인되듯이 학생들과 교사가 참여한 『학생문화』는 시 5편과 수필 1편을 제외하고 모두 학생들의 작품이다. 작품 편수가 보여주듯이 『학생문화』라는 표제가 명시하는 학생의 문화를 담은 매체임을 알 수 있다. 어떤 문예지나 잡지, 동인지를 창간하든 창간한 의도와 목적을 그것의 출발점으로 삼는다. 문예지나 잡지, 동인지의 정체성을 드러내는 기호이자 성격이나 방향성을 드러내고 있기 때문이다. 『학생문화』의 창간 의도와 목적을 「권두사」와 「축사」를 살펴보면 알 수 있다. 아래의 글은 학생문화사 대표인 김재준이 쓴 「권두사」다.

우리는 고래로 다른 나라에 지지 않을 만큼 위대한 문화를 고대하여 가며 살아왔다 국운이 흥할제나 쇠할제나 우리의 순란하고 화려한 문화는 우리 민족의 고유의 전통적 윤리와 세계관을 지니고 끄칠 바 없이 흐르고 또 흘렀다 시대와 국가의 이모저모를 재빠르게 반영하고 확인하는 것은 문화이라함은 재언을 요치 않을 것이다 이리하야 우리나라처럼 역사적으로 인류공동체로 형성해온 문화흥망에 달렸다고 해도 과언이 아닐 것이며 사회적으로 동포적인 우리나라에 있어 문화의 향

상과 혜택만이 평화스럽고 따뜻한 자유애호의 민족이 될 수 있다함도 지나침이 아니리라

우리는 바야흐로 문화에 대한 비상한 탐구가 있어야 되겠고 문화자체의 인지을 깊이하야 할 때에 이르렀다

즉 신생 한국의 대내외적인 구원한 발달을 위해서는 문화의 국가적 존재가 매우 크다는 것을 알아야 하겠다 이에 있어 문화인들의 국가지상을 위한 총궐기도 긴요하거니와 젊은 "제네레-숀"으로서 온갖 "파토스"를 견지발휘할 수 있는 학생청년층의 문화적 계몽과 문화적 활동에 기대하는 바가 크다고 하겠으며 유득히 학구의 도상에 있는 학생들의 문화적 활동인즉 문예작품의 창작발표 상호교류 비판 고찰 등이야말로 학생들의 문화적 활동의 "스타-트"일 것인 바 이러한 문화적 이념에 입각하여 여기에 학생문화지를 발간하게 되었으며 앞으로 학생층의 일대희망의 등불이 되고 하는 바이다

학생문화사 대표 김재준의 발언 중에 특히 눈여겨볼 지점은 "문화인들의 국가지상을 위한 총궐기도 긴요하거니와 젊은 '제네레-숀'으로서 온갖 '파토스'를 견지 발휘할 수 있는 학생청년층의 문화적 계몽과 문화적 활동"을 기대하고 있다는 점과 "학구의 도상에 있는 학생들의 문화적 활동인즉 문예작품의 창작발표 상호교류 비판 고찰 등이야말로 학생들의 문화적 활동"이라는 점이다. 이것은『학생문화』의 방향성을 제시한 것으로 "국가 지상을 위한 학생들의 문화적 계몽과 문예작품의 창작과 발표"에 목적을 두었다는 것을 뜻한다. 이뿐만 아니라 「예술명언집」에는 "고금동서의 위대한 예술인의 심금이라 할 수 있는 명언을 앎으로서 예술의 본질적인 생명과 가치를 충분히 파악할" 수 있도록 "예술 명언란을 설치하여 제공"한다고 첨언한 부분에도 목적의식을 드러냈다.

다른 한편에서는 중학교 교장이 쓴 두 편의 「축사」를 통해서도 창간 목

적을 가늠해 볼 수 있다. 옮기면 다음과 같다.


① 금반 학생문화라는 문예잡지를 간행한다하니 반가운 일이다. 도라보건대 해방 직후 한때 혼난하였던 사회정세 때문에 학생들의 문예열은 조지된 감이 불소하였다

대한민국의 탄생과 동시에 학원은 확고한 민족주의 이념으로써 출발한 지 일 년 유여 각 학교에서는 교보 및 문예지를 다투어 발간하고 있는 것을 보더라도 마침내 학생문운 부흥의 호기에 봉착하였다고 할 수 있는 것이다

이 기운을 보족한 학생문화연구사에서는 각 학교를 망라하여 기회적인 학생 잡지를 꾸민다하니 경하하여 마지 않는다 학생문예의 육성이라는 중대한 과제를 들고나온 학생문화연구사는 민족의식 앙양이라는 제일의적인 사명을 촌호도 잊어서는 안 될 것을 바라며 끝으로 동사의 영구발전을 기원하여 축사로 한다


② 학생문화 – 듣기만도 복스러워요

왜 저 이른 봄 낙엽을 헤쳐보면 그 밑에서 모두 노랗게 싹이 나지 않아요?

학생이 그것이거던요

새문화의 싹이지요

싹은 가만히 두어야 잘 자라는 것이기에 나는 늘 조용한 방 하나를 학생들에게 주고 싶었어요

거기서 우선 학생들은 창틀에 기대고 말 없는 한 시간이 떠드는 열 시간보다 복수러운 걸 발견할 것이거던요

그랬더니 이제 이 "학생문화"가 생기잖아요?

이건 방이 없어도 좋은 조용한 방이지요

퍽 기뻐요

잘 자라기를 빕니다.

①을 쓴 조정두는 광주에서 태어나 일본 동경 아오야마(靑山)학원 중학부를 졸업했다. 1931년 3월 교토(京都)제국대학 경제학부를 졸업한 후 1932년부터 관직생활을 시작하여 장흥군수를 거쳐 완도군수로 재직 중에 해방을 맞았다. 해방 후 목포상업학교 교장을 거쳐 목포공립중학교 교장이었던 조정두는 "해방 직후 한때 혼란하였던 사회정세 때문에 학생들의 문예열은 조지된 감이 불소"하였고, "학원은 확고한 민족주의 이념으로써 출발한 지 일 년 유여 각 학교에서는 교보 및 문예지를 다투어 발간"하고 있는 현상을 짚은 다음, 학생 잡지의 탄생을 축하하면서 "학생 문예의 육성이라는 중대한 과제를 들고나온 학생문화연구사는 민족의식 앙양이라는 제일의적인 사명"이라고 주장, 당부하고 있다.[2] 일제 치하에서 군수를 지냈고 『지나사변공로자공적조서』에 이름을 올린 조정두가 '민족의식 앙양'을 제일의 사명으로 제시하고 있다. 표현의 자유보다 뚜렷한 목적의식을 가진 문예활동을 권장한 것이다.

반면에 ②를 쓴 조희관은 항도여중의 문예지 『새싹』으로 학생들의 문예활동을 적극적으로 이끌었던 교장으로서 소속학교를 떠나 "새문화"의 "싹은 가만히 두어야 잘 자라는 것이기에 나는 늘 조용한 방 하나"가 생기기를 바라고 있었다고 전제한 후 "학생들이 창틀에 기대고 말 없는 한 시간이 떠드는 열 시간보다 복수러운 걸 발견할 것"이라고 믿었다. 조희

---

2  조정두(趙正斗, 1904~?)는 '玉川正三'으로 창씨개명, 목포중학교 교장을 거쳐 1952년 전남 문교사회국장 학무과장, 문교사회국장, 1953년 강원도 문교사회국장, 1954년 충청북도 산업국장, 1956년 전라북도 산업국장, 1957년 전라남도 산업국장, 1959년 보건사회부 중앙감화원장, 1959년 전라남도 문교사회국장을 지낸 교육과 산업행정의 관료를 지냈다. 그는 민족문제연구소가 편찬한 『친일인명사전』에 올라 있다.

관은 학생을 '새싹'으로 인식하고 잘 자랄 수 있도록 터전을 제공하는 것에 의미를 두고 있다.[3] 두 편의 「축사」에도 '학생'을 주체적인 존재로 인정하는 선생님과 그렇지 않은 선생님의 차이가 드러난다. 그것은 일제 치하에서 다른 길은 걸어온 삶에서 비롯된, 그리고 해방과 한국전쟁 사이의 혼란한 정국의 영향으로 보인다.

## 3. 학생들의 '조용한 방'과 교사들의 '신인 – 되기'

조희관이 「축사」에 썼던 것처럼 학생들은 문화를 개척할 새싹임에 틀림없다. 그런 학생들이 시 14편, 동요 4편, 소설 2편, 콩트 2편, 수필 6편을 발표했다. 산문 분야인 소설과 콩트, 수필은 '조용한 방' 안에서 새싹을 키우는 과정에 있기 때문에 소설과 콩트와 수필에는 경계가 거의 없는 상태였다. 콩트 2편 중 「온남골영감」은 소설에 더 가깝고, 「홍수」는 콩트보다는 수필에 가깝다. 소설 「모멸」도 수필에 가까우며, 「새로운 길」은 문맹 퇴치와 국가를 위해 개인이 희생하는 것으로 끝맺는다. 소설의 형식을 빌었을 뿐 서사의 맥락을 유지하지 못했다. 수필은 개인적인 경험을 나열하거나 회상하고 있을 뿐이다. 「밤길」은 밤에 집으로 가는 길을 세심하게 묘사하다가 미신타파로 글을 맺고, 「우슴」은 '웃음'으로 겪었던

---

3 조희관(曺喜灌, 1905.9.16~1958.9.1)은 전남 영광에서 태어나 연희전문학교와 호스돈대학을 졸업하였다. 영광에서 동아일보 영광지 국장을 지냈다. 1937년 민족운동을 전개하다 '영광체육단사건'에 의해 치안유집법 위반으로 구속되었다가 예심면소 판결을 받았다. 해방후 광주사범학교 교사를 거쳐 목포공립상업고등학교, 항도여중 교장으로 재직하였다. 『샘』『다도해의 달』『철없는 사람』 등을 발간한 한글학자이자 수필가이다.

경험을 진술하다가 웃음은 행복을 준다고 끝맺음으로써 주제의 일관성을 유지하지 못한다.

시와 동요도 학생들의 감수성과 감정이 노출되어 있다. 광주서중의 이기재가 쓴 「족사의 단상」은 해방의 감격을 읊었고, 시 2편을 쓴 목포 육영중의 이제명은 「내 고향」에 고향 마을에서 살겠다는 다짐을 담았다. 대부분이 자연물에 감정을 이입한 것들이다. 학생들은 『학생문화』가 마련한 '조용한 방'에서 '창틀에 기대고 말 없는 한 시간'을 보낼 수 있게 된 것이다. 이런 학생들을 위해서 창작의 길잡이로 백두성이 나섰다. 목포 항도여중의 교사인 백두성은 「글짓기 전에」를 통해서 이를 실행하고 있다.

> 학생들뿐만 아니라 식자들 중에서도 조금만 주의하면 틀리지 않을 것을 틀리게 쓰는 글이 흔히 있습니다 그것을 낱낱이 열거하려면 수사학적인 문제가 되어 상상한 지면이 필요하게 되므로 여기에는 몇 마디 참고 말씀만 드리고자 합니다
> 글월을 바르게 쓸려면 먼저 형식과 내용이 구비되어야 할 것입니다 다시 말하자면 한 뭉뚱그려진 생각을 맞은편에 완전히 전달하려면 정확하고 명랑하고 순수하고 온당하게 써져야 합니다 이는 고래로부터 문장을 연구하는 학자들이 각자지의 조항을 내세운 가운데에서 가장 일반적이고 가장 중요한 요건이 되어 있습니다

백두성은 '학생'과 '식자'를 대상으로 "글월을 바르게 쓰려면 형식과 내용이 구비"되어야 하고, 생각을 잘 전달하려면 "정확하고 명랑하고 순수하고 온당"해야 한다고 강조한다. 국어교사로서 길잡이 역할을 하고 있는 이 글은 『학생문화』가 학생과 식자들을 대상으로 하고 있음을 알 수

있을 뿐만 아니라 글쓰기를 위한 가장 기본적인 요건을 재차 확인시키고 있다. 그가 일본 니혼대학 예술과 창작과를 수료한 뒤 문과를 졸업하였고, 해방 후 국어교사로 재직하였기 때문에 적절한 역할이었다. 그는 「글짓기 전에」를 쓴 것으로부터 10년 후인 1959년 소설 「항구」, 「단계」가 『자유문학』에 추천받아 등단하였다.

『학생문화』는 교사에게도 작품 발표의 장이 되었다. 시는 '신인시단'을 통해 발표되었다. 목포중학교 교사인 이금래는 「조국의 혼」, 광주서중 교사인 최상옥은 「나」, 목포상업중 교사인 이승엽은 「풀」, 목포공업중 교사인 강형준은 「서경」, 송정여중 교사인 향촌은 「백양의 단풍」이 그것이다. 이 교사들이 창작 활동을 지속하였는지는 파악되지는 않는다. 다만 광주서중 교사였던 최상옥은 신생보육학교 교장으로 옮긴 후 동화집 『꽃씨 부리는 마음』과 동요집 『최상옥동요집』을 냈고, 광주송정여중 교사인 '향촌'은 본명이 확인되지 않았지만 1950년대 『전남일보』에 다수의 작품을 발표하였다. '신인수필'에는 목포사범 교사인 김상의 수필 「생이냐? 주검이냐?」가 발표되었다. 이렇게 교사들의 '신인-되기'가 『학생문화』의 한 켠을 채우고 있다. 어떤 과정을 거쳐 교사들의 '신인-되기'가 가능했는지 알 수 없지만 교사들의 '신인-되기'는 「편집을 마치고」에 "여러 문예부 및 미술 선생님들에게 뜨거운 감사를 드린다"는 부분에서 문예부 지도교사들의 글을 받아 실은 것으로 추정된다. 이렇게 『학생문화』는 학생들에게는 새싹이 자랄 수 있는 방을 제공했고, 교사들에게는 신인이 되는 장을 제공하였다는 것을 알 수 있다.

## 4. 나오며

전남 목포에서 발행된 학생 잡지『학생문화』는 해방과 한국전쟁 사이, 혼란한 정국에서도 학생들의 문화예술 교육을 위한 노력이 있었다는 것을 확인해 준 자료이다. 여러 가지 어려움을 이겨내며 발행한 매체『학생문화』는 지역의 문화적인 수준을 보여준 것이다. 현재로서는 『학생문화』가 계속 발행되었는지는 확인되지 않는다. 그럼에도 불구하고 학생들을 위한 잡지를 발행하였고, 교육 현장에 있는 교사들이 적극적으로 동참하였다는 것만으로 문화예술 교육을 위해 애썼는지 알 수 있다.

『학생문화』는 학생들의 감수성을 발현할 수 있는 '조용한 방 하나'였고 '학생들이 창틀에 기대고 말 없는 한 시간'을 제공했다. 그리고 교사들의 '신인−되기'를 실현한 장이었다. 지역사회의 문화예술적 분위기와 교육은 광주전남의 학생들이 문화예술인으로 성장할 수 있는 토대가 되었고, 많은 작가들이 탄생하는 배경이 되었다. 『학생문화』를 통해서 들여다본 광주전남의 교사들과 학생들의 문학적 열망과 감수성은 예향 남도로 가는 과정을 파악할 수 있었다.

# 목포공립상업중학교 문예지 『마을』

## 1. 들어가며

　강압적이고 암울했던 일제강점기의 목포에서 김철진은 『호남평론』을 통해서 목포의 대중적인 여론을 수렴하고 발산하는 한편, 문화예술인들이 성장할 수 있는 토대를 마련했다. 해방 후에는 목포예술문화동맹이 『예술문화』를 통해 목포의 문학적인 토양을 심화하고 확대해나갔다. 그와 함께 항도여중의 교장이었던 수필가 조희관이 항도여중 문예지 『새싹』을 발행하여 문화예술 교육에 심혈을 기울였다. 이런 문화적인 토양과 분위기는 한국전쟁기에 『갈매기』를 비롯하여 『시정신』 등의 발간으로 이어졌다.

　그런데 이번에 한국전쟁 전에 목포공립상업중학교에서도 문예지를 발간했다는 것을 확인할 수 있는 사료가 발굴되었다. 목포공립상업중학교 문예부에서 발간한 『마을』 3호가 그것이다.[1] 목포공립상업중학교에서도

---

1　목포공립상업중학교 문예부, 『마을』 3호, 1950.4.29. 이 책은 서지학자 오영식이 제

문예지 『마을』을 발행하여 학생들의 문화 예술 교육을 진작하고 재능을 펼치는 장을 마련했다는 것을 알 수 있게 되었다. 뿐만 아니라 문예부 학생에서 시인으로, 찬조작품을 실었던 교사가 시인으로 성장한 과정을 파악할 수 있었다. 이러한 내용을 살펴보고 간단하게나마 그 의미를 따져보았다.

## 2. 문예지 『마을』 3호의 내용과 의의

먼저 목포공립상업중학교 문예지 『마을』 3호의 목차를 제시한 다음 『마을』의 의의를 살피기로 한다.

『마을』 3호, 1950.4.29, 목포공립상업중학교 문예부

**권두사** 교사 최환웅

**화보** 미국의 경기/젊은 과학자의 모습/심신을 단련하는 대한의 사나히/항구목포소개/막을닫으면서, 백파정인/자유의 여상

**논단** 눈오는 어느 아침, 최종희/새해를 맞이하여, 이광식/문예에 대한 소고, 백파정인/자유의참뜻, 김재수/변절과 조수, 조영복/ 학도대장선거견문기, 송윤섭

**시단1** 소로길 교사 이승엽/고향형님에게 드리는 글월, 교사 박순

---

공해주었다.

〈차례〉를 보면 문예부 지도교사 최환용를 제외하고 교사의 작품은 이승엽의 「소로길」과 박순범의 「고향형님에게 드리는 글월−소시」 2편뿐이고, 모두 목포공립상업중학교 문예부 학생들의 작품으로 꾸며져 있다.

학생들은 시 50편, 수필 17편, 논단(평론)이 6편, 콩트 2편, 소설 1편을 발표했다. 학년별로는 1학년이 시 26편, 수필 7편, 논단 2편으로 가장 많다. 2학년은 시 4편, 수필 2편, 콩트 1편, 3학년은 시 3편, 수필 2편으로 가장 적게 발표했다. 4학년은 시 9편, 수필 5편, 단편소설 1편, 논단 1편, 5학년은 시 7편, 수필 1편 논단 3편, 콩트 1편을 발표했다. 학년이 표기되지 않은 시 1편이 있다. 「편집후기」에는 "500여 편의 원고" 중에서 "추릴랴고 보니 어느 것도 버리기에 아쉬맘 뿐이였으나 종합지에 게재코저 생각"하고 76편만 골라 실은 것이다.

『마을』에는 화보 설명, 목포학도 호국단 1주년 기념식 광경 등도 담겨 있다. 특히 교외 기사반이 '국회의원 입후보자 소개'하고 있는 점도 이채롭다. 목포공립상업중학교 문예부 지도교사 최환용은 권두사 「『마을』을 『거울』로(문예부 제군에게)」에서 다음과 같이 말했다.

### 문예부 제군에게

문학은 그 시대의 『거울』이라고 한 말은 너무나 유명하다. 따라서 한 작품은 그 작자의 거울이 될 것은 의심할 여지가 없다. 그럴진대 제군들『마을』은 제군들의 좋은 『거울』이 되고도 남음이 있을 것이다.

매일 아침 디려다 보는 『거울』에 얼골과 몸 채림을 비쳐 보고 이제 새거울 『마을』에서 마음 속 깊은 곳까지 비쳐볼 수 있는 제군을 행복으로 생각한다. 그러나 제군들 주위에는 새로히 나타난 것과 나타나려고 하는 것과 반면에 없어진 것과 반 없어져 가는 것과 또 없어져 버릴 운명을 지니고 남아 있는 것 등이 간단 없이 움직이고 있다. 이러한 움직이는 세대 속에서 제군들은 가장 용맹스러운 사자같이 입을 벌리고 섰다. 제군들의 거울 속에 제군들이 에기한 모습이 뚜렷하게 나타나 있는가? 없는가는 제군들 자신이 판단할 문제이다. 새삼스러운 이야기가 제군들은 그『거울』이 너무 흐림을 보고 놀래리라 그리고 춤을 바트고 헌겁으로 조의로 급히 닦으려 할 것이다. 그러나 영리한 제군은…… 그것은 꾸준한 노력으로만 닦기워지는 것임을 알 것이다. 오직 그것만을 기대리고 바라고 빌고 때로는 믿고 할 것이다. 나의 연줄의 글을 혹평하기는 세상에 둘도 없이 쉬운 일이다. 마지막 장을 넘기고 『이걸 글이라고…』 피하고 책을 아무렇게나 내던지기를 주저하지 않는다. 그러나『그대여 한 줄이 글을 바르게 써보라고』

『마을』을 읽고 시간을 아끼는 마음에서 뉘우침이 많으리라 혹은 노함이 있으리라 그러나 나는 원고를 일독하였을 뿐 아무런 가필도 않하였다.『왜?』그것은 제군을 위하여 흐린 거울이 행복이기 때문에…… 행복스런 제군들이여 바라건대 이것으로 자위를 삼지 말지니 꾸준한 노력으로 닦을지니라 제군들의『거울』『마을』

문예부 지도교사 최환융은 "문학의 그 시대의 거울"이고 문예부 학생들의 거울은『마을』임을 강조하면서 "『거울』이 너무 흐림을 보고 놀래"고 "춤을 바트고 헌겁으로 조의로 급히 닦으려 할 것"이지만 흐린 거울은 "꾸준한 노력으로만 닦"을 수 있다는 것을 강조하고 있다. 또 작품의 수준이 낮다고 "이걸 글이라고…" 무시하지 말고 "한 줄의 글을 바르게 써"볼 것을 주문하면서 "일독하였을 뿐" "가필"하지 않은 것은 "흐린 거울"이며,『마을』을 보고 나서 꾸준히 노력해야 한다는 것을 깨닫게 하려는 책무를 드러냈다.

학생 중에서 가장 많은 작품을 발표한 학생은 5학년인 문예부장 이광식이다. '백파정인'이라는 필명을 함께 썼다. 논단「새해를 맞이하여」, 시「난애」, 「연정」, 수필「승리의 눈물」, 콩트「진실된 제재」, 문예부장으로 쓴 「막을 닫으면서」, 「편집후기」가 모두 이광식의 글이다. 장르를 넘나드는 글쓰기를 한 학생인데 졸업을 한 이후에 작가로서 행적은 확인되지 않는다. 다음은 문예부장인 이광식의 「막을 닫으면서」다.

본교의 유일한 간행물인 교보잡지인 『마을』이 고고의 산성을 내며 이천 목상건아 앞에 나타나게 된 지도 이미 여러 해를 거듭하고 이제 또한 3호를 내놓게 되었다. 부족한 점 헤아릴수 없으나 그러나 우리는 그야말로 불철주야하여 터를 닦고 주춧돌을 놓고 기둥을 세우고 지붕을 이우고 땀을 쳐서 만든 귀중한 땀의 『마을』인 것을 알아야 할 것이다. 이러한 우리 120명 부원의 지극한 정성은 교장 선생님 이하 각 선생님에게 격례의 말씀을 듣고 또한 절대한 후원을 얻어 철철한 존재인 『마을』로부터 민족문화의 총집결적인 종합잡지를 엮으라는 말씀이 계셔서 『마을』을 그만두고 세로히 발족하게 되었다. 여기서 막을 닫는다는 것은 아쉬운 마음 금할 수 없다. 그러나 소막을 닫고 대막을 열서서 예술적 욕망을 충족치 못하고 고갈해가는 이천 목상 동지들에게 원기를 회복시킬 수 있는 청량제를 부워 줄 수 있을 것을 생각하니 한없이 기쁘기도 하다. 그간 『마을』을 위하여 음양으로 후원해 주시고 지시해 주시던 어질고 고마우신 여러분에게 삼가 숙으려 사의를 표하는 동시에 앞으로도 더욱 일층 붓도와 주시 앞기 바라옵고 이만…총총…

이광식은 "우리 120명 부원의 지극한 정성은 교장 선생님 이하 각 선생님에게 격례의 말씀을 듣고 또한 절대한 후원을 얻어 철철한 존재"인 『마을』은 3호를 끝으로 종간하고, "민족문화의 총집결적인 종합잡지를 엮으라는 말씀이 계셔서 『마을』을 그만두고 세로히 발족"하여 종합잡지를 발행할 계획이라는 아쉬움과 "이천 목상 동지들에게 원기를 회복시킬 수 있는 청량제를 부워 줄 수 있을 것"이라는 기대를 담았다.

목포공립상업중학교 문예부지『마을』에 작품을 발표한 학생 중에서 작가로 성장한 학생이 있다. 김우정이다. 김우정은 시「봄이 온대두」와 단편소설「뒤안길」을 발표했다. 김우정은 시「봄이 온대두」를 옮기면 다음과 같다.

봄이 온대두
난 기쁘질 않아
이쁜이의 소식은 없고
꽃은 피고
실비는 내리고
모든 것이
날 비웃고 조롱하는 것만 같애
그래
더 슬퍼만 지는구려
멀리 멀리 구름을 타고
꽃피고
나비 춤추고
새울고
바람일코
내 노래에 맞춰
이쁜이 춤추는
나라를 찾어
끝없이 가고 싶어
　　　　　　　　—4학년 김우정,「봄이 온대두」전문

위 시에서 화자는 봄이 와도 기쁘지 않다. '이쁜이'의 소식이 없기 때문에 모든 것이 '비웃고 조롱하는 것' 같아서 슬프다. 그래서 화자는 '꽃 피고/나비 춤추고/새울고/바람일코/내 노래에 맞춰' '이쁜이'가 춤추는 곳을 찾아 떠나고 싶은 감정을 표출하였다. '이쁜이'가 누군지 명시적으로 드러난 것은 아니다. '이쁜이'라는 존재의 부재는 화사하고 따뜻한 봄이 온다고 해도 진정한 봄이 아니라는 데서 이상화의 「빼앗긴 들에도 봄이 오는가」가 연상되기도 한다. 김우정의 소설 「뒤안길」은 학생 K가 하숙비와 학교 의무금을 내지 못하고 있는 현실을 괴로워하고 있는 내용이다. '다음 호에 계속'된다는 예고가 있는데 『마을』 이후 종합지가 나왔는지는 아직 파악되지 않았다.

4학년 때 작품을 발표한 김우정은 전남 완도 출신으로 목포공립상업중학교를 졸업하고 6년 후인 1958년에 시집 『태양과 지옥의 시』[2]를 냈다. 차재석이 회장으로 있던 목포문학회에서 『목포문학』 창간호를 발간할 때 백두성, 전승묵, 차재석, 권일송 등과 함께 편집위원으로 발간에 참여하였고, 1962년에 『조선일보』 신춘문예에 평론 「미망의 도표─한국전후 소설론 서설」[3]이 당선되었다. 평론가로 활동하였는데, 30대 문학비평가 17명이 한국문학 비평의 새로운 영토와 '모랄'을 확립하고자 동인회 '에세이스트·클럽'의 회원으로 구인환, 김사목, 김상일, 김양수, 김주종, 김윤식, 문덕수, 송영택, 신동욱, 신동한, 신봉승, 원형갑, 윤병로, 이형기, 장백일, 천상병과 함께하였다.[4] 그즈음 "시인에게 기대하는 것은 평면적인 경험의 단편들을 환기시키는 것이 아니라 보다 더 적극적으로 자기가 창조한 인공우주 속에 독자를 끌어들여 현실 속에서는 도저히 감당해 낼

---

2 김우정, 『태양과 지옥의 시』, 항도출판사, 1958.

3 『조선일보』, 1962.1.5

4 『경향신문』, 1963.1.5

수 없는 경험을 집약적으로 경험하도록 해야 할 것"[5]이라는 시론을 쓰기도 하였으나 문학적 활동 등은 구체적으로 드러나 있지 않다.

교사로 『마을』에 작품을 발표한 박순범은 후에 등단하여 시인이 되었다. 여기에 실린 작품은 그의 첫 작품으로 추정된다.

가고파도 가지는 못하는 고향
꿈에는 가도 넘지못하는 삼팔선이 있어
떠날제는 이별의 노래도 크게 부르지못하고
서로 바라보는 빤짝이는 눈동자에는 눈물만 아롱지어
물밭가에서 무심히 우는 개구리소리도 유달리 서글펐고
삼팔심산(三八深山)의 부엉이소리 고향 떠나는 나그내의 서글픔이
였어라
자유의 비들기 날리는 남쪽 푸른 하늘이
그리워
선배들이 피흘리고 간 평화의 횃불(烽火)밑을 찾아
그리운 고향을 떠났었지요
그러나 지금은 그 날도 옛날이요 꿈이요

시베리아 손이 가져온 선물이 삼팔선이라면
너는 가거라
이 꽃바람과 같이 물러가거라
그러나 형님은 왜 아지도 아니오신다오
딴 형님은 다 무엇하고
그리운 벗들은 다 무엇하고 있다오
고향 마을 사람들은 지금 다 무서하고 있다오
            — 박순범, 「고향형님에게 드리는 글월 – 소시」 전문

---

5  김우정, 「태풍기와 불안의 시선」, 『세대』 통권 27호, 1965.10.

박순범은 어떤 과정을 거쳐 고향을 떠나왔는지 알 수는 없다. 다만 시를 통해 '자유의 비들기 날리는 남쪽 푸른 하늘이/그리워/선배들이 피흘리고 간 평화의 횃불(烽火) 밑을 찾아'서 월남했다는 것을 알 수 있다. 그리고 고향을 그리워하면서 형님과 이별의 순간을 '떠날제는 이별의 노래도 크게 부르지못하고/서로 바라보는 빤짝이는 눈동자에는 눈물만 아롱지'던 순간을 세밀하게 묘사하고 있다. 그리고 '시베리아 손이 가져온 선물이 삼팔선/너는 가거라'라며 통일의 바램을 담았다. 이 시에는 고향의 형님들과 벗들을 그리워하는 향수와 통일을 바라는 심경을 표출하고 있는데, 이를 통해서 박순범은 단독정부 수립을 전후한 시기에 월남한 것으로 추정된다.

박순범은 평양에서 태어나 평양상업중학교를 졸업했다. 그동안 박순범은 한국전쟁 때 월남하여 목포에 정착하였고, 1976년 『청호문학』의 일원으로 「코스모스와 나비」, 「나비의 날개」, 「창문의 서정」 등을 발표하면서 본격적인 문학 활동을 시작했다고 알려져 있었다. 그러나 목포공립상업중학교 문예부의 『마을』 3호에 시 「고향형님에게 드리는 글월－소시」를 통해서 박순범은 1950년부터 작품을 썼고, 한국전쟁이 전에 이미 목포에 정착하였다는 사실이 새롭게 발견되었다. 박순범은 목포에 정착한 뒤 목포공립상업중학교를 거쳐 1951년 목포공립상업중학교가 학제 개편으로 분리되자 목포제일중학교에서 재직하였다. 그는 문태중고등학교로 옮긴 이후에 정년퇴직하였는데, 1979년 월간 『아동문예』를 통해 등단의 절차를 밟고 생전에 시집 『세월』[6]을 발간했으며, 유고집으로 『임성리 옛집』[7]을 남겼다. 그는 목포문인협회와 예총 목포지부장을 역임하면서 『목

---

6  박순범, 『세월』, 아동문예사, 1980.
7  박순범, 『임성리 옛집』, 예원출판사, 1990.

포시—53시인선』,[8] 『온돌방의 낭만』[9]을 발간하여 목포의 예술문화 발전
에 공헌하였다.

## 3. 나오며

목포공립상업중학교 문예부에서 발간한 『마을』 3호의 발굴로 목포공
립상업중학교에는 문예부가 있었고, 문예지를 발간했다는 사실을 알 수
있었다. 또한 『마을』 3호를 끝으로 제호를 바꾸어 발간하기 위해 종간되
었다는 사실도 볼 수 있다. 『마을』은 학생들이 쓴 작품으로 꾸며졌다는
데 의의가 있다. 『마을』 3호에는 학생들의 시 50편, 수필 17편, 논단(평론)
이 6편, 콩트 2편, 소설 1편이 실려 있다. 학생들은 불안한 정국 속에서도
희망을 노래하고 미래를 설계하였고, 문예부 학생들 가운데 김우정이 문
학청년의 꿈을 키우면서 습작하였다는 사실이 확인되었다. 『마을』은 김
우정이 시인으로 평론가로 성장하는 데 결정적인 역할을 한 것으로 보인
다. 또한 교사였던 박순범은 그의 시를 통해 한국전쟁 중에 월남하여 목
포에 정착한 것이 아니라 한국전쟁 이전에 이미 목포에 정착하였다는 사
실을 짚어냈다. 『마을』은 한국전쟁 이전의 목포상업학생들과 교사들의
활동 및 학교 밖 목포의 분위기 등을 알 수 있는 소중한 자료다.

---

8  목포시인선집 발간위원회, 『목포시—53시인선』, 세종출판사, 1983.

9  목포작가 76인수필선 발간위원회, 『온돌방의 낭만—목포작가76인 수필선』, 세종출
   판사, 1984.

제3장

# 광주전남 문단과 전문매체의 출현

# 해군목포경비부의 정훈 잡지 『갈매기』

## 1. 들어가며

　지역문학으로 연구 방향을 선회한 후 광주전남 지역에서 발간된 잡지와 문예지를 수집하려 애써 보았다. 그러나 생각처럼 쉬운 일이 아니었다. 특히 해방을 전후한 시기의 잡지와 한국전쟁기의 잡지는 흔적조차 찾기 어려웠다. 해군목포경비부의 정훈 잡지 『갈매기』도 그 가운데 하나였다. 『갈매기』 창간호는 전남대학교 중앙도서관에 소장되어 있어서 쉽게 만날 수 있었다. 하지만 더 이상의 『갈매기』는 찾을 수 없었다. 어느 날 잘 아는 선생님으로부터 『갈매기』 창간호와 5월호를 소장하게 되었다는 소식이 들려왔다. 정훈 잡지 『갈매기』는 그렇게 세상으로 나오게 되었다. 『갈매기』의 발굴은 한국전쟁기의 정훈문학 연구에 많은 도움이 될 것으로 보인다. 정훈매체에 대한 구명 없이는 한국전쟁기 문학의 실체 파악이 어렵다. 특히 해군의 정훈 잡지였다는 점에서 발굴이 갖는 사료적 가치는 크다.

　해군목포경비부의 정훈 잡지 『갈매기』 창간호와 5월호만으로는 『갈매기』의 전모를 확인하기는 어렵지만, 『갈매기』 2호와 4호의 발굴을 기다리며 창간 배경과 발굴의 의미를 가늠해보려 한다.

## 2. 해군목포경비부의 정훈 잡지의 발간 배경

### 1) 대내 정훈 잡지의 발간

정훈 잡지 『갈매기』는 해군목포경비부 정훈실에서 대외 문화공작을 목적으로 발간한 월간지이다. 해군목포경비부의 설치 과정과 당시 정훈실이 수행했던 임무를 들여다보는 것을 시작으로 『갈매기』가 발간된 배경을 확인하기로 한다. 『해군 목포경비부의 연혁사』에 의하면 1945년 7월 13일 미군이 진주하여 군정을 실시하자 국내 치안의 확보와 국민의 안녕과 질서를 유지하기 위하여 '남조선 미국 육군 사령부 군정청'이 설치되었다. 군정을 실시하게 되었으나 미군 군정 조직계통 중에 해군은 들어 있지 않았다. 해군의 기초를 닦기 위하여 총참모 손중일 중령이 중심이 되어 서울 포훈정에서 동지 77명이 모여 '해방병단'을 결성하여 활약한 결과 경남 진해에 사령부가 설치되었다. 1946년 1월 1일 '해방병단'은 미해군 사령관 후지나의 지도하에 들면서 법적인 지위를 확보하면서 해병학교도 설립하였다. 이어 6월 15일 '해방병단'은 '조선해안경비대'로 그 이름을 개칭하고 해군다운 훈련을 하였다. 6월

하순경 인천에 해군의 첫 번째 기지가 설치되고 부산에 이어서 목포에도 목포경비부가 설치되었다. 그리고 8월 28일 해군 중위 김동기가 인솔하는 20명이 인천기지를 출발하여 목포기지에 도착하고, 추가 병력으로 대원 10명이 목포에 도착하면서 해군목포경비부는 그 면모를 갖추게 되었다.[1]

해군목포경비부 정훈실은 "괴뢰정권의 사상침투를 분쇄하고 숭고한 민족정신을 압박하여 국군의 정신무장을 기함으로서 적의 모략선전을 방지하고 군의 사기 및 사상적 단결을 촉구할 목표"[2]로 발족한 국방부 정훈국 아래 육해공군에 설치되었다. 정훈감실의 지휘를 받으며 1950년 4월 10일 조병기 소위가 초대 정훈장교로 부임한 뒤 목포시 도서관에 정훈실을 설치하였다. 대내 사병들의 정훈공작과 문화 향상을 도모하고자 '문화영화회'와 '독서회'를 실시하던 도중 한국전쟁으로 인하여 정훈공작은 일시 중단되었다. 1950년 12월 22일 조병기 소위가 해군 목포경비부 정훈장교로 재부임한 즉시 조흥은행 2층에 정훈실을 재편하고 대내외 정훈공작을 실시하였다.[3]

해군목포경비부 정훈실에서는 크게 대내 정훈공작과 대외 정훈공작으로 나누어 정훈공작을 실시하였다. 해군목포경비부의 대내 정훈공작은 "공산주의 사상의 배격 공산당 지하조직 침투의 감시 봉쇄 시국 인식의 통일과 필승책임의 확립에 의한 전투정신의 앙양"과 "정신무장강화"[4]

---

1  해군목포경비부 정훈과, 『해군 목포경비부의 연혁사』, 1952.12.31, 1~2쪽.
2  위의 책, 161쪽.
3  위의 책, 161쪽.
4  위의 책, 162쪽.

가 목적이었다. 그래서 정훈실장 조병기는 1950년 12월 22일 『진중신문』 발간하여 "전과와 국내외 정세를 신속히 보도"하는 한편으로, 사병들의 "사기앙양"[5]을 목적으로 『전우통신』를 발간하여 배포하였다. 해군목포경비부에서 대내 정훈공작을 위하여 『진중신문』 『전우통신』 두 매체를 발간하였다. 그런데 얼마 지나지 않은 1951년 4월 10일 "『전우통신』을 『진중신문』으로 개제코 제77호를 발간"[6]한 것으로 보아 『전우통신』과 『진중신문』의 통합 내지는 『진중신문』이 폐간되었던 것 같다. 그렇게 발간을 이어가던 『진중신문』은 1951년 10월 30일 "『주간정훈』으로 개칭하고 문화시사, 상식, 취미, 전과 내외 정세편의 편집체제로 발행"[7]하여 대내 장병들의 문화 향상과 정신무장을 도모하였다. 11월 24일에는 "여러 가지 자료난과 경비난을 부릅쓰고 정훈 주보 삼면을 발행" 배포하였고, 12월 29일에는 "정훈 주보 사면"[8]에 걸쳐 발행 배포하였다. 『주간정훈』은 3면, 혹은 4면으로 발행되었다. 1952년 8월 "구일 매월 삼면식 정기발행하는 주보 정훈은 이칠호까지 배포하였"[9]다는 것에서 『주보정훈』은 주보가 아니라 '월간'으로 바뀐 모양인데 이것은 앞으로 확인해야 할 과제다. 이후 『주간정훈』은 『정훈주보』로 개칭하여 발행하였다. 이상을 다시 정리해 보면 해군 목포경비부에서는 대내 정훈공작의 일환으로 발행되었던 『전우통신』은 『진중신문』으로, 『진중신문』은 다시 『정훈주보』, 혹은 『주보정

---

5 위의 책, 162쪽.
6 위의 책, 165쪽.
7 위의 책, 171쪽.
8 위의 책, 172쪽.
9 위의 책, 178쪽.

훈』으로 개제, 개칭되면서 해군 목포경비부 내 사병들의 사기 진작과 문화 향상, 그리고 정신무장 강화에 힘썼음을 알 수 있다. 이와 별개로 주간『전우』도 발행되었다.[10]

## 2) 대외 정훈 잡지 『갈매기』의 발간 배경과 서지사항

해군목포경비부에서 발행한 또 하나의 정훈 잡지는『갈매기』다. 대외 문화공작을 목적으로 발행되었다는 점에서 대내 정훈공작이 목적이었던 『정훈주보』와 다르다. 그것의 일단은 다음을 통해 확인된다.

> 재목포 재광주의 문사진을 총망라하여 해양사상보급 이채있는 문화 육성을 전개하여 열정적 문화인의 정신무장으로 현하성전을 완수코저 총탄에 병행하여 필봉으로 총진군을 개시하고 "전우"(주간) 창간호를 내는 한편 "갈매기"(월간)지 발행 준비로 원고 모집에 착수하는 동시 "갈매기"지 발간위원을 조직하였는데 위원은 다음과 같다. 조병기 조희관 최보라 차재석 장덕 이진모 장병준 정송해 강정수 등이었다.[11]

위 글에서 확인되듯이 정훈 잡지 『갈매기』는 "재목포 재광주의 문사진을 총망라하여 해양사상보급 이채있는 문화육성을 전개하여 열정적 문화인의 정신무장으로 현하성전을 완수코저 총탄에 병행하여 필봉으로 총진군"하기 위한 목적으로 발행되었다. 『갈매기』 발간을 위해 발간위원

---

10  박태일, 「목포지역 정훈매체『전우』연구」, 『현대문학이론연구』 38집, 현대문학이론학회, 2009.

11  해군목포경비부 정훈과, 앞의 책, 179쪽.

을 선정하고 준비 작업을 하였는데 발간위원 조병기는 해군목포경비부의 정훈실장이고, 최보라와 정송해는 해군목포경비부 정훈실 소속의 군인이다. 조희관은 항도여중의 교장을 역임한 항도출판사의 사장, 차재석은 항도출판사 편집국장이고, 이진모는 당시 목포상대(후에 전남대)의 교수, 장병준은 소설가이자 지역문사였다. 장덕은 화가로『갈매기』의 표지화와 컷을 그렸다. 이 위원들의 활약으로『갈매기』는 1951년 2월 1일 창간호를 발행하였다.『갈매기』창간호와 새로 발굴된『갈매기』5월호의 발행사항을 정리하면 다음과 같다.

> 『갈매기』창간호, 편집 겸 발행인: 해군목포경비부 정훈실장 조병기, 제일인쇄소, 4284.2.1, 제자, 정극모/표지 · 컷, 장덕
> 창간사, 정훈실장 조병기/갈매기에게(축시), 문재근/국제경찰군의 역사적 의의, 백상건/미영회담의 의의와 한국, 강대경/해군목포경비부 사령관 송인명 중령을 찾아서, 차재석/시: 싸우라 족속아, 조희관/우리 여기 모임은, 김현승/대한의 길, 장병준/갈매기, 목일신/회한, 이수복/말뚝의 노래, 박흡/횃불, 정송해/유물론 공산주의 세계에 인간다운 살길은 없다, 헨리-신부/재건 교육의 지침, 안용백/정신무장, 조정두/진정한 자유는 정신생활에서, 최보라/ 우리 무적해군은 이렇게 자라낫다, 정훈실/비약하는 목포해군의 이모저모, 정훈실/여교사, 이석봉/단상, 박순자/빛, 임성순/해외소식, 토막지식, 꼬십, 어휘더듬이, 편집실/토끼송, 조희관/단군설화의 민족사상, 이진모/남화, 허건/북한과 음악, 김창문/성선설, 이가형/돌아온 아들, 김해석/별은 밤마다(희곡), 범석

『갈매기』 1권 3호(5월호), 편집인 조희관, 발행인 조병기, 제일인쇄소, 4284.5.12, 제자, 정극모/표지 · 컷, 장덕

대한민국(권두시), 공중인/부산을 굽어보며(수필), 김광주/ 불과 책과, 손철/근상 2제, 김해석/슈타인부인에게, 이석봉/봄불, 조희관/주검, 이진모/「이란」의 정치적 지위(시사평론), 백상건/1951년에 3차대전은 발발할 것인가, 김방한 역/슈-만안의 의의, 김훈편 역/시: 창, 김현승/이순장군(연재장편서사시), 조영암/진달래 · 목력, 이동주/참새의 노래, 박흡/아침, 이수복/포도, 이영식/전란과 인간성, 김승한/부산점경소묘, 장덕/맥아더의 편모, 편집부J/꿈이 깨어서, 김숙자/눈 위에 무덤을 찾아(단상), 최순자/동정, 박순자/5월의 하늘, 임성순/해군정훈기/어휘더듬이/해외소식/토막지식/등하기(차형에게), 이동주/향교록(이형게게), 차재석/서로의 처지, 승지행/책귀, 임병주/잔0, 차범석/문화출판소식/편집후기

위 발행사항을 통해 가장 먼저 확인되는 것은 『갈매기』 창간호와 『갈매기』 5월호 사이에 1권이 더 발행되었다는 것이다. 『갈매기』 5월호에 '제1권 제3호'[12]라고 명기하고 있는 것으로 미루어보면 3월호와 4월호는 따로 발행되지 못하고 '3 · 4월 합병호'로, 즉 '제1권 제2호'로 발행되었음을 알 수 있다.

둘째는 『갈매기』의 편집인이 바뀌었다. 『갈매기』 창간호의 편집 겸 발행인이 '해군목포경비부 정훈실장 조병기'였는데 '편집인 조희관'으로 바뀐 것은 여러 가지를 시사한다. 조희관은 목포의 존경받는 인물이자 교육자였기 때문에 정훈공작에도 동원된 것으로 보인다. 조희관은 『갈매기』뿐만 아니라 정훈실의 정훈공작에 깊이 관여하고 있는데 특히 선무공

---

**12** 이하 3호로 칭한다.

작을 다녀온 후 "다도해 선무에 따른 한 조그만 기록"[13]인『다도해의 달』은 전남 무안군 일대의 섬을 선무한 1950년 11월 20일부터 23일까지 3일간의 기록이다.『다도해의 달』은 "해군목포경비부의 전폭적인 협력"하에 이루어진 만큼 조희관은『갈매기』에도 깊이 관여한 것으로 보인다.

셋째는 발행처가 '갈매기구락부'로 바뀌었다. 속단할 수는 없지만 정훈잡지『갈매기』는 해군목포경비부 정훈실보다는 민간인, 특히 문화예술인들이 주도했을 가능성이 있다.『갈매기』동인들이라는 뜻의 '갈매기구락부'는 민간으로 이양되기 이전임에도 불구하고 해군목포경비부의 대외정훈 잡지『갈매기』의 발행처였다. 이것은 군이 주도했다기보다는 민이주도한 잡지였을 것이라는 추정을 불러일으키는 대목이다. 박태일은 '갈매기구락부'에 대해 "'갈매기구락부'라는 이름으로 불리기도 했던『전우』의 편집위원들이었을 것"[14]으로 추정하고 있는데, 처음부터『전우』의 편집위원을 '갈매기구락부'라는 이름으로 불렀을 가능성은 낮다.『전우』의 편집위원들을 '갈매기구락부'라고 불렀다면『갈매기』창간 이후에나 가능한 일이었다.『전우』가 먼저 발행되었다는 점에서 보면 '전우구락부' 정도가 되어야 할 것이다. 굳이 '갈매기구락부'를 쓸 이유는 없다. 다만『전우』나『갈매기』의 필진이 거의 같았다는 점에서 보면『갈매기』가 창간된후에『전우』의 필진들까지 아울러 '갈매기구락부'라고 불렀을 가능성은있다.

넷째는 정훈 잡지『갈매기』의 발행, 즉 '제1권 제4호'까지 발행 여부이다. 정훈문학 연구의 전문가인 박태일도 "해군 본부의 통첩'으로 4호에

---

13 조희관,『다도해의 달』, 해군목포경비부 정훈실, 1951.1.15, 1쪽.
14 박태일, 앞의 글, 221쪽.

그쳤"[15]으며, 『갈매기』의 편집장이었던 차재석도 "수복 후 해군목포경비부 정훈실 조병기 실장의 주선으로 발간된 이 책의 지령은 4집에 그쳤"다고 한 것, 『해군 목포경비부 연혁사』에도 "『갈매기』 월간지의 4호 발간을 봤으나 경비난으로 부득이 민간측으로 이관"[16]하였다는 기록으로 미루어 보면 『갈매기』는 4집까지 발행되었고, 정훈 잡지로서 『갈매기』는 비용을 감당하지 못하고 민간으로 이관함과 동시에 폐간된 것으로 추정한다.

## 3. 정훈 잡지 『갈매기』의 의미

해군목포경비부의 정훈 잡지 『갈매기』의 발굴은 많은 의미를 갖고 있다. 정훈매체와 정훈문학, 거기에서 한발 나아가 한국전쟁기 문학의 실체를 확인할 수 있는 사료이기 때문이다. 발굴이 갖는 의미를 정리하면 다음과 같다.

첫째는 정훈 잡지 『갈매기』의 발굴로 목포 정훈문학의 대강을 짐작할 수 있게 되었다. 아직 『갈매기』 2호와 4호가 확인되지는 않았지만 『갈매기』 창간호와 『갈매기』 3호를 통해 2호와 4호도 부분적으로 확인됨으로써 해군목포경비부 정훈실이 수행하였던 정훈공작과 문화예술인들의 활동상을 볼 수 있게 되었다. 이 두 권의 『갈매기』에 발표한 작품은 시 16편, 소설 4편, 수필 7편, 희곡 2편, 평론, 시사평론 5편 등이다. 두 권의 정훈 잡지 『갈매기』에 작품을 발표한 문화예술인 및 작가는 조희관, 김

---

**15** 박태일, 앞의 글, 221쪽, 각주 15번 참조.
**16** 해군목포경비부 정훈과, 앞의 책, 191쪽.

현승, 장병준, 목일신, 이수복, 박흡, 이진모, 허건, 김창문, 이가형, 김해석, 차범석, 김광주, 손철, 이진모, 백상건, 김방한, 김훈편, 조영암, 공중인, 이동주, 이영식, 김승한, 장덕, 승지행, 임병주, 차재석, 이석봉, 임성순, 박순자, 김숙자, 최순자 등이다. 해군목포경비부 정훈실에서는 조병기, 정송해, 최보라, 조정두, 안용백 등이 정훈공작에 힘썼다.

그런데 차재석이 정리한 『갈매기』에 작품을 발표한 작가는 "정소파, 이영식, 이을호, 허건, 김평옥, 홍순태, 손철, 김방한, 이동주, 전병순, 김승한, 승지행, 임병주, 조영암, 박계주, 김송, 공중인, 조병화, 국승돈, 이금남"[17] 등이다. 『갈매기』 창간호와 3호에 발표한 작가를 제외하면 『갈매기』 2호 혹은 4호에 '정소파, 이을호, 김평옥, 홍순태, 전병순, 김송, 조병화, 국승돈, 이금남'이 참여하였을 것으로 추정된다. 거기에 『갈매기』 3호의 편집후기에는 공중인의 「혜산진에서 부산까지의 탈출기」와 박계주의 소설을 다음호에 실을 예정이라는 소식을 미리 알리고 있다. 이것을 통해 지역문인들의 행로와 작품들을 확인할 수 있게 되었다.

둘째는 문화공작을 목표로 하였던 만큼 여성작가들의 작품란 「규수문원」을 따로 두어 작가적 역량을 키우는 토대를 제공하였다. 임성순[18]과 박순자, 최순자, 김숙자는 비교적 나이가 어렸으며, 이석봉은 시인 박흡의 아내이자 전남여중 교사로 1962년 동아일보 신춘문예에 소설 「빛싸이는 해구」가 당선되어 소설가로 활동하였다. 임성순도 영문학을 전공한

---

17 차재석, 『삼학도로 가는 길』, 세종출판사, 1991, 138쪽.

18 임성순은 항도여중 졸업생으로 2009년 박기동의 시 「부용산」에 곡을 붙인 안성현(월북)의 작곡집(복사본)을 소장하고 있다가 목포여고(항도여중이 목포여고로 바뀌었음)에 기증한 인물이다. 조희관이 항도여중의 교장으로 재직하던 시절 임성순은 그 학교 학생이었다.

뒤 등단을 거친 후 여러 권의 시집을 냈는데 『갈매기』가 그 출발점이 되었다.

셋째는 『갈매기』는 민간인이 주도한 정훈 잡지였을 수도 있다. 정훈 잡지 『갈매기』 창간호는 「싸우라 족속아」라는 조희관의 시 다음에 정훈실장 조병기의 「창간사」를 배치하고 있다. 지역의 존경받는 교육자이자 수필가인 조희관의 시를 맨 먼저 배치하여 지역의 정서와 밀착감을 높임으로써 성공적인 문화공작을 수행하고자 한 의도로 보인다. 이것은 『갈매기』 3호에 실린 이동주와 차재석이 주고받은 편지에서 확인된다. 종합지로서 '편집체제에 관한 이야기', '작품의 수준의 문제', '규수문원' 란을 따로 둔 것에 대한 문제', '선후배 작가들의 자세와 태도 문제' 등이 내용의 주를 이루고 있다. 또한 "6·25 후 『갈매기』라는 종합지가 나왔다. 고조희관 씨를 비롯해서 피난길에 머물은 백상건·이진모 교수 등과 이가형·장병준씨 그리고 차재석 등이 편집위원으로 있으면서 아마 6·25이후로는 전국 통틀어서도 처음으로 발간된 잡지여서 임시 수도인 부산등지로도 상당한 부수가 팔"[19]렸다는 진술에도 지역에서 발행하는 종합지 『갈매기』만 있을 뿐, 정훈 잡지 『갈매기』에 대한 언급이 없는 것도 이를 뒷받침한다.

그럼에도 불구하고 한국전쟁기에 발행된 정훈 잡지라는 이름에 걸맞게 정훈공작에 충실하려 애썼다. 정훈실장 조병기는 「창간사」에서 "우리는 다시 그 민족성과 인간성에 호소해서 그것들의 싱싱한 발양을 기도함이 이때보다 더 간절함이 없음을 느낀다. 백만발의 탄알을 뒤에 두고 감

---

19 차재석, 앞의 책, 149쪽.

히 본지를 발간"한다고 밝히고 있듯이 정훈공작에 충실했다. 정송해는 "정의 위해/횃불로/시를 쓰"(「횃불」)자고 하는가 하면, 김현승은 "호국의 용사들과 함께 우리 모두 한덩이 포탄되어 바람부는 전야로"(「우리 여기 모임은」) 갈 것을 권유한다. 또한 이진모는 「단군전설과 민족사상」을 통해 우수한 민족성을 강조하고 있으며, 김창문은 「북한과 음악」에서 북한의 음악인들의 활약과 정치적 효과의 파장을 경계하고 있다. 「문단뉴 -쓰」에는 전쟁 중에 사망한 작가들, 월북한 작가들, 월남한 작가들, 피랍된 작가들의 이름을 일일이 기록하여 문단의 실상을 알리고 있다. 정훈공작의 성공적 수행을 위하여 편집체제의 변화를 시도하면서 대중들과 가까운 잡지를 지향하였다. 그래서 『갈매기』 3호에 "이번 호는 편집체재를 달리 해보았다. 수필을 맨 처음에 끌어 온 것이 충실한 작품이 상반안 될 양이면 도리어 잡지의 제일 인상을 서투르게 하는 위험을 무릅쓰면서도 체재로 보아 딱딱한 평론에 앞서 부드러운 수필을 내세"웠던 것이다.

이상의 내용을 정리하면 정훈 잡지 『갈매기』는 '재목포 재광주의 문사진을 총망라'되어 참여하였고, 많은 작품을 발표함으로써 '정신무장으로 현하 성전을 완수코저 총탄에 병행하여 필봉으로 총진군'함으로써 정훈문학의 새로운 시도였다는 점이 각별한 의미로 다가온다. 이로써 대외문화공작은 성공적이었다고 할 수 있다.

## 4. 결론

정훈 잡지는 정훈공작을 목적으로 발행한 잡지라는 점에서 일반 잡지와는 성격이 완전히 다르다. 특히 한국전쟁기에 발행된 정훈 잡지는 전쟁이라는 특수한 상황이 반영되었기 때문에 해군목포경비부 정훈실에서 발행한 대외 문화공작을 위한 정훈 잡지 『갈매기』는 남다르다. 편집인이 민간인이었다는 점, 편집체제의 변화를 대중 독자들을 위해 읽기 쉬운 내용을 전면에 배치한 점, 대부분의 필진들이 지역의 문화예술인들이라는 점이 여타의 정훈 잡지들과는 차이를 보인다. 그것은 오히려 대외 문화공작의 성공적인 수행을 도왔다.

비록 경제난으로 정훈 잡지 『갈매기』가 민간으로 이양된 뒤 발행되지 못하고 4호를 끝으로 종간하고 말았지만, 전쟁으로 피폐해진 대중들을 문화공작으로 위안하고자 했다는 것은 각별한 의미를 갖는다. 그것이 아직 확인되지 않은 『갈매기』 2호와 4호의 발굴을 기다리는 이유이다.

# 한국전쟁기의 순문예지 『신문학』

## 1. 서론

한국전쟁기를 일컬어 흔히 문학의 암흑기라고 한다. 작품을 발표할 수 있는 장이 없었고 인쇄와 출판이 자유롭지 못한 상황이었기 때문이다. 그러나 전쟁 중에도 82권의 시집이 나왔다.[1] 어려운 환경 속에서도 문학을 향한 열정과 삶의 진실을 담아내기 위한 노력을 보여준다. 개인 시집은 저간의 어려움이 있다고 해도 문예지에 비하면 더 낫다. 문예지는 원고의 수합과 보관에 어려움이 있기 때문이다. 그럼에도 불구하고 순문예지를 표방한 『신문학』이 광주에서 발간되었다. 그동안 문예지의 이름만 거론되었을 뿐 그 전모를 알 수가 없었다.

한국전쟁기에 광주에서 발행되었던 순문예지 『신문학』을 발굴하여 탄생배경과 문학사적인 가치를 밝혀보았다. 『신문학』은 시인 김현승이 편집을 맡았으며 용아 박용철의 미망인 임정희가 2집부터 재정을 지원하여 총

---

1  권영민, 『해방 40년의 문학』, 민음사, 1985.

4집까지 발행되었다. 발간된『신문학』4권은 모두 한국전쟁이 한창이던 시기에 발간된 것으로 처음에는 신문학동인이 동인지로 출발하였다. 그러나 광주전남 지역의 동인지로 머물지 않고 전국의 문인이 참여한 문예지로서의 위상도 갖게 되었다는 것을 논의를 통해 증명해나가기로 한다.

## 2.『신문학』의 탄생 배경과 발표된 작품

### 1)『신문학』의 탄생 배경

『신문학』이 탄생하기까지 광주전남 지역문단에서는 시문학파를 탄생시킨『시문학』을 꼽는다. 서울에서 발행하기는 하였지만 박용철이 광주전남 지역 출신의 작가라는 점이 지역 작가들에게 미친 영향이 지대했다는 의미이다.『신문학』이전의 광주전남에서 발간되었던 문예지와 동인지를 간단히 일별하면 다음과 같다.

1920년대에는 조운이 발간하였던『자유예원』, 김우진이 발간한『Socie May』가 있고, 1930년대에는 박용철이 발간한『시문학』, 김철진이 발간한『호남평론』, 박용철이 발간한『문예월간』, 정만조가 발간한『목포시사』, 정문식이 발간한『종산시사』가 있었다. 그리고 1940년대에는 목포예술문화동맹이 발행한『예술문화』, 조희관이 발간한『보국문화』, 이태호가 발간한『청춘수첩』이 있다.『밀물』도 발간되었다고 전해지고 있으나 발간 준비를 마쳐놓고도 발간하지 못한 것으로 확인되었다. 이처럼 먼저 간행되었던 매체들을 이어『신문학』이 발행되었다. 창간호가 발행되던 때는 한국전쟁이 한창이었고 광주가 수복된 지 8개월째이며 정부는 부산에서 허둥대고 있을 무렵이었다.[2] 창간에 참여하였던 손철은 『신문학』을 발간하게 된 동기를 다음과 같이 적고 있다.

나와는 죽마고우 사이인 소설가 최태응 형이 한국문화연구소에 적을 두고 여러 차례 광주로 내려와 이곳 문인 특히 저자에 묻혀있던 시인 김현승씨 등과 아울러 호남문단이 자주 화제에 오르곤 했습니다. 그때 백완기씨가 경영하고 있는 '우리다방' —지금의 원불교 본당 자리—에서 자주 마주친 시인 김현승, 박흡, 언론인 임병주, 장용건 교수 등이 주축이 되어 「문학」 동인지를 발간키로 합의되었던 것으로 알고 있습니다.[3]

또한 『신문학』이라는 동인지의 이름은 다음과 같은 경위에서 지어졌다고 밝히고 있다.

막상 순문예지를 발간키로 결정이 되자 응당 명칭에 대한 궁리가 생길밖에요. 모두 얼굴을 맞대고 000, xxx 등등 제각기 한 마디씩 툭툭 퉁겨 나오는데 은영 중에 '호남문학' 아니면 '순문학' 중 이자택일일까 싶은 분이기로 기울어갔는데 말없이 가만히 듣고만 있던 김현승 씨가 진즉부터 생각을 해놓고 있었던 것이었을까 너무나도 자연스럽게 '신문학이 어때' 하자 또한 약속이나 한 듯 즉각적인 만장일치의 박수로 통과되었습니다. 이렇게 『신문학』은 비로소 우렁찬 고고지성을 울리게 된 것입니다. (중략)
민족의 수난과 문학의 암흑기인 당시 사회현실은 말이 아니었겠지요. 그래서 새로운 문학의 활로를 찾자고 하는데 신(新)을 문학 앞에

---

2  손철, 「신문학시절」, 『철』 2, 송정문화사, 1991.

3  손철, 「『신문학』 동인지 발간 비사」, 『문학춘추』, 2005, 봄, 26쪽.

붙여 『신문학』이 됐겠지요.[4]

　『신문학』이 창간될 즈음 당시의 광주전남의 문단상황은 "6·25가 우리 민족의 오만 가지를 몽땅 앗았지만 그래도 한 가닥 남김이 있었다면 −호남이라는 지역적 견지에서− 약체로만 있었던 문학예술가들이 한 군데 모여 문총구국대가 조직되었고 이 고장 지성이 한 덩어리가 되어 공산주의와 맞붙어 싸우기로 작정하여 대중계몽, 여론조사 등 흰 눈이 펄펄거리는 일선 가두에서 활약하였고 시인의 시에 금시로 하길담 씨의 곡이 붙어 우렁찬 행진이 시작되곤 하였다".[5] 이것을 보면 문총구국대와 문총구국대원이었던 시인들이 어떤 역할을 했는지 짐작된다. 그리고 『신문학』 창간호를 내고 "충장로 5가 언저리에 있었던 내 오막살이에 모두 모여 구공탄 난로위에 두부를 져놓고 막걸리를 마시며"[6] 출판을 기념하는 조촐한 자리가 있었다고 술회한 것으로 봐서 『신문학』의 창간은 의미있는 일이었다. 다음의 글에서도 확인된다.

　　꿈은 실현되기까지가 더 아름다운가 보다. 벼루고 벼루던 호남에서는 처음 맺은 순문예지를 내놓고 보니 체재나 내용이 이 모양이다. (중략) 편집위원들의 꾸준한 열의가 식지 않았던 것을 기뻐한다. 이 열의가 식지 않는 한 앞으로 어떠한 곤란을 해치고라도 『신문학』은 계속 성장할 수 있을 것이다. 창간호에 실린 작품들은 전부가 편집위원회의 합평을 거친 것들이다. 앞으로도 이 방침은 견지될 것이고 이것은 호

---

4　손철, 앞의 글, 35~36쪽.

5　손철, 앞의 글. 28쪽.

6　손철, 앞의 책, 송정문화사, 1991, 39쪽.

남문학의 진실한 발전과 소성에 도취되는 폐단을 막기 위하여 어느 시기까지는 필요한 일이 아닐가 생각합니다.[7]

위 글은 『신문학』 창간호에 실린 김현승의 편집후기의 일부로 동인들의 열의가 느껴지는 대목이자 광주전남 문학의 발전을 위하는 동인들의 문학적 열정을 보여준다. 창간호에 실린 좌담회의 내용에도 『신문학』 창간의 배경을 알 수 있다. 좌담회 참석자는 모두 『신문학』 동인들인데 장용건, 박흡, 이동주, 임병주, 손철, 김해석, 김현승, 백완기였다. 「호남문학을 말하는 좌담회」라는 제목이 알려주는 것처럼 그동안의 광주전남 문학을 점검하고 정리하면서 광주전남 문학의 거점 역할을 하는 것으로 출발하였다.

먼저 『신문학』은 광주전남 문단의 형성과 발전의 출발점을 보여준다. 한국전쟁기에도 광주전남 문학의 발전을 위하여 의기투합한 문인들이 있었다는 것만으로 광주전남 지역문학사에는 의미가 크다. 물론 다른 지역에서도 『평화』, 『경향』, 『국제』, 『승리』 같은 일간지와 『국방』, 『신조』 같은 잡지가 발행되었지만.[8] 순문예지를 표방한 것은 『신문학』밖에 없었다. 공식적인 활동을 했던 육군종군작가단의 『전선문학』[9]과는 성격이 다르다.

한국전쟁 속에서도 제일 먼저 부산에서 『희망』이 나왔고 『전시과학』,

---

7  김현승, 「편집후기」, 『신문학』 창간호, 광주문화사, 1951.6, 121쪽.

8  이승하, 「6·25전쟁 수행기의 한국시 연구」, 『배달말』 42, 배달말학회, 2008. 96쪽.

9  『전선문학』은 1950년 6월 25일부터 1953년 7월 27일까지 3년 1개월간의 전쟁기 동안 발간한 육군종군작가단의 기관지이다. 육군종군작가단은 1951년 5월 대전에서 결성되었으며 단장은 최상덕 장군과 부단장 김팔봉, 구상이 이 작가단을 이끌었다. 『전선문학』은 총 7권이 간행되었으며, 6호와 7호는 휴전협정 이후에 발간되었다.

『학생공론』,『정경』등[10]이 잇달아 창간되었다[11]고 하는『출판연감』이나 국립중앙도서관의『한국서목』은 수정되어야 한다. 가장 먼저 발행되었다고 하는『희망』과 함께 거의 동시적으로 출간된 문예지가『신문학』이기 때문이다. 당시의 출판 상황은 부산이나 광주나 별반 다름이 없었다. "부산의 피난 시절에 잡지를 만든다는 일은 기적을 낳는 일이었다. 인쇄 시설이라고는 타브로이판 4페이지짜리 신문을 발행하는 정도가 고작이었는데 한 인쇄 시설에서 오전에는 A 신문, 오후에는 B 신문이 같은 편집실을 갖고 발행하는 판국이었다. 그러니 잡지를 만든다는 것은 도저히 불가능에 가까운 일이었다."[12] 그럼에도 불구하고 광주에서 원고를 들고 목포까지 가지고 가서『신문학』을 출간했으니 기적을 낳은 것이나 마찬가지다.[13]

비록 4호를 종간으로 폐간되고 말았지만 발표된 작품 편수에 있어서도 육군종군작가단의 기관지였던『전선문학』과 견주어도 손색이 없다. 7권까지 발행되었던『전선문학』에 발표된 시는 35편, 소설은 26편이고 4권까지 발행된『신문학』에는 시는 32편, 소설은 14편이다.[14]『전선문학』은 1952년 4월 창간호가 발행되었고 1953년 12월에 종간되었다. 발행 권수가『신문학』보다 많은데도 시 작품의 편수에서는 별 차이가 없다.

---

**10** 『희망』은 1951년 6월 창간된 잡지로 발행인은 김종환이다.『전시과학』은 1951년 8월에,『학생공론』은 1951년 10월에,『정경』은 1951년 12월에 창간되었다.『임시수도 천일』, 부산일보사, 1985, 750쪽.

**11** 이명희,「한국 전시출판 상황에 관한 연구」, 중앙대학교 신문방송대학원 석사논문, 1994.2, 28쪽.

**12** 김양수,『한국잡지사연구』, 한국학연구소, 1992, 97쪽(『희망』의 발행인 김종완의 회고 참조).

**13** 손철,『철』2, 송정문화사, 1991, 39쪽.

**14** 위의 책, 39쪽.

종군작가단의 공식적인 활동에 버금가는 작품 편수를 자랑할 수 있었던 데에는 "서울 부산 등지에 산재해 있던 문인들의 선망 찬사 격려 참여가 빗발치기 시작"[15]하면서 중앙문인들이 대거 참여하였기 때문이다. 작품을 발표할 수 있는 장을 제공했을 뿐만 아니라 순문학을 지향한 것이 시대 상황과 맞아떨어진 것이다. 지역을 넘어 많은 호응과 참여를 이끌었던 『신문학』은 전쟁기의 공백을 없애는 매체였으나 재정난을 이기지 못하고 폐간되었다.

### 2) 『신문학』에 발표된 작품

『신문학』이 발행되었다는 사실 외에 구체적인 『신문학』의 전모가 밝혀진 적이 없었다. 그래서 『신문학』에 실린 작품을 일별하면서 『신문학』의 전모를 밝혀보겠다. 『신문학』이 발행된 시기와 누구의 작품이 발표되었는지 정리하면 다음과 같다.

『신문학』 제1호, 광주문화사, 1951.6.1, 발행 겸 편집인 백완기.

표지화, 천경자/승지행, 어떤형제/손철, 도순이/임병주, 잃어버린 두 사람/장용건, 탈/박흡, 독수리, 사막/이동주, 좁은문의 비가/이석봉, 비익조/김현승, 신록이 필 때, 고 영랑 추도일에/호남문학을 말하는 좌담회/문단메모/이진모 역, 시어와 시적 진실/이은태, 난

---

15 위의 책, 39쪽.

감퇴행의 법칙/고문석, 경부선/김해석, 아버지/양보승, 변학도/최태
웅, 광주에/편집후기

『신문학』 제2호, 신문학사, 1951.12.1, 발행인 임정희, 편집인 김현승.

표지화, 김보현/이가형, 귀로선에서/김해
석, Y가의 생리/전병순, 수교사/노천명,
시문학시절/박용구, 제주도의 6일간/문
인동정/김현승, 고향에, 가을의 입상/이
동주, 봉선화, 강강술레/박흡, 관, 빙하/
이석봉, 가을/이진모, 인간성의 재확인/
정래동, 전쟁과 문학/노산, 사물유대/조
희관, 철없는 사람/이은태. 비다지/차재
석, 편집수첩/정근모, 산상/편집후기

『신문학』 제3호, 신문학사, 1952.7.15, 발행인 임정희, 편집인 김현승.

제자, 손재형/표지화, 김보현/승지행, 목
비/양병우, 석태/편집부 역, 작가의 본분/
신석정, 춘수/서정주, 춘향의 말/김현승,
내가 나의 모국어로 시를 쓰면/구상, 하늘
이 주저 앉기 전에/이동주, 황토밭엔 태양
도 독하다/박흡, 제4면/이상로, 경사의 영
상/김종문, 1952년에/이영순, 산도야 치고
물도야 쳐서/이석봉, 황혼/이수복, 구/이
진모 역, 구라파 문화의 통일/김창덕, 동경
통신/편집후기

『신문학』 제4호, 신문학사, 1953.5.25, 발행인 임정희, 편집인 김현승.
제자, 손재형/표지화, 천경자/황순원, 소나기/김해석, 강촌 사람들/이

가형, 삽십육계/임병주, 모루/이진모 역, 문법적 허구/조연현, 「풀잎단장」을 읽고/이은상, 백악천의 신악부/김현승, 어제/이동주, 요화/이석봉, 밤비/박흡, 운하/이영식, 창/김정옥, 아열대/박윤환, 매아미에게/노영수, 기도/양병우 역 신화의 창조자/이기정 역, 사르뜨르와 쾨스뜰러/정래동, 신경마비병/김일로, 후회타는 숙어/문인까십/편집후기

먼저 『신문학』에 실린 시는 김현승의 「신록이 필 때」와 「고 영랑 추도일에」, 「고향에」와 「가을의 입상」, 「내가 나의 모국어로 시를 쓰면」, 「어제」가 실려 있고, 박흡의 「독수리」와 「사막」, 「관」, 「빙하」, 「제사면」, 「운하」가, 이동주의 「좁은 문의 비가」, 「봉선화」와 「강강술레」, 「황토밭엔 태양도 독하다」, 「요화」, 이석봉의 「비익조」, 「가을」, 「황혼」, 「밤비」가 실려 있다. 그리고 신석정의 「춘수」, 서정주의 「춘향의 말」[16], 이상노의 「경사의 영상」, 구상의 「하늘이 주저 앉기전에」, 김종문의 「1952년에」, 이영순의 「산도야 치고 물도야 쳐서」, 이수복의 「구」, 김정옥의 「아열대」, 이영식의 「창」, 노영수의 「기도」, 박윤환의 「매아미에게」가 있다.

『신문학』에 실린 소설은 승지행의 「어떤 형제」, 「목비」와 임병주의 「잃어버린 두사람」, 「모루」가 있으며, 손철의 「도순이」, 「유방」, 「두꺼비」와 김해석의 「Y가의 생리」, 「강촌사람들」, 그리고 이가형의 「귀항로에서」,

---

**16** 서정주의 시 「무등을 보며」가 『신문학』에 발표된 것으로 광주광역시홈페이지와 『광주전남문학동인사』, 『광주문학사』에 기술되고 있으나 『신문학』에 발표된 시는 「춘향의 말」 단 한 편이다. 그러므로 수정하여 바로 잡아야 한다.

**제3장** 광주전남 문단과 전문매체의 출현

「삼십육계」가 실려 있다. 또한 전병순의 「준교사」, 양병우의 「석태」, 황순원의 「소나기」가 실려 있다.

수필로는 최태응의 「광주에」, 이은태의 「곤혹퇴행의 법칙」, 「비다지」, 고문석의 「경부선」, 김해석의 「아버지」, 양보승의 「변학도」, 이은상의 「사물유대」, 조희관의 「철없는 사람」, 차재석의 「편집수첩」, 정근모의 「산상」, 정래동의 「신경마비병」, 김일로의 「후회라는 열어」가 실려 있다.

평론으로는 이진모의 「시어와 시적진실」과 「인간성의 재확인」, 정래동의 「전쟁과 문학」, 이은상의 「백악천의 신악부」와 조연현의 「풀잎 단장을 읽고」가 실렸다.

외국 작품도 번역하여 싣고 있는데 이진모가 번역한 T.S. 엘리엇의 「구라파 문화의 통일」 케스틀러의 「문법적 허구」와 이가형이 번역한 윌리엄 포크너의 「에밀리의 비밀」, 편집부 번역의 「작가의 본분」, 양병우가 번역한 사르트르의 「신화의 창조자」, 이기정이 번역한 「사르트르, 쾨스틀러」가 있다.

이외에도 희곡으로는 장용건의 「탈」이 실려 있고, 「호남문학을 말하는 좌담회」, 노천명의 「시문학시절 회고」와 박용구의 「제주도의 6일간」, 김창덕의 「동경통신」이 실려 있다.

이상의 작품을 발표한 작가들을 직업군별로 정리해보면 교수, 교사, 언론인, 군인, 학생, 의사 등으로 정리된다. 교수로는 김현승, 서정주, 이가형, 이진모, 양병우, 장용건, 언론인으로는 임병주, 이은상, 교사로는 박흡, 이석봉, 이수복, 이동주, 김해석, 군인으로는 이영순, 김종문, 노영수, 박윤환, 학생으로는 김정옥, 이영식, 의사는 손철이 있다.

시를 발표한 작가별로 작품의 편수를 정리해보면 김현승 6편, 이동주

5편, 박흡 6편, 이석봉 4편, 신석정, 서정주, 구상, 김종문, 이수복, 이영순, 이상노, 김정옥, 이영식, 노영수, 박윤환은 각 1편씩이다. 김현승, 이동주, 박흡, 이석봉의 작품 편수가 다른 작가의 작품 편수보다 많은 것은 『신문학』 창간 때부터 작품을 발표했기 때문으로 보인다.

소설을 발표한 작가별 작품의 편수는 손철 3편, 임병주 2편, 승지행 2편, 이가형 2편, 김해석 2편, 전병순, 양병우, 황순원은 각 1편씩이다. 소설을 쓴 작가들은 대부분 광주에 몸 담고 있는 이들이지만 중앙문단의 황순원이 작품 「소나기」를 처음으로 발표하였다. 또한 김동리의 80매 짜리 소설도 발간이 늦어지는 바람에 다른 문예지에 발표되는 일[17]이 있기도 하였다. 당시 『신문학』의 위상을 판단할 수 있게 한다.

전남문단은 발족만 하여 놓고 결성 이래 아무런 활동도 없기는 하나 6·25 사변이란 역사적 시련을 거치고 난 직후에 전남의 문학 예술인들의 자각적 발의로써 민족예술의 옹호를 위하여 총집결하였다는 그 역사적 의의만을 가지고 그것은 전남예술사 내지 문학사를 이야기할 때 중대한 발단적인 사실로서 취급하지 않을 수 없을 것이며 『신문학』 역시 4회로 그 발간이 중단되고 말았다 하여도 그 인적 구성과 질적인 면에서 볼 때 처음으로 전남적인 역량을 가능한 한 집결하여 보인 최초의 문단적 활동의 형태라도 말하지 않을 수 없을 것이다.[18]

『신문학』은 전남문단의 구심점이었을 뿐만 아니라 서울에서 발행된 『현대문학』, 『자유문학』, 『문학예술』이 창간되기 전에 전쟁의 와중이

---

17 김현승, 「편집후기」, 『신문학』 4, 1953.5, 160쪽.
18 김현승, 「전남문단의 전망」, 『신문화』 창간호, 1956.7.

기에 전국에 동인지, 문예지 하나 없는 때에 발표 지면을 마련 문단을 이끌고 한국 문학사의 공백을 매꾼 유일한 발표 지면이었다. 서울의 문인들에게까지 창작의 기회를 제공하는 잡지였다. (중략)

그때부터 전국 유명 문인들이 광주로 몰려왔다. 서정주가 김현승 댁에서 기거하게 되고 박종화, 마해송, 박영준, 구상, 김동리, 조연현, 손소희, 한말숙 등이 연거푸 왕래했고 군인이었던 김조운, 이영순 등의 전국 유명 문인과 문단이 광주로 모인 화려한 시기였다.[19]

위에서 김현승과 손광은이 밝히고 있듯이 문학사에서 담당했던 역할은 중대했다. 참여한 작가들 또한 문학적인 역량을 집결하였다. 그런 점에서 광주전남 문단사뿐만 아니라 현대문학사에서도 중요한 역할을 담당하였다. 그런 노력 가운데 발행된 『신문학』에 발표된 장르별 편수는 정리해 보면 다음과 같다.

제1호: 시 6편, 소설 3편, 희곡 1편, 수필 5편, 좌담회 1편
제2호: 시 7편, 소설 4편, 수필 5편, 평론 2편, 회고 1편, 실기 1편
제3호: 시 11편, 소설 3편, 외국문학 3편,
제4호: 시 8편, 소설 4편, 수필 2편, 외국문학 3편, 평론 2편


## 3. 『신문학』에 발표된 시

『신문학』에 한 번도 빠뜨리지 않고 시를 올린 시인에는 김현승, 이동

---

**19** 손광은, 「광주 · 전남문학동인사 서문」, 『광주 · 전남문학 동인사』, 한림, 2005, 24~25쪽.

주, 박흡, 이석봉이다. 김현승과 이동주의 작품은 그들의 작품집에 수록되지 않아 발굴의 의미가 있다. 박흡은 광주서중과 광주고등학교 교사로 시집을 남기지 않은 채 자살로 생을 마감했기 때문에 별도의 논의를 필요로 한다. 이석봉 또한 숙명여전 출신으로 전남여중 교사였고 박흡의 아내였다는 점에서 별도로 논의를 할 것이기 때문에 여기에서는 제외시키기로 한다. 따라서 본서에서는 김현승과 이동주의 작품만을 중심으로 논의를 하되 이수복, 이영순, 구상, 노영수의 작품도 덧붙이고자 한다.

## 1) 김현승의 시

김현승은 『신문학』을 창간할 무렵 조선대학교 교수로 재직 중이었으며 광주전남 문단의 중심인물로 활동하고 있었다. 비슷한 시기에 발행되었던 해군목포경비부 정훈실에서 발행했던 『전우』와 『갈매기』에도 작품을 발표했다.[20] 일제 치하에서 작품 활동을 접고 있었던 김현승에게 광주는 문학적 열정을 되살리는 공간이었다. 한국전쟁 기간이라는 특수한 상황에서 광주전남 문인들이 광주와 목포를 오가는 활동 속에는 문총구국대가 중심에 있었다. 문총구국대는 반공의 정서가 밑자리에 짙게 깔려 있었고 김현승도 함께였다. 김현승이 『신문학』에 발표한 작품의 총 편수는 6편이다. 4편은 시집에 수록되어 있으나 2편은 수록되어 있지 않다. 수

---

**20** 박태일, 「목포지역 정훈매체 『전우』연구」, 『현대문학이론학회』, 2009.(『전우』에서 2편을 발굴하여 소개하고 있으며, 『갈매기』 창간호에 1편의 작품이 실려 있음을 확인하였다.)

록된 4편은 「신록이 필때」[21], 「가을의 입상」[22], 「내가 나의 모국어로 시를 쓰면」[23], 「어제」[24] 등이다. 여기서는 기존의 시집에 수록되지 않은[25] 시 2편을 이야기 하고자 한다.


1) 모란꽃이 피기까지는
기다리신다 하더니
당신은 가시고 말었구려

모란뿌리에 驚蟄의 단물이 스며 드는
統一前夜 – 천둥 번개 비바람 속에서
님이어 당신은 무엇 때문에 먼저 가시었나이까

기다리신다 하더니……

---

**21** 「신록이 필때」는 이후 많은 개작을 거쳐 「신록」이라는 제목으로 시집에 수록되었다. 가장 최근에 김인섭이 엮은 『김현승 시전집』에는 발표지가 '미상'으로 표시되어 있다. 『신문학』에 발표된 원문은 "햐신스가 필 수 없는 벽들은/창을 열렴//우리 모두 오월에 주는 제목은/신조보다/시를 우리게//「프라나스」의 그늘 떨어지는 무르익은 포도위에서/오늘 하로 나는 원죄를 엿볼수 없다/수선을 가꾸려 모두/태어난 얼골을 같이//자외선에 부대끼는 새로운 피로들은/술보다 고온 한/내 육체의 즙//신록이 필 때마다/나는 다시 원시로 돌아가//오오 나의 신앙은/아침과 울금향 – 「신록이 필때」"이다.

**22** 「가을의 입상」은 가장 최근에 김인섭이 엮은 『김현승 시전집』(김인섭 편, 민음사, 2005)에는 발표지가 '미상'으로 표시되어 있다.

**23** 「내가 나의 모국어로 시를 쓰면」은 김인섭이 엮은 『김현승 시전집』에는 시집 미수록 및 발굴 작품에 올라 있다. 그런데 발표지가 『신문예』, 1952.7'로 잘못 표기되어 있다.

**24** 「어제」는 가장 최근에 김인섭이 엮은 『김현승 시전집』에는 발표지가 '미상'으로 표시되어 있다.

**25** 기존의 시집이라 함은 『김현승 시전집』(김현승, 시인사, 1974)와 『김현승 시전집』(김인섭 편, 민음사, 2005)을 말한다.

아 우리들의 안타까운 하소연을
님이어 당신은 지금
당시의 무덤가에 한낱 속절없이 부는
바람소리로만 들오시나이까

오늘 하로 우리는 정든 친구와 장미보다
우리 모두의 이름으로 당신께 드리는
마음의 검은 상장을 더 사랑합니다
오늘 저 하늘에 낀 흐린 구름들은
언제나 당신의 희망과 함께 빛나는
저 태양앞에 드리운 상장일가 합니다

당신이 가신후에도
서울은 또 물어가고 다시 빼앗고
종로의 아스팔트는
아직도 동지와 원수들의 검은 피로써
진흙덩이와 같이 이겨지고 있습니다
그러나 승리의 우렁찬 북소리는 결단코
당신과 당신의 노래가 사랑하던 그 진영에
힘차게 울리고야 말것을 철통같이 믿는
우리는 굳센 당신의 동지들입니다

당신이 쓰러져 피흘린 곳은
불타고 허물어 진 조국의 초토 -
초토위에서 푸른 댓잎과 같이 그후에 피는
싱싱한 젊은 용사들은 그러나
어제도 오늘도 별이 뜨는 밤이면 치운 보첩위에서서
당신이 남겨주신 그들의 애국시를 읊겠지요

당신 앞에 사르는 분향이 이제 끝나면
우리 모두 불없는 회관으로 돌아가
또다시 총뿌리와 같이 긴장된 시간들을
우리는 지켜야 합니다

우리들의 간난과
우리들의 분노와
우리들의 기갑전차는
침략의 무리 붉은 원수들을
더욱 가혹하게 몰아 짓밟고
앞으로 앞으로 전진하여야 할 것입니다

당신의 갸륵한 무덤위에
활짝 핀 모란 꽃송이를
우리 모두의 더운 손으로
우리 모두의 더운 손으로
정성껏 바치는 그날이 오기 까지는……

— 김현승, 「고 영랑 추도일에」[26]


2) 산에 오르면
언제나 꽃처럼 피어 있는 도시다

최후의 시를
나는 다시 이 거리에 돌아와 바치련다

다수운 가을을 더 받고 가려던

---

26 『신문학』 창간호, 1951.6, 89~91쪽.

남국의 황금빛 사흘들이
그만 사랑도 기억도 남기지 못한

고향이 되고 말았다
나는 어느덧 그만 나무와 같이 자라고 말았다

나는 그들의 조상이고
시인이 될 수 있을까

나는 천국을 거부치 않는다
천국을 오히려 한숨 많은 이 폐허위에……

이 한 구절을 언제나 거센 물줄기처럼
나의 사구─나의 도시를 지나 흐르게 하라
내일은 늙어 버릴 시인의 이름으로.

— 김현승, 「고향에」[27]

위의 시 1)은 영랑 김윤식의 사망 1주기 추도식에서 "정든 친구와 장미
보다/우리 모두의 이름으로" 영랑을 사랑하고 있음을 읊은 시이다. 김영
랑은 한국전쟁 중에 인민군에 의해 사망하였기 때문에[28] 그의 사망은 "굳
센 동지들"에게는 큰 슬픔이 아닐 수 없었다. 1주기를 맞아 죽음을 슬퍼
하며 그를 기리고 있지만 여전히 진행 중인 전쟁은 절제되지 못한 격한
감정들을 곳곳에 드러나게 한다. "침략의 무리 붉은 원수들/더욱 가혹하

---

27 『신문학』 2, 1951.12, 78~79쪽.
28 해군목포경비부 정훈실, 「문단뉴─스」, 『갈매기』 창간호, 1951.(전쟁 중 문인들의
   행적을 세세히 기록하고 있는데 전쟁 중 사망자 명단에 김영랑의 이름이 있다.)

게 몰아 짓밟고"에서 뿐만 아니라 "승리의 우렁찬 북소리"로 승리하는 날 "활짝 핀 모란 꽃송이"를 바치겠다는 다짐은 그의 시를 계승하겠다는 것 이기도 하다.

위의 시 2)는 고향으로 불리는 어느 '도시'를 사랑하기에 "최후의 시"도 "이 거리에 돌아와 바치겠다"고 한다. '이 거리'가 지칭하는 공간은 어디 인지 명시적으로 드러나 있지 않다. 그러나 "나는 그들의 조상이고/시인 이 될 수 있을까"를 통해서 확인할 수 있다. '그들의 조상'과 '시인'은 동격 으로 시를 쓰는 이들의 선배로 남고 싶은 곳이다. "남국의 황금빛"이 머무 는 곳, "한숨 많은 이 폐허"마저도 "천국"인 곳, "꽃으로 피어있는 도시"이 다. 김현승이 자신의 고향을 광주라고 했던 점을 감안하면 구체적인 공간 은 광주가 된다. 문학적 열정을 다했던 공간이기 때문이라 추측된다.


### 2) 이동주의 시

이동주가 『신문학』에 작품을 발표할 때는 호남신문사에서 근무하고 있 을 무렵이다. 해남 출신으로 연희전문을 중퇴하고 광주에 내려와서 이 은상이 사장으로 있는 호남신문사 문화부장으로 근무하면서 1950년『문 예』에 시 「황혼」과 「새댁」, 「혼야」가 추천되어 등단하였다. 1951년 시집 『혼야』를 호남공론사에서 두 번째 시집인 『강강술레』는 호남출판사에서 각각 발행하였다. 『신문학』에는 5편의 시가 실려 있다. 이 5편 중에서 「강 강술레」를 제외한 나머지 시는 그의 시집[29]이나 연구에서 제외되어 있

---

**29** 그의 시집이라 함은 『혼야』(호남공론사, 1951)와 『강강술레』(호남출판사, 1955), 『산조』(우일문화사, 1979), 『산조여록』(서래현, 1980), 『이동주 시집』(범우사, 1987)

다.[30] 여기서 4편을 발굴하여 소개한다.

소소라쳐 깨 났다

입술이 파랗게 질려
눈 감고 안아오는 달무리

웃음이 얼어붙은 싸늘 한 창가에
칼을 뽑고 쓰러지면
구름은 멀리 혼자 가는 사람

검정 카— 텐을 처버리고
하루밤 모습이 백지처럼 삭어

우리의 사랑은 조용히 기도로 끝난다
— 이동주, 「좁은 문의 비가」[31]

이 시는 이동주 시가 갖고 있는 특질들을 잘 보여주고 있다. 놀라 잠에
서 깬 무서움은 '달무리'마저 "파랗게 질려"있는 것으로 간주 된다. 놀란
무서움은 "칼을 뽑"게 만들지만 결국 구름처럼 "멀리 혼자가는 사람"일
뿐임을 인식함으로써 외로움의 심사는 긴 여백으로 채워진다. 무서움과

---

을 말한다.

**30** 지금까지 진행된 연구 중 원자료에 가장 충실한 연구인 「심호 이동주 연구」에도 『신
문학』에 실린 시에 관한 언급은 없다. 이동주의 시가 150편이라고 하면서도 더 많은
작품이 있을 것으로 추정하고 있다.

**31** 『신문학』 창간호, 1951, 82~83쪽.

외로움은 하얗게 질린 "백지"가 되게 한다. 창문 너머로 보이는 '달무리'를 섬세하게 관찰하여 내밀한 심리 현상까지 묘파해가는 그의 감수성은 일찍이 그의 시적 특질로 명명된 전통성에 바탕을 둔 시❍신, 한의 미학, 우리의 숨결을 잘 고른 남도가락, 여백의 미학[32]을 그대로 보여주고 있다.

눈을 감으면
사르르 맥이 잦아진다

낯선 거리에서
널 알아보듯
그저 울렁댄다

소리쳐 막는다
다시 기울인다

미련 있어 찾아오는 발자취라
가슴이 조인다

소녀야
나는 봉선화로 야윈단다

— 이동주, 「봉선화」[33]

"울 밑에 선 봉선화야"로 시작되는 노래를 연상시키는 이 시는 잔잔하

---

32 최승범, 「청자항아리 같은 시」, 『월간문학』, 1979.4.
33 『신문학』 2, 1951, 82~83쪽.

고 애상적이다. 정서 면에서도 그렇고 언어의 운율미에서도 그의 시적 특질로 규정되고 있는 것들이 그대로 드러난다. 일면 조지훈 시의 차분하면서 고풍스러운 분위기도 녹아 있다. 그가 조지훈 시인 때문에 연희 전문을 다니게 되었다는 것처럼 그가 좇는 시세계가 바로 이런 것이 아닌가 싶을 정도다. "소녀"와 "봉선화"는 울렁거리게도 하고 가슴을 조이게도 하는 존재들이다. '소녀'와 '봉선화'는 연붉은 색깔에서 동일성을 띤다. 수줍은 소녀의 볼과 부끄러운 듯 울 밑에 피어 있는 꽃송이의 색깔은 차분하고 안정적이면서 설레임을 동반한 복합적인 감정을 함의하고 있다. 또 '소녀'들이 손톱에 물들이는 꽃이 '봉선화'라는 점도 시의 묘미를 살리고 있다.

> 1) 땅이 매마르면
> 인정도 박하다
>
> 돌아 보아야 청산이 있나
> 황토 밭에 주검이 타도
> 가리워 줄 지엽 하나 없이……
>
> 눈들이 붉다
> 목에 핏줄이 섰다
> 짐승도 스을 슬 사람을 배돈다
>
> 우리들 년대에는 가뭄도 길다
> 내가초록 옷을 입고
> 한그루 나무가 되면

쉬여 가라 오신 도신

황토 밭엔 태양도 독하다

　　　　　　　— 이동주, 「황토밭엔 태양도 독하다」[34]


2) 거리에 나서면

나와 방불한 놈이 있다

저만치 마주 서서

푸른 하늘이 우습다

나는 기억을 잃은지 이미 오래다

이젠 슬픔에도 지쳤다

네가 온대도 나는 알아볼 수 없다

움직이는 꽃밭에서

허리를 꺾는다

멀쩡한 속아지로 웃음이 허하다

하늘과 땅이 뒤바뀐다

눈이 핏물이 든다

절정에 오르면

신나게 까부는 미물들

때로는 뿌연 재빛……

웃음이 토사처럼 터진다

핑핑 도는 팽이 위에

바늘처럼 꽃혀 산다

어느 처마밑에 고향을 그리듯 서 있으면

찌푸린 하늘에서 빗방울이 굵다

아 참 세상 웃읍다

---

**34** 『신문학』 3, 1952, 66쪽.

－ 씨앗을 잘못 골라 시답지 않고 요화로 그릇 피었다

  — 이동주, 「요화」<sup>35</sup>

1)과 2)의 시는 이동주의 시적 특질들과는 거리가 있다. 일관되게 유지하던 시세계의 흔들림이 발견되기 때문이다. 절제된 언어와 여백, 운율, 그리고 전통의 재현은 이동주의 시세계를 이끌어온 힘이었다. 그런데 한국전쟁을 겪은 후 인간의 감정을 절제하거나 정제하는 시스템마저도 마비시켜 버렸다는 것을 알 수 있다. 즉 한국전쟁은 감정을 절제할 수 없게 만들고 직설적으로 배설하게 만들어버린 것이다.

1)의 시는 "눈들이 붉다/목에 핏줄이 섰다/짐승도 스을 슬 사람을 배돈다"는 벼랑 끝의 상황에 직면해 있다. 인정도 메말라 버리게 한다. 그것을 독하게 내리쬐는 태양에 견주어 보여줌으로써 생존을 향한 몸부림의 극한을 표출하고 있다. 2)의 시도 역시 다르지 않다. 제목이 「요화」라는 것부터가 그렇다. 세상을 조롱하고 풍자하며 비웃는 듯하면서 감정을 직설적으로 드러내고 있다. 이 또한 전쟁이라는 상황을 무시할 수 없을 것 같다. "하늘과 땅이 뒤바뀐다/눈이 핏물이 든다"가 "핑핑 도는 팽이 위에/바늘처럼 꽃혀 산다"는 것처럼 모든 것이 비정상적이다. 평안한 심정을 유지할 수 없게 만드는 조건과 맞닥뜨린 상황이 '웃음'으로 터져버리는 것은 이성이 감당할 수 없을 때 일어나는 현상이다. 인간의 정서마저 피폐하게 만들고 시인의 시세계마저 일관성을 유지할 수 없게 만드는 것, 그것이 전쟁의 잔인함이다.

---

**35** 『신문학』 4, 1953, 126~127쪽

## 3) 기타

위의 김현승과 이동주 외에도 이수복, 구상, 이영순, 김종문의 시를 각 1편씩 발굴하였다. 마찬가지로 그들의 시집에 수록되지 않았으므로 본 서에서 소개한다. 이수복은 광주에서 교편을 잡고 있을 때였고 이영순은 현역 육군대령이었다. 구상은 국방부 기관지 『승리일보사』 주간을 하고 있었으며, 김종문도 현역 군인으로 재직 중에 있었다. 이수복을 제외하면 모두 국방부 소속의 문인들인 셈이다. 전쟁 중이었던 영향이 작동했다.

> 크낙한 원의 항심
> 너
> 사허를 더위잡고 있는 숨쉬는 이정표
>
> 너는
> 돌 돌
> 시간이 말리는 테업
>
> 주름 짙은
> 세월의 자취들
> 떠나온 골짜기를 돌아다 보는
> 제야의 12시
>
> ― 이수복, 「구」[36]

---

**36** 『신문학』 3, 1952, 79쪽. 이 시는 이수복의 시집 『봄비』(현대문학사, 1968)와 장이지가 엮은 『이수복 시전집』(현대문학, 2009)에 수록되어 있지 않다.

시인 이수복은 서정주의 추천으로 『문예』를 통해 문단에 이름을 내밀 었지만 『봄비』만이 유일한 시집이다. 이후 다수의 작품을 발표하였지만 온전한 정리가 되어 있지 않다.[37] 이 시는 그의 다른 시들과 크게 다를 바 없다. 흔히 1930년대의 전통을 잇고 있으며 특히 김영랑의 영향을 받았 다고는 한다. 다만 시적 소재가 '거북이'라는 것이 좀 특이하다고 할 수 있을 뿐이다. 거북이의 수명은 아주 길다. 그래서 "원의 항심"이라고 했 는지 모른다. 주기를 돌고 나면 다시 주기를 반복하는 것이 삶이듯이 거 북이를 통하여 세월이 돌고 돈다는 것을 '원'으로 형상화하고 있다. 거북 이의 켜켜이 쌓여있는 '주름'은 그 돌고 돌았던 시간이다. 그의 섬세한 감 각은 눈에 보일 듯 말 듯 한 어떤 세계를 끊임없이 찾아가는 여정이다. 그것을 통해 한 해를 보내는 마지막의 시간인 "십이시" 앞에 떠날 보낼 시간과 맞이할 시간에서 '원의 항심'을 본다. 그것을 통해 변함없는 자연 의 시간과 인간의 시간을 만나고 있는 것이다. 섬세한 감각과 예민한 감 수성, 그러나 끊임없이 한국인의 정서와 생활을 시에 구현하려고 했던 그의 다른 시세계를 보여주었다.


나 모를다

헛개비를 쫓다가
눈에 지뭘이 고였네

울어도 울어도 빈항아리……

---

37 장이지가 엮은 『이수복 시전집』(현대문학, 2009)이 있지만 많은 작품이 누락되어 있 어서 연구 자료로 미흡하다.

저기 모두들 비명속에 저간다

재떰이가 된 종로 한 복판에
채송화 한떨기 망울지렴

하늘이 주저 앉기 전에
님의 얼골
마리아
피어 지고

— 구상, 「하늘이 주저 앉기 전에」[38]

　구상 시인의 시 전반을 관통하고 있는 것이 있다면 가톨릭시즘이라고 할 수 있다. 이 시도 역시 가톨릭시즘에 기반하고 있다. 이 시에 의하면 전쟁은 '헛개비를 쫓'는 일에 불과하다. 때문에 "재떰이가 된 종로 한 복판에"서서 울어도 "빈항아리"일 뿐이다. "하늘이 주저 앉기 전에" 구원을 위해 빌어줄 단 한사람, 절대자의 어머니 "마리아"를 찾는 것은 당연한 것이다. '헛개비'는 전쟁을, '마리아'는 평화를 상징한다. '헛개비'는 전쟁의 허상을, '마리아'는 평화에의 갈망을 드러내는 존재들인 셈이다. 하늘이 무너지기 전에 모든 것이 평화의 꽃으로 피어나기를 바라는 간절한 소망을 담고 있다는 점에서 그의 시세계와 별반 다르지 않다. 다만 전쟁이라는 조건이 이 시에서 작동하고 있다는 것이 다른 시들과 다르다.

내가 만일
두 사람의 세계의 설계자를 향하여

---

**38** 『신문학』 3, 1952, 65쪽. 이 시는 『구상 시전집』(서문당, 1986)에 수록되어 있지 않다.

'나의 육체는 가장 귀중하다'
'금전 따위는 문제 아니다'
이렇게 쌍지팽이를 집고 나서면
그들은 도대체 무어라 코웃음 칠런지?

허나 그것은 따져볼 나위도 없다는 듯이
'주검의 광풍'은
바야흐로 온 세계를 휩쓸려고
이글이글 펴오르는 불바람 결이
그칠새 없이 북쪽에서 불어만 온다
초연의 냄새
피의 냄새
파멸의 진동……
어혀야 어처구니 없는 이현실에
나는 몹시나 향수에 사로잡히어
지성의 허무를랑
도리어 행동의 무기로 삼아
산도야 치고
물도야 치고
구름도 또야 치고
초목도 또야 치고
새도야 즘성도야
물고기도야 모두다 쳐서
인간이 할수있는 최대의 지혜의 과학
'운명의 원자탄'으로
한 없이 주검의 축도를 그려보건만……

그러나 악착한 이 현실은
'의리'도 없고
'눈물'도 없고

'신의' 까지도 볼수 없는 허공에
그 무슨 '사상'의 류성만이
북방에서 남방으로
동방에서 서방으로
밤낮 없이 함부로 휘날르고……

아아 아름다운 꿈과 사랑
나의 생존권의 단하나 까지
위협의 챗찍으로 등쌀을 댄다!
이 순간
팽! 우르릉 우르르릉
무서운 탄환이 하나ー

팽! 우르릉 우르르릉
또 탄환이 하나ー

탓!
육체의 비약

그러나 현실은
'꿈'과 '사랑'을랑
공간에 남기고

머ー ㄴ 별밑에
…………
하늘이 도라다
地球가 도라다
　　　　　　　ー 이영순, 「산도야 치고 물도야 쳐서」[39]

---

39 위의 책, 74~76쪽. 이 시는 『연희고지』(정민문화사, 1951), 『지령』(문총사, 1952),

잘 알다시피 이영순은 현역 군인대령이었다. 전쟁 중에 쓴 시이기 때문에 직업이 직업이니만큼 그의 시에도 당연히 드러날 수밖에 없는 것이 전쟁의 참상이다. 그의 시집 『연희고지』는 서울 수복을 둘러싸고 벌인 남북한의 골육상쟁의 전투의 현장 체험을 담고 있다. 최전방에서 지휘관으로 참전하여 겪은 피비린내 나는 처참한 현장의 모습과 인간으로서 감내해야만 하는 슬픔이 드러나 있다. 이 시에서도 "초연의 냄새/피의 냄새,/파멸의 진동……/어혀야 어처구니 없는 이현실"은 "의리", "눈물", "신의"까지도 볼 수 없다. 다만 "허공에/그 무슨 사상의 류성만"이 있을 뿐이다. "팽! 우르릉 우르르릉/무서운 탄환이 하나—"에서 알 수 있듯이 언제 어디서 탄환이 날아들어 목숨을 앗아갈지 알 수 없는 곳이다. 바로 "하늘"과 "지구"가 돌아버린 곳이다. 모두가 제 정신이 아닌 공간에 믿을 것이라고는 "운명의 원자탄"밖에 없는 처참한 현장의 비극을 고발하고 있다.

> 피가 뛰어 공간을 조각하는
> 해 바라기에 설 때—
>
> 내맘은 머언 산
> 이름 모를
> 어느 골짜기의 모줄기처럼
>
> 새어난 곳도 흘레갈 곳도
> 모르는채

---

『제삼의 혼돈』(인문각, 1958), 『이영순시선』(미래문화사, 1992)에 수록되어 있지 않다.

흐르고 흐르고 또 흘러

어디선가
억센 바위들 틈에 찐기어
갈길을 잃고 헤매이기도 하고

또 어디선가
풀냄새 꽃냄새에 자욱히 저저
향수를 찾아 감돌기도 하며

그리고 또 어디선가
험학한 낭떠러지기에서 굴러 떠러서
산산히 뿌서지기도 하면서

ー그래도
제골수를 타고 구비 구비
흐르고 흘러 강물이 되고
드디어는 바닷물이 되어

넓은 하늘과
합칠때ー

그만 맑은 공간이 깃드는
내맘

지금 내피는 뛰어
해 바라기의 공간을 조각한다

　　　　　　　　　　ー 김종문, 「1952년에」[40]

---

**40** 『신문학』 3, 1952, 71~73쪽. 이 시는 김종문의 시집 『벽』(문헌사, 1952), 『불안한 토

시인 김종문은 평양 출생으로 일본 도쿄 아테네 프랑세를 졸업하고 해방 후 군에 입대한 현역 군인이었다. 또한 1957년 육군 소장으로 예편할 때까지 시집 3권을 내놓은 국방부 정훈국장이었다. 시인 김종삼은 그의 동생이기도 하다. 시집 『벽』을 상재한 후 "모더니즘의 부류에 접근한 시"와 "현대시로서의 구성을 의장하고는 있지만 현대시 치고는 직물성적인 체취를 지닌 시"라고 한 평에 대해 "모더니티 유파와도 더욱이나 인생파적 유희와도 먼 딴 방위각에서 현대시란 것을 시험해온 것을 나 스스로 수긍한다"[41]고 한 것에서 확인할 수 있듯이 그는 시험하는 시를 쓰고 있었다. 시어와 테크닉에 있어서 새로운 것을 실험하고자 했고 위의 시도 그런 시편의 하나이다. 구체적인 시간으로, 1952년은 전쟁이 한참이던 때이다. 이때 "물줄기"가 되어 온 산천을 떠돌면서도 평정을 잃지 않으려는 내면의 다짐이 고스란히 담겨 있다. 그래서 "피"가 뛰어 조각하는 "해바라기의 공간"은 "바닷물"과 "하늘"이 맞닿는 수평선, 그곳에서 "내맘"과 만나는 것이다.

## 4. 결론

한국 현대문학과 광주전남 지역문학을 이끈 것은 동인지와 문예지였다. 한국전쟁 중에 발행된 최초의 순문예지 『신문학』을 발굴하여 탄생 배경과 전모를 살펴보았다. 광주전남 지역문학을 위한 출발로 신문학 동인

---

요일』(보문각, 1953), 『시사시대』(보문각, 1956) 등에 수록되어 있지 않다.
**41** 김종문, 『불안한 토요일』, 보문각, 1953, 64쪽.

이 결성되었고 『신문학』은 그들의 동인지였다. 『신문학』은 광주라는 지역성을 벗어나 전국의 문인들이 참여함으로써 문예지로서의 면모를 갖추었다. 전시 상황에서 출판물을 생산해낸다는 것은 기적에 가까운 일이었다. 그럼에도 불구하고 『신문학』이 나온 것은 신문학 동인들의 문학적 열망이 있었기 때문이다. 그리고 목적성을 배제한 순문예지를 표방하여 정치적인 이데올로기의 흐름 속에서 작품 활동의 장을 제공하였기 때문이다.

　『신문학』에 작품을 발표한 작가들과 작품들을 일별하고 참여한 작가들의 직업군들도 확인하였다. 모두가 순문학의 기치를 내걸고 활동하였지만 전쟁이라는 상황은 그들의 작품 세계를 순문학 일변의 작품으로 창조할 토대를 제공하지 못했다. 전쟁의 참상과 상흔이 담긴 작품들이 실려 있기 때문이다. 그러나 『신문학』의 전모를 통하여 광주전남 지역의 문단사뿐만 아니라 한국문학사의 공백을 없애는 데 충분한 기여했다.

　한국전쟁기는 공백기가 아니라, 인간의 가장 내밀한 밑바탕을 통째로 보여주기에 충분한 시기였다. 김현승의 시 2편과 이동주의 시 4편은 그들의 작품집이나 연구에서 제외되어 있어 발굴하여 소개하였다. 김현승의 김영랑 1주기를 추도하는 시 「고 영랑 추도일에」와 고향을 노래한 「고향에」가 그것이다. 이동주의 시는 그의 시세계를 그대로 보여주는 시가 2편, 시적 경향을 달리하고 있는 시 2편을 발굴하여 소개하였다. 「좁은 문의 비가」와 「봉선화」는 이동주의 시적 특징을 고스란히 담고 있다. 「황토밭엔 태양도 독하다」, 「요화」는 견지하고 있는 시세계와는 다른 경향을 보여주고 있다.

　이 밖에도 이수복의 「구」, 이영순의 「산도야 치고 물도야 쳐서」, 구상의 「하늘이 주저앉기 전에」, 김종문의 「1952년에」를 발굴하여 소개하였다. 소설에 대한 연구는 전공자들이 해 줄 것으로 믿는다.

# 또 하나의 예술, 시 전문지 『시정신』

## 1. 서론

근대를 기점으로 설정하였을 때 광주전남 지역문학은 목포에서 시작되었다고 해도 과언이 아니다. 목포는 대한제국의 국운이 기울어가던 시절 개항한 항구로 지정학적 위치가 근대도시 형성의 절대적 조건으로 작용하였다. 식민통치를 감행한 일본과 지리학적으로 가까운 위치에 있었던 목포는 서양문물 유입의 통로 역할을 하였기 때문에 서양문물의 유입과 전파와 흡수가 상대적으로 빨랐다. 그렇기 때문에 목포는 서양문물과 봉건제도가 충돌하면서 습윤과 습합이 상호공존하는 근대 공간이 가질수 있는 요소들을 두루 갖추었다.

그런 지리학적 조건으로 목포는 서양문물 유입이 많아짐과 동시에 일본으로 유학을 떠났다 돌아오는 들머리가였기에 많은 예술인들이 체류하거나 거주하는 공간이 되었다. 목포에서 문학이 일찍이 싹을 트게 된 원인 중의 하나는 일본 유학생이 많았다는 사실과 목포 청년들이 "온 세계의 우승권을 목표삼아/대활보와 대진취를 활동해 보세"[1]라고 노래한 열정이 있었기 때문이다. 그래서 항일민족운동을 치열하게 전개하는 한편에서 예술인들의 창작 활동이 활발하게 이루어지는 역동의 공간이 되었다. 그 역동성은 문예잡지를 창간하여 지역의 문학사회 담론을 주도하였다.

목포에서 창간·발행된 문예잡지들은 광주전남 지역문단사 형성의 기틀을 마련하였다. 가장 먼저 나온 1930년대의 『호남평론』은 일제 치하의 지식인과 젊은이들이 역사를 온몸으로 넘는 항일담론을, 해방을 맞아 1945년에 목포예술문화동맹이 창간한 『예술문화』는 해방기의 문학사회 담론을 고스란히 담고 있다. 그리고 1950년대의 해군목포경비부의 『갈매기』는 정훈 잡지로서 충실하면서도 대중지로서의 성격도 유지하는 독특한 문예지로 전쟁기의 담론을 담고 있다. 이어서 1952년에는 시 전문지 『시정신』이 창간됨으로써 광주전남이 명실상부한 시의 고장으로 발돋움하는 계기가 되었다. 이 문예지들은 광주전남 지역의 문화예술 담론의 사적인 전개 양상을 확인하는 증거임과 동시에 광주전남의 지역문학을 튼튼하게 한 주춧돌이 되었음은 두말할 나위가 없다. 그럼에도 불구하고 이 문예잡지 중에서 시 전문지 『시정신』은 발간되었다는 기록만 확인되었을 뿐이었고 그 전모는 확인되지 않았다. 그런 차에 시 전문지 『시정신』 전 5권을 발굴하게 되었다. 따라서 『시정신』이 발간된 경위와 과정, 그리고 작가와 작품을 일별하면서 『시정신』이 갖고있는 문단사적인 가치와 의의를 밝히고, 이것이 광주전남 시문학사의 전환점이었음을 확인하고자 한다.

---

1 「木浦靑年의 노래」, 『동아일보』, 1920.5.31.

## 2. 『시정신』의 서지사항와 창간 배경

### 1) 『시정신』의 서지사항

1950년대는 비극으로 점철된 시기였다. 좌우의 대립이 불러온 한국전쟁은 생명과 재산과 국토를 유린한 참극이었다. 그럼에도 문인들은 펜을 놓지 않고 불가능을 가능케 하고, 밟혀도 밟히지 않은 정신을 작품으로 승화시켰다. 한국전쟁기에 창간·발행된 해군목포경비부의 정훈 잡지 『갈매기』는 정훈공작을 목적으로 발행되었지만 사실상 문학인들이 주재한 잡지였다.[2]

한국전쟁기에 발행되었음에도 『갈매기』와는 완전히 다른 특성을 가지고 있는 것이 『시정신』이다. 『시정신』은 시 전문지를 표방하고 있고 전쟁의 상처보다는 시심으로 발현되는 인간에 주목하고 있다. 시 전문지 『시정신』은 총 5권이 발행되었는데, 발간과 관련한 서지정보는 다음과 같다.

『시정신』 제1집, 항도출판사, 1952.9.5, 편집인: 차재석

뜻과스름, 이병기/슬픈평행선, 신석정/생존, 신석정/학의노래, 서정주/눈물, 김현승/길, 김현승/기에서, 박흡/죄, 박흡/기우제, 이동주/서귀포, 이동주/미인, 박용철/(산문)바다, 계용묵/제자, 손재형/표화, 배동신/판화, 천병근

2   이동순, 「해군목포경비부의 정훈 잡지 『갈매기』 발굴의 의미」, 『근대서지』 8, 2013.12.

『시정신』 제2집, 항도출판사, 1954.6.15, 편집인: 이동주, 김현승, 차재석

사자도, 유치환/밤 두시의 달은, 모윤숙/날개, 박두진/인생송가, 김현승/삼월은, 김춘수/귀뜨라미, 이원섭/목련, 이형기/수변, 김윤성/충실, 김구용/기도, 서정주/노을, 이동주/숲, 이동주/(산문)수목송, 김동리/제자, 손재형/표화, 김환기/배화, 이준

『시정신』 제3집, 항도출판사, 1955.5.1, 편집인: 이동주, 김현승, 차재석

아가, 우치환/기도2, 서정주/코스모스, 조지훈/변신, 박남수/나목, 김춘수/내 마음에 눈이 내린다, 조병화/당신, 최재형/새벽에, 김윤성/진실, 박기원/기원, 김용팔/그네의 미소, 김구용/계단밑에서, 장수철/남대문, 송욱/거리, 박양균/자장가, 이형기/령, 박흡/지금 아름다운 꽃들의 의미, 전봉건/그날밤, 이원섭/(산문)꽃, 이동주/제자, 손재형/표화, 남관/배화, 유경채

『시정신』 제4집, 항도출판사, 1956.9. 9, 편집인: 이동주, 김현승, 차재석

춘우, 최남선/보리,이병기/나무 등걸에 앉아서, 신석정/계절이 부재한 골짝에서, 유치환/사랑을 말함, 김현승/취야, 정훈/석상의 노래, 이설주/어머니의 꿈, 은안기/도화, 김상옥/그늘, 박양균/진통도, 김용팔/나무 씨

를 뿌리며, 박흡/별을 우럴어, 이수복/문, 허연/노래, 이석봉/목숨의 시, 박봉우/교외, 박성룡/강언덕에 서서, 이동주/(산문)몹쓸 짐승, 조희관/제자, 손재형/표화, 김환기/판화, 백홍기

『시정신』 제5집, 항도출판사, 1966.2.10, 편 집인: 이동주, 김현승, 차재석

어느날, 김구용/단독자의 노래, 신동집/조국으로 가는 길, 조병화/만월, 박성룡/동시대, 박희진/어머니 얼굴, 이성교/토가, 황동규/시인의 방, 마종기/유태인이 사는 마을의 겨울, 김영태/오후 이야기, 권일송/제주가집, 고은/1965년의여름, 김하림/봄, 허영자/아침 이곡, 정진규/불을끈 연인들의, 이승훈/니그로의집, 김화영/관목, 강호무/밖의 의자, 최하림/배가 나와 시를 못쓴다, 이동주/제자, 손재형/표화, 변종하

이상의 발간과 관련한 서지정보를 통해 확인된 것은 『시정신』 창간호의 편집인은 차재석이었고, 한국전쟁이 진행되고 있던 1952년 9월에 창간되었다는 것이다. 그리고 2집부터는 이동주, 김현승이 편집에 합류하여 3인 편집체제를 유지하였다는 사실이다. 이동주와 김현승이 편집인에 합류한 것은 『시정신』 외연의 확장과 시인이라는 점이 작용하였다.

시 전문지 『시정신』 창간호에 차재석은 "이 책은 계간으로 그 생명을 이어갈 것이다."고 하였지만 위 발행 사항으로 보면 계간으로 발행되지 못했을 뿐만 아니라 1년에 1권을 발행했음을 알 수 있다. 창간호를 낸 이후 2집을 발간하기까지 1년 9개월, 2집 발행 이후 3집 발행까지 1년, 3집

이후 4집 발행까지도 1년 4개월이 걸렸다. '계간지'로 발행할 예정이었던 『시정신』이 연간지가 되고 만 것이다. 그래도 1집부터 4집까지는 안정적으로 발간되었다. 그런데 4집 발행 이후 5집 발행까지는 무려 10년이나 걸렸다. 이에도 굴하지 않고 차재석은 "5집까지 이어졌지만 아직도 속간의 뜻은 살아있다"[3]고 계속 발간 의지를 밝혔다. 하지만 『시정신』은 5집으로 종간되고 말았다. 『시정신』을 발행한 항도출판사는 영광 출신의 한글학자이자 수필가였던 조희관이 사장이었다. 『시정신』의 창간을 주도하고 발행한 차재석은 항도출판사에서 제반 업무를 맡고 있었지만 항도출판사의 실직적인 사주였다. 때문에 중앙에 버금갈 만큼 많은 책들을 출판하여 광주전남 지역의 문화예술인들의 활동을 적극적으로 지원하였다.

### 2) 『시정신』의 창간 배경

다음은 『시정신』 창간 배경을 살피고자 한다. 시 전문지 『시정신』 창간을 주도한 이는 차재석이다. 차재석은 잘 알려진 바가 없지만 전라남도 목포시 북교동 184번지에서 목포의 명문가이자 만석꾼지기 차남진의 셋째 아들로 극작가 차범석의 동생이다.

차재석은 셋째아들이어서 "싯째"로 불렸으며, "얼굴이 훤하고 눈망울이 크고 날카로와 어지보면 사나운" 데다가 "부잣집 막내동이 특유의 고집스러운 성격"으로 "남에게 지기 싫어하는 골목대장"이었다. "명의라는

---

3 차재석, 「목포문학의 뿌리를 더듬으며」, 앞의 책, 136쪽.

명의는 한·양의학을 가리지 않고 집에 불러 들여 진찰"[4]을 받았으나 차재석은 한쪽 다리가 불편한 장애인이 되고 말았다. 차재석은 장애를 입은 후에 중학교를 다니지 못했다.

> 아무튼 재석의 생활을 바빴다. 박물관, 미술 전람회, 공개강좌, 강연회……. 가고 싶고, 보고 싶고, 만나보고 싶은 건 모조리 섭렵하려는 그의 왕성한 탐구욕은 초인적이랄 수밖에 없었다. 보행이 부자유스러운 악조건에도 불구하고 그가 다닌 곳을 나도 미처 못 가본 곳이 많았다.[5]

그가 장애인이라는 이유로 못할 일은 없었다. 취미로 붓글씨를 배운 것이 예술적 재능을 발견한 계기가 되었고 해방 이후 서울의 차범석 집에 거주하면서 '박물관, 미술 전람회, 공개강좌, 강연회', 그리고 '가고 싶고, 보고 싶고, 만나보고 싶은 건 모조리 섭렵'하면서 문화예술적인 감각을 키워나갔다. 그랬기 때문에 "미술은 물론이고 서예, 문학, 무용 등에서 전문가 이상의 소양을 가지고 있었고, 그런 소양과 종합력으로 목포 문화계를 순조롭게 이끌"[6]었다. 그는 마음먹은 것은 꼭 해야 직성이 풀리는 적극적이고 진취적인 성격의 소유자로서 예술에 대한 전문가적인 소양이 시 전문지 『시정신』을 창간하게 했다. 차재석이 밝히는 『시정신』 발간 동기는 다음과 같다.

---

4  차범석, 「고개를 넘으면서」, 『삼학도로 가는 길』, 1991, 세종출판사, 307쪽
5  차범석, 위의 책, 308~311쪽.
6  최하림, 「중용의 지혜를 지닌 스승」, 위의 책, 318쪽.

1952년 봄 어느날 영감이 떠오르듯이 멋진 시집을 만들어 봐야겠다고 마음 먹었습니다. 이를테면 〈엘리어트〉와 〈달리〉의 시화집이라던가. 〈쟝·콕토〉와 〈피카소〉의 시화집처럼 시가 앞서 좋아야겠지마는 시집의 꾸밈새에 있어서도 멋이 잘잘 흐르면서 품위를 잃지 않는 그런 시집, 우리나라에서 일찍이 없었던 호화판 사화집을 펴보기로 했습니다.

먼저 이동주씨와 상의해서 서정주 선생과 함께 셋이서 편집을 맡아보기로 하고 배동신 씨에게 표지그림을 부탁했습니다. 이 구상은 바로 공감을 얻어 출범하게 되었습니다.[7]

차재석이 "어느날 영감이 떠오르듯이 멋진 시집"을 만들어보고 싶은 마음에서 출발하여 "〈엘리어트〉와 〈달리〉의 시화집이라던가. 〈쟝·콕토〉와 〈피카소〉의 시화집처럼 시가 앞서 좋아야겠지마는 시집의 꾸밈새에 있어서도 멋이 잘잘 흐르면서 품위를 잃지 않는 그런 시집, 우리나라에서 일찍이 없었던 호화판 사화집"을 만들고 싶은 지극히 개인적인 영감에서 출발하였다. 이동주, 서정주가 함께 편집을 맡아보기로 하면서 창간 진용을 갖추었다. 시 전문지를 표방하면서도 '시화집'의 조건을 갖추기 위해 한국화단의 거목들을 합류시켰다. 다음으로 제호를 짓게 된 연유는 다음과 같다.

내 야심을 충족시켜 줄 만한 책 이름을 짓기란 쉬운 일이 아니었다. 이동주 형, 서정주 선생과 상의해서 송정리에서 몇 분을 초대하기로 했다. 송정리는 박용철 선생의 고향이고 또 그분이 묻힌 곳이다. 그래

---

7 차재석, 「세마리의 학은 아직도 – 목포문학의 발자취」, 위의 책, 57~58쪽.

서 용아 선생의 성묘를 제의해서 김현승, 박흡, 장용건, 손철, 서정주, 이동주 여러분과 내가 합석했다. 이때는 이동주 형이 송정리 여중고의 교사로 있을 때여서 여중고생들에게 이분들의 문예강연을 베풀었고 용아 선생의 성묘, 그리고 송정리에서 유명한 명주 금봉주조의 사장댁에서 초대를 받았다. 이 자리에서 시집 발간 의도를 피력하고 책 이름을 지어주십사 부탁했다. 이때 논의된 책 이름은 용아 선생이 주간했던 「시문학」을 다시 쓰자고 얘기도 나왔고, 「시향」, 「시정신」 등 의견이 나왔다. 「시정신」은 당시 조선대학교 교수였고 지금은 고인이 되어버린 희곡작가 장용건의 안이었던 것으로 기억된다. 약간의 이견이 있긴 했지만 결국 「시정신」으로 결정되었다.[8]

차재석이 "야심을 충족시켜 줄 만한 책 이름"을 짓기 위해 "용아 선생의 성묘"를 제의한 것은 『시문학』을 주도한 박용철과 김영랑의 시정신을 이어가고자 한 의도였다. '시문학'이라는 제호가 거론되었다는 것에서도 확인된 바 '시문학파'를 계승하고자 한 노력이었고, 장용건이 '시정신'으로 제안하여 『시정신』이라는 제호가 결정되었던 만큼 시 전문지의 성격을 분명히 드러냈다.

차재석의 이런 열정은 "그가 결코 평범한 소년이 아니라는 것을 직감"[9]하였다는 데서 뿐만 아니라 "차재석 씨가 없는, 즉 그가 보이지 않는 내 고향은 상상해본 적도 없었"[10]을 만큼 그는 목포를 대표하는 사람이었기에 『시정신』의 창간은 순탄했다. 그는 "외롭게 고향에 처져있는 것 같이 보이나 문협목포 지부장을 거쳐 예총 지부장으로 향토문화예술진

---

8  차재석, 「목포문학의 뿌리를 더듬으며」, 위의 책, 135쪽.
9  박화성, 「내게 약속하십시오」, 위의 책, 261~262쪽.
10  박화성, 「내게 약속하십시오」, 위의 책, 263~264쪽.

흥에 혼신의 힘을 다하였을 뿐 아니라 서울에서 친지나 문화인들이 가면 그 접대에 동분서주"[11]했다. 시 전문지 『시정신』은 한 개인의 문화예술에 대한 열정과 의지와 광주전남 지역문학의 정신적 맥락을 잘 보여주는 매체다.

## 3. 『시정신』 참여 작가와 시작품

『시정신』에 작품을 발표한 이들을 통해 『시정신』의 문단사적 위상을 확인하고자 한다. 『시정신』 전 5권에 작품을 발표한 작가와 작품을 정리하면 다음과 같다.

| | 1 | 2 | 3 | 4 | 5 |
|---|---|---|---|---|---|
| 이병기 | 뜻과스름 | | | 보리 | |
| 신석정 | 슬픈평행선, 생존 | | | 나무 등걸에 앉아서 | |
| 서정주 | 학의 노래 | 기도 | 기도 | | |
| 김현승 | 눈물, 길 | 인생송가 | | 사랑을 말함 | |
| 박흡 | 기에서, 죄 | | 령 | 나무 씨를 뿌리며 | |
| 이동주 | 기우제, 서귀포 | 노을, 숲 | | 강언덕에 서서 | 배가 나와 시를 못쓴다 |
| 박용철 | 미인 | | | | |

---

11 박화성, 『동아일보』, 1981.2.18.

| 유치환 | | 사자도 | 아가 | 계절이 부재한 골짝에서 | |
|--------|---|--------|------|------------------------|---|
| 모윤숙 | | 밤 두시의 달은 | | | |
| 박두진 | | 날개 | | | |
| 김춘수 | | 삼월은 | 나목 | | |
| 이원섭 | | 귀뜨라미 | 그날밤 | | |
| 이형기 | | 목련 | 자장가 | | |
| 김윤성 | | 수변 | 새벽에 | | |
| 김구용 | | 충실 | 그네의 미소 | 어느날 | |
| 조지훈 | | | 코스모스 | | |
| 박남수 | | | 변신 | | |
| 조병화 | | | 내 마음에 눈이 내린다 | 조국으로 가는 길 | |
| 최재형 | | | 당신 | | |
| 박기원 | | | 진실 | | |
| 김용팔 | | | 기원 | 진통도 | |
| 장수철 | | | 계단밑에서 | | |
| 송욱 | | | 남대문 | | |
| 박양균 | | | 거리 | 그늘 | |
| 전봉건 | | | 지금아름다운 꽃들의 의미 | | |
| 최남선 | | | | 춘우 | |
| 정훈 | | | | 취야 | |
| 이설주 | | | | 석상의 노래 | |

| | | | | | |
|---|---|---|---|---|---|
| 은안기 | | | | 어머니의 꿈 | |
| 김상옥 | | | | 도화 | |
| 허연 | | | | 문 | |
| 이석봉 | | | | 노래 | |
| 박봉우 | | | | 목숨의 시 | |
| 박성룡 | | | | 교외 | 만월 |
| 신동집 | | | | | 단독자의 노래 |
| 박희진 | | | | | 동시대 |
| 이성교 | | | | | 어머니 얼굴 |
| 황동규 | | | | | 토가 |
| 마종기 | | | | | 시인의방 |
| 김영태 | | | | | 유태인이 사는 마을의 겨울 |
| 권일송 | | | | | 오후 이야기 |
| 고은 | | | | | 제주가집 |
| 김하림 | | | | | 1965년의 여름 |
| 허영자 | | | | | 봄 |
| 정진규 | | | | | 아침이곡 |
| 이승훈 | | | | | 불을끈연인들의 |
| 김화영 | | | | | 니그로의 집 |
| 강호무 | | | | | 관목 |
| 최하림 | | | | | 밖의 의자 |

작가와 시 목록

시 전문지 『시정신』에 작품을 발표한 작가와 작품은 위 표를 통해 확인된다. 『시정신』 창간호에는 광주전남 지역의 시인들만 참여하여 작품을 발표했다. 그런데 『시정신』 2호부터는 호남을 떠나 중앙문단의 작가들이 참여하고 있음을 볼 수 있다. 그리고 광주전남 지역의 작가들보다는 중앙문단의 작가들이 더 많이 참여했다. 그것은 "꿈과 정성으로 햇볕을 보게 된 『시정신』은 시단에서 또한 상당히 호의적"인 분위기가 작용하였기 때문이다. 그래서 『시정신』의 위상에 변화가 생기기 시작하였고 결국 중앙문단 작가들의 참여로 그 지평이 확대되었다. 광주전남 지역에서 출발하였던 『시정신』은 지명도 높은 중앙문단 작가들이 작품 발표의 장으로 삼았고, 더불어 시 전문지로서의 위상이 높아졌다. 그에 따라 중앙문단의 신진 작가들과 광주전남 지역의 신예 작가인 허연, 박봉우와 박성룡, 최하림 등의 참여까지 이어지면서 중앙과 지역을 아우르는 매체가 되었다. 그래서 시 전문지가 전무했던 한국전쟁기 문학사에도 특별한 위치에 있었다.

이 『시정신』에는 많은 작가들이 참여했다. 특히 이동주는 시 「기우제」, 「서귀포」, 「노을」, 「숲」, 「강언덕에 서서」, 「배가 나와 시를 못쓴다」 등 6편으로 가장 많은 작품을 발표하였다. 또한 산문으로 「꽃」을 발표하여 『시정신』 3호를 제외하고는 모든 권수에 작품을 발표하였는데, 이동주는 광주에서 교사로 재직 중이었고 『시정신』의 편집위원이었기 때문에 책임감이 반영된 측면이 있다.

시인 김현승 역시 이동주와 함께 편집위원이었는데 「눈물」, 「길」, 「인생송가」, 「사랑을 말함」 등의 시 4편을 발표하였다. 김현승은 조선대학교에서 교수로 재직하고 있었다. 김현승과 함께 광주의 문인들을 길러냈던 시인 박흡은 광주고등학교 교사로 「기에서」, 「죄」, 「령」, 「나무 씨를 뿌리며」 등 4편을 발표하였다.[12] 서정주는 조선대학교에 교수로 재직하면서 「학의 노래」, 「기도」, 「기도2」 등 3편의 작품을 발표하였다. 신석정은 전주에서 활동하고 있었고 「슬픈 평행선」, 「생존」, 「나무등걸에 앉아서」 등을, 가람 이병기는 전북대학교에 교수로 재직하고 있으면서 「뜻과 스름」, 「보리」를 발표하여 후배 작가들에게 힘을 실어주었다. 그러나 『시정신』 5집은 4집 발행 이후 10년이 지난 뒤인 1966년에 속간호는 신진 작가들로 대체되었다. 이동주만이 유일하게 마지막 종간호까지 작품을 발표하면서 자리를 지켰다.

다음은 시 전문지 『시정신』에 발표된 산문의 목록은 다음과 같이 정리된다.

|  | 1 | 2 | 3 | 4 | 5 |
|---|---|---|---|---|---|
| 계용묵 | 바다 |  |  |  |  |
| 김동리 |  | 수목송 |  |  |  |
| 이동주 |  |  | 꽃 |  |  |
| 조희관 |  |  |  | 몹쓸짐승 |  |

작가와 산문 목록

---

12 박흡의 본명은 박증구로 이리농림의 독서회 회장으로 광주학생독립운동과 관련하여 퇴학을 당하였으며 이후 숙명여전 강사를 지내다가 광주서중과 광주고등학교 교사로 재직하였다. 그는 문예부 지도교사로 박봉우, 박성룡, 강태열 등을 지도하여 시인으로 성장하는데 핵심역할을 하였다. 이동순 편, 『박흡 문학전집』, 국학자료원, 2013. 참조.

『시정신』 4권까지는 각 1편씩의 산문이 함께 실려 있다. 계용묵의 산문 「바다」, 김동리의 산문 「수목송」, 이동주의 산문 「꽃」, 조희관의 산문 「몹쓸짐승」이 그것이다. 시 전문지이지만 시적 긴장을 넘어 자연스러운 감정의 유로를 느낄 수 있는 산문을 1편씩 배치하고 있다. 그것도 각 권의 마지막에 배치함으로써 산문이 주는 또 다른 감각을 느끼게 편집하여 시 전문지의 위상을 유지하였다.

## 4. 『시정신』의 회화

차재석은 "목포직(直)이었고 목포문화의 산실 역할을 해왔으며 목포를 예향으로서 오늘 이처럼 돋보이게 하는 데 그의 손이 미치지 않은 데가 없"[13]었다. "문인들만 친할 뿐 아니라 그 당시 목포의 미술인들 남농, 취당, 소송, 백홍기, 윤재우, 백영수, 양인옥, 고화흠, 양수아, 배동신 등 친하지 않은 화가가 없"었는데 "그만큼 상대를 알아주고 수상을 존경하며 수하를 애호하는 뜨거운 정"[14]을 가졌다. 그런 차재석이었기에 "스스로 예술에 진하게 미치고 도취하"였고 "자기의 몸을 거기에 통쾌하게 불사"[15]하여 『시정신』도 시화집으로 꾸며냈다. 제자와 표지화, 그리고 배화를 그린 작가들의 일면을 정리하면 멋진 '사화집'을 만들고자 하였던 차재석의 의도가 무엇이었는지 알 수 있다.

먼저 『시정신』의 제호를 쓴 소전 손재형은 전남 진도군 진도읍 교동리

---

13 최일수, 「木浦여 안녕」, 『삼학도로 가는 길』, 1991, 세종출판사, 321쪽.
14 백두성, 「다재다능한 차재석선생」, 위의 책, 271쪽.
15 이창열, 「나와의 인연, 그리고 아쉬운 생멸」, 위의 책, 296쪽.

에서 태어나 양정의숙에 재학 시절부터 본격적인 서예의 길로 들어섰다. 그는 제3회 조선미술전람회 입선을 한 뒤 연 6회에 걸쳐 입선을 하면서 31세의 젊은 나이로 조선서도전의 심사위원을 맡을 만큼 서예가로 대성한 작가다. 대한민국미술전람회 심사위원을 역임하였고 1978년에는 예술원 종신회원이 되었다.[16] 특히 손재형은 국보 180호인 추사 김정희의 〈세한도〉를 일본의 후지즈카 지카시를 설득하여 되찾아온 것으로 유명하다. 그는 '소전체'라는 독특한 서체를 확립함으로서 독보적인 서예가로 기억된다. 그런 그가 가장 완숙하던 시절에 '시정신'이라는 제호를 썼다. 차재석의 창간 의지를 보여주는 것이자 손재형이 창간에 공감한 표지다.

| | 1 | 2 | 3 | 4 | 5 |
|---|---|---|---|---|---|
| 손재형 | 제자 | 제자 | 제자 | 제자 | 제자 |
| 배동신 | 표지화 | | | | |
| 천병근 | 판화 | | | | |
| 김환기 | | 표지화 | | | |
| 이준 | | 배화 | | | |
| 남관 | | | 표지화 | | |
| 유경채 | | | 배화 | | |
| 백홍기 | | | | 판화 | |
| 변종하 | | | | | 표지화 |

회화 작가와 작품 목록

16 광주전남미술협회, 『광주·전남 근현대미술총서 1』, 전일출판사, 2007, 205~206쪽 참조.

『시정신』 창간호에 표지화를 그린 배동신은 광주광역시 광산구 송정동에서 태어나 금강산으로 가출하여 전국을 유람한 뒤 일본에 유학한 이로, 1986년까지 개인전 26회를 열었으며 한국 수채화협회 자문위원등을 지냈으며 한국 수채화의 전설로 불리는 작가이다.[17] 창간호의 표지화는 유학을 마치고 돌아와 나주에 정착한 후 30대 초반 젊은 나이에 그린 그림으로 시정신을 상징하는 듯 화려하면서도 역동적이다.

『시정신』 2집과 4집의 표지화를 그린 김환기는 전남 신안군 안좌면 읍동리에서 태어났다. 안좌초등학교를 졸업하고 14세에 일본 금성중학을 거쳐 니혼대학 예술학원 미술학부를 졸업하였다. 개인전 21회, 서울대 예술학부 교수, 홍익대 교수, 홍익대 미술대학장 등을 지냈으며 프랑스, 미국 등에서 작품 활동을 하였다. 1963년에는 제7회 상파울루 비엔날레 한국 대표로 참가하여 회화 부문의 '명예상'을 수상하였다.[18] 한국 비구상 미술의 선구자로 그가 『시정신』 2집과 4집의 표지화를 그림으로써 '시집의 꾸밈새에 있어서도 멋이 잘잘 흐르면서 품위를 잃지 않는 그런 시집, 우리나라에서 일찍이 없었던 호화판 사화집'이 되게 하였다.

『시정신』 4집의 판화는 백홍기가 그렸다. 백홍기는 '돈 없고, 허무하고, 전시회 없는 삼무(三無)의 화가'로 불린다. 1938년 일본 태평양미술학교를 졸업하고 귀국하여 목포에 정착하여 '목포문화협회'를 창설하여 회장을 역임하였다. 양수아는 "백홍기의 그림은 땅 속에 묻힌 다이아몬드"라고 평가하였고, 차재석은 "잔재주를 부리지 못하는 화가, 양복 윗저고리를 어깨에 넘기고 건드레 노려보는 눈, 약간 대대한 입, 새치가 새치로

---

17  위의 책, 149~150쪽 참조.
18  위의 책, 138~143쪽 참조.

보이지 않는 반백의 머리에서 오는 숙명적 풍류, 내가 하고 싶음 하고 말고 싶음 말겠다는 생활신조, 그림도 그렇고 처세도 그렇다"[19]고 하였다.

손재형, 배동신, 김환기, 백홍기는 광주전남 지역 출신이거나 정착하여 활동한 서예가와 화가들이다. 차재석의 그림에 대한 뛰어난 안목도 일조하였지만 차재석이 화가들과 맺어온 깊은 인연이『시정신』창간 의지와 맞물리면서『시정신』을 화려한 시화집으로 탄생하게 하였다.

『시정신』3집의 표지화를 그린 남관은 한국추상 미술의 선구자로 경상북도 청송에서 태어나 일본 태평양미술학교에 유학하였으며 6·25한국전쟁 때 종군화가를 하였다. 초기에는 변형된 인상주의 화풍으로 구상 계열의 그림을 그리다가 프랑스로 유학하면서부터 추상미술에 몰입하였고 홍익대 교수를 역임하였다.[20] 김동리의『황토기』(수선사, 1949.1.20)의 표지화, 장만영의『유년송』(산호장, 1948.10.30)를 그리기도 하였다.

『시정신』5집의 표지화는 변종하가 그렸다. 변종하는 경상북도 대구 출신으로 만주 신경미술학원을 졸업하였으며 서울대학교 교수를 지냈다. 박두진의 시집『오도』(영웅출판사, 1953.7.30), 이명온의『흘러간 여인상』(인간사, 1956.1.30)의 표지화를 그리기도 하였다.[21] 표지화와 배화를 그린 작가들 역시도 시인들과 다름없이 광주전남 지역 출신의 작가들에서 출발하여 전국적인 지명도를 가진 화가들로 확장되었다. 그래서 더욱 의미 있는 시화집이 되었다.

---

19 차재석,「백홍기의 회화에 대하여」, 앞의 책, 173~175쪽

20 www.namkwan.com참조.

21 '회화'와 관련한 부분은 졸고「차재석, 그리고 또 하나의 회화『시정신』」,『근대서지』, 근대서지학회, 2013.을 부분적으로 요약하고 정리하였음을 밝힌다.

이처럼 시 전문지 『시정신』에 표지화를 그린 작가들은 당대나 지금에나 한국화단의 거목들이다. 이들의 참여는 차재석의 의도였던 "⟨엘리어트⟩와 ⟨달리⟩의 시화집이라던가, ⟨쟝·콕토⟩와 ⟨피카소⟩의 시화집"[22]을 탄생시켰다. 그것은 또 하나의 회화를 탄생시킨 것이다. 따라서 시 전문지 『시정신』은 문단사적으로나 회화사적으로 특별한 시 전문지로 기록된다.

## 5. 시 전문지 『시정신』의 의미

시 전문지 『시정신』의 발굴은 발굴 자체로도 의미가 있지만 그 안에 새로 발견된 작품들이 상당하다는 데 의미가 있다. 먼저 『시정신』의 창간호부터 살펴보기로 한다. 『시정신』의 창간호에는 박용철의 시 「미인」과 자필 한시가 그대로 영인되어 있다. 이번 『시정신』을 통해 새로 발굴된 시 「미인」의 전문은 다음과 같다.

가느다란 허리 맵시 닐기도 어련드시
바람에 날리는가 한들거래 거니는고
발자최 꽃 뿌리였는가 향기난 듯 하여라

눈에서 흐르는건 맘 녹이는 그 무어시
꿀부어 흐를드시 비단치마 주름쌀이
널보아 절머진 맘이니 기리끄치 잇스랴

— 박용철, 「미인」 전문

---

22 차재석, 「세마리의 학은 아직도—목포문학의 발자취」, 앞의 책, 58쪽

시 「미인」은 "미망인 임정희 여사의 간직한 풍첩에서 얻은 미발표작으로 한시가 누락되었으나마 고인을 추모하는 문헌으로 여기 실렸다."[23]는 것에서 확인되듯이 박용철의 미발표 유고 작품이다. 시 「미인」은 『박용철전집』[24]에도 누락되어 있는 작품으로 시적 기교는 빼어나지 않으나 운율감이 뛰어난 시조이다. '한시가 누락'되어 있다는 기록처럼 이 시조는 한시와 함께 유고로 남겨져 있었다는 것을 알 수 있다. 한시로 쓴 다음 시조로 옮겼는지, 시조를 쓴 다음 한시로 옮겼는지는 확인할 수 없으나 시 「미인」 말고도 제목이 없는 작품이 함께 실려 있는데 "고 용아선생과 그의 필적"이라고 표기하고 있는 작품은 한시로 보이는 작품에 한글로 병기된 작품이다. 박용철이 시어의 조탁과 시적 기교에 심혈을 기울였던 '시문학파'였다는 점에서 이 작품의 발굴은 특별한 의미가 있다.

그리고 계용묵의 산문 「바다」도 『계용묵전집』[25]에는 누락된 작품으로 제주도의 바다 풍경과 해녀들의 모습을 정밀하게 그려내고 있다. 또 서정주의 시 「학」은 애초에 「학의 노래」로 발표되었다는 것을 확인할 수 있게 되었다. '학'의 날갯짓을 '노래'로 드러냈던 제목인 「학의 노래」를 「학」으로 바꿈으로써 시적 긴장을 살리는 제목으로 바꾼 것이다.

『시정신』 2호에는 모윤숙의 시 「밤 두시의 달은」이 실렸다. 그러나 『모윤숙문학전집』[26]에는 누락되었다. 김춘수의 시 「삼월은」은 『시정신』 2호

---

**23** 『시정신』 창간호, 항도출판사, 1952.9.5, 10쪽.

**24** 박용철기념사업회, 『박용철전집』, 깊은샘, 2004.

**25** 계용묵, 『계용묵전집』, 민충환 편, 민음사, 2004.

**26** 모윤숙, 『모윤숙문학전집』, 성한출판사, 1986.

에, 「나목」은 『시정신』 3호에 발표되었으나 『김춘수전집』[27]에는 누락되었다. 그중 시 「삼월은」의 전문을 옮기면 다음과 같다.

저 돋아나는
속잎을 보라고 한다

햇볕을 찾아나온 새들의
재재기는 저 주둥이를 보라고 한다

풀밭에 배암이 눈뜨는 모양
논두렁에 민들레가 숨쉬는 모양
그런 것들을 보라고 한다

모든 것을
보라고 한다

지금 내 발등에 떨어져 온
한마리 벌레의
이 초록빛 눈망을을 보라고 한다

안아도 안아도 나의 두 팔에 차고 넘치는
부풀어가는 저 하늘을
보라고 한다

—「삼월은」 전문


김춘수의 시 「삼월은」의 전문은 그에게 모든 것이 인식 대상으로서의

---

27  김춘수, 『김춘수전집』, 문장사, 1982.

사물이며, 그의 언어는 인식을 위한 연장이라는 평가에서 예외적인 작품으로 깊은 서정을 느낄 수 있다. 그가 이미지의 시인이듯이 이 시에서도 그것이 보이지 않은 것은 아니지만 '삼월'에는 모든 것들이 제 목소리를 내며 존재감을 드러내는 계절인 만큼 '삼월'이 시적 화자이다. 시적 화자인 '삼월'은 '보라고 한다'를 반복함으로써 봄을 생동감 있게 묘파했을 뿐 아니라 김춘수의 시세계 변화 이전의 작품으로 발굴의 의미 또한 크다고 하겠다.

그 밖에도 박남수의 시 「변신」도 『시정신』 3호에 실렸으나 역시 『박남수전집』[28]에는 누락되어 있다. 『시정신』 4호에는 최남선의 시 「춘우」가 발표되었으나, 『육당 최남선전집』[29]에는 이 작품이 누락되어 있다. 정훈의 시 「취야」도 역시 『정훈시전집』[30]에는 누락되어 있다. 또한 김용팔의 시 「진통도」 역시도 『김용팔시조전집』[31]에 누락되어 있으며, 이수복의 시 「별을 우럴어」도 『이수복시전집』에는 누락되어 있다.[32]

이상의 작품들이 누락된 것은 지방에서 발행된 시 전문지라는 사정이 작용한 것일 수도 있고, "500부 한정판"으로 발행한 사정이 작용한 것일 수도 있다. 사정이 어찌했든 간에 『시정신』의 발굴은 새로운 작품의 존재를 확인하였다는 사실만으로도 문단사적인 의미는 크다. 또한 회화사적으로도 한국화단을 대표하는 화가들이 제자와 표지화, 배화를 그림으로

---

28 박남수, 『박남수전집』, 한양대학교출판원, 1998.

29 고려대학교 아세아문제연구소 육당전집편찬위원회, 『육당 최남선전집』, 현암사, 1975.

30 정훈, 『정훈시전집』, 동남풍, 2002.

31 김용팔, 『김용팔시조전집』, 한맘, 2007.

32 발굴 작품들에 대한 연구는 별도로 진행하고자 한다.

써 문단과 화단이 의기투합하여 만들어냈다는 것을 알게 된 것도 의미[33]가 있다.

## 6. 결론

시 전문지 『시정신』을 발굴하여 서지사항과 창간 배경, 참여한 작가들을 일별하면서 회화사적으로 문단사적으로 의미 있는 시 전문지였음을 확인하였다.

차재석의 주도하에 한국전쟁기에 창간된 『시정신』은 총 5권이 발행되었고, 그의 예술적 감각을 총동원하여 '멋있는 시화집'을 탄생시켰다는 사실을 확인하였다. 그것은 '시문학파'를 계승하고자 하는 의지의 산물이었고 한국전쟁기 유일한 시 전문지였다. 또한 광주전남 지역의 작가들만이 참여하였던 『시정신』 창간호 이후 문단의 호의적인 반응은 중앙문단 시인들의 자발적 참여를 이끌면서 지역을 넘어선 시 전문지가 되었다. 이것은 지역에서 발행한 시 전문지가 중앙문단을 가격한 사례로 문단사적인 의미를 지니고 있다.

또한 『시정신』의 발굴은 발굴 자체로도 의미가 있지만 그 안에 새로 발견된 작품들이 상당하다는 데 의의가 있다. 많은 시인들의 새로운 작품의 존재를 확인함으로써 누락된 작품들을 포함한 전집의 발간과 연구로 이어질 수 있게 된 것이다. 그리고 한국화단을 대표하는 화가들이 참여하여 『시정신』을 만들어냈다는 회화사적인 사실을 확인하였다. 이로써

---

**33** 이수복, 『이수복시전집』, 장이지 편, 현대문학, 2009.

시 전문지 『시정신』은 광주전남 지역문학의 문예지들의 사적 전개 양상
과 광주전남 지역문학을 튼튼하게 한 토대였음이 확인되었다.

# 기획된 담론, 매체 속의 '문학좌담회'

## 1. 서론

　문학좌담회는 문학을 매개로 한 공식적인 대화와 정보 교환의 장으로 기획된 담론공간이다. 문학을 매개로 문학인들이 모여 앉아 문학을 논하고 전망을 제시하는 일련의 과정은 하나의 담론으로 수렴하기 위한 절차적 행위이기도 하고, 헤게모니를 쥔 이들이 메커니즘을 확산시키기 위한 행위이기도 하다. 이런 측면은 문학좌담회가 대단히 정치적일 수 있음을 시사한다. 그러므로 문학좌담회를 들여다보는 일은 문학담론의 핵심을 포획하고 문학담론의 작동 방식을 규명할 기회를 제공한다. 특히 중앙에서 열린 문학좌담회가 아닌 지역에서 열린 문학좌담회는 지역문학 담론을 규명할 수 있는 사료적 가치가 있다. 지역에서 열린 문학좌담회는 어디까지나 지역문학 발전 도모에 초점이 맞추어져 있을 것이기 때문이다.

　문학좌담회는 여러 지면을 통해서 개최되었지만 아직까지 문학좌담회를 통해서 지역문단을 면밀히 들여다본 논문은 드물다. 따라서 문학좌담회를 통해서 지역문단의 내부적인 고민을 점검하고 중앙문단과 지역문단의 차이와 거리를 좁히기는 가능한가. 또한 가능하다면 좌담회 이후 문단의 변화들이 감지되는지, 좌담회 이후 광주전남 문단에 어떤 영향을 미쳤는지를 밝히고자 한다. 이는 여전히 많은 담론을 생산해내고 있는 중앙문학과 지역문학의 관계와 위상에 대한 고민을 점검하는 데 있어 잣대가 될 수 있지 않을까 한다. 광주전남 지역 문인들만의 좌담회에서는 지역문학의 위치를 확인할 수 있을 것이며, 중앙의 문인들과 광주전남 지역의 문인들이 나눈 문학좌담회는 당대의 중앙과 지역의 문단 전체적인 흐름뿐만 아니라 지역문단이 중앙문단의 헤게모니 수용 양상도 파악할 수 있을 것이다.

이에 연구 대상으로 삼는 문학좌담회는 다음과 같다.

> ①「호남문학을 말하는 좌담회」[1]
> ②「중앙중진과 재광문인과의 문학좌담」[2]
> ③「전남문단 형성에의 길」[3]

광주전남 지역에서 열린 문학좌담회는 광주전남 지역문학[4]의 정체성

---

1 『신문학』 창간호, 1951.4.

2 『전남일보』, 1958.1.1.

3 『전남매일신문』, 1961.12.2.

4 본서에서는 '호남문학'이나 '전남문학'으로 사용되었던 용어를 '광주전남 지역문학'으로 칭할 것이다. '호남문학'이라 할 경우에는 전라북도의 문학을 포괄하는 개념이고, '전남문학'이라고 할 경우 행정상 광주광역시와 전라남도를 구분하고 있기 때문에 전라남도의 문학만을 지칭하는 개념일 수 있다. 전남에서 광주가 행정구역상 분리는 되었지만 문화적으로는 분리될 수 없다는 점에서 '광주문학'과 '전남문학'을 포괄하는 '광주전남 지역문학'으로 칭하고자 한다.

을 탐구하고, 문학적 위상을 재고하여 미래에의 전망을 제시하기 위한 기획의 일환이었다고 할 수 있다. 연구 대상으로 삼은 ①과 ③은 광주전남의 지역문인들만의 좌담회였고, ②는 중앙문인들과 광주전남 지역문인들이 함께한 좌담회였다. ①의 좌담회 이후 10년 만에 열린 ③의 좌담회를 통해 광주전남 지역문학의 발전과 변화, 즉 ①에서 제기되었던 광주전남 지역문학의 현안 문제와 그 문제 극복 방안 등이 ③에서는 문제를 어떻게 수용, 극복하였는가를 밝힐 수 있을 뿐만 아니라 이 두 좌담회는 역사적으로 혼란기일 때 열린 좌담회였다는 점에서 시대 안에서 문학이 어떤 방식으로 대응하였는가도 밝힐 수 있을 것이다. ②는 중앙의 문인들과 광주전남 지역의 문인들이 함께한 좌담회로 중앙문단이 지역문단에 어떤 영향을 미치고 있는지, 지역의 문인들은 중앙문단에 어떻게 대응하고 있는가를 밝힐 수 있을 것이다.

본서가 이 세 좌담회에 주목하는 이유는 해방기 이후 광주전남의 지역문학을 논하는 최초의 좌담회로부터 이후 1960년대 초까지 이루어진 문학좌담회가 이 세 좌담회밖에 없다는 점이고, 두 번째는 이 좌담회를 통해서 해방 이후 광주전남 지역문학의 형성과정을 살필 수 있기 때문이다. 특히 1950년대와 60년대는 정치적으로, 사상적으로 민감하던 시기였다는 점에서 그런 시기에 광주전남의 지역문학인들이 모여 문학을 주제로 형성된 담론의 장에서 어떤 자세를 취하고 있는지는 함의하는 바가 크다. 그들이 공식적인 담론의 장에서 펼친 정치적·사상적인 행로는 광주전남 지역문학 형성의 사상적 토대와 맞물리기 때문이다. 따라서 이 문학좌담회가 갖는 의미는 상당하며 광주전남 지역문학 형성의 분수령 역할을 하였다는 점에 주목하지 않을 수 없다. 이를 통해 현재의 광주전남 지역문학의 형성과정과 광주전남 지역문학의 정체성을 확인할 수 있을 것이다.

## 2. 광주전남 지역문학 담론과 그 의미

### 1) 광주전남 지역문학의 형성과 고민

근대 이후 생산된 담론 중에서 가장 핵심이 되는 담론이라면 문학예술에 대한 담론이다. 특히 문학예술 담론에는 민족이 처한 시대적 상황에 따라 입장을 달리하는 사상사적 궤적이 깊숙이 침투해 있었는데, 그 담론의 중심이 문학이었다. 일제식민지를 벗어나기 위한 문학적 움직임이 카프문학을 중심으로, 또 하나는 민족문학을 중심으로 형성되었던 것 또한 사상적인 조류를 바탕으로 하고 있다. 해방과 더불어 불어 닥친 좌와 우의 첨예한 대립은 정치적인 대립을 넘어선 것이었고, 뒤이은 남한과 북한의 단독정부 수립은 문학인들에게 남한과 북한을 선택하게 하는 기로에 서게 하였다. 뿐만 아니라 사상의 전향을 강요하거나 처벌을 강화하면서 이른바 살아남기 위한 이합집산이 횡행하였다. 6 · 25 한국전쟁이 발발하여 휴전이 확정되기 전까지 이런 현상은 계속되었다.

해방 이후 6 · 25 한국전쟁기까지는 문인들이 사상과 이념, 혹은 현실과 이상 사이에서 갈등, 방황하지 않을 수 없었다. 이 시기의 문인들은 사상과 이념을 따를 것이냐, 아니면 사상과 이념을 버리고 살아남을 것이냐 하는 기로에 서 있었다. 그리고 그 선택에 의해 빨치산 투쟁에 가담한 작가들이 있는가 하면 종군작가단을 꾸려 전쟁의 현장을 작품화 하는 작가들이 있었다. 또 한편으로는 침묵으로 일관한 작가들도 있었다. 문학을 버리고 몸으로 사상을 실천해야만 했던 일군의 작가들이나, 참혹한 전쟁을 체험하면서 작품을 생산해내야 하는 종군작가들이나 수반되는 고통은 오롯이 그들의 것이었다. 결과적으로 그 시대의 작가들은 이데올로기의 희생양이었다. 전쟁은 휴전으로 막을 내리고 남과 북으로 분단되면서 사회주의를 추종한 문학가들은 북으로, 민주주의를 추종한 문학가들은 남으로 방향을 돌렸고, 또 그 사이에는 김영랑처럼 희생된 작가들도 있었다. 이런 상황은 우리의 문학이 정치사상사적인 궤적으로부터 자유롭지 못하였다는 것을 증거한다.

그런 혼란기에 순문학을 지향하고자 한 동인지 『신문학』[5]이 창간되었고 한국전쟁 중 발표 지면이 없었던 문인들에게 작품 발표의 장을 제공하면서 동인지의 범주를 벗어나 종합문예지의 위상을 갖게 되었다.[6] 『신문학』을 창간하면서 광주전남 최초로 지역문학에 대한 좌담회 「호남문학을 말하는 좌담회」를 개최하였다. 이 좌담회는 당시 광주전남 지역문학의 판도와 그 자리에서 생산된 담론, 그리고 그 담론이 광주전남 지역에 어떤 영향을 미쳤는지를 가늠할 수 있게 한다. 문학좌담회가 열린 때와 장소, 참석자는 다음과 같다.

---

**5** 창간호는 '백완기'가 발행인 겸 편집인이었고 광주문화사에서 간행하였다. 임정희의 재정 후원, 김현승의 편집은 2호부터 4호까지였다. 『신문학』은 4호로 종간되었다.

**6** 이동순, 「한국전쟁기 순문예지 『신문학』 연구」, 『현대문학이론연구』 43, 현대문학이론학회, 2010.12.

출석자: 장용건[7], 박흡[8], 이동주, 임병주[9], 손철[10], 김해석[11], 고문

---

**7** 장용건(장용건, 1921~작고)은 평안북도 구성군 출신으로 일본 중앙대학 법학부를 졸업하였다. 일본에서 주로 연극 분야의 공부에 몰두하였으며, 1943년 귀국 후 학병거부운동을 한 혐의로 공직에 나가지 못하고 평양에서 극단 '장군대'를 통해 연극에 전념, 「귀주야화」와 「두견새」 등 신극을 제작하여 공연함으로써 극작가로 명성을 얻었다. 1946년 월남하여 1948년 5월 조선대 교수로 임용되었다. 그때 '조대극회'가 탄생하였고 동방극장에서 〈무의도 기행〉을 공연하였는데 지방에서 본격적인 대학극이 시작되게 하였다. 『신문학』 창간호에 희곡 「탈」을 발표하였다. 조선대학교 교수로 재직하면서 학생예술소극단을 인솔하고 전남 일대를 1개월 동안 〈雷雨〉 순회공연하기도 하였다. 문학을 강의하기 위해 『大學校材』를 쓰기도 하였는데 1960년 4·19혁명 이후 강단을 떠났다. 당시 조선대 총장퇴진 운동을 주도하였기 때문이라고 한다.(백수인, 『대학 문학의 역사와 의미』, 국학자료원, 2002. 참조.)

**8** 박흡(朴洽,1912~1962)의 본명은 박증구(朴曾求)이다. 전남 장성 출신으로 이리농림학교에서 독서회 회장으로 활동하다 강제 퇴학당하였다. 숙명여전 강사, 조선대 강사를 했으며, 광주서중과 광주고등학교에서 국어교사를 역임하였다. 1947년 경향신문에 「젊은 강사」를 발표하면서 작품 활동을 시작하였으나 작품집은 남기지 않고 자살로 생을 마감하였다. 광주전남 지역 시문단 형성에 기여하였다. 자세한 것은 이동순, 「박흡의 문학적 생애와 시세계」, 『현대문학이론연구』 44, 2011.3 참조.

**9** 임병주(林秉周, 1909~1997)는 전남 보성 출신으로 『전남매일신문』, 『호남신문』 문화부장을 역임하였다. 『신문학』 창간호에 소설 「잃어버린 두 사람」, 『신문학』 4호에 「모루」를 발표하였다. 수필집으로 『진실의 승리』와 『화초와 병아리』, 『뿌리와 꽃』, 『고난의 승리-일제36년과 나의 이야기』가 있다.

**10** 손철(孫哲, 1920~2010)은 황해도 서흥출신으로 청도의학전문학교를 졸업하고 전남대 의과대학 교수를 지냈다. 1938년 중앙일보에 수필 「추석달」을 발표하였고, 이후 『신문학』 창간호에 소설 「도순이」, 『신문학』 2호에 「乳房」, 『신문학』 3호에 「두꺼비」를 발표하였다. 『호남신문』 등에 꾸준히 수필과 소설을 발표하였으며 광주전남 지역문학 형성에 기여하였다. 문집으로 『철1』과 『철2』가 있다.

**11** 김해석(金海錫, 1919~작고)은 전남 승주 출신으로 동국대를 졸업하고 『호남신문』 문화부장을 역임하기도 하였다. 광주서중과 광주고등학교를 거쳐 평생 교직에 종사하였다. 『신문학』 창간호에 수필 「아버지」, 『신문학』 2호에 소설 「Y가의 생리」, 『신문학』 3호에 소설 「강촌사람들」을 발표하였으나 주로 수필가로 활동하였으며 수필집 『아바』, 『콩크리트와 물고기』가 있다.

석[12](미참), 승지행[13](미참)

　본사 측: 백완기, 김현승

　때: 1951. 4. 16.

　곳: 신문학사 편집실

　문학좌담회 참석자들의 면면을 보면 모두 광주전남에서 활동하고 있었던 『신문학』의 필진들이다. 이들이 '호남의 문학'에 대한 점검과 발전 방향에 관한 담론으로 일관할 수 있었던 이유이다. 이 좌담회는 시인 김현승과 평론가 백완기가 중심이 되어 이끌었다. 백완기는 『신문학』의 발행인 겸 편집인이었고 김현승은 조선대학교에 막 부임하여 시작을 재개할 무렵이었다. 광주전남의 지역문학을 논하는 최초의 좌담회였던 만큼 주최 측의 의도가 반영될 수밖에 없는 담론공간이었다. 문학좌담회에서 생산된 담론의 속성은 주최 측의 의도 속에 은폐되어 있기 마련이다. 이 좌담회 또한 그것에서 자유롭지 않았다.

　신문학사가 이 좌담회를 개최한 이유는 『신문학』 창간의 당위성을 역설하려는 의도가 반영된 것이다. 좌담회 모두에서 김현승은 해방 이전에 목포에 종합문예지 『호남평론』이 나왔으나 큰 성과 없이 끝난 것으로 평가한 대목이 그것을 확인시켜준다. 그리고 김현승은 본격적인 호남문학

---

**12** 고문석은 『신문학』 창간호에 수필 「경부선」을 발표하였다.

**13** 승지행(승지행, 1920~2008)은 전남 나주에서 태어나 1950년 소설 「종언 아닌 종언」이 전국문화단체총연합회 현상모집에 당선되었고, 『신문학』 창간호에 「어떤 형제」, 『신문학』 3호에 「목비」를 발표하였다. 1958년 「연화도수」, 「부자」가 『현대문학』에 추천되었다. 이후 60여 편의 작품을 남기고 있는데 「장벽」은 제5공화국 시절에 발매 금지 조치를 당하기도 했다. 작품집으로 『종언 아닌 종언』, 『마지막 잔치』, 『태양조차 버린 사람들』, 『저 창의 불꽃을』, 『토끼타령』, 『사흘에 그린 자화상』 등이 있다.

의 출발을 "어떤 조직적 형태를 막연이나마 갖춘 호남문학의 기원은 적시 해방 이후"로, "호남 출신의 작가로서 중앙문단에 진출한 문학 활동은 논외의 대상"으로 규정하고자 한다. 이에 박흡은 광주전남 지역문학의 시간의 범위는 그렇다 치더라도 출향작가들은 반드시 "모두 포함시켜"야 한다고 주장함으로써 김현승보다 한발 앞선 발언을 했다. 당시에 이 문제는 큰 논란거리가 되지는 않았지만 지역문학의 시공간 문제는 현재도 여전히 유효하다.[14] 광주전남 지역문학사의 서술에 있어서 시공간의 범주 설정에 대한 고민과 문제 제기를 하였다는 점은 시사적이다. 사실 지역문학 연구에서 범주설정 문제는 현재도 많은 연구자들이 고민하는 문제이다. 그때 이미 시공간의 범주를 설정하고자 하였다는 것은 지역문학에 대한 고민이 상당하였다는 것을 의미한다.

---

**14** 이형권은 (「지역문학의 탈식민성과 글로컬리즘」, 『한국시의 현대성과 탈식민성』, 푸른사상사, 2009.)에서 지역문학의 외연적 범주, 즉 '작가/작품의 문제'와 '매체 문제'를 논하면서 '작가/작품의 문제'는 중앙문학과의 변별성을 위해서 특정 지역에 창작적 기반을 둔 문인으로 한정하고 있다. 이는 출향작가들은 지역문학에서 제외시켜야 한다는 것인데 중앙문단에서 활동하는 작가라고 해서 지역에서의 구체적 삶에 대한 체험적 진실성이 담보되기 어렵다는 것에 동의하기 어렵다. 많은 작가들이 고향에서의 원초적 경험으로부터 자유롭지 않다는 사실과 특히 작가들의 후기 작품일수록 고향으로 회귀의식을 보여준다는 점은 '지역의 구체적 삶과 체험의 진실성'을 담보하는 것으로, 출향작가들을 지역문단에서 제외시켜서는 안 된다는 사실을 논거한다. 두 번째 '매체 문제'는 구모룡의 '특정 지역에서 생산되는 문학의 총량'의 개념을 들어 중앙의 문예지에 발표한 작품들도 지역문학 포함시켜야 한다고 정리하고 있다. 이렇게 되면 '작가/작품의 문제'에서는 출향작가들을 제외시켜야 한다고 논리와는 상당 부분 상충된다. 그렇게 된다면 중앙에 진출한 작가가 지역의 매체에 발표한 작품은 어떻게 처리할 것인가 하는 또 다른 문제를 파생시키기 때문이다. 지역문학에서 출향작가를 논외로 처리하는 것은 또 다시 반쪽의 지역문학이 될 가능성이 높다.

지역의 문인들에게는 문학작품을 발표할 기회가 많지 않은 것은 비단 과거의 문제만이 아니라 현재의 문제이기도 하다. 당시 광주전남 지역 문인들에게 작품 발표의 장을 제공하기 위해 노력한 매체로『호남신문』이 있었다. 호남신문의 사장이었던 노산 이은상은 누구보다 문인들에게 작품 발표의 장이 절실하다는 것을 알았을 터이다. 그런 노력의 결과는 '작품 릴레이'로 이어지게 되었으나 그런 노력과는 반대로 문제가 산견 하였음을 보여주는 다음의 사례는 지역문학이 안고 있는 한계로 지적된 다.

> 임: 「호남신문」에 심숭씨의 『청춘영원』이 실렸더랬지
> 박: 참 그 심 씨가 언제쩍 분이던가요
> 김해: 『신동아』에 연재된 『혈루록』의 작자지요
> 김현: 아 그런가요
> 김해: 그당시 신동아의 편집책임이 노산이었는데 그 인연으로 『청춘
> 영원』으로 개제해서 호남신문에 싣게 되고 『신천지』에서는 같은
> 작품을 『애생금』이란 제목으로 실렸지요

심숭(沈熊)은 소설 「혈루록」을 맨 처음 『신동아』에 연재하였다. 그리고 『호남신문』에 「청춘영원」으로 재발표하였으며, 『신천지』에는 「애생금」으로 다시 연재하여 발표하였다.[15] 『호남신문』 사장이던 이은상과의 인연으로 『신동아』에 연재했던 작품을 제목을 달리하여 호남신문에 연재하였

---

15 심숭의 『애생금』은 『애생금』 상(정음사, 1949), 『애생금』 하(정음사, 1950)으로 출간 되었다.

고, 『신천지』에 재발표를 한 다음 『애생금』(정음사)으로 출간하였다.[16] 한 편의 소설이 개작과 재발표를 거치는 과정에서 문학권력의 헤게모니가 어떻게 작동하는지를 여실하게 보여준 사례이다. 그래서 이동주는 "재조들이 비상해서 시도 썼다 소설도 썼다 두루치기엿"다고 비판하였고,[17] 김현승은 "신문지상에 자기의 이름이 오른다는 쓸데없는 영웅심리에서 소위 시인들이 얼토당토않은 소설을 휘두른다는 것은 작난밖에 아모것도 아닙니다 우리 광주에서만 볼 수 있는 창피한 작난"이라고 규정하였다. 이런 비판적인 견해들은 당시 광주전남의 지역문학이 극복해야 할 문제로 수렴됨으로써 광주전남의 지역문학은 습작기를 벗어나지 못하고 있다는 평가가 더해진다. 대표적으로 『호남신문』과 『전남일보』에서 특집으로 꾸민 '작품 릴레이'를 꼬집고 있다.[48]

---

16 정근식, 「사회적 타자의 자전문학과 몸」, 『현대문학이론연구』 23, 현대문학이론학회, 2004. 정근식은 『신동아』와 『신천지』에 연재되었던 작품이 심승의 작품으로 심승의 생애와 문학에 초점을 맞추고 있다. 호남신문에 「청춘영원」으로 연재되었다는 사실은 파악하지 못한 것으로 보인다. 정근식은 심승의 본명이 이은상이라고 하였다. 좌담회에서 언급된 내용을 토대로 보면 심승은 원래 소설가가 아니라 시인이었다고 한다. 그래서 특별한 인물로 회자된다.

17 이 발언을 할 때까지도 이동주 본인이 소설을 쓸 것이라고 생각하지 못했을 터이지만, 이동주는 실명소설을 『현대문학』에 연재하였을 뿐만 아니라 소설집 『빛에 싸인 군무』(문예비평사, 1979)을 상재하기도 하였다.

18 '작품 릴레이'는 『호남신문』의 소재가 확인되고 있지 않아서 확인이 불능한 상태이며, 『전남일보』는 『전남매일신문』과 함께 1980년 광주일보로 통폐합되었는데 창간호부터 1953년까지는 소장하고 있지 않아서 확인이 불가능하다. 그래서 원문은 확인할 길이 없다. 『호남신문』은 광주전남 지역문학의 발전에 지대한 공헌을 한 신문임이 분명하다. 당시에 가로쓰기를 한 최초의 신문이기도 하다. (광주언론인동우회, 『광주전남언론사』, 삼화문화사, 1991. 참조) 『전남일보』는 1954년에 '작품 릴레이'를 했다.

사실 '작품 릴레이'는 긍정적인 측면과 부정적인 측면을 동시에 갖고 있다. 작품 발표의 장을 마련해줌으로써 작품 쓰기를 독려하는 것이 전자의 측면이라면, 작품의 질이 저하될 우려가 다분하다는 것이 후자의 측면이다. 신문사에서 '작품 릴레이'를 기획한 것이 작품의 질적인 저하를 불러왔을지는 모르지만 절대적으로 부족했던 지면을 제공했다는 점은 작품의 질과 상관없이 지역신문으로서 역할을 충실히 이행한 것으로 봐야 한다. 문학좌담회에서 내려진 평가가 비판적이었던 것은 광주전남 지역문학의 발전을 도모하고자 함이었지 비판을 위한 비판은 아니었다.

광주전남 지역문학의 출발점에 대한 기점에 논의를 문학좌담회의 주도권을 쥐고 있던 김현승은 광주전남 지역문학의 출발을 "6·25 사변후"로 잡고 "우리가 문총전남지부를 결성했다는 사실은 금후 호남문학운동에 본격적인 기초를 닦아놓았다" 그러니 "호남문학의 출발은 이제부터"라는 주장은 문총구국대 전남지부의 활동에 특별한 의미를 부여하기 위한 것이다. 광주전남에서는 반공민족주의를 기치로 내걸었던 '문총구국대'의 활약이 특히 두드러졌다. 광주전남의 지역문학담론의 핵심은 '문총구국대'를 중심으로 형성되었다는 것을 강조한 것으로, "우리의 문학운동이 활발히 전개되려면 적시 동인지 같은 순수한 의미의 활동무대"가 필요했는데, 이 역할을 해준 것이 『신문학』이었다. 그리고 동인으로 동참하고 있는 이들 모두가 문총구국대 전남지부의 회원들이었다. 뿐만 아니라 해군 목포 경비부 정훈과에서 정훈공작의 일환으로 발간한 『갈매기』의 필진들 또한 좌담회의 참석자이다. 이것은 광주전남 지역문학의 형성 과정에 있어서 중요한 시사점을 제공한다.

왜냐하면 문총구국대의 활약은 광주전남 지역문학사에 직간접적으로 막대한 영향을 초래하였기 때문이다. 이른바 반공민족주의가 남한의 행정과 의식을 이끌어가는 이념으로 작동하면서 예술문화뿐만 아니라 학술에까지 직간접적인 국가관리 체제가 제도화[19] 되었고, "문학 사회의 존립바탕 가운데 하나인 문단 주도권이 우파 문인 조직 중심으로"[20] 구축되었다는 점은 이 사실을 논증한다.[21] 이런 점에서 1950년대의 광주전남의 지역문단은 대단히 정치적이었다. 다음의 좌담회 내용은 광주전남 지역문단의 정치적인 행보를 여실하게 보여준다.

> 김현: 화제를 좀 바꿉시다 난 이러케 생각해요 난 전시에 있어서도 순수
> 문학의 필요를 주장하는 사람이지만 동시에 전투문학에 대한 민족
> 진영의 빈약성을 통감합니다. 6 · 25사변 후 『문예』 전시판에 모윤
> 숙 씨나 유치환 씨의 전쟁에 관한 시편이 실린것은 압니다마는 일
> 반적으로 사변전후를 통하여 우리는 적과의 대결상태 내지 전투태
> 세에 있으면서도 민족진영 문인들의 시나 창작은 대개는 전투현실
> 과는 별로이 관계없는 작품들이었다고 봅니다
> 장 : 우선 개념인데 전투문학이라니 오직 하나뿐인 순수한 문학정신 이
> 외에 따로 한 개의 목적문학으로서의 전투문학이 있어야 한단 말
> 이지요?
> 김현: 문학의 이원론을 주창하는 의미에서의 전투문학의 새로운 창조가
> 아니라 취재의 대상에서 하는 말이오 이를테면 향토문학이라 제2
> 차 대전 때 불란서의 항거문학을 운위할 수 있는 것처럼 그러한 개
> 념으로서의 전투문학 말이외다 다시 말하면 적어도 전쟁이 완수되

---

19 구광모, 『문화정책과 예술진흥』, 중앙대출판부, 2001, 169쪽.
20 박태일, 『한국 지역문학의 논리』, 청동거울, 2004, 81쪽.
21 박흡이 광주전남에 주둔한 11사단 20연대를 위한 「20연대」가 공모에 당선된 것도
순수를 기치로 내세우며 『신문학』이 창간될 수 있었던 또 다른 배경이다.

는 동안까지는 우리가 다루는 시나 소설의 제재도 꽃이나 달보다
는 총과 칼과 정의와 증오심에 두어야겠다는 말이지

　김현승의 발언은 대단히 전투적이다. 그리고 감정적이다. "우리는 적
과의 대결상태 내지 전투태세에 있으면서도 민족진영 문인들의 시나 창
작은 대개는 전투 현실과는 별로이 관계없는 작품들이었다"거나 "전쟁
이 완수되는 동안까지는 우리가 다루는 시나 소설의 제재도 꽃이나 달보
다는 총과 칼과 정의와 증오심에 두어야겠다"는 발언이 그것이다. 이 발
언은 곧 문학이 전쟁에 동원되어야 한다는 것이고 이것이 민족문학이라
는 논리이다. 이는 그동안 "민족의 끓는 피와 돌진을 노래할 단계에 있으
면서도 오히려 사슴과 청산을 노래한 허물"이 있었다며 그동안의 문학에
대한 반성으로 문학의 이념성을 강조하고 있다.

　이에 장용건은 '적색문학을 배격하는 이유'는 '반민족적'이고 '문학의
자율성을 부인'하기 때문이기는 하지만 "일원적인 「리얼리티」를 추구하
는 진정한 문학정신에서 우러나온 거라야 한다."고 말한다. 즉 "민족적
양심과 진실이 고도한 창작 정신에까지 승화되"어야 한다고 이념성보다
는 문학성을 옹호한다. 이에 김현승은 문학이 "무엇을 추구해야 하는가
즉 민족의 지향을 직시해야 한다"고, 그것이 '상식'이라고 재차 강조함
으로써 목적문학을 배제하지 않는다. 김현승과 장용건의 발언에 박흡은
"이원론적인 목적문학이 아니라 우리의 문학정신이 전쟁이란 현실에 부
디쳐 스스로 발화하는 문학작품"이어야 한다고 정리한다.

　김현승과 장용건, 박흡이 주고받은 담화를 통해서 치열한 이념논쟁이
빚은 참극으로 문학인들의 고민이 어떠했는지 알 수 있다. 이들의 논쟁

은 전시하의 문학이 다분히 목적문학성을 띨 수밖에 없지만, 특히 광주전남 지역문단은 대단히 정치적으로 움직였음을 보여준다. 목하 전쟁을 경험하고 있는 작가들이 '청산'이나 '노루'를 노래해서는 안 된다는 내용으로 미루어 보건대 이것은 순문학을 가장한 정치적인 문학이고 이데올로기적인 문학을 옹호하는 발언들이라 하겠다.

그러면서도 이들은 스스로 지역문인의 한계를 알고 있었다. 박흡은 '피나는 노력의 부족'과 '역량의 부족', '이끌어주는 호남출신의 선배 부재', '집단적인 문학운동의 부재' 등을 이유로 꼽았다. 이동주는 영남 지역의 상황과 비교하면서 "같은 지방문단이라도 영남은 부럽습디다 그 문둥이의 뜻뜻한 체온이 있거든 그런데 전라도 개땅쇠는 중앙에 이름이 좀 나도 고향을 숨기고 혼자서 영웅이 다 되어버리거든 후배는 선배를 아끼고 따러야 하고 선배는 따뜻한 맛이 있어야 하는데 쌀쌀한 사람과 건방진 놈들이 무슨 큰 그릇이 되겠어요"라며 광주전남 지역의 문인들에 대해 비판적이고 냉소적인 태도를 보인다. 김현승도 "우리나라 문단은 아직도 중앙집권제가 되어서 좀 야심있는 사람들은 지방문단 따윈 상대도 하지 않고 중앙으로 직행하고 말거든"이라고 하면서 중앙문단 중심으로 돌아가는 문학판을 비판하고 있다. 그러나 중앙문단에 대한 비판적인 태도를 보였던 김현승 역시도 서울로 거주지를 옮긴 뒤에는 중앙문단의 핵심권력을 쥐고 지역에서 활동하지 않은 대표적인 인물이 되고 만다.

결론적으로 이 좌담회는 광주전남의 지역문학은 습작기를 벗어나지 못하고 있다는 것을 확인하는 자리였다. 또한 한국전쟁으로 인한 반공민족주의를 기치로 내세운 문총구국대 전남지부의 눈부신 활약상을 강조함으로써 순문학을 표방하였음에도 이데올로기로부터 자유롭지 못한 한계를 지니고 있었다. 따라서 광주전남 지역문단에 팽배해 있던 반공민족주의의 사상적인 배경은 광주전남의 지역문학사에 막대한 영향을 미치게 된다. 뿐만 아니라 이데올로기로부터 자유롭지 못한 상황에서의 문학은 정치적일 수밖에 없었다는 것을 논급한다.

한편 전남매일 신문사 주최의 「전남문단 형성에의 길」이라는 또 다른 좌담회는 『신문학』 창간으로부터 10년이 지난 후에 개최된 좌담회로 참석자는 다음과 같다.

참석자: 이항렬(소설가)[22], 정소파(시인)[23], 황양수(시인)[24], 양동주(사

---

**22** 이항렬(본명: 이계환, 1909~작고)은 전남 곡성 출신으로 체신이원양성소를 마치고 1953년 『자유문학』에 「은행나무와 목수」가 추천되어 등단하였다. 단편소설 「공소」, 장편소설 「흐르지 않는 강」 등을 썼다.

**23** 정소파(본명: 정현민, 1912~작고)는 광주 출신으로 일본 와세다대학을 졸업하고 40여 년을 교직에 종사하였다. 『개벽』에 작품을 발표하면서 등단하였고, 1957년 『동아일보』 신춘문예에 시조가 당선되었다. 시집으로 『마을』, 『산창일기』, 『슬픈 조각달』, 『정소파동요동시선』, 수필집으로 『시인의 산하』 등이 있다. 호남시조문학회원으로 활동했다. 그는 1920년대의 문단의 상황부터 개별시인의 고향과 문학적 사건, 작품 동향까지 거의 모든 것을 기억하고 있다. 특히 광주전남의 모든 문인들을 기억하고 거주 지역까지 샅샅이 기억하고 있는 광주전남의 살아있는 문학사전이라고 불렸다.

**24** 황양수(1922~작고)는 전남 보성 출신으로 성균관대 법학부, 조선대 문리과대학 문학과를 졸업하였다. 광주고등의 고등학교 교사, 전북영명여중 교장을 역임하였다. 숙명여대와 원광대에서 강사로 출강하기도 하였다. 1953년 시집 『문』을 내면서 문단에 나왔으며 1958년 『자유문학』에 추천을 받았다. 이외에도 『오후의 기도』, 『10월의 목장』, 『형상의 노래』, 『인생의 향연』, 『내 영혼의 노래』 등이 있다.

학가)[25], 백완기(문예평론가)[26], 조성원(아동문학가), 김현석(시인)[27]

본사 측: 회의록, 양재윤

1960년의 4 · 19혁명이 문학에 미친 영향이 지대하였듯이, 1961년 5 · 16쿠데타 또한 문학판에도 많은 변화를 몰고 왔다. 위 문학좌담회가 열린 것은 1961년 12월 2일로 3공화국이 막 출범한 시기였다. 앞에서 살폈던 「호남문학을 말하는 좌담회」 이후 10년 만의 「전남문단 형성에의 길」이라는 주제의 좌담회였다. 이 좌담회는 10년간의 광주전남 문단의 변화 양상을 점검하고 지역문단의 흐름을 추적하기 위함이었다. 「호남문학을 말하는 좌담회」는 한국전쟁이 한창이던 때, 「전남문단 형성에의 길」은 5 · 16쿠데타 직후에 열렸다. 두 좌담회는 역사적으로 매우 혼란기에 열렸다는 공통점을 갖는다. 이데올로기의 투쟁에서 어느 쪽으로 줄을 서느냐 하는 문제는 향후 문단생활의 생명에 지대한 영향을 미칠 가능성이 높다. 이렇게 정치적으로 민감한 시기에 문학인들은 입장을 분명히 하지 않으면 안 되었다. 그런 의미에서 문학좌담회는 지역문단의 담론을 파악할 수 있는 거의 유일한 통로였다. 그래서 문학을 매개로 공통분모를 형성하고 있는 이들이 공동의 주제를 가지고 한자리에 모여서 여러

---

**25** 양동주는 광주서중에서 교사를 지냈으며, 『광주학생독립운동사』, 『항일학생사』를 냈다. 자세한 이력은 아직 알려져 있지 않다.

**26** 백완기(본명: 백용기, 1914~1981) 광주 출신으로 호는 '강정'이다. 만주 신경법정대학을 중퇴하였다. 1959년 『한국일보』 신춘문예에 평론 「현대문예의 새로운 방향」이 당선되었다. 『신문학』, 『젊은이』 동인으로 활동하였으며, 『유도』를 남겼으나 문집은 남기지 않았다. 호남은행을 설립했던 현준오의 사위이기도 하다.

**27** 김현석(1927~작고)은 광주숭일고 교사를 지냈으며 시집으로 『내 마음에 드는 풍차』가 있다.

목소리를 내지만 사실은 하나의 담론을 생산해내는 과정을 그대로 노출하게 된다. 특히 이들이 생산해내는 담론이라는 것이 역사적인 맥락이나 문학사적인 맥락과 유기적인 관계성을 맺고 있다는 사실이다. 전남매일 신문사가 문학좌담회 「전남문단 형성에의 길」을 여는 이유는 이러하다.

중앙문단에서는 여러 가지 군소문학 단체를 통합하자는 운동이 목하 전개 중이다. 작가나 시인들이 종래의 「색트」적 파벌의식은 물론 세대별적 대시나 「이즘」의 대결을 지양하고 문단을 좀 더 화해있는 순수문예 활동의 광장 및 국가적 공동과제 해결의 계기로 삼자는 것이다. 이와 같이 한나라안의 군소문학 단체를 해산 통합하는 암중모색이야말로 과취한 혁명정부의 청안이었고 이 땅이 장래할 문학사에 낙관적인 시준을 기약해주고 있다는 것이다. 여기에 앞서 우리 지방에도 무엇인가 기필코 하나의 움직임이 없어서는 아니 되었다 붕괴 일보 전에 공전하는 우리 전남문단에도 좀 더 높은 차원의 문인가족과 공동작업에의 길이 애타게 그리워지는 것이다 여기에 우리는 전남문단 형성에의 가장 중축적 위치에 놓여있고 문단경력이 많은 작가, 시인제씨들을 한자리에 모시고 그들의 고견을 참고하기로 하였다.

문학좌담회를 여는 이유가 "나라 안의 군소문학 단체를 해산 통합하는 암중모색이야말로 과취한 혁명정부의 청안"에 부응하고자 "우리 지방에도 무엇인가 기필코 하나의 움직임이 없어서는 아니 되"겠다는 다급함 때문이다. 이른바 '혁명정부'의 눈 밖에 나서는 안 되겠다는 정치적인 의도를 반영하고 있다는 것을 알 수 있다. 힘의 논리에 굴복하는 언론사의 한 양태의 반영이자, 정치로부터 자유롭지 못한 문학인들의 좌담회 양태는 정치권력의 눈치를 보는 문학인들을 목도하게 한다. 광주전남 지역의 문단이 중앙 추수적이고 정치적인 힘의 논리에 순응했다는 근거다. 이런 양태가 적어도 1960년대 초반까지 이어졌다. 두 문학좌담회는 광주전남 지역문단의 담론이 생산되는 일련의 과정을 통해서 광주전남문단이 지향했던 문학담론이 어떤 것이었는지를 여실하게 드러내고 있다.

문학좌담회를 여는 이유로 들었던 "군소 문학단체를 해산 통합하는 암중모색이야말로 과취한 혁명정부의 청안"은 "문화계의 모든 파벌과 영웅주의를 해소시키는 각 분야별 단일단체"[28]를 구성하는 것이었다. 위 좌담회가 열리기 전엔 1961년 6월 17일 포고령 제6호를 공포하여 기존의 모든 정치, 경제, 사회, 문화, 예술 단체를 해산시켰으며, 위 좌담회가 열리고 3일 뒤인 1961년 12월 5일 공보부와 문교부의 명의로 해체 이전의 각 단체의 대표 30여 명을 불러 문화예술 단체의 단일화 지시가 내려졌으며, 12월 30일 한국문인협회라는 하나의 단체로 통합되었다는 결성대회를 열었다.[29] 이것을 계기로 당파 혹은 파벌싸움은 종지부를 찍게 되었지만, 힘의 균형은 『현대문학』지 중심의 '문협파'로 기울었다. 이런 속사정 속에서 광주전남 지방의 문인들도 무엇인가 움직이는 모습을 '혁명정부'에게 보여줘야 할 필요가 있었다.[30]

그래서 사회자는 "중앙에서는 목하 「문단통합」이니 「문학단체의 일원화」니 하는 문제가 거의 성숙단계에 접어들어 역진들에게 많은 기대를 걸고 있"다는 언설로 좌담회의 포문을 열었다. 중앙문단의 동향을 전제한 것부터 이미 정치적이고 중앙추수적임을 단적으로 시사하는 바, 이어

---

**28** 조연현, 『조연현문학전집 1』, 어문각, 1977, 342~343쪽.
**29** 홍기돈, 「김동리와 조연현」, 『근대를 넘어서려는 모험들』, 소명출판, 2007 참조.
**30** 위의 글 참조.

지는 좌담회 참석자들의 토론 내용은 지역문단의 한계를 여실하게 보여준다. 새로운 문학담론의 장을 열어야 할 「전남문단 형성에의 길」을 정소파는 "전남문단도 한번 통합해봤으면 하는 의욕은 앞섰지만 그럴듯한 계기"가 없었다고 전제한 후 "작품 제작 이전의 그 무엇—이를테면 인간 대 인간의 호흡기관으로서의 세대별 동인운동을 결속하고 다음에 그 세대별 동인운동을 조합관리 할 대표위원을 선출하는 등 하나의 명령계통과 '입법화'"를 제안하였다. 이에 좌담회 참석자들은 동의했다. 그래서 「전남문단 형성에의 길」이라는 좌담회를 열고 있다는 것 자체가 광주전남 문단의 퇴행적 현상이다. 그러면서도 중앙문단의 움직임을 예의주시하면서 중앙문단에서 멀어지지 않으려는 일련의 행보를 보여준다.

광주전남의 지역문단은 여전히 좋은 작품을 생산해야 한다는 담론만을 재생산하고 있다. 뿐만 아니라 앞의 좌담회에서 제기되었던 문학이 정치적인 이데올로기로부터 자유롭지 않았던 한계도 여전하다. 광주전남의 지역문단이 10년이 지난 시점에서도 반복적으로 작품의 수준을 운운하는 것은 지역의 작가라고 스스로 구획하고 안주했던 탓이다. 문학을 일종의 여기나 취미 정도로 여기는 작가들이 수없이 많은 요즘의 현실과 좌담회가 열렸던 50여 년 전의 현실은 변한 것이 없어 보인다.

그럼에도 불구하고 두 좌담회가 유의미한 것은 역사적으로 혼란기였던 때였으나 문학인들은 여느 때나 문학을 향한 열정을 누그러뜨리지 않고 있다는 사실이며, 그것도 지역의 문학을 주제로 머리를 맞대고 동일화 담론을 생산해내고 있다는 사실이다. 이들이 생산한 담론이 중앙문단에 대한 추수적이고 다분히 정치적인 의도와 목적을 가졌을지라도 시대를 감당하는 문인들의 내적인 고민과 크게는 현대문학사의 변곡점을 넘는 문인들의 행보를 탐색할 수 있다는 점은 문학좌담회가 갖는 의미이다.

## 2) 중앙문학 담론과 광주전남의 지역문학

문학좌담회는 문학이라는 공통분모를 가진 이들이 집단 담론의 장을 열어 직접적인 발화가 이루어지는 담론공간이다. 담론공간에 참여하는 이들은 문학에 직간접적으로 몸을 담고 있는 이들이 대부분이다. 문학 좌담회의 목적은 문학담론 안에서 발생한 어떤 문제나 쟁점이 되는 사안에 대한 해결책을 모색하는 것이다. 이런 측면으로 볼 때 문학좌담회는 정치적인 기획의 산물일 가능성이 농후하다. 특히 중앙문인과 지방문인이 함께한 좌담회의 경우에는 중앙문인의 문학권력이 절대적인 영향력을 행사할 수밖에 없는 것이 주지의 사실이다. 앞장에서 살폈던 문학 좌담회의 내용 중에 중앙 중심의 문단에 대해 지역문인들의 비판적인 담론의 장이 있었던 것도 같은 맥락이다. 그래서 좌담회의 주최자와 좌담회의 참석자가 누구냐 하는 문제는 문학권력과 직접적인 관련을 맺고 있다. 주최자의 의도가 반영될 가능성이 농후하기 때문이다.

본 장에서 다루게 될 전남일보사가 주최한 좌담회 「중앙중진과 재광문인과의 문학좌담」은 중앙의 문인 대표들과 지방의 문인 대표들은 외형적으로는 동등하고 평등한 발언권을 갖고, 합리적이고 객관적인 담론공간에서 만났다. 그러나 평등한 발언권을 가졌지만, 중앙문인들이 좌담회의 주도권을 장악하고 있기 때문에 그 자체로 종속관계가 될 위험성을 가진다. 특히 당대를 대표하는 중앙의 문학인일 경우에는 그들이 가진 헤게모니가 집단으로 표출되는 장이 될 위험성은 더욱 높다. 1957년 12월, 전남일보사가 주최한 문학좌담회 참가자는 다음과 같다.

　　중앙문인단 측: 박종화(예술원장), 김동리(작가), 오영수(작가)[31], 손
소희(작가)[32], 한말숙(작가)[33], 김양수(평론가) [34], 천상병(평론가)[35], 윤
병로(평론가)[36]
　　재광문인 측: 김현승(시인), 장용건(극작가), 박흡(시인), 허연(시인)

---

**31** 오영수는 1954년 『현대문학』 창간 당시의 편집장이었으며 『현대문학』의 소설 부분
추천위원이기도 했다.

**32** 손소희는 한국전쟁시 부산에서 피난 시절부터 김동리와 동거하였으며, 이후 결혼
하였으니 좌담회 당시 이들은 부부였다. 이호철에 의하면 손소희는 동거 당시 남편
이 있었던 기혼녀였으며, 김동리의 본처가 이들의 동거 사실을 알고 부산이 시끄러
웠는데 부산중앙일보가 특종 보도 하였다. 후에 손소희는 "대구로 증발해버릴 채비
를 한창 하고 있을 때 부산 바닥을 송두리째 깨버릴 수 있을 정동의 폭발물이 터졌다.
그 기사는 20%의 사실에 80%의 픽션이 섞여 우리의 결합을 세상에 광고해준 격이었
다.… 그것은 나와 김동리 씨 결합이 가져다 준 보상이었고 형벌이기도 하였다"고 소
회를 밝혔다고 한다.(이호철, 「이호철 문단골 60년 이야기」, 『한국일보』, 2011.5.17)

**33** 한말숙은 1957년 4월 『현대문학』에 「신화의 단애」를 김동리가 추천하여 등단하였
다. "그 시절 여성작가가 손꼽을 정도로 적었고, 문단에서 『현대문학』의 권위는 대
단했다. 쟁쟁한 작가들이 그 문예지를 장식하고 있었다. 조연현 선생님은 평론가이
며 그 문예지의 주간이었고, 김동리, 황순원, 오영수 선생님이 소설 부분 추천을 맡
고 계셨다. 선생님들은 신인들을 아낌없이 격려해 주셨다."(한말숙, 『사랑할 때와
헤어질 때』, 솔과학, 2008) 한말숙의 회고에는 『현대문학』을 중심으로 움직이는 문
단권력의 한 단면을 엿보인다.

**34** 김양수는 1955년 『현대문학』에 「랭보전」이 추천 완료되어 등단하였다.

**35** 천상병은 1952년 『문예』에 「강물」, 「갈매기」가 추천되어 문단에 등단하였다. 『문예』
의 창간 당시 주간이 김동리였으며 편집장이 조연현이었으며, 김동리가 서울신문
으로 자리를 옮기면서 편집고문직에 있었고 조연현이 주간을 맡았기 때문에 천상
병이 이 좌담회에 참석한 것은 자연스러운 것이었다.

**36** 윤병로는 1957년 『현대문학』에 「리얼리즘의 현대적 방향」으로 추천 완료 되어 문학
평론가로 등단하였다.

본사 측: 김남중(사장), 이원기(편집국차장), 이해동(문화부장)
사회: 이편집국차장, 때: 구뇌 16일[37], 곳: 오두막 이층

먼저 좌담회에 참석하고 있는 중앙문인단 측을 보면 문학판의 헤게모니를 장악하고 있는 문학인들이다. 특히 예술원 원장인 박종화, 김동리의 참여는 좌담회의 성격을 한눈에 엿볼 수 있는 중요한 단서를 제공한다. 이들이 행사하는 문학권력의 자장은 지방이라고 자유롭지 않다는 것을 좌담회 내용을 통해 확인할 수 있을 터이기 때문이다. 한국전쟁이 치열하게 전개되던 시기의 광주전남 지역문인들의 문학좌담회가 다분히 정치적이었다는 것을 앞장에서 확인하였듯이 위 좌담회가 개최된 시기는 상당한 시간이 흐른 뒤에 전개된 좌담회라는 점을 눈여겨볼 필요성이 있다. 전시하의 광주전남 지역문인들의 「호남문학을 말하는 좌담회」로부터 약 6년이 경과한 후에 중앙과 지방의 문인들이 한자리에서 문학좌담회를 연 것은 전후 충격에서 벗어나 복구에 총력을 기울이면서 안정을 찾기 시작한 때이다.

문학좌담회의 주제인 「중앙중진과 재광문인과의 문학좌담」에서 확인되듯이 보이지 않는 권력관계가 좌담 이전에 이미 작동한다. 전남일보사 사장은 모두 발언에서 "민족문학의 진로"와 "지방문학의 대중화", 그리고 "파벌적 문단" 등 당시 한국문단이 안고 있었던 제 문제를 거론하면서 "한국문단이 필시 광주에 이동"된 듯하다고 강조한다. 이때의 '중앙'은 지역의 상대적인 공간이 아닌 헤게모니를 쥐고 있는 것을 지칭하는 중앙의 의미뿐만 아니라 '한국문단'을 통칭하는 개념으로써 '중앙'이라고 하

---

**37**  1957년 12월 16일을 일컫는다.

겠다. 여기서 이미 권력관계가 설정되어 중앙문학에 종속된 지역문학 담론이 될 가능성은 농후해진다.

가장 먼저 담론의 장으로 나온 것은 "문학계에 있어서 반성하여야 할 점"이었다. 당시 예술원 원장이었던 박종화는 "문단에 있어서의 일개의 파벌이 대두된 것이라든지 현대의 문단관계자로부터 이루어진 일시적 갈등"이고 "2·3인 간의 개인감정"에 지나지 않음을 말하면서 "한국문협"과 "문총" 간의 대립이 있었음을 자인하자 김동리가 서둘러 문단의 파벌문제를 마무리하는 데 그만한 이유가 있었다. 당시 '한국문협'은 『현대문학』을 중심으로 김동리가, '문총'은 『자유문학』을 중심으로 김광섭이 핵심에 있었고, 당시 김광섭은 '문총' 대표 최고위원이었다. 예술원 파동으로 '문총'이 '문협'과 김동리를 제명시키면서 파벌싸움으로 번졌다.[38] 예술원 파동[39] 때 집중적인 성토의 대상이 된 김동리가 "우익저널리즘의

---

**38** 조연현, 『조연현문학전집』 1, 어문각, 1977, 342~343쪽.

**39** 전쟁 중인 1952년 8월 부산에서 '문화보호법'이 통과되어 1954년 3월 25일 설립된 것이 예술원이다. 예술원 회원으로 뽑힌 문학계의 인사는 염상섭, 박종화, 오상순, 유치환, 윤백남, 김동리, 서정주, 조연현 등으로 30, 40대의 젊은이들이 포함되었다. 원로인 김광섭, 이헌구, 이하윤, 모윤숙 등은 예술원 회원에서 탈락했다. 건물과 자금을 제공했던 모윤숙이 『문예』를 폐간시킨 것도 이 때문이다. 예술원 회원을 인선한 이가 문교부 장관 김법린과 김동리였다. 김법린과 김동리는 다솔사에서 함께 동숙하여 깊은 친분이 있다. 문학계 원로들을 무시한 것이 빌미가 되어 파벌싸움으로 이어졌고, 문총계 인사들인 김광섭, 이헌구, 모윤숙, 이하윤 등이 문협을 탈퇴하고 1955년 6월 자유문학자협회를 결성하였고, 1956년 5월 『자유문학』을 창간하면서 결집하였다. 이에 김동리를 중심으로 한 문협파는 1955년 1월 『현대문학』을 창간하여 결집하기에 이르면서 문단은 양분된다. 박종화가 예술원 원장을 역임한 것도 김동리의 권력이 가동된 것으로 보아야 맞다. 김동리는 문교부 장관 김법린과 다솔사에서 동숙하였던 깊은 친분을 유지하고 있었기 때문에 예술원 회원의 인선도 이들의 권력을 작동시킨 결과인 것은 자명하다.

문단적 · 문학적 세력의 정상에 김동리가 올라섰음을 말해주는 사건"[40]은 획일화된 국가 기획이 작동한 결과였다. 이때부터 실질적인 문학권력은 김동리가 장악하였고 파벌문제를 서둘러 마무리 지은 것으로, "중앙문단 적인 반성"이 아니라는 것을 강조한 것도 이 때문이다.

박종화와 김동리는 자연스럽게 "우리의 고유한 얼을 박아 넣은 민족 문학"으로 이동한다. "우리 문학에 어떤 뚜렷한 자태를 찾아볼 수 없"고 "외국 선조문학의 모방 이상"으로 "어떤 문학을 막론하고 나를 발견하여 자아의 정신 속에서 실질적으로 울어 나온 것이 반영되고 생산되어야만 문학"이며, "동양의 고유한 혼을 표현하여야만 가치있다"는 박종화의 단 언에 김동리는 민족문학의 세계성은 "우리 민족정신을 기초로 삼아 이를 더욱 건실화하여 사상 면에서도 우리 고유한 동양적 혼을 집어넣어서 이 를 현대적으로 감정화 즉 문학화"할 때 가능하다고 역설한다. 즉 '민족문 학의 세계성'은 "동양적 혼을 집어넣어서 이를 현대적으로 감정화 즉 문 학화시킨" 것이다. 민족문학을 논하는 자리임에도 광주전남 지역문인들 은 침묵으로 일관하고, 중앙문단이 압도하고 있었다. 당시 광주전남 지 역문단의 풍경이다.

박종화와 김동리는 처음부터 끝까지 좌담회도 주도함으로써 좌담회가 이들을 위한 자리였다는 인상마저 준다. '신문소설의 예술성과 대중성'을 동시에 갖출 수 있느냐를 놓고 김양수는 병립이 불가능하다는 논리로, 김동리는 예술성보다도 작품의 결과가 중요하다는 논리를 폈다. 나아가 신문소설은 "작가 자신이 유명하고 전국적으로 보아서 나이도 들고 말하

---

**40** 김윤식, 『해방공간의 내면풍경』, 민음사, 1996, 173쪽.

자면 명색 거물급이 쓰며 나이 젊은 사람이 대개는 쓰지 않는다"고 한 것을 보면 당시 신문에 연재소설을 쓴 이들은 '거물급'이며, 신문에 연재소설을 발표하려면 문단에 위치가 있어야만 한다는 자격의 우월성을 구획하고 있다.

그러면서 김동리는 신문이나 잡지에 '2편쯤 소설을 연재하면서 일편은 대중소설 일편은 순수소설'을 동시에 연재하자는 파격적인 제안을 내놓았다. 대중소설은 독자를 위해서, 순수소설은 문학을 위해서 연재하자는 것이다. 이에 박종화는 반대 입장을 분명히 취하면서 초기의 신문 연재소설이 독자를 고려하지 않은 작품에만 치중한 배경을 설명한 뒤 "일반 독자의 교양 수준이 올라감으로써 어려운 순수소설도 날이 가면 점차로 대중화" 될 것이라는 전망을 제시한다. 이는 민족문학을 논하는 자리에서 강조했던 '교육'의 중요성을 '교양 수준'의 향상으로 전이시키고 있다.

이들 담론의 핵심은 통속소설과 순수소설, 독자와 작가(작품)의 괴리를 극복하는 방안에 초점이 놓여있다. 즉 독자를 위한 소설이어야 하느냐, 작품 자체를 위한 소설이어야 하느냐 하는 문제를 놓고 이 모두를 충족시킬 수 있는 대안을 제시한 것이다. 독자를 외면할 수 없고, 작품을 연재하지 않을 수 없는 작가들, 신문이나 잡지사의 고민들을 해소할 방안으로 제시한 것이기는 하지만 "한국 실정으로 보아서 독자 획득을 위한 영업정책상" 연재소설은 통속적일 수밖에 없음을 인정한다. 대중소설이 갖춰야 할 조건으로 통속성은 무시할 수 없는 요건임을 감안하고 소설을 쓰고 있다는 점에서 보면 순수성, 즉 예술성 측면에서는 질의 저하를 가져올 수밖에 없음을 자인한 것이기도 하다.

중앙문단의 소설 중심 담론을 현대시로 옮겨온 천상병은 "이십 대의 신세대로서의 시감각"을 지닌 시인으로 좌담회에 참여하고 있다.

> 천상병 씨: 시의 스타일에 있어서 서구적인 것과 또 하나는 동양적인 것인데 박재삼 씨, 김완식 씨, 이동주 씨, 이수복 씨 등을 동양적인 「스타일」이라고 할 수 있을 것이며 서구적인 것이라고 할 만한 분은 김구용 씨, 송욱 씨 등이라고 볼 수 있는 것입니다 동양시는 주로 서정시의 계통이요 서구시라면 표현형식에 중점을 두고 있습니다 그런데 서구적인 표현형식에 중점을 두고 있는 것을 현대적인 것이라고만 할 것이 아니라 재래적인 동양적 전통시와 표현형식에 노력하여 용어의 사용에 고심하는 현대적 시와의 조화가 되어 가야 올바른 시의 방향이 아닌가 생각합니다 박흡선생님은 시의 시각적 요소의 여부에 대해서 어떻게 생각하신지요?
>
> 박종화 씨[41]: 과거의 시는 음악적인 것을 중요한 요소의 하나로 보았는데 이제는 회화적인 요소를 중하게 여기고 있지 않습니까?
>
> 김동리 씨: 현대의 시를 볼 때 대개가 기술형식화 해가며 산문화 해가고 있는 것 같습니다 과거의 시는 정서적이고 음악적이었던 것이고 산문적 「스타일」화 해가고 있는 것입니다. 우리나라에서는 김구용, 김춘양[42] 씨가 특히 주지적인 경향으로 나가고 있는데 앞으로 시의 방향은 자기전통과 자기민족의 정서를 살리면서 좀 더 현대적인 것을 조화시켜 가는 데 있다고 봅니다

천상병은 "동양시는 주로 서정시의 계통", "서구시라면 표현형식에 중점"을 두고 있다고 전제하고 이동주와 이수복은 동양시에, 김구용과 송욱은 서양시에 가깝다고 보았다. 그리고 "재래적인 동양적 전통시와 표

---

**41** '박흡'의 오기로 바로 잡는다.
**42** '김춘수'로 바로 잡는다.

현형식에 노력하여 용어의 사용에 고심하는 현대적 시와의 조화가 되어가야 올바른 시의 방향"이라고 첨언한 데에서 20대 천상병 시론의 핵심을 알 수 있다. 좌담회 참석자들은 천상병의 담론에 동조하면서 시가 운율보다는 이미지화되고 있다는 것에 방점을 찍은 박흡[43]의 논리에 김동리도 '시의 방향은 자기전통과 자기민족의 정서를 살리면서 좀 더 현대적인 것을 조화'를 강조한다. 이에 1950년대의 소설이나 시나 민족문학 담론의 핵심은 '동양적 전통'에 있었음을 확인한 셈이다. 이 좌담회가 광주에서 열렸던 만큼 중앙문학과 지역문학 담론이 생략될 수는 없었다.

> 사회: 다음엔 문학에 있어서의 지방과 중앙과의 관계와 추천제에 대해서 말씀해 주셔야 하겠는데 특히 지방과 중앙의 문단적 차이점이라든지 중앙의 추천지에 가까운 사람일수록 추천이 빠르다는 사람들이 있는데 그에 관한 시비에 대해 말씀해 주십시오
> 김동리 씨: 대유[44]인가 전주에서 그런 추천제에 관한 말씀을 한 곳이 있었습니다 가령 자기가 젊었을 때 가르쳤던 제자들 가운데 먼저 추천당선되어 자기들은 낯부끄러워 추천을 받는 길을 택할 수 없으니 어떤 다른 방법을 강구해달라는 것이었는데 이런 면은 선후배를 가리는 것이 일종의 「넌센스」이며 자기가 문학을 죽도록 한다는 소신을 삼는다면야 그러한 애매한 생각이 날

---

**43** 박흡은 숙명여전 강사 시절인 1947년 『경향신문』에 「젊은강사」를 발표하면서 등단하였는데 당시 김동리는 『경향신문』 문화부 차장이었고, 정지용이 주필이었다. 박흡은 광주에 내려와 있으면서도 중앙문인들과 교분이 두터웠다. 광주전남의 시문학의 형성과 발전에 공헌했던 그의 문학적 성과는 아직 사장되어 있다. 소설가 이석봉의 남편이기도 하다.(이동순, 「죽음까지도 시였던 사람, 시인 박흡」, 『문학들』, 2012, 여름 참조)

**44** '대전'의 오기이므로 바로 잡는다.

수 없으리라고 생각됩니다. 현대문학잡지에서 내가 소설을 검토 추천하였는데 과거보담 현재는 소설의 질도 올라갔으려니와 그 양도 더욱 폭주하여 최우수작품을 골라내기는 퍽 힘든 일입니다

박종화 씨: 나는 이렇게 생각합니다 신인을 너무나 날조하고 있다고 그래서 나는 신인배출의 권위를 위하여 서울에 있는 신문사에서 일년에 한번씩 신춘문예라든지 혹은 해마다 두 번식 일정해 놓고 응모자를 널리 구하여 당선시키면 보다 높은 수준에 오를 것 같어요

오영수 씨: 제가 현대문학지를 편집하고 있지만도 이에 대한 지방의 시시비비가 있으시면 참고 삼아 알아두어야 하겠으니 말씀해 주십시오

김동리 씨: 현대 순수문예지로서 이개가 나오고 있으며 현대문학지가 만 부 이상을 돌파하여 기록을 올리고 있는데 어떤 추천자의 취미에 맞는 작품을 걸러지면 더 결과가 나올 것이다 하는 이들도 있을 런지 모르나 문학하는 사람으로서는 누가 보든지 실력 쯤을 「테스트」할 수 있는 것이며 또한 한사람으로써 이를 단독 추천하는 것이 아님을 생각할 때 그런 것에 기우할 필요가 없읍니다 어디까지나 정실에 좌우될 수는 없는 것입니다

허연 씨: 추천제에 있어서 정실문제에 대한 말씀들이 있었는데 그러한 문제를 우려한 남어지인지 작품을 많이 써서 보냈는데 통 행방을 모르겠다는 사람들이 있어요

중앙문단과 지역문단의 거리는 문단권력과 무관하지 않다. 중앙문단에서 발행하는 문예지 중심으로 돌아가는 추천제와 추천위원이 거의 중앙에 포진해 있는 상황에서 지역의 문단은 중앙의 문단을 기웃거리지 않을 수 없다. 위의 좌담 내용은 중앙문단과 지역문단의 위계 내지는 문단권력의 위치를 논거한다. 비가시적으로 작동하는 중앙문단의 자장에서 상대

적으로 먼 거리에 위치에 있는 지역문단은 그러므로 지역문단에 머무를 수밖에 없는 현실이었다. '문학에 있어서의 지방과 중앙과의 관계와 추천제'는 추천을 담당하는 이들의 중앙의 문인들이라는 점이 '중앙의 추천지에 가까운 사람일수록 추천이 빠르다'는 세간의 떠돌이 담론을 생산한다는 우려를 공적인 담론의 장으로 끌어내고 있다는 데서 유의미하다.

이에 박종화는 추천제 대신 신춘문예 같은 공모제가 '신인 배출의 권위'가 있다고 하였지만, 김동리는 "단독추천하는 것이 아님을 생각할 때 그런 것에 기우할 필요가 없습니다 어디까지나 정실에 좌우될 수는 없는 것"이라며 세간의 우려는 논쟁거리가 될 수 없다고 일축한다.『현대문학』과『자유문학』이 추천제를 통해 시인들을 배출하고 있던 시점이었고 그것이 계속 유지되었다는 점에서 "현대문학지가 만 부 이상을 돌파하여 기록을 올리고 있"는 것을 새삼 확인시키고 있는 것은 권력의 작동을 멈출 수 없다는 것으로 읽힌다. 이는 좌담회에 참석하고 있는 중앙의 신예들인 천상병, 한말숙, 윤병로, 김양수, 윤병로가『현대문학』출신이라는 점과 같은 맥락에 있다. 중앙문단의 새내기들을 대동하고 좌담회에 참석한 것은 이들에게 문학판 권력이 '문협'을 중심으로 작동하고 있다는 것을 재차 강조하는 것이고, 이왕『현대문학』출신이라는 자부심을 갖게 하는 의도가 내장된 것이다.

박종화는 '광주라는 곳은 참으로 전통에 빛나는 곳'이라며 광주에 친연성을 드러냈고, 김동리 '광주에는 시조나 시에 있어서는 많은 유명한 시인'들이 있다고 인연을 강조했다. 실제로 광주전남에는『신문학』,『영도』,『시정신』,『시와산문』등의 동인지가 있었고, 정훈 잡지였던『갈매기』와『전우』가 있었다. 작품을 발표할 매체가 있었기 때문에 유명한 시인들이 많아진 것이다.

결과적으로 이 좌담회는 중앙문단과 광주전남 지역문단의 거리 좁히기는 사실상 어렵다는 것을 확인시켰다. 박종화와 김동리가 시종일관 일방적으로 담론을 주도하였을 뿐만 아니라 지역문학 담론을 수렴하기보다는 중앙문단의 메커니즘을 확산시키고 있기 때문이다. 전남일보사가 주최한 이 문학좌담회가 끝나고 난 이후 광주전남의 지역문학은 『현대문학』 쪽으로 중심축이 확연하게 기울었다. 특히 1958년과 1959년에 집중되고 있는데, 문학좌담회 이후 중앙문인들의 투고가 이어지는 것도 같은 맥락이라고 할 수 있다. 박종화는 「3·1정신과 민족문화의 진로」[45]를, 윤병로는 「단체와 동인운동의 전망」[46]이라는 글을, 이철범은 「한국시인의 동향」[47]을 발표하였다. 더불어 연말에 진행한 「문단을 위한 앙-케트」[48]에 김동리, 조연현, 윤병로, 오영수, 박경리, 박재삼 등이 참여하고 있다. 이것에서도 중앙문인들의 헤게모니와 김동리를 구심점으로 삼은 문인들의 파벌적인 움직임이 감지된다.

한편으로 광주에서는 김현승은 김동리의 소설 「사반의 십자가」를 읽고 「고도의 사상성과 원숙한 예술성」[49]에서 "사반의 십자가는 한국에서 김동리 씨와 같이 능숙한 작가만이 야심을 가질 수 있는 시공을 초월한 가장 중대한 인간의 근본문제"를 "작가적 원숙과 야심은 이제는 동양적인

---

**45** 『전남일보』, 1958.3.1.
**46** 『전남일보』, 1958.12.24.
**47** 『전남일보』, 1958.12.7.
**48** 『전남일보』, 1958.12.13, 1958.12.15, 1958.12.17.
**49** 『전남일보』, 1958.10.31.

것도 아니고 서양적인 것만도 아닌 범세계적인 곳으로 비약"시켰다고 평가한다. 시를 쓰는 김현승이 소설에 대한 평을 한다는 것 자체가 중앙중심의 문단패권에 다가서기 위한 것이었을 가능성이 있다. 김현승의 이런 행보는 한국문학가협회 운영위원과 현대문학의 추천위원이 되면서는 더욱 가속화 되었고, 이후 광주전남 문인들을 대거 추천하는 것으로 이어졌다.[50]

물론 전남일보에는 그 이전에도 중앙문인들의 작품들이 여러 편 실렸다. 김광섭의 「사천삼백년대의 문화와 기대」[51], 유치환의 「학생극의 장래」[52], 이희승의 「삼일운동과 우리문학」[53], 조지훈의 「초혼가」[54] 등이 그것이다. 김용호나 양명문 등의 작품들도 여러 편 눈에 띈다. 이렇게 집중적으로 중앙문인들의 작품이 게재된 것은 문학좌담회 이후의 일이고 광주전남의 지역문학인들이 『현대문학』을 통해 등단한 이들이 많아진 것도 문학좌담회 이후의 일이다. 문학좌담회가 가져다준 일종의 보상일 수 있음을 시사한다.

---

**50** 김현승의 추천으로 『현대문학』의 추천을 받은 시인으로 주명영, 임보, 박홍원, 낭승만, 이성부, 김대환, 정현웅, 문병란, 김광회, 박봉섭, 최학규, 손광은, 이기원, 김규화, 정의홍, 최만철, 권영주, 조남기, 오규원, 박경석, 이환용, 이운룡, 이생진, 박정우, 이병석, 진헌성, 강우성, 오경남, 문순태, 진을주, 김충남, 이병기 등 32명이다. 이들은 다형문학회를 조직하여 다형문학회지 창간호 『지상의 별들』을 내기도 하였다.(백수인, 「프라타나스와 눈물과 고독」, 『대학문학의 역사와 의미』, 국학자료원, 2003. 참조)
**51** 『전남일보』, 1956.8.15.
**52** 『전남일보』, 1957.1.1.
**53** 『전남일보』, 1957.3.1.
**54** 『전남일보』, 1957.3.1

## 3. 결론

광주전남 지역에서 열린 문학좌담회는 광주전남 지역문학의 정체성을 탐구하고, 문학적 위상을 재고하며, 미래에의 전망을 제시하기 위한 기획이다. 문학좌담회를 통해서 지역문단의 내부적인 고민을 점검하고 중앙문단과 지역문단의 차이와 문학좌담회 이후 광주전남 지역문학은 어떤 행보를 보였는지 밝혔다. 문학좌담회는 문학을 매개로 한 공식적인 대화와 정보 교환의 장으로, 일면 대단히 정치적이었다는 측면에서 1950년대 광주전남 지역문학 또한 역사적인 행보와 함께하고 있었다. 이를 정리하면 다음과 같다.

첫 번째로 살핀 광주전남 지역문인만의 좌담회를 통해서 광주전남 지역의 문학은 역사적으로 혼란기였으나, 지역의 문학을 주제로 머리를 맞대고 동일화 담론을 생산해내고 있다는 사실을 확인하였다. 특히 한국전쟁기에는 문총구국대 전남지부의 활동에 적극적이었으며 문학담론 또한 이데올로기 안에서 자유롭지 못한 행태를 보여주었다. 이들이 생산한 담론이 중앙문단에 대한 추수적이고 다분히 정치적인 의도와 목적을 가진 성격의 좌담회이기는 했지만, 시대를 감당하는 문인들의 내적인 고민과 크게는 현대문학사의 변곡점을 넘는 문인들의 행보를 탐색할 수 있었다. 표면적으로 순문학을 내세우기는 했지만 이데올로기적인 행보였고, 이는 광주전남 지역문학사에 미친 영향이 사뭇 지대했다.

두 번째 살핀 중앙문인들과 지역문인들의 좌담회는 메커니즘을 확산시키기 위한 절차적 행위일 가능성이 짙다는 것을 확인하였다. 이들의 문학담론은 중앙문학의 지역문학화에 역점을 둔 담론이었다. 중앙문인들로 참석한 이들이 문단권력을 쥐고 있었고, 신예 문인들 또한 그들의 자장 안에 있었다는 점은 『현대문학』 중심의 문단권력의 과시용이었다. 문단의 파벌이 비가시적인 형태로 침투할 수 있었던 것도 지역문학이 중앙문학 추수적인 경향을 띠게 된 것과 무관하지 않다. 중앙문학과 지역문학의 관계와 위상에 대해 고민이 지속되고 있는 이유이다. 결론적으로 광주전남의 문예지와 신문사의 문학좌담회를 통해 1950년대의 광주전남 지역문학의 형성 과정을 확인하였다.

제4장
# 독자적인 시운동과 학생 매체

# '무등'의 언어, 시동인지 『영도』

## 1. 들어가는 말

1950년대 광주전남의 문단은 동인지 전성시대였다. 한국전쟁기임에도 불구하고 창간된 『전우』와 『갈매기』, 그리고 『신문학』과 『시정신』에 이어 『영도』가 창간되면서 광주전남 지역 시문학사의 튼튼한 토대가 구축되었다. 이 동인지들이 탄생하게 된 것은 한국전쟁이라는 초유의 사건에서 촉발된 측면이 있다. 『전우』와 『갈매기』는 정훈공작의 일환이었고, 『신문학』은 문총구국대의 영향 아래서였고, 『시정신』과 『영도』는 앞의 동인지들과는 약간의 궤를 달리하지만 전후의 상황하에서 기존의 것을 거부하는 움직임의 일환이었다. 가혹한 전쟁 속에서, 전후의 피폐함 속에서 발간되었던 동인지들은 현재 그 흔적을 찾기가 난망하다.

그동안의 문학연구가 중앙문단 중심의 유명한 작가들의 작품 연구에 집중된 점과 역사적 혼란기가 그것들을 챙길 정신적 여력이 없었다는 점을 인정하더라도, 중고등학교의 도서관에 비치되어 있던 자료들은 공간 부족을 이유로 킬로그램(kg)당 몇백 원의 값으로 환산되어 폐기처분 되고 있다는 사실은 부끄러운 일이다. 우리의 정신문화 유산을 스스로 폐기처분하고 있으면서도 정신문화의 중요성을 인식조차 하지 못하는 반문화적 행정은 반드시 개선되어야 한다.

특히 지역문학에는 지역의 고유한 정서와 향토성이 고스란히 담겨 있다는 점에서 원천자료의 중요성과 함께 지역의 작가가 벗어나고 싶어도 벗어날 수 없는 것이 지역의 정신과 문화라는 점에서 소홀히 취급해서는 안 된다. 그나마 최근 들어 각 지역의 원천자료가 갖는 중요성을 인식하고 관심이 높아진 것은 다행한 일이다.

이 글은 1950년대 광주전남 문단의 동인지 전성시대를 구가하게 했던 동인지 중 『영도』에 관한 첫 연구이다. 『영도』는 광주고등학교 졸업생을 중심으로 출발했지만, 문단의 큰 관심을 받았던 동인지이다. 그동안 알 수 없었던 『영도』의 전모를 들여다봄으로써 동인지의 탄생 배경과 동인지의 특성 및 동인지가 갖는 의의를 밝히고 그를 통해 지역문학의 중앙문학화 사례를 볼 수 있다. 이는 지역문학 연구를 한 걸음 진전시키는 것이며, 또한 지역문학의 가능성을 확인하는 일이다.

## 2. 『영도』의 탄생 배경과 구성

### 1) 『영도』의 탄생 배경과 발간 과정

1955년 박봉우와 강태열이 주도하여 창간된 동인지 『영도』[1]는 한국문

---

1 『영도』 창간호: 동해당, 1955.2. 정가는 기재되지 않음. 『영도』 제2집: 동해당,

학사의 중요한 위상을 갖고 있다. 문학사적으로 볼 때 『영도』의 창간은 전후의 고발문학적이고 실존주의적인 문단의 흐름을 바꾼 사건이다. 『영도』는 광주고등학교 출신 선후배들인 박성룡, 정현웅, 김정옥, 강태열, 주명영, 박봉우가 의기투합하여 결성한 동인지이다.[2] 이들은 광주고등학교 다니던 시절부터 교지 등을 통해 작품 활동을 하였던 문학청년들로 특히 박봉우, 강태열, 주명영은 후에 『영도』 동인으로 참여하는 윤삼하와 함께 고등학교 재학 중에 이미 『상록집』[3]을 낸 바 있다. 광주고등학교 시절부터 문학에 뜻을 두고 있었던 이들이 대학교에 진학한 후 문학적 연대와 창작에 대한 열정으로 결성한 것이 『영도』이다. 『영도』가 창간될 당시 『문학예술』(1954.4.)과 『현대문학』(1955.1.)이 있었을 뿐이고, 신문사는 신춘문예를 통해 막 신인들을 배출하기 시작하였던 때였다.

이런 시기였기 때문에 "전통과 질서와 가치 붕괴로 일체는 '영'에서의 시작이었다. 적나라한 현실파악이 급했고, 삶은 그저 줘진 지식의 종합이 아니었다. 현실은 자기비판과 자기 부정을 통한 건설의 약동을 촉구"[4] 하였다. 그래서 아무것도 없는 영('零', 0(zero))에서 시작하기로 하였으

---

1955.5. 정가는 기재되지 않음. 『영도』 제3집: 서구출판사, 1966.1.(복간1호), 정가 70원, 『영도』 제4집: 서구출판사, 1966.4.(복간2호), 정가 70원. 이상 4권의 발행부수는 기재되어 있지 않아 알 수 없음. 경제적인 문제 때문에 많은 부수가 발행되지 않았을 것으로 추정됨. (「통일에의 가교」와 만나게 될 것이라는 4집의 예고가 있었던 것으로 보아 5집도 발간예정이었음을 알 수 있다.)

2  박성룡과 정현웅, 김정옥은 광주고등학교 2회 졸업생이고, 박봉우와 강태열, 주명영은 3회 졸업생이다.

3  상록동인, 『상록집』, 학우출판사, 1952.

4  장백일, 「다시 회상해 보는 영도동인회」, 『광주전남 문학동인사』, 한림, 2005, 87~88쪽.

며, 어떤 것에도 기대지 않는 시를 쓰겠다는 결의가 『영도』를 탄생하게 하였다. 『영도』는 "시대의 경향을 대변하고 그들 나름의 천착과 방법이 고유성을 보여줌으로써 시사적 연계성의 한 기틀을 형성"[5]했다.

> 음악을 안 배암은 지하에 자고 있었다 ─칠전팔도 우리들은 황무지까지 오고 말았다 물려 받은 유산이라곤 증표하나…… 미친 바람이 지나간 자욱에서 나뭇가지는 전율하고 있었다─황무지에서 그래도 살고 싶은 심장 외로움 속에 기를 꽂고 이제는 꼭 하나 소유하는 우리들의 자세가 있다─바람의 틈없는 실재함을 향하여. 뉘우침과 기도. 그리고 우리들의 울음을……[6]

위의 글 「바람에의 자세」라는 창간호의 편집후기에는 당시의 문단 상황을 '황무지'로 규정하고, 그 황무지에 "살고 싶은 심장 외로움 속에 기를 꽂"고 "꼭 하나 소유하는" 것을 목표로 제시하고 있다. 기성 세대를 흉내내지 않는 그들만의 시를 쓰겠다는 다짐, "증표"를 보고 그들만의 길을 걷겠다는 결의, "영도라는 제목이 한 시지의 표지라기보다도 오히려 그들 한 사람 한 사람의 구체적인 이름이며 작품의 성격"[7]이다.

---

5  김재홍, 「동인지운동의 변천─동인지운동의 면모와 그 약사」, 『심상』, 1975.8, 56쪽.

6  편집부, 「바람에의 자세」, 『영도』 창간호, 1955.

7  원형갑, 「말의 애매성과 영도적성격의 가능성」, 『영도』 3, 1966, 72~73쪽. 충남 서천군 출생으로 1955년 원광대학 국문학과 졸업하고 1958년 평론 「앙가즈망과 문학」으로 『현대문학』에 추천을 받아 등단하였다. 「해석비평의 길」(60), 「현대 미학의 과제」(61), 「문학적 현실과 인간적 현실」(62), 「서정주의 신화」(64), 「문학사상의 전망」(72) 등의 평론을 발표하면서 종래의 정적적 비평문학에 새로운 해석을 가하고 존재론적 의미부여를 위한 개성적 미의식의 탐구에 전념한 평론가로, 한성대 총장을 지냈다.

철조망이 있을뿐, 출구가 없는 속박 당한 영토에서 그러나 우리들을 공동의 탈출을 기도해야만 했다. 새 세대를 속박하는 기성의 모든 것과 싸우면서, 그들이 우리에게 둘러 친 철조망을 부셔야만 했다. 자유와 그리고 자연과 지평과 그것의 새로운 의미와 사랑을 우리들을 노래해야 했다. 보다 새로운 시정신이 우리들에게 필요했던 것이다. 1955년 봄의 일, 시동인지 『영도』의 발간이 그것이었다.[8]

"철조망"으로 은유하고 있는 기성의 것과 싸우는 것, 그래서 "자유와 그리고 자연과 지평과 그것의 새로운 의미와 사랑을 우리들을" 노래하는 것이 그들이 지키고자 하는 시정신이었다고 보면 동인지 『영도』의 창간은 자연스러운 현상이었다. 전후의 암울했던 문단의 지리멸렬한 상황을 극복하고자 했기 때문이다. 그러나 그런 의지와 자세도 『영도』 2호를 내고 중단되고 말았다. 동인지 발간이 중단된 구체적인 이유가 명확하지 않지만 첫 번째는 경제적인 사정, 두 번째는 동인 개개인의 중앙문단 진출이 이유였을 것으로 추정된다.

첫 번째 사유인즉, 『영도』 동인을 결성할 당시 회원들은 모두 대학생 신분이었고 "문예지 추천과 신문 현상응모 거부, 동인 영입의 작품 심의는 회원 만장일치제, 동인지 제작비 공동부담 단 여유 있는 동인의 제작비 전담 및 찬조금은 허용"키로 하였는데, "『영도』 창간을 눈앞에 두고 제작비를 마련 못했다. 궁여지책으로 강태열의 등록금 지출은 '영도사'에 길이 남을 추억담"[9]이 되었다는 점에서 출판비를 감당하기 어려웠다는 사실을 알 수 있다.

---

8  강태열, 「복간의 말」, 『영도』 3, 1966, 10쪽.
9  장백일, 앞의 글, 87~88쪽.

두 번째 사유는 1집과 2집을 낸 이후에 동인들이 신춘문예를 통해 등단하거나 추천을 통해 등단하여 중앙문단으로 나가게 되었다는 점이다. 동인들이 창간 당시 내세웠던 "문예지 추천과 신문 현상응모 거부"는 시대사조와 사상의 변천으로 "우물을 박차고 강물을 헤쳐 큰 바다로 진출"하기를 촉구했다. 미래를 향한 바다로의 유영에는 문예지 추천과 신문의 현상응모가 불가피"[10]한 상황이 되었다. 굳이 『영도』만을 작품 발표의 장으로 삼을 필요성이 없어진 것이다.

박성룡은 1956년 『문학예술』에 「교외」, 「화병정경」이 추천 완료되었고, 박봉우 1956년 『조선일보』 신춘문예에 「휴전선」이 당선되었다. 그리고 강태열은 1960년 『사상계』에 「뒷창」이 당선되었고, 정현웅은 1956년 『문학예술』에 「바위」, 「과실소묘」가, 주명영은 1959년 『현대문학』에 「혼수」, 「풍경」, 「통구」가 추천 완료되어 중앙문단에 이름을 올렸다. 장백일은 『조선일보』 신춘문예에 평론 「현대문학론」이 당선되었으며, 김정옥은 시인이 아닌 연출가의 길을 걸었다.[11]

동인들의 중앙문단 진출은 동인 결성 초기에 내세웠던 기성문단과 거리 두기는 동인들이 스스로 폐기했다. 그렇지만 한편으로는 중앙문단에 진출할 수 있는 교두보 역할을 한 셈이 되었다. "다할 줄 모른 자기 비판과 자기 탈피"를 위해 "거세된 회색의 이론이 아니라 작열하는 삶의 약동"[12]이었던 초기 2권의 동인지가 이뤄냈던 문학적 성과는 "시인들이 호주머니의 돈을 털어 동인지를 만든다는 것은 시가 훌륭한 상품이 아니라

---

10 장백일, 앞의 글, 88쪽.
11 김정옥은 시와 산문집 『시인이 되고 싶은 광대』(혜화당, 1993)를 냈다.
12 장백일, 앞의 글, 88쪽.

는 것을 거꾸로 보여주는 동시에 문학에는 상품화될 수 없는 것이 있다는 덕성"[13]을 보여주었기 때문이다.

10년 후 동인을 재결성하고 『영도』를 복간하였다. 기존의 동인들뿐만 아니라 당대의 뛰어난 작가들의 참여로 『영도』는 한 번 더 문단의 주목을 받았다.[14]

다음의 글에서 복간하면서 품었던 문학적 자세를 엿볼 수 있다.

> 도리켜 보면 낡은 감정과 관념의 서정으로 공허하기 짝이 없었던 이 땅의 반세기 문단 그 무풍지대의 온실 속에서 우리는 언어 주어 없는 시민이었다. 소용돌이 치는 역사적 현실 앞에서 있으나 마나 했던 그러한 시 역사와 싸워야 할 필연성 앞에서 우리는 이 따위 기성의 시와 관념에 대해서 일대 수술을 시행코저 했다 〈새로운 무엇〉을 발굴하기 위해서 오늘에 반항하는 혈전을 다짐했다 그리하여 우리는 〈영도〉의 광장에서 기성질서의 장송곡을 목놓아 합창했던 것이다 그것은 새로운 시적 현실을 창조하기 위한 하나의 다짐에서이기도 했다. 또한 그것은 어떠한 문단의 우상도 재현도 용납지 않기 위해서였다. 더욱이 그것은 세기 문단의 우상을 파양하기 위한 하나의 자세이었던 것이다.[15]

위의 글에서 영도 동인들은 "기성의 시와 관념에 대해서 일대 수술"을 가해 "있으나 마나" 한 시를 쓰지 않고 "오늘에 반항하는 혈전을 다짐"하

---

**13** 김현, 「동인지 근황」, 『우리시대의 문학/두꺼운 삶과 얇은 삶』, 문학과지성사, 1993, 162쪽.

**14** 『동아일보』, 1964.12.17.
  『경향신문』, 1964.12.19.

**15** 장백일, 「하나의 기폭」−〈영도〉 10년약사」, 『영도』 3, 1966, 78~79쪽.

면서 "시적 현실을 창조"하려는 자세를 갖고 새 출발하였다. 그리고 "본
질적인 시의 가능성"인 "애매성이라는 본래의 언어적 지방 기질을 시의
본래적 세계에까지 실현"하기 위해서 "한국시의 새로운 영토"[16]가 되고자
하였다. 또한 "보다 차원 높은 해방과 자유와 평화"와 "통일과 창조"의
"새로움이 빛나는 탄생"을 예고했다. 그러나 "영도정신을 위배하는 일절
과의 투쟁도 불사한다는 뜻에서 또한 새로운 문학의 흐름에도 결코 게을
리 하지 않을 것"[17]임을 다짐했음에도 불구하고 복간할 때 품었던 열망과
달리 복간호도 2호로 끝나고 말았다.

## 2) 『영도』 동인의 구성과 특징

『영도』 동인의 특징 중 하나는 시 쓰는 이들로 결성되었다는 것이다.
그래서 『영도』 창간호와 2집, 4집은 동인지답게 시들로만 채워져 있는 것
이 특징이다. 또 편집후기도 제목이 있다는 점이 특징적이다. 창간호의
편집후기 제목은 「바람에의 자세」, 2호의 편집후기는 「시력을 위하여」, 4
호의 편집후기는 「기상권」이다. 복간호인 3집에는 편집후기가 없고 평론
성격의 글이 4편이나 실려 있다. 김현의 「언어비평의 가능성 - 한국시의
경우」[18], 이승용의 「시인서설 - 어디쯤 서 있을까」, 원형갑의 「말의 애매
성과 영도적성격의 가능성」, 장백일의 「하나의 기치 - 「영도」 10년약사」
가 그것이다. 원형갑과 장백일은 복간과 관련하여 쓴 일종의 주례사 비

---

**16** 원형갑, 앞의 글, 77쪽.

**17** 강태열, 앞의 글, 11쪽.

**18** 김현의 평론은 그의 전집에 수록되지 않은 작품이다.

평의 성격을 갖고 있다.

『영도』동인지에 참여한 작가들은 총 22명이다. 『영도』4권의 정보에 따른 동인의 이름을 옮기면 다음과 같다.

1집 : 정현웅[19], 김정옥, 박성룡, 강태열, 주명영[20], 박봉우
2집 : 박봉우, 강태열, 장병희, 김정옥, 박성룡, 이일, 주명영, 정현웅
3집 : 이성부, 손광은, 정현웅, 임보, 강태열, 박봉우, 박성룡, 이일, 최
     하림, 김현, 이승룡, 원형갑, 장백일
4집 : 강태열, 권용태, 김규화, 낭승만[21], 박봉섭, 박봉우, 신동엽, 손광
     은, 윤삼하[22], 이성부, 임보, 정현웅, 주명영

---

**19** 정현웅(1932~)은 광주 출생으로 광주서중과 광주고등학교를 거쳐 전남대 문리대를 졸업하였다. 1956년『문화예술』에「바위」,「과실소묘」가 발표되었고, 1963년『현대문학』에「음악」이 추천되었다. 이후『전남일보』문화부 기자로 있으면서「젊은이들」(63),「젊은 건축가의 수기」(청맥, 65),「흑인가수낫킹 콜」(시문학, 65),「이 성자의 한 마디를」(동국시집, 73),「목소리」등을 발표했다. 『전남일보』논설위원을 역임하였다. 시집은 없다.

**20** 주명영(1935~)은 광주 출생으로 전남대 철학과를 졸업하였다. 『현대문학』을 통해 등단하였으며 1976년『동아일보』창간 10주년 기념 장편소설 모집에서「망향제」가 입상되면서 장편소설에 치중하였다. 「성숙기」,「자유인」,「13월생」,「대장정」,「사할린」 등의 신문연재 소설이 있다. 『60년대사화집』동인으로도 활동하였다.

**21** 낭승만(1933~)은 서울 출생으로 동국대를 졸업한 후 신문기자와 한국시인협회 이사를 지낸 시인이다. 『문학예술』에 시「숲」이 추천되어 등단하였으며『사계의 노래』,『북녘 바람의 귀순』,『우수제』등의 다수의 시집을 냈다.

**22** 윤삼하(1935~1995)는 일본 오사카에서 출생하여 1943년 귀국하여 광주에서 거주하였으며, 광주서중과 광주고등학교를 거쳐 서울대 사범대 영문과와 동 대학원을 졸업하였다. 1957년『조선일보』신춘문예에「응시자」와『동아일보』신춘문예에「벽」이 당선되어 등단하였다. 1965년에서 1967년 사이에『신춘시』,『영도』,『원탁시』동인으로 활동하였다. 광주고등학교 시절 박봉우·강태열·주명영과 4인 시집『상록집』을 발간하였다. 숭실대 교수, 홍익대 문과대학 교수를 지냈으며 민족문학

이외에도 작품은 발표하지 않았지만 동인으로 이름을 올린 민재식이 있다. 위의 정보를 통해 구성원이 50년대와 60년대 시문학사의 획을 그었던 작가들이라는 사실을 확인할 수 있다. 창간호와 2집에 참여하였던 동인들은 광주고등학교 출신들이었고, 복간을 하면서 새로 참여한 이일과 신동엽, 낭승만, 원형갑을 제외하고는 모두 광주전남 출신들이다. 이점도 『영도』 동인의 큰 특징이다. "무등산초의 언어는 영도인들의 숙업"[23]으로 삼았기 때문에 『영도』 동인이 되기 위해서는 상당히 까다로운 절차를 거쳐야만 했다는 점을 감안하면 광주전남 시인들의 문학적 자세를 짐작할 수 있다.

드디어 「영도」는 1955년 2월 1일 창간됐다. 그해 창간된 『현대문학』지보다 1개월 뒤다. 그로써 『영도』는 일대 센세이셔널한 이목을 끌었다. 당시 서울대 재학생이던 김정옥을 통해 이일, 박이문, 이어녕 등이 동인지 참여 의사에다 작품을 보내온 것으로 기억된다. 그때 이일의 영입을 만장일치로 찬성했을 뿐 그 밖은 다음 기회로 미뤘다. 영도동인과 친근했던 윤삼하의 영입도 보류하기까지 했다. 이것이 『영도』의 철학이었다.[24]

---

작가회의 이사, 한국 현대시인협회 지도위원·이사, 한국시인협회 중앙위원, 한국영어영문학회 이사, 한국예이츠학회 회장, 현대영미시연구회 이사를 역임하였다. 시집으로 『응시자』(서구출판사, 1965), 『소리의 숲』(한국문학사, 1976), 『헐리는 집』(사사연, 1987), 『돌아오지 않는 길』(새미, 1995) 등이 있다. 또한 『에머슨 수상록』, 『예이츠 시선』, 『롱펠로 시집』 등을 번역하였다.

23 원형갑, 앞의 글, 75쪽.
24 장백일, 앞의 글, 『광주전남 문학동인사』, 한림, 2005, 87~88쪽.

위 글은 동인들이 세웠던 원칙과 소신의 단면을 보여주는 것으로 『영도』를 결성하면서 기성문단과의 차별화를 선언했던 "『영도』의 철학"적 진면모로서 그들이 내세운 문학정신을 지키기 위하여 애쓴 고투의 흔적이 집약되어 있다. 지금은 누구보다도 잘 알려진 박이문과 이어령도 동인들의 만장일치를 얻지 못해서 퇴짜를 맞았다는 사실은 시사하는 바가 크다. 또한 박봉우, 박성룡, 강태열과 광주서중부터 함께 했던 윤삼하도 복간 후에야 참여할 수 있었다는 것은 문학적 철저성이라고밖에 설명할 수 없다. 그래서 『영도』는 "젊은 문인들의 문학적 정열을 응집"시켰고, "전남문단의 기린아들"[25]을 키운 동인지로서 시사적 위치를 갖는다.

"『영도』는 1955년 2집을 내서 그 젊음과 우수한 작품으로 한국시단에 큰 화제가 되었던 시동인지였다. 광주고 동년배로 강태열, 정현웅 말고도 박성룡, 박봉우, 주명영, 김정옥 등과 같이 그 동인지는 한국시단에 지금도 빛나는 별로 남아 있다. 1950년대 중엽 그들은 천상병, 김관식 등과 같이 서울 명동의 보에미앙이었다. 그들의 전성시대다."[26] 그래서 『현대문학』은 『영도』가 창간되었다는 광고를 무료로 실었고, 시인 김정환의 표현대로 "놀라운 센세이션"[27]을 일으켰다. 그들은 김현승이 살고 있었던 수색에 자주 드나들면서 일명 '수색사단'을 형성하여 한국 현대시문학사를 튼튼히 하였다. 광주전남 지역에서 출발하였으나 그들이 중앙문단으

---

**25** 손광은, 「현대시문학변천사」, 『전남문단변천사』, 전남문학백년사업추진위원회, 1997, 148쪽.

**26** 범대순, 「강태열 시인의 귀천」, 탑뉴스, 2011.8.25.

**27** 오마이뉴스, 2003.7.24.(「술을 통해 우주와 교신하는 시인, 강태열」이라는 제목의 기사로 강태열과 5시간의 인터뷰를 기사화 한 것으로 『零度』와 동인들, 친분이 두터웠던 시인들에 대한 평이 함께 실려 있다.)

로 진출하여 중앙문단을 형성함과 아울러 지역문학의 장을 구축하는 데
도 손을 놓지 않았다.

## 3. 발굴 작품이 갖는 시적 특성과 의의

『영도』를 통해 발표한 시작품은 총 53편이다. 대부분의 작품은 개인 시
집에 수록되었으나 수록되지 않은 작품들도 다수 포함되어 있다. 여기에
서는 『영도』에 발표된 작품으로 시집이나 전집에 누락된 작품들 중에서
박봉우와 박성룡의 시를 중심으로 논의하기로 한다. 이 작품들은 등단을
전후한 작품들이기 때문에 초기시의 특성과 미학적 특징을 그대로 보여
주고 있다.

### 1) 박봉우의 분단시의 단초

박봉우(1934~1990)는 시집 『휴전선』(정음사, 1957), 『겨울에도 피는
꽃나무』(백자사, 1959), 『사월의 화요일』(성문각, 1961), 『황지의 풀잎』(창
작과비평, 1976), 『서울 하야식』(전예원, 1986), 『딸의 손을 잡고』(사사연,
1987) 등 6권의 시집을 낸 바 있다. 그리고 최근에 『박봉우 시 전집』[28]이
출간되었다. 그러나 박봉우가 생전에 냈던 시집에도, 최근에 엮어진 시
전집에도 『영도』에 있는 2편의 시 「철조망」과 「오늘 전당포」는 수습되지
않았다. 「철조망」은 등단 이전의 작품이고, 「오늘 전당포」는 전성기를 구

---

**28** 박봉우, 『박봉우 시 전집』, 임동확 편, 현대문학, 2009.

가하던 시절의 작품으로, 『영도』에 발표하였던 「산국화」, 「바위」, 「강물」
은 첫시집 『휴전선』에 실려 있다. 등단 이전의 작품인 「철조망」이 박봉우
초기시의 특성을 그대로 보여주고 있다. 시집에 수록되지 않은 작품을
들여다보는 일은 의미 있는 일이다.

　　나에게 애써 사랑을 전한 五月도 아닌 해저에서 꽃들이 피고 나비들
이 날고
　　향기를 뿌리는 바람을 나는 모른다는 것이다.

　　날마다 몹시도 울려주고 괴롭힌 몸부림 치던 영토에서 허글어져 가
는 벽넘어로 포도시 엿듣는 참으로 바다를 보는것이다.

　　아직 앵두 같이도 못해본 너의 가난한 입술에 절정의 노도를 약속
한, 조용한 여유⋯⋯이글어진 도시에서 그 옥토를 피나게 지켜준다.

　　누가준 〈오월스무아흐레〉 하늘같이 아늑한 가슴팍에 저 많은 별들
의 감시를 헤치고 나를 마음대로 펄럭거릴 울음같은 깃빨.아득히 보이
는것이다.
　　　　　　　　　　　　　　　— 박봉우, 「철조망」, 『영도』 창간호, 1955. 2.


　박봉우는 '휴전선의 시인'으로 불릴 만큼 초기부터 말기까지 줄곧 분단
된 남북 현실을 노래하고 당대의 부조리와 타락에 저항하고 고발하는 데
앞장서온 시인"[29]이다. 박봉우가 위 시를 썼던 때는 휴전이 된 뒤의 폐허

---

**29** 임동확, 「황지의 풀잎과 광기의 시학:박봉우론」, 『박봉우 시 전집』, 현대문학, 2009,
　　478쪽.

와 실존적 고투가 점철되던 시기였다. 정치외교학을 공부하던 젊은 대학생의 눈앞에 놓인 역사적 현실은 받아들이기 어려운 일이었다.

위의 시는 남과 북으로 분단된 현실을 극명하게 보여주는 '철조망'을 통해서 분단의 극복만이 민족의 동질성을 회복하는 길임을 역설하고 있다. 분단을 노래한 최초의 작품인 「철조망」은 그의 등단작인 「휴전선」보다 앞서 발표된 작품인 데다가 시어가 갖는 상징과 은유가 등단 후의 작품에 비해 뒤떨어지지도 않는다. 그의 가장하지 않는 시정신의 일면을 보여주는 "허글어져"와 "포도시" "가슴팍" 등의 시어는 전라도의 정서를 담고 있다. 또한 "무등산을 중심으로 한 호남쪽의 언어는 다분히 비현실 불명확 우곡 소극점층 수동적 미발의 성질을 띤다는 것은 우리의 간단한 지방순례나 친지교제에서도 일반화된 상식"[30]이었다는 것을 보여주고 있다.

그의 첫 시집 『휴전선』를 관통하고 있는 '꽃', '나비', '바람', '바다'와 같은 시어들은 위의 시에서 출발하였다. 제목으로 취하고 있는 '휴전선'은 제도적이고 관념적이고 비가시적이나, '철조망'은 실제적이고 현실적이며 가시적이다. '철조망'은 '휴전선'을 구체적으로 보여주는 사물이라는 점에서 두 작품을 동일 선상에서 논의할 때 남북분단에 관한 그의 깊이를 이해할 수 있을 것이다. 그는 분단된 현실을 자신의 문제로 받아들여 내면화하고 육화한 뒤 시적 언어로 표출하고 있기 때문에 그가 민족동질성이 회복되기를 얼마나 열망하고 있었는지 보여준다. 『영도』 동인들이 내세웠던 기존의 것을 거부하고 금기시된 분단문제의 극복을 정면으로

---

**30** 원형갑, 앞의 글, 76쪽.

다른 첫 작품이라는 데 의의가 있다.


Ⅰ
내 아내도 그리고 내 딸도 잽혀주시오
얼마면 좋냐고요
지폐보다도 좀 더 비싸게 말이오
한잔의 허술한 술이라도 들어야
시같은것 생각나지만
아내곁에 돌아오면 詩도 생활도 없소
이제 늦게나마 바보같은 이상씨의 송곳같은
수염을 깍지 않은 이유를 알겠소
정말 그런줄 아시오
혼자 가만히 미쳐보는 밤이오
돈 이런 돈쯤이야 진탕하게 써버리고
언제나 빈털터리로 굶으면 얼마나 좋겠소
잠이나 잘 자시오
공복에다가는 무엇이 좋을까요


Ⅱ
몇권의 경제서적과 몇권의 시집 그리고
몇권의 화집과 시편들을 내 머리위에 놓고
머드 휴지통, 아니 더 좋은 말로 하면
쓰레기통에 집어넣어 버리고 싶소.


모든 가난,
모든 외국풍조,
모든 명동의 잘난 유행을,
〈로마〉의 하루 아침처럼

붙태워 버리고 싶소.

잘들 사시오
그래서 거짓말도 위선도 필요 하지요.

정말 더러운 꼴―

나는 해질무렵,
허술한 주막에서
늙은 주모와
독한 밀주나, 몇잔 들고
심부름하는 전쟁 고아같은 소년의
노오란 머리를 쓰다듬다가
문득 화가 치밀어, 불같이 화가 치밀어
고함이나 지르다가
통금인가 지랄인가 하는, 20시가 넘으면
혼자 통고하면 집에 가겠소
집 이름이 참 좋소.

Ⅲ
꼭 언제인가는 하나가 되겠지요
역사가 말이오 우리 역사 있소
수천만이 사형을 당할 때 나는 비웃겠소
잘들 잘들 헌다고
지폐란것 그만두고
금반지인가 다이야반지 몇 개쯤 있으면 좋겠소
수천만개의 풍선을 사서, 차원높은
모든 불행과 근대화를 단단히 묶어서

하늘로 하늘로 보내겠소

그때 풍경. 어린이 색지공원만세

어린이 색지공원만세

그 때는 이 지상이 꽃밭으로 필것이오

그러나그런 날은 아직 멀었소

이젠 아무것도 생각하고 싶지 않소

모두 당신이 가져가 버리시오 자유도, 민주도

내 아내도, 그리고 내 딸도, 사상가들도 말이요

말많은 복덕방이나 여기 저기 남아서

나를 잽혀주시오 전화는 하지 않겠소

            — 박봉우, 「오늘 전당포」, 『영도』 4, 1966. 6.

    4·19혁명 이후 한 인간으로 살아가기가 얼마나 힘겨운 일인지, 자유와 민주와 정의가 사라진 시대를 사는 시인의 고뇌가 묻어있다. 삶을 저당 잡히고 살아야 하는 진정성이 사라진 시대를 사는 시인의 고뇌는 화자의 입을 통해 "혼자 미쳐보는" 것으로는 부족하다고 표출된다. 그래서 "경제서적과 몇권의 시집"도 "화집"도 쓰레기통에 버리고 싶고, "가난"도 "외국풍조"도 "명동의 잘난 유행"도 불태우고 싶다. 그럼에도 불구하고 거짓말과 위선으로 "잘들" 살고 있기에 환멸은 깊어만 간다. 그 속에서 방황하는 화자는 "꼭 언제인가는 하나가 되겠지"라는 희망으로 "불행과 근대화"가 가져온 것들은 하늘로 날려 보내고 "자유"와 "민주"가 꽃핀 하나가 된 나라를 꿈꾼다. "나"를 저당 잡혀서라도 분단의 고착화를 막아내고자 하며, 시대의 폭압에 맞서고자 한다.

    박봉우는 분단된 조국의 현실을 아파하며 민족동질성의 회복과 분단 현실을 극복하는 데 일관했다. 그래서 역사 앞에 아무것도 할 수 없는 지식인의 고뇌와 슬픔과 분노는 한 사람의 삶을 저당 잡은 채 끝내 놓아주지 않고 정신병원 신세를 지게 하였는지도 모른다. 청년기에 겪은 한국전쟁과 남북분단이 평생 그를 놓아주지 않아 시는 일관되게 분단 극복에 놓여있다. 그래서 발굴된 시 2편은 '휴전선의 시인'이라는 이름을 더 깊게 각인시켜 주고 있다.

## 2) 박성룡의 가을시의 출발점

박성룡은 그만의 독특한 시세계를 구축한 시인이다. 그의 등단은 1956년이지만 첫 시집 『가을에 잃어버린 것들』은 1969년에서야 나왔다. 그의 시력에 비하면 시집은 늦어도 한참 늦은 것이다. 그가 "동인지 등 활동까지 합치면 약 십오 년의 시단 경력이 된다. 이 십오 년에 걸쳐 발표해 온 작품들 중에서 비교적 초기작품 중심으로 꾸며본 것"[31]이라고 한 것에는 등단 이전의 『영도』 동인의 활동도 시력에 포함하고 있다. 그만큼 『영도』에 대한 애착이 컸다. 『영도』에 발표한 작품은 6편으로, 「귀정」은 「바다에서」라는 제목으로 『가을에 잃어버린 것들』에 실려 있는데 「바다에서 Ⅰ」에 해당하고 Ⅱ는 개작 과정에서 추가된 부분이다. 「바람부는 날」과 「설경이제」는 같은 제목으로 첫 시집에 그대로 수록되었다. 따라서 시집에 실리지 않은 작품은 3편이다. 다음의 글에서 그 연유를 알 수 있다.

내가 시를 본격적으로 발표하기 시작한 것은 1955년이다. 그보다 좀 더 이전에 지방에서 몇 편 발표도 했었으나 1955年 몇몇 시우들과 시

---

**31** 박성룡, 「후기」, 『가을에 잃어버린 것들』, 삼애사, 1969.

동인지 『영도』 1, 2집을 낸 후 그해 말 문예지 『문학예술』지에 추천을 받은 다음해부터 중앙지에 본격적인 발표를 했다.(…) 이 백여 편의 발표작 중 나는 성의부족으로 스크랩을 제대로 하지 못했기 때문에 현재는 50여 편의 시를 가지고 있을 뿐이다.[32]

그가 밝히고 있듯이 발표한 "시를 본격적으로 발표하기 시작한 것은 1955년"부터였는데 "성의부족으로 스크랩 하지" 않았기 때문에 시집에는 누락된 작품이 많다. 『영도』 동인들이 창간 당시에 내세운 것이 신춘문예와 추천제도의 거부였던 만큼 작품의 의미는 각별하다. 그만큼 개성적이고 특징적인 시세계를 구축하고 있기 때문이다. 등단 이후 작품에서 발견되는 시어들은 이미 『영도』에 발표한 작품들에서 쓰고 있다. 그가 얼마나 언어에 천착했는지를 보여준다.

> ……조용한 사화산 같다.……
> 그러나
> 사랑이란 원래 불의 맘이므로
> 꽃을 차라리 이 시력속에………….
>
> 사랑을, 미움을,
> 노여움을, 뉘우침을,
> 절격한 온갖것을 이 가슴안에………….
>
> 내 오오랜 병실에
> 익어가는 육신을,

---

32 박성룡, 「산실밀어」, 『한국전후문제시집』, 신구문화사, 1964, 372쪽.

흘러가는 머언 하늘 귀에 어느 성음을,
손짓을, 눈짓을, 간절한 몸짓을,

산과들,
바다와 하늘과……
너와 나의 온갖것을
이 체중 깊이…………

……조용한 死火山과 같다.
눈물 이란 원래 불의 맘이므로.

— 박성룡, 「과실」, 『영도』 1, 1955.2.

그의 초기시 특성을 보여주는 이 작품은 말줄임표(……)의 사용이 눈에
띄게 빈번하다. 말줄임표는 많은 생각을 이끌어가는 표지이며, 호흡을
조절하는 기능을 함으로써 화자가 '가을'이라는 시간과 대면하고 있음을
알 수 있게 한다. 1연은 1행에서 시 전체를 이끌어 가는 핵심구절로 "조
용한 사화산 같다."고 제시한 후 2연부터는 그 이유에 해당하는 연을 배
치하고 있다. 그런데 2연을 '그러나'로 시작함으로써 '낯설게 하기'로 약
간 당황스럽게 하면서 "사랑이란 원래 불의 맘"이고, 3연에서는 "절격한
온갖것"인 인간의 오욕칠정까지 '가슴'에 품고 있으며, 4연에서는 인간의
다섯 가지 감각까지도, 그리고 5연에서는 우주까지도 "체중 깊이"에 품
을 수 있는 것이 된다. 그러므로 '눈물=불의 맘=씨앗=열매'는 동일한 의
미망을 형성하고 있으며, 이를 통해 가을의 열매를 통해서 삶과 죽음을
아울러 가는 우주론적 세계관을 드러낸다.

따라서 이 작품은 대상의 모습과 성격을 결정한다는 사실과 다른 것에

서 같은 것을 보는 비동일성의 동일성으로 시의 애매성을 한층 강화시켜 주고 있다는 것을 사실을 보여준다. 시인의 상상력 안에서 일어나는 비동일성의 동일성은 작은 것에서 큰 것을 보는 뛰어난 직관력이다. 동인지를 창간할 때 기존의 문단풍토와 전통을 거부하고자 하였듯이 시적 형식의 새로움과 뛰어난 직관력은 일원론적인 우주관으로 나아간다.

검은 하늘만
호흡 하였다,
퍼어런 떡잎에
밤이 주는 공간
포도는
그 안타까움만 호흡하였다.
그 포도의
안타까움을
풀어 만지려
내가 달려 왔는 데도 검은 얼굴이다.
이젠 영영
태양이 온 데도 검은 얼굴이다.
— 박성룡, 「포도」, 『영도』 1, 1955.2.

앞의 시처럼 이 시도 열매에 관한 시이다. 까맣게 익은 포도는 "검은 하늘만", "안타까움만" 호흡하였기 때문에 "검은 얼굴"이다. 잘 익은 포도가 까만 이유를 검은 하늘과 안타까움의 호흡으로 보는 것은 자연을 거스를 수 없는, 인간의 한계와 자연의 순환원리를 함축하고 있다. 그는 과일의 열매를 보고 느낀 것들을 시의 소재로 삼는 경우가 많았다. 가을에 익어가는 과실을 보며 그가 발견한 것은 "시의 소재라기보다는 어떤 위대한 철리 같은 것"이었고 거기에서 발견한 "놀라움이 곧 시심"[33]이었기 때문이다.

"언어는 문자 그대로 하나의 말을 가지고 있고 뜻을 가지고 있기 때문에 일부러 말 속에 뜻을 만들려 할 대의 언어의 혈맥은 오히려 끊기기 쉽고 내용은 공허하기 쉽고, 시어는 퇴색하기 쉽다"[34]고 피력한 그의 언어관과 "시어 개발에 무엇보다도 힘을 기울였다"[35]는 소회는 "검은 하늘만", "안타까움만" 호흡하였기 때문에 "검은 얼굴"에 여지없이 발휘되고 있다.

> 1.
> 바람 속에서
> 나뭇잎이 비오듯 한다.
>
> 나뭇잎이 비오듯 하는
> 바람속에서
> 나의 이 심한 출혈……
> 나는 또 잠시
> 버릇처럼 네 안에 젖어든 것이다.
>
> 어느 머언 하늘 끝에
> 깊어 버린 계절같은……

---

**33** 박성룡, 「잉대기」, 『시로 쓰고 남은 생각들』, 민음사, 1978, 14쪽.
**34** 박성룡, 위의 글, 12쪽.
**35** 박성룡, 위의 글, 15쪽.

2.
으낭잎을
모아 본다.

으낭잎을 모우는
내 손바닥에선
으낭보다 차라리
잠자리같은 네 옷깃의 냄새가 난다.

아니…… 지금은 아직
가을이 아니라,
풀냄새 짙은 우리들의 그 五月.
피어린 과물의 무게가 있다.

나는 다시
하늘을 쳐다 본다.
자꾸만 눈시울에 젖는것이 있다.
가슴이 뛴다. 호흡이 급해진다.

3.
쉘리―랑,
카롯사―와 릴케의 시들로
다시 서장부터……

벨디, 비―제, 스트라우스의 가극도
다시 서곡부터……


어제보다는 내일을

입항보다는 출범을
아 진정 이 마주막보다는, 우리들의
맨 처음을 向하여
나는 항시 가야 한다.

곤충의 사체
이, 낙엽의 사태속에……

— 박성룡, 「양지」, 『영도』 2, 1955.5.

박성룡은 끊임없이 식물성의 시를 썼다. 그의 등단 추천작인 「교외」도 앞 2편의 시들에서 이미 그 단초를 제공했다. "풀잎 하나, 꽃 한 송이, 이슬방울 하나, 철부지 눈물방울 하나하나에 대해 그의 구체적이고 본질적인 것을 노래할 수 있을 때 거기 현대시가 가야 할 길이 열리지 않을까? (……) 시인은 풀잎 하나를 제대로 노래할 때 그것은 온 우주를 노래한 셈이 된다. 구체적이고 본질적인 노래, 그러면서 보다 적확하고 아름다운 언어와 운율로 나는 이 세상 모든 것을 노래하고 싶은"[36] 대로 노래했다. 그러면서도 특히 '가을'에 천착하고 있다.

위의 시 1, 2, 3은 화자가 낙엽이 지는 모습과 열매 맺는 가을 앞에서 다시 시작을 다짐하는 형식으로 시의 구조를 배치함으로써 의미론적인 분절과 음악적 분절로 리듬이 살아있게 했다. 그래서 "으낭잎"을 모은 "손바닥"에서 "잠자리 같은 네/옷깃의 냄새"가 '5월'의 냄새인 이유가 분명하게 드러난다. 이 시의 시간은 분명 "피어린 과물의 무게가" 느껴지는 가을이다. 그럼에도 은행을 '5월의 냄새'로 표상하는 것은 꽃이 열매

---

36 박성룡, 「시·시인·시정신―나의 입장」, 『시로 쓰고 남은 생각들』, 민음사, 1978, 28쪽.

가 되기까지의 그 수고로움에 대한, 과정에 대한 지난한 여정을 소중하게 여긴 심상을 알 수 있다. 그것이 낙엽의 '사태' 속에서 본 오월의 꽃사태다.

그의 시 「과목」에는 "과목에 과물들이 무르익어 있는 사태"라는 구절이 있다. 그것은 그가 "가을이었다. 주위의 산비탈과 과수원에는 과일들이 육중하게 익어 빛을 발하고 있었다. "참 신기하지, 저 과일나무에 익어 있는 과물들을 봐" 그 은사의 이 한마디에서 나는 깜짝 놀라는 시의 소재를 발견하였다. 그것의 시의 소재라기보다는 어떤 위대한 철리"[37]였다. 그래서 가을과 열매에 깊이 천착하였다. 또한 "우리 시에 있어서의 언어의 전통에 큰 범법 없이 표현의 혁명을 모색해 왔으며 노력"[38]하였다. 가을은 분명 사태다. 모든 것이 열매 맺는 끝의 시간이고, 소멸로 또다른 시작을 여는 시간이다. 과물들이 알알이 익어가는 모습을 '사태'나, '사태'로 바라보는 직관력과 뛰어난 언어감각의 길항은 가을의 이미지를 새롭게 하였다.

박성룡이 풀잎, 꽃, 나무, 과실을 주된 소재로 삼았던 것은 "호기심을 끄는 것은 흙"이고 "모든 시의 상상력은 대지에 집중"[39]되어 있다고 여겼기 때문이다. 그래서 그가 '대지'에 집중해서 발견한 것은 인간과 자연은 하나라는 일원론적 우주관이었고, 결국 그것은 인간을 뛰어넘는, 그리고 살림이라는 깨달음으로까지 확장되었다. 그런 점에서 '가을'은 그가 상상하기에 좋은 시간, 희열을 느낄 수 있는 순간이었다. 새로 발굴된 시 3편

**37** 박성룡, 앞의 책, 14쪽.

**38** 박성룡, 앞의 글, 371쪽.

**39** 김현, 「박성룡을 찾아서」, 『상상력과 인간/시인을 찾아서』, 민음사, 1993, 419쪽.

은 가을시의 출발점을 보여준 작품이라는 점에서 각별하다.

## 3) 기타 『영도』 동인의 행로와 작품이 가지는 의의

『영도』를 주도적으로 이끈 강태열은 오랜 시작 활동에도 불구하고 2000년에 들어서야 저항시집이라 이름 붙인 『뒷창』과 『우주영가』 2권의 시집을 냈다. 시력 50여 년만의 일이다. 그는 술을 좋아하여 술을 통해 우주와 교신하는 시인으로 불리었으며, 박봉우와는 둘도 없는 친구였다. 그는 민족문학작가회의 인천지부 고문을 맡아오다가 2011년 8월 사망하였다. [40] 김정옥은 서울대 불문과에서 공부를 하다가 프랑스 소르본느 대학에서 영화와 현대불문학을 전공하고 귀국하여 중앙대 교수로 재직하였으며 극단 '자유'를 창립하여 연극을 연출하였고 문예진흥원장을 역임하였으며 예술원장을 지냈다. 그는 『영도』에는 1, 2집에만 작품 4편을 발표하였다. 「'통행금지오분전'을」, 「우연의 시」, 「마을」, 「부근」이 그것이다. 이후 시를 발표하지 않았다. 주명영과 정현웅도 『영도』 동인의 창단 동인이지만 시인으로서보다는 언론인의 삶에 충실하였다. 주명영은 대하 장편소설 『사할린』(전6권)을 쓴 소설가이기도 하다.

『영도』에 발표한 이성부의 시는 4편이다. 그의 첫 시집인 『이성부시집』[41]에는 『영도』에 발표하였던 작품 중 3편만 실려 있다. 시집의 머리말

---

40 필자는 1950년대 광주전남의 문단에 관한 인터뷰를 예정했는데 사망해서 안타깝다. 문단의 변방에서 시인다운 시인으로 살아온 그를 만나지 못한 일은 내내 후회로 남게 되었다.

41 이성부, 『이성부시집』, 시인사, 1969.

에서 이성부는 "고등학교 시절부터 지금까지 발표한 작품들 중에서 내가 가지고 있는 것은 모두 수록"하였다고 밝히고 있다. 『영도』 4에 발표하였던 작품인 「땀을 참아내다」는 「고양이」로, 「복수 1」과 「복수 2」는 「보복 1」과 「보복 2」로 제목이 바뀌었다. 그러나 장시인 「지렁」은 시집에 실리지 않았다. 최하림도 『영도』 3에 「밤의 의자」와 「달팽이의 탑」을 발표하였다. 「밤의 의자」는 시집과 『최하림시전집』[42]에 수록되었는데 「달팽이의 탑」은 시집과 전집에 수록되어 있지 않은 작품이다. 위 작품들은 이성부나 최하림 시 연구를 위해서 빼놓지 말아야 할 것들이다.

신동엽이 『영도』 4에 발표한 작품은 「권투선수」이다. 이 작품은 『신동엽전집』[43]에 「유작 및 연대 미상작」에 수록되어 있다. 이에 따르면 「권투선수」는 『다리』(1971.11)에 발표한 것으로 서지를 밝히고 있다. 확인한 결과 『다리』(1971.11)에는 시 「단풍아 산천」과 「권투선수」와 평론 「신저항시운동의 가능성」이 '신동엽 미발표유고'라는 제목 아래 실려 있다. 신동엽은 1969년 4월 간암으로 사망하였기 때문에 1971년 『다리』에 미발표 유고작품이 발표된 것이다. 그러나 「권투선수」는 이미 1966년 『영도』 4에 발표한 작품으로 미발표 유고가 아니다.[44]

김현은 서울대 불문과에서 동문수학하던 김정옥에 의해서 최하림과 함께 동인으로 참여하였다. 『영도』 3에 발표한 김현의 비평은 「언어비평

---

**42** 최하림, 『최하림시전집』, 문학과지성사, 2010.

**43** 신동엽, 『신동엽전집』, 창작과비평사, 1975.

**44** 어떤 과정을 거쳐서 미발표 유고작품이 되었는지 알 수는 없으나 기 발표된 작품이라는 사실은 원본비평 차원에서 중요한 문제이다. 다만 『영도』 4에 발표한 원문 그대로가 아니고 부분적으로 개작된 작품이다. 시 「단풍아 산천」과 평론 「신저항시운동의 가능성」도 유고인지 확인할 필요성이 있다.

의 가능성—한국시의 경우」로 김현의 초기 비평의 관심이 어디에 놓여 있는가를 가늠해보게 하는 작품이다. "현실이란 '언어'다라는 의식"을 갖게 된 후 "모든 것을 언어로 사유하고 언어로 보여주고 언어로 실천하고자"[45] 하였던 것처럼 이 평론의 관심도 언어에 있음을 확인할 수 있다. 원천자료의 중요성을 다시 한번 절감하면서 언급한 작품들을 지면의 한계로 다루지는 못하지만 별도의 논의를 통해서 이 작품들이 가지는 특성과 의의도 살필 수 있을 것이다.

## 4. 나오는 말

광주전남 문단의 문예지 전성시대를 이끌었던 시동인지 『영도』는 그동안 전모를 알기 어려웠다. 『영도』를 발굴하여 서지사항을 확인하고 창간 배경을 알아보았으며 『영도』에 참여한 작가들과 작품들, 특히 시집과 전집에서 누락된 작품들을 통해 시작 초기작품의 특성들을 확인하였다. 『영도』는 당시 문단사적인 화제로 떠오를 만큼 많은 반향을 일으킨 동인지였다. 기성의 일체의 것을 거부하고 문단의 관행과 관습을 거부한, 작품만으로 승부를 걸었던 동인지였기 때문이다. 『영도』는 1955년 창간되었다가 2집을 내고, 창간 동인들이 중앙문단에 진출하면서 중단되었다가 1966년 복간되었지만 복간 2집을 내고 다시 종간되고 말았다.

박봉우와 박성룡의 시를 중심으로 시집이나 전집에 수록되지 않은 작

---

**45** 김현문학전집간행위원회, 「김현문학전집을 간행하며」, 『한국문학의위상/문학사회학―김현문학전집 1』, 문학과지성사, 1991.

품들을 통해 초기시의 특성을 확인하였다. 박봉우는 민족의 분단과 통일을 향한 열망의 시를 쓴 시인이듯이 발굴한 두 편도 역시 그 맥락 안에 놓이는 작품들이다. 등단 이전의 작품인 「철조망」은 그의 분단시의 효시가 되는 작품이며, 「오늘의 전당포」는 민족분단 현실 앞에서 삶을 저당 잡히고 사는 괴로움을 읊은 시로써 작가가 얼마나 시대 안에서 고통스러워하였는지를 알 수 있다.

박성룡의 시 「과실」에서 등단 이후의 시적 징후들을 발견할 수 있었다. 『영도』에서부터 이미 가을에 깊이 천착하고 있었다는 단서를 찾을 수 있었고 그의 시적 특성들이 그것에서부터 시작되었음을 알 수 있다. 「포도」와 「양지」 역시 가을에 일어나는 현상과 관련한 시들로서 그의 시적 관심은 가을에 있었다. 그 외 신동엽의 작품 중 「권투선수」가 유고가 아니라는 사실과 김현의 비평도 새로 확인하였으며, 이성부와 최하림의 시도 시집이나 전집에서 누락된 작품이 1편씩 있음을 확인할 수 있었다. 다른 동인들의 작품은 논의를 확장할 필요성이 있어서 별도의 논의를 하기로 하였다.

『영도』는 4집으로 종간하고 말았지만 문학사에는 획기적인 사건이자 새로운 바람을 일으킨 문제적인 동인지였다. 특히 『영도』에 참여한 작가들 대부분이 광주전남의 시인들이라는 점에서 1950년대 이후 광주전남의 시문단을 풍요롭게 한 원동력이 되었다. 광주전남 지역문학에서 출발하였지만 중앙문학의 한 장을 구축하여 지역문학의 한계를 뛰어넘은 사례를 보여주었다.

# 비상을 꿈꾼 학생들의 시집 『상록집』과 『광고시집』

## 1. 서론

한 작가의 문학적 자양의 대부분이 형성되는 고등학교 시절의 문예부 활동은 작가의 등단 이후의 성과들을 온전히 파악하는 단서를 제공한다. 이에 본서는 기존의 문학연구가 등단 이후의 성과에 집중되고 있는 현상과는 반대로 등단 이전의 활동에 주목하고자 한다. 바로 고등학교 문예부 활동과 지역의 문학적 분위기의 상관성에 주목함으로써 이 점이 작가의 활동에도 영향을 미칠 수 있음을 확인해보려 한다.

지역문학은 지역의 정서를 고스란히 담아낼 수 있는 도구이며 지역의 특수성과 보편성을 구체화한다. 지역민의 정신과 삶뿐만 아니라 깊은 곳에 감춰진 희노애락의 구체적인 감정의 실체로서 집단적 감정이나 집단 무의식이 작가들을 통해서 발현된다. 그래서 한국 고유의 특수한 유무형의 정신문화는 세계적인 보편성 획득에 어려움이 있을 수밖에 없다. 그런 측면에서는 세계문학 속의 한국문학은 한국문학 속의 지역문학과 같은 맥락에 놓여있다.

한국문학 속의 광주전남 지역문학은 문학사적으로 어떤 위치인지는 따로 언급하지 않아도 그 우수성은 익히 알려진 것처럼 운문 문학의 산실로서, 광주전남 지역의 성과는 한국시문학사의 성과로 축적되었다. 이런 성과는 우연의 산물이 아니다. 광주의 박용철, 전남 강진의 김영랑이나 김현구 등이 한 유파를 형성한 것 또한 마찬가지다. 이는 남달리 언어에 천착하여 정감을 살린 어린 시어의 구사를 통하여 지역민의 특성을 반영하였기 때문이다. 이러한 시문학파의 전통이 해방 이후 역사 속으로 사라질 뻔한 위기도 있었다. 그러나 한국전쟁기에 탄생한 『신문학』은 그 전통을 이었고 이후 광주전남 지역은 한동안 그 기조를 유지하였다. 그런 광주전남의 문학적 분위기는 감수성이 예민한 학생들에게 자극이 되었다. 그 시점에서 한 고등학교의 개교가 맞물렸고 문학적 분위기를 잇고자 하는 문예부가 만들어졌다.

여기에선 한국전쟁기에 개교한 '광주고등학교의 문예부'[1] 학생들이 냈던 시집 『상록집』과 『광고시집』을 중심으로 문예부 학생들의 활동에 주목하였다. 이 활동이 어떻게 등단과 문학적 성과로 이어졌으며 시문학사에까지 수렴되었는지를 밝혀보고자 한다. 광고 문예부의 사례는 광주전남 지역문학사를 어떻게 변모시켜 나갔고, 또한 한국 시문학사에 어떤 의미를 주는지 해명할 수 있을 것이다.

---

1  광주고등학교는 이하 '광주고'로 칭하며, '광주고등학교 문예부'는 '광고 문예부'로 칭한다.

## 2. '광주고등학교 문예부'의 시문단사적 의미

### 1) '광주고등학교 문예부' 1세대와 『상록집』

한국전쟁기에 개교한 광주고는 전국에서 가장 많은 문인들을 배출한 학교로 등단한 작가만 67명[2]에 이른다. 광주고가 시인을 많이 배출한 학교라는 소문의 배경에는 문예부가 있었다. 광고는 한국전쟁이 치열하던 1951년 9월 28일 개교한 이듬해 문예부가 만들어졌다. 문예부의 첫 지도교사는 시인 박흡이었다.[3] 광주서중에 다니던 시절부터 「진달래」 문학동인회에서 활동하였던 강태열, 박봉우, 윤삼하, 주명영, 박성룡 등이 광주고로 진학하면서 광고 문예부는 개화했다. 이들이 광고 문예부 1세대로 문예부의 전면에서 활동하였다. 그 활동의 결과는 강태열, 박봉우, 윤삼하, 주명영의 『상록집』[4] 발간으로 나타났다. [5]

---

2  광주고등학교, 「광고문학관 문학인 명부」 참조.(이 명부는 2007년 5월 30일 광고문학관 개관식 기준으로 작성된 것이다.)

3  시인 박흡은 김현승과 더불어 광주전남 지역문단의 형성에 기여한 공로가 큰 인물로 광주문단에서는 기록하고 있다. 그러나 그는 단 한 권의 시집도 남기지 않아 그의 문학적 성과는 사장되어 왔으나 이동순에 의하여 그의 생애와 작품은 다시 빛을 보게 되었다.(이동순, 「박흡의 문학적 생애와 시세계」, 『현대문학이론연구』 44집, 현대문학이론학회, 2011.3, 이동순 편, 『박흡 문학전집』, 국학자료원, 2013 참조.)

4  상록동인, 『상록집』, 학우출판사, 1952.

5  강태열, 「무공 강태열 연보」, 『뒷창』, 명상, 2000, 204쪽.
시집을 냈을 당시는 2학년이었다. 강태열, 박봉우, 주명영, 윤삼하는 광고 3회 졸업생들이며 후에 『영도』 동인으로 함께 활동하게 되는 장백일은 1회 졸업생이며, 박성룡과 정현웅은 2회 졸업생이다. 광고 3회 졸업생 동기로는 평론가 김우창과 시인 김현곤이 있다.

먼저 『상록집』의 구성을 살펴보면 서문 「사관」은 박흡, 발문 「산 현실로 가라」는 김해석이 썼다. 강태열은 「백장미의 노래」, 박봉우는 「봄이 오는 과수원」, 윤삼하는 「연륜」, 주명영은 「청담에 떨어지는 유성」이라는 제목 아래 각 8편씩 총 32편의 시를 실었다. 또한 자서를 붙여 개인 시집처럼 꾸몄다. 강태열은 자서를 「선배에게」라는 시로 서문을 대신하고, 박봉우는 "봄이 와 꽃 피는 과수원에 하나의 보람있는 열매를 맺기위하여 노력하는 지금 나의 시는 봄이오는 과수원"[6]으로 표현하였다. 윤삼하는 "핏 속에 스며 드는 괴로움과 슬픔에 삭이어질" "파릇한 생명"의 시, 죽어있는 시가 아닌 살아있는 시를 쓰겠다는 각오의 자서를, 주명영은 "이십 세기와 나의 조국이 이 못 속에서 수연처럼 피어난다 까만 어둠을 살워먹으며 한몸 고스라니 불태우고 유성은 고요히 못 속에 잠긴다 나는 그들 위하야 나의 모든 시를 소비하여도 좋다"는 고백을 썼다.

여기에서 이들의 문학적 각오와 문학정신을 통해서 작품들의 수준과는 별개로 문학청년 시절의 문학정신이 성인으로 이어질 가능성의 징후가 발견된다. 또한 습작기 작품이기는 하지만 시문학사의 한 페이지를 장식하는 지망생이 시인이 되는 과정, 작품 세계의 기저에 깔린 시정신 등의 단초가 확인된다. 고등학생이었던 이들의 각오가 그들만의 영역을 개척하는 시적 실천으로 이어졌다는 점에서 문예부 활동은 주목을 요한다. 문예부 활동을 통해 형성된 문학정신이 어떤 토대 위에서 구축되었는가는 한 작가의 문학적 일생을 가늠하게 할 만큼 중요하다.

다른 한편으로 지도교사들이 문예교육 또한 중요시하였다. 서문과 발

---

6  박봉우, 「자서」, 『상록집』, 학우출판사, 1952, 32쪽.

문을 통해 학생들에게 어떤 창작 자세를 요구하였는지 보기로 하자.

> 전에 우리나라에서 어떤 시인 한 대가분이 시고를 가지고 중국에 건너가 그곳 대가에게 보였다. 대가님 말씀하시기를 "이 시는 이태백의 시에 가깝다" 우리 시인은 무척 좋아했다 또 "이 시는 동파 시에 가깝다" 시인은 그지없이 기뻐하였다. 그러나 대가는 그 시고를 다 읽는 다음에 "그런데 대체 당신의 시는 어디 있소?" 이렇게 물었다는 것이다. 이건 물론 여기 모인 시인들과는 아무 관련도 없는 이야기지마는 아무튼 자기의 것 자기만의 것에 시인은 더욱 완고하고 엄격해야 할 것이다.[7]

광고 문예부 1세대들의 실질적인 지도교사였던 박흡은 제자들에게 모방하지 않는 자기만의 시를 쓸 것을 강조하였다. 또 학생들임에도 '시인'이라고 호명함으로써 '시인'이라는 주체로 부상시켰다. 이런 지도법은 학생들이 자기만의 확고한 시세계를 확립하게 하는 데 기여하였다. 김해석 또한 예술의 과제를 "산 현실과 산 시대를 도피하는 예술이 감상자의 심금을 감동시키는 일이 있다고 하면 그건 또렷한 거짓말일 것이다. 기어 도피하려거든 차라리 붓을 꺾어라"[8]라며 시대 조류에 편승하는 문학 말고 현실과 시대를 직시할 것을 주문한 것으로 보아 문예부 지도교사들은 확고한 문학 교육관이 있었고, 학생들에게도 "자기의 것 자기만의 것에" "더욱 완고하고 엄격"하게 자기만의 영역을 개척할 수 있는 방향으로 지도하였다는 사실을 알 수 있다. "광고문학이 한국문학의 중심에 서기까

---

7 박흡, 「사족」, 『상록집』, 학우출판사, 1952, 9쪽.
8 김해석, 「산 현실로 가자」, 『상록집』, 학우출판사. 1952, 93쪽.

지는 재직 은사님들의 영향이 컸다."[9]는 진술에서도 볼 수 있듯이 교사들은 학생들에게 많은 영향을 미쳤다. 특히 박흡은 시인으로서 나아가야 할 바를 알려주고 격려하면서 가능성을 들어 고유한 시 영역을 개척하도록 하였다.

또 한편으로 광고 문예부 학생들의 창작열은 당시 광주전남의 문화적인 분위기에 힘입어 커져갔다. 전시하의 광주에는 전시연합대학이 설치되었는데 당시 527명의 학생들이 재학 중이었고[10], 서정주와 김현승이 조선대에서 교수로 재직하면서 문학적 분위기가 고조되고 있었다. 뿐만 아니라 당시 광주전남 지역에는 많은 동인지와 문예지가 창간되어 동인지 운동 차원으로까지 번져가는 형국이었다. 『전우』(1951), 『갈매기』(1951), 『신문학』(1951), 『시정신』(1952), 『시와산문』(1953) 등의 창간은 광주전남 작가들의 작품 활동을 추동하였고, 거기에 『호남신문』과 『전남일보』는 창작열을 고취시키는 「작품 릴레이」 특집을 마련하는 등의 노력을 기울였다. 또한 투고된 학생들의 작품을 일일이 챙겨 실어주었다. 이런 분위기는 자연스럽게 학생들에게 영향을 미쳤다. 그것을 가장 빨리 흡수하고 받아들인 중심이 광고 문예부였다. 광고 문예부의 중심에는 박봉우가 있었다. 학생인 박봉우는 당당히 「광고타임스」와 교지 『광고』의 편집인으로 후배들에게 절대적인 존재였다.

---

9 오덕렬, 오덕렬 블로그 참조.(오덕렬은 광고 출신으로 광고교장으로 재직 중 광고문학관의 필요성을 느끼고 광고의 선후배 문인들을 움직여 광고문학관을 개관한 장본인으로 광고문학의 역사를 정리했다.)

10 백락준, 『한국교육과 민족정신』, 문교사, 1953, 296쪽.

『나는 한국의 빠이론이될테다』

언제나 쎈치한 반면 유모아를 잊지 않으시는 듯 은근한 맛을 지닌
뭔 그러나 시골 초가 위에 열리는 박과 같이 소박미를 잃지 않으시는
한편 문학을 위하여선 열열한 '연애지상주의자' 언제쯤 여가가 있으면
방과 후에 「학생과연애」에 대한 강론을 해주실 수 없을런지[11]

바이런이 되고자 했던 박봉우가 '문학을 위하여선 열열한 '연애지상주
의자'였고, 광고 문예부 후배들이 '방과 후에 학생과 연애'를 간청할 만큼
역동적으로 활동하였다. 그때 박봉우는 이미 "서울 명동에 있던 나의 단
골다방 '문화사롱'에 같은 학년이었던 박성룡을 대동해서"[12] 드나들면서
창작열을 높여가고 있었다.

> 송오리 송오리 맺은
> 장미 밭이다
> 붉게 붉게 사랑 하자고
> 옷을 벗자고 말갛게 옷을 벗자고
> 흩어진 마음실 그리움으로 오붓한
> 장미 밭이다
>
> 송오리 송오리 맺은
> 장미 밭이다
> 노랑이 나비도 나불레며
> 어서 가자고 어서 오자고

---

11 「광고타임스」 5호, 1953.7.25.

12 조병화, 「박봉우 시인을 생각하며」, 『시와 시학』, 시와시학사, 1993.2, 73쪽.

그립기만 그립기만 한
장미 밭이다

— 박봉우, 「장미 밭에서」 부분

　박봉우의 작품은 연의 구조 반복, 구절의 반복 등으로 단순한 형식을
띠고 있다. 박봉우 시가 지향하고자 하는 시세계가 무엇인지 분명하게
드러난 작품이다. 특히 '장미'와 '나비'는 등단작인 「휴전선」이나 「나비와
철조망」을 자연스럽게 호명한다. 이 작품은 박봉우가 광고 문예부 시절
부터 자기만의 시적 영역을 구축해나가기 시작하였다는 사실을 확인할
수 있다. 즉 그의 문학적 자양은 이미 고등학생 시절에 마련되고 있었다.
이외에도 『상록집』에는 「봉선화필때면」, 「비오는밤」, 「언덕의노래」, 「헌
화가」, 「황혼」, 「고목에게」가 실려 있다.

쏘아보는 별 인데
정이 꼬박 들었다

한밤에 피여남도
남이 볼까 두려웠다

파아란 이슬 어려
웃음 그윽히 나누었다

별 지면 이내
웃음이 슬었다

낯 선 햇볕에

소복을 옴쌓아 시들었다

— 강태열, 「박꽃」 전문

강태열의 시는 소박하고 단아하다. 그의 인간적인 심성이 그대로 승화되고 있는데 그의 삶이 실제로 그러하였다. 그는 박봉우가 힘들었을 때 가장 많은 애를 쓴 사람이며, 천상병이 어려움에 처해있을 때 카페 '귀천'의 밑천을 마련해 준 장본인이다. 『상록집』 출판비도 몰래 논문서를 잡히고 출간했다가 잠시 방랑 생활을 해야 했고[13], 영도 동인의 동인지 『영도』 발간비도 대학등록금으로 대신한 욕심 없는 사람이기도 하였다. 그는 평생 시를 썼지만 생애를 마감할 무렵에서야 시집을 냈다. 『상록집』에는 「박꽃」 외에 「공동묘지」, 「밤의창」, 「애가」, 「구백야—드 해저」, 「악의꽃」, 「인생도」가 실려 있다.

윤삼하는 「돌멩이」, 「새싹」, 「봄」, 「진달래」, 「가족」, 「표본도」, 「냉혈동물」, 「헌사」를, 주명영은 「나팔꽃」, 「다두미」, 「류성」, 「고인물이요」, 「매알이」, 「검은신」, 「바구니」, 「천륜과함석」 등을 실었다. 고등학교 문예부 활동에서 발아한 그들만의 시세계와 시정신은 등단 이후에까지 그대로 영향을 미쳤다. 시적 소재나 시어들에서 확인된다. 문예부 활동 외에 월간 「광고타임스」는 문예반 학생들 작품 발표의 장이었다. 윤삼하는 「배회」를, 박봉우는 「소연상」을, 주명영은 「사색초」를 발표하였다.[14] 광고 문예부는 '교내문예 현상대모집' 등의 공모를 통해 1등부터 3등까지 시상하고 입선작은 「광고타임스」에 게재하여 작품 창작을 독려하였다. 이처

---

**13** 강태열, 「무공 강태열 연보」, 『뒷창』, 명상, 2000, 204쪽.
**14** 「광고타임스」 5호, 1953.7.25.

럼 광고 문예부의 활동은 치열했다.

광고 문예부 1세대들은 "한국전쟁의 참상을 고발하고 공산주의의 허구성을 폭로하는 전쟁문학이 등장"하여 "분단체제의 고착화 및 이념의 폐쇄화와 맞물리면서, 남북한 문학이 언어의식·정치의식·미의식에 있어서 서로 상이한 발전과 진화 과정"[15]을 지켜보면서 성장하였다. 이것이 시세계 형성에 큰 영향을 미쳤고 1950년대 한국시문학사에 새로운 시인들의 탄생을 예고했다.

### 2) '광주고등학교 문예부' 2세대와 『광고시집』

광고 문예부 1세대들의 치열성은 광고 문예부 2세대들에게 전수되어 현대시문학사를 이끈 모범이 되었다. 광고 문예부 2세대인 이성부, 문순태, 민용태, 이이화 등은 『광고시집』[16]으로 응답하였다. 이성부는 광주사범 병설중학교에서 순전히 시인이 되자고 하는 소망으로 광주고로 진학하였고, 문순태도 이성부가 문예부에서 활동하도록 권유하여 문예부원이 되었다. 조태일도 육군사관학교에 가기 위해 광주고에 진학하여 시인이 되기로 결심한 광고 문예부의 2세대에 속한다. 광고 문예부 2세대 문예반 지도교사는 송규호였다. 송규호는 "방학 과제로 단편 1편, 시 수필은 2편 이상을 구상 창작하여 오"라는 "일인일작 획책"을 하는 등 문예반 학생들의 창작열을 고취하기 위하여 노력하였다.[17] 2세대들을 주도적

---

15 남기혁, 「한국 전후 시의 형성과 전개」, 『한국현대시문학사』, 소명출판, 2005, 173쪽.
16 김현승, 『광고시집』, 전남일보사 인서관, 1958.(표지화:박경석, 컷:양수아)
17 「광고타임스」 14호, 1957.7.20.

으로 이끈 이는 단연 이성부였다. 이성부는 1학년 때부터 「광고타임스」를 편집하고 후기를 썼다.[18] 이 시집의 구성은 1부에 선배들의 시, 2부에 재학생들의 시로 구성되어 있다. 박성룡은 「ATELIER」, 정현웅은 「음악」, 박봉우는 「순금의고독」, 윤삼하는 「나무의 사상」, 정재완은 「눈오는 밤에」로 참여하였다. 문예부 2세대인 김석돌은 「노을」과 「상」, 문순태는 「꽃 소묘」와 「선」, 이안범은 「바람」과 「황혼」, 손세민은 「추억」, 민용태는 「子正」, 하은호는 「바위」, 윤재성은 「소리」와 「강」, 김용상은 「토요일풍경」, 이성부는 「별」과 「이름」, 김영호는 「맥랑」 등을 실었다. 김현승이 시집의 서문을 쓴 것은 학생들이 주말마다 그를 찾아다니며 시를 지도받은 인연이 작용하였다.

근년에 이르러 전남의 문학도가 그 어느 지방보다도 뛰어나게 문단에 진출하여 그 가진바 역량을 과시하고 있음은 주지의 사실이거니와 그 문학도의 태반이 광주고등학교의 출신이라는 것도 또한 주지의 사실이다.

촉망할 수 있는 이 유능한 작가들은 특히 시부면에 혁혁한 업적을 쌓고 있을뿐 아니라 모교의 이러한 전통은 후진학도들에게 용기를 북돋아 주며 자신을 갖추게 함에 큰 힘이 되어 계속하여 많은 새 싹들이 이 부면에 각고정진하고 있음을 볼 때 매우 마음 든든한 일이다. 이러한 사실은 모교의 명예를 계승한다는 그러한 하욤있는 것에만 그치지 않고 나아가 明日의 우리 문학과 문단을 위하여도 실로 경하할 만한 일이 될 것이다.[19]

---

**18** 「광고타임스」 14집, 1957.7.20.

**19** 김현승, 「서」, 『광고시집』, 전남일보사 인서관, 1958, 10쪽.

김현승은 "전남의 문학도가 그 어느 지방보다도 뛰어나게 문단에 진출하여 그 가진바 역량을 과시하고 있음은 주지의 사실이거니와 그 문학도의 태반이 광주고등학교의 출신이라는 것"을 강조하여 문예부원으로서 자긍심을 부추겼다. 광고 문예부의 "전통은 후진학도들에게 용기를 북돋아 주며 자신을 갖초게 함에 큰 힘"이 된다는 것을 알고 있었다. 이성부가 김현승 시인을 평생 '스승님'으로 모신 것은 이때부터 시작되었다. 김현승은 광고 문예부 2세대에게 절대적인 영향을 미쳤다. 광고 문예부 2세대들이 주로 『현대문학』에 김현승의 추천을 받아 등단한 경우가 많았는데, 김현승은 32명이나 추천하여 등단시켰고 이들은 일명 "수색사단"을 형성하였다.

이성부는 "지난날 우리의 존경하는 여러 형들이 닦어놓은 옥토 위에서 우리는 우리의 가난한 씨를 뿌려두게 되었다. 아니, 그 씨는 분명 풍요한 기류와 푸른 하늘 아래 발아를 계속하고 있는지도 모른다. (…) 문득 지나가는 세월과 함께 반짝이는 저 별처럼 시의 학교에도 행운이 있"[20]으니 '우리의 주변에는 끊임없이 솟구치는 시의 마음들'을 모으기에 힘썼다. 광주사범 부설중학교 재학 중 이미 『학원』에 「별」을 발표하기도 했던 문학 지망생인 그에게 광고 문예부 1세대들의 문학적 활동과 명성, 세간의 관심은 반드시 가야 할 학교로 지목되었다. 그렇기 때문에 문예반 활동에 임하는 자세가 애초부터 달랐다. 그는 1학년 때 「광고타임스」의 편집을 맡았고, 「광고타임스」에 「바위」[21]와 「소각」을 발표하였으며, 「눈시울

20 이성부, 「후기」, 『광고시집』, 전남일보사 인서관, 1958, 62~63쪽.
21 「광고타임스」 14호, 1957.7.

의 미학」[22]이라는 시론을 발표하는 등 남다른 열정을 드러냈다. 『전남일보』에 시와 평론을 발표하였을 뿐만 아니라 '전국학도 문예현상 모집'에서 시 분야에서 일등을 하는 등 일찍부터 문학적 재능을 발휘하였다.[23]

> 여기
> 어쩔수없이 흘러 가야만 하는
> 한줄기 강물이 있다.
>
> 어디를 향하여 흘러가자는 이 부름인가.
> 멀어버린 이름들을 부르다가
> 몸채로이 살아져 버리는
> 이 부드러운 몸놀림.
>
> — 문순태(2년), 「선」 부분

소설가이기 전에 시인이었던 문순태의 시 「선」은 강물의 흐름을 따라가는 시선이 부드럽다. 그러나 그 강물은 "어쩔수없이 흘러 가야만 하"는 신세다. 주체적으로 흐르고자 해서 흐르는 것이 아니다. "어디를 향하여 흘러가자는 이 부름"에 "몸채로이 살아져 버리는" 존재이다. 강물은 직선으로 흐르지 않아 "부드러운 몸놀림"을 하면서도 거대한 '선'을 만들어 낸다. 앞 강물을 따라 흘러가는 이것은 강이 아니라 선대와 후대를 잇는 역사가 된다는 인식에 바탕하고 있다. 그가 역사문제에 천착하여 소설가로 변모할 수 있었던 것의 단초는 이 작품에서부터 엿볼 수 있

---

22 「광고타임스」 20호, 1959.7.20.

23 「광고타임스」 19호, 1959.4.1(문순태는 1등, 문인식이 가작에 당선되었고, 소설분야에서는 손세민이 3등을 하였다.)

다. 「광고타임스」에 발표한 「자취생의 변」은 자취 생활의 세밀한 묘사에 "가끔 철인이 되여보고 명상가 방랑가도 되여 비천운명론자도 되여보고 또 창작에 만족을 느끼는 소박한 예술가의 심경도 되여보고 싶다"[24]는 심경을 담담하게 토로하기도 했다. 그리고 「아카샤」[25]라는 소설을 쓰기도 하였다.

광고 문예부의 활동에 광주고 학생들은 "세칭 '시인의 학교'로 명명되어 많은 수의 시인 소설가를 길러낸 본교"[26]라는 자부심이 대단하였다. 이는 기본적으로는 광고 문예부 1세대들의 문학적 성과에 대한 세간의 평가가 반영된 것이지만, 또한 후배들에게 문예부 활동을 독려하는 것이었다. 광고 문예부는 신입생들에게 환영 문예작품을 공모하면서도 "현상모집에 입선한 학생은 본교의 빛나는 문예부의 계승자로서 활동하게 될 것"[27]이라고 자부심을 심어주었다. 「금년도 상반기에 찬란했던 문예반」에는 광고 문예반의 화려한 성과를 발표하고 있다.

> 본교의 문예부가 창설 이래 이미 전국적으로 그 두각을 나타내었고 또 이러한 확고한 전통은 앞으로 꾸준히 후배들에게 전하여 계승될 터이지만 요즈음의 본교 문예부는 창설 이래 가장 다채롭고 풍성한 감을 주고 있다. (……) 확고하게 자리잡은 '광고문예'의 전통은 앞으로도 끊임없이 발전할 것이지만 지금은 바로 광고문예의 황금시대 같은 인상을 준다.[28]

**24** 「광고타임스」 14호, 1957.7.

**25** 「광고타임스」 20호, 1959.7.20.

**26** 「광고타임스」 19호, 1959.4.1

**27** 「광고타임스」 19호, 1959.4.1

**28** 「광고타임스」 20호, 1959.7.20(「광고타임스」에는 수상자들의 이름과 수상내역이 자

광고 문예부 1세대들이 등단하여 자자한 명성을 날리고, 2세대들의 창작열이 각종 문예작품 공모대회를 휩쓸었던 때야말로 '광고 문예의 황금시대'였다. 당시 문단의 혜성이었던 광고 문예부 1세대 선배들이『광고 시집』발간에 동참함으로써 광고 문예부 2세대들은 "분명 풍요한 기류와 푸른 하늘 아래 발아를 계속하"였다. 광고 문예부 1세대들의 활동은 문예부 2세대들의 활동에 모범이 되었고, 창작열에 진력할 수 있게 하였다. 광고 문예부 2세대들은 1960년 4·19혁명을 주도하였다. 광주고는 "광주 4·19 민주혁명 발상지"[29]로 광주고 문예부 2세대들의 시정신은 4·19혁명에서 비롯되었다.

이상 광고 문예부 활동 사례를 두 권의 시집이라는 산출물로 확인해 보았다. 어디까지나 문예부 활동의 결과물임을 감안한다면 광고 문예부의 활동은 모범적인 사례이다. 이런 활동이 단순한 활동으로 머문 것이 아니라 평생을 시인으로 살게 한 원동력이 되었다는 점, 그리고 광주전남 지역의 시문단의 형성에 그리고 현대 시문학사에도 영향을 미친 점은 문단사적으로 드문 일이다.

---

세하게 정리되어 있다. 이성부와 문순태는 각종 대회에서 단연 두각을 나타냈다. 특히 이성부는 거의 모든 대회에서 일등으로 당선되는 기염을 토하였다. 이때에 전남일보 신춘문예에 당선되었다. 문인식, 손세민, 윤재성 등도 수상하였다.)

**29** 이병렬, 「광주, 4·19상징 시내버스 탄생」, 『광주일보』, 2012.0.4.19(이 버스는 금남로에서 광주 4·19 발상지인 광고, 5·18항쟁의 거점인 전남대를 거쳐 살레시오고까지 운행한다. 광주광역시에서는 419번을 단 버스노선을 개통하여 그 정신을 계승하고 있다.)

### 3) '광주고등학교 문예부'의 시문단적 의미

1950년대는 전쟁과 분단이 준 절망의 시대였다. 초토화된 것은 산하와 상실된 인간성, 그런 고독한 절망을 견디는 유일한 깃은 주어진 환경을 정면으로 응시하는 것이었다. 그리고 이데올로기의 대립을 넘어 분단을 극복하려는 몸부림이었다. 1960년대는 4·19혁명으로 새로운 가능성을 열었으나 그것의 좌절과 극복을 위한 처절한 몸부림의 시기였다. 역사적인 변혁기에 학생들은 주도적인 문예부 활동을 통해 형성한 문학관은 작품 세계에 절대적인 영향을 미쳤다.

광고 문예부 출신들이 결성한 『영도』 동인이 "문예지 추천과 신문 현상 응모 거부, 동인 영입의 작품 심의는 회원 만장일치제"[30]를 기치로 내걸고 활동을 시작한 것도 광고 문예부 활동의 연장이나 마찬가지였다. "새 세대를 속박하는 기성의 모든 것과 싸우면서, 그들이 우리에게 둘러친 철조망을 부"[31]수면서 등장한 『영도』의 탄생에 문단은 뜨겁게 반응했다.[32] 『영도』는 "문단의 관행과 관습을 거부한, 작품만으로 승부를 걸었던 동인지"[33]로 각별한 의미가 있었던 만큼 문단사적인 화제로 반향을 일으켰다. 광고 문예부 활동의 연장인 『영도』 동인 활동은 문학적 역량을 확대시킨 공간으로 기록되었다.

광고 문예부 출신들이 본격적으로 문단에 등장하면서 시문학사도 새

---

30 장백일, 「다시 회상해 보는 영도동인회」, 『광주전남 문학동인사』, 한림, 2005, 87쪽.
31 강태열, 「복간의 말」, 『영도』 3, 1966, 10쪽.
32 『경향신문』, 1964.12.19, 『동아일보』, 1964.12.17.
33 이동순, 「지역문학의 중앙문학화 사례-『영도』 동인을 중심으로」, 『한국언어문학』 80집, 한국언어문학회, 2012.3, 245쪽.

로 써졌다. 광주고 문예부 2세대도 1세대 못지 않았다. 2세대의 대표 주자였던 이성부는 경희대 재학 중이던 1962년『현대문학』에 김현승의 추천으로 등단하였고[34], 문순태도 1965년『현대문학』에 김현승의 추천으로 등단하였다. 이후『한국문학』에 소설「백제의 미소」가 당선되면서 시인의 길 대신 소설가로 명성을 쌓았다.[35] 민용태는 1968년『창작과비평』에「밤으로의 작업」으로 등단하였다[36]. 문예반에서 활동한 이이화도 "담임이자 국어담당 유공희 선생이 문학평론가의 길을 가보라"라는 권유와 "문예반 담당 송규호 선생"[37]으로 인해 광고 문예반 출신의 역사학자가 되었다. 나중에 가담한 조태일도『경향신문』「아침 선박」이 당선되어 등단하였다.[38] 그래서 그들은 1950년대와 60년대, 그리고 70년대의 시문학

---

**34** 이성부(1939~2012)는 시집으로『이성부시집』(시인사, 1969),『우리들의양식』(민음사, 1974),『백제행』(창작과비평사, 1976),『전야』(창작과비평사, 1981),『빈산 뒤에 두고』(창작과비평사, 1989),『야간산행』(창작과비평사, 1996),『지리산』(창작과비평사, 2001),『작은 산이 큰 산을 가린다』(창비, 2005),『도둑산길』(책만드는집, 2010)이 있다.

**35** 문순태(1941~)는 소설집『달궁』(문학세계사, 1982),『타오르는 강』(소명출판, 2012) 등을 비롯하여 다수의 소설집이 있다.

**36** 민용태(1943~)는 시집으로『시간의 손』(문학사상, 1982),『시비시』(민음사, 1984),『푸닥거리』(문학세계사, 1989),『나무 나비 나라』(문학사상사, 2002),『봄비는 나폴리에서 온다』(문학아카데미, 2008) 등이 있다.

**37** 이이화,『한겨레신문』, 2010.11.4.(이이화는『광고시집』에 작품을 발표하고 있지는 않지만 문예반 학생이었다.『광고』 7집(1958)에 이이화는 '이자명'이라는 필명으로「유서오장」이라는 글을 발표하였다.)

**38** 조태일(1941~1999)은 시집으로『아침 선박』(선명문화사, 1964),『식칼론』(시인사, 1970),『국토』(창작과비평사, 1975),『가거도』(창작과비평사, 1983),『자유가 시인더러』(창작과비평사, 1987),『산속에서 꽃속에서』(창작과비평사, 1991),『풀꽃은 꺾이지 않는다』(창작과비평사, 1995),『혼자 타오르고 있었네』(창작과비평사, 1999)가 있다.

사에 "착실하고 근면한 『연륜』을 쌓아 우리 시단에 『백장미』처럼 조촐하고 『봄을 맞이하는 과수원』처럼 찬란하고 『청담』처럼 맑고 『유성』같이 번쩍이는 존재들"[39]이 되었다.

광고 문예부 출신들에게 등단은 활동을 위한 공식적인 절차였을 뿐이다. 정말 중요한 것은 그들이 시문학사를 변모시켰다는 점이다. 그래서 시문학사에는 사상과 이념을 넘어 통일을 노래한 자리에 광고 문예부 1세대들이, 4·19혁명을 통해 건강한 시민의식으로 무장하고 민중들의 삶을 형상화한 자리에는 광고 문예부 2세대들이 있다. 한 고등학교의 문예반 활동이 광주전남 지역의 시문단사뿐만 아니라 우리의 시문학사를 변모시켰다는 것을 확인한 만큼 문학적 자양이 형성되기까지의 일련의 습작기가 얼마나 중요한가가 확인된 셈이다.


## 3. 결론

광고 문예부의 활동이 광주전남 지역문학과 현대시 문단에 어떤 영향을 미치고 있는지를 살펴보았다. 광고 문예반 1세대의 활동은 『상록집』에, 광고 문예반 2세대의 활동은 『광고시집』에 중점을 두고 논의하였다. 광고는 단일 학교에서 가장 많은 문인들을 배출한 학교로 특히 '시인의 학교'로 불린 것은 적극적으로 지도한 문예반 지도교사와 광주전남 지역의 문학적인 분위기가 일조하였다. 뿐만 아니라 『호남신문』과 『전남일보』를 비롯한 지역신문들은 이들의 작품을 적극적으로 게재하였고, 문예

---

**39** 박흡, 위의 글, 9쪽.

작품을 현상공모하면서 후방에서 지원하였다. 이런 노력들은 광고 문예부 활동으로 그치지 않고 중앙문단으로 옮겨져서 현대시문학사를 풍요롭게 했다.

광고 문예부 1세대의 실질적인 리더였던 박봉우와 광주고 문예반 2세대의 주역이었던 이성부는 고등학교 재학시절부터 남다른 노력을 하였다. 이들은 특히 교지인 『광고』의 편집인으로, 「광고타임스」의 편집인으로 활동하면서 문예반 학생들을 이끌었다. 이들의 적극적인 활동은 『상록집』과 『광고시집』으로 이어졌고, 졸업 후에는 『영도』 동인을 결성함으로써 현대시문학사의 변혁을 꾀하였다.

1950년대 전후 좌절과 절망을 이겨내는 데 골몰하던 시기, 광고 문예부 1세대들은 사상과 이념을 넘어 통일을 노래하였고 2세대들은 1960년대 4·19혁명을 통해 건강한 시민의식으로 민중들의 삶을 형상화하였다. 고등학교의 문예부 활동은 이렇듯 광주전남 지역 시문단뿐만 아니라 한국 현대시사에 있어서도 많은 시사점을 주고 있다.

# 열정의 문학, 열정의 교육 『학생문예』

## 1. 서론

문학청년들은 지역문단의 분위기에 따라 많은 영향을 받는다. 특히 인지도 높은 문학가가 정주할 경우 문학청년들은 선망과 존경의 대상을 넘어서 추종하고 싶은 대상이 됨으로써 가장 큰 영향을 받는다. 이것은 1950년대의 광주문단에서 두드러지게 나타난 현상인데, 특히 문단의 선배가 후배들을 지도하여 문학인으로 성장하게 한 것이 대표적이다. 비단 그것뿐만 아니라 학생들이 문학동우회를 결성하여 문학창작의 열정을 키우는 형태로 드러나기도 하였다.

한 지역의 문학적 특징은 여러 층위에서 논의될 수 있다. 지역 문단의 이념지형에 따라 문학적 지형도가 달라지고, 문학 장르에 따라 특정 장르가 우세한 문단 지형도가 형성되기도 하고, 특정 작가의 이념지형과 장르에 따라 지역 문단의 정체성을 형성하기도 하기 때문이다. 한국전쟁 직후 광주전남 문단은 시인 김현승과 박흡을 위주로 이데올로기로부터 자유로운 순문학을 지향하는 분위기가 지배적이었다. 그 분위기는 광주고등학교 문예부원들이 주로 시를 창작하게 된 배경이 되었다. 그 결과 모두 시인으로 등단하여 시문학사의 새로운 지형을 형성하였다는 사실에서 알 수 있다. 이 분위기는 광주전남 지역의 문학청년들에게 창작열을 북돋아주는 결정적인 역할을 하였다. 이에 따라 고등학교 재학생들의 문학동인들이 자연스럽게 형성되는 형태로 발전하게 되었다. 그것이 『학생문예』라는 새로운 형태의 학생문예지 발간으로 이끌었다. 그 실체를 확인할 수도 없었던 『학생문예』 창간호가 발굴됨에 따라 그 전모를 확인할 수 있게 되었다.

이 장에서는 광주에서 발간된 학생문예지 『학생문예』 창간호를 통해 발간의 경위와 과정, 학생들의 문학적 움직임과 문학청년들의 문학적인 행로가 갖는 의미를 밝혀보고자 한다. 광주에서 벌어진 학생들의 문학적 열정을 가늠하고 광주전남의 지역의 문학적 특징을 가늠할 수 있을 것이다.

## 2. 지역문단과 『학생문예』 발간 배경

한국전쟁 후 대한민국 정부는 국가재건이 목표였고, 국민들도 적극적으로 국가재건에 동참하는 것이 살아남은 자의 임무라고 받아들였다. 한국전쟁을 거치는 동안에도 문예 창작활동이 활발하게 전개된 것과 마찬가지로 국가 재건기의 전후 세대들도 전후복구뿐만 아니라 문예창작 활동도 활발하였다. 특히 광주전남은 수복이 빨랐기 때문에 어느 지역보다도 창작 활동이 활발했다. 『신문학』과 『시정신』의 발행에 이어, 광주고등학교 문예부 출신들이 발간한 『영도』의 탄생으로 이어졌던 것도 한국전쟁 직후 광주전남 지역의 문학적 분위기를 대변해준다. 특히 광주전남 지역의 문학청년들에게 큰 영향을 미친『영도』는 "그 젊음과 우수한 작품"으로 한국시단에 큰 화제가 되었던 시동인지였다.『영도』동인들은 "1950년대 중엽 그들은 천상병, 김관식 등과 같이 서울 명동의 보에미앙"으로 "그들의 전성시대"[1]를 열었다. 그들은 김현승이 살고 있었던 수색에 자주 드나들면서 일명 '수색사단'을 형성했고, 한국 현대시문학사를 튼튼히 하였다.[2] 이런 분위기는 학생들에게도 지대한 영향을 미쳤다는 것을 확인할 수 있는 자료가『학생문예』이다. 먼저『학생문예』의 서지사항과 차례를 살펴보면 다음과 같이 정리된다.

『학생문예』 발행일: 1959년 10월 15일, 편집 겸 발행인: 김일로, 주간: 김포천, 발행처: 청자문화사

창간의 말, 김일로/시인의 위치와 책무, 김현승/십대의정신분석학, 이가림/시의 이해, 윤삼하/순금의 고독, 박봉우/로-강씨에게 부치는, 권일송/달무리(시), 양재윤/숨한톨(시), 김만선/혼녀(시), 김석돌/강(시), 김홍주/대리석(시), 윤재성/오후(시), 정용환/종소리(시), 윤현자/가을로 향한 자세(시), 하이영/시선후평, 김현승/소설선후평, 유공희/나의 시력(작가수업), 오화룡/실재상황의 해명(작가순례), 유상/달맞이꽃(수필, 기행, 일기), 김설/

1  범대순, 「강태열 시인의 귀천」, 탑뉴스, 2011.8.25.

2  이동순, 「지역문학의 중앙문학화 사례-시동인지『영도』를 중심으로」,『한국언어문학』 80, 2012.

조용한마음(수필, 기행, 일기), 윤균/희상(수필, 기행, 일기), 최지/색
깔없는눈동자, 강을 생각하면서(수필, 기행, 일기), 정선자/비가오면
(수필, 기행, 일기), 전춘옥/시가(수필, 기행, 일기), 박성구/대흥사기
행(수필, 기행, 일기), 이언신/일기초(수필, 기행, 일기), 민용태/팥죽
(소설), 김동리/회오리(소설), 문순태/묘자리(소설), 손세민/표지화,
양수아/내용 컷, 임병성

위에 제시한 '차례'를 통해 『학생문예』의 대강을 살펴보면 1959년 10월
15일에 발행되었고, 편집 및 발행인이 김일로였다. 주간은 김포천이다.
편집인 겸 발행인인 김일로는 언론인으로 문집 『흙과 펜과 내사랑 광주』[3]
가 있으며, 김포천은 1950년 희곡으로 등단한 희곡작가이자 고등학교 교
사였다.[4] 출판사는 청자문화사였다.

『학생문예』는 크게 세 가지로 정리할 수 있다. 첫째는 지역 작가들의
작품들이 실렸다는 점이다. 둘째는 학생들의 작품이 발표되었다는 점이
다. 셋째는 지역 작가들이 작품을 심사하여 학생들의 작품을 장르별로
골랐다는 점이다. 이것은 학생들의 작품을 작가들이 선별하여 실었고,
학생들은 이 과정을 통과하기 위한 문학적 수련을 열심히 하였다는 뜻이
며, 지역의 문학청년들이 문학인으로 성장하도록 기성문인들이 든든하
게 지원하였다는 뜻이다. 문순태와 민용태가 등단하여 광주전남 지역문

---

3  김일로(金—鷺)는 1952년 『광주신보』, 『전남매일신문』 기자 등을 거쳤다. 문집으로
   『흙과 펜과 내사랑 광주』(한마당, 1986)를 남겼다.

4  김포천(金抱千, 1934.3.31~)은 1951년 광주사범학교와 1955년 전남대 국문학과
   졸업하였고, 1950년 『동아일보』와 『한국일보』 신춘문예에 희곡이 각각 당선되었다.
   1963년 광주MBC에 입사하여 광주MBC 사장을 거쳐, 광주비엔날레 이사장 등을
   역임하는 등 지역사회에 기여하였다.

학사에 든든한 버팀목 역할을 하게 된 것도 이런 영향을 받은 것이다.

더 자세한 것을 알기 위하여 먼저 『학생문예』는 어떤 목적을 가지고 창간되었는지를 알 필요가 있다. 김일로가 창간사를 썼다.

이 고장 젊은 문학도들이 무등의 기개를 깃고 문화를 통해 세계에 대든 것이다. 광주학생운동의 맑은 민족혼을 이어받은 전남학도들의 고민이고 사색이고 꿈이고 힘이 뭉처오른 것이다. 이 벅찬 새로움에 나의 가슴도 뭉클해진 것을 느끼고 문학의 씨앗을 뿌리고 가는 학도들의 뒤를 따라 보는 것이다. 전남은 허고 많은 새로운 힘을 역사에 빛내어왔다. 지금 또 이고장의 젊음들이 새로운 역사를 향해 씨앗을 뿌리려 나서는 것이다. 나는 기도하는 마음으로 발간에 착수하는 것이다.

발간에 앞서 다만 이 고장을 통해 이 세대에 이 세계에 보탬이 되어야 한다는 욕심 이외로는 빗나갈 수 없다고 다짐해 보는 것이다.

위 글에서 확인되는 것은 "이 고장 젊은 문학도들이 무등의 기개를 갖고 문학을 통해 세계에 대든 것", 즉 광주전남 지역의 문학청년들이 『학생문예』의 주역임을 소개하고, 그것을 '무등의 기개'로 추켜세워 문학 활동에 의미를 부여하고 있다. 뿐만 아니라 "광주학생운동의 맑은 민족혼을 이어받은 전남학도들의 고민이고 사색이고 꿈이고 힘이 뭉처오른 것"이 『학생문예』이며 "전남은 허고 많은 새로운 힘을 역사에 빛내어"왔듯이 문학을 통해 '새로운 역사'를 쓰는 통로가 되기를 '기도하는 마음'으로 창간한 것이다. 표지화를 그린 양수아는 「표지화의 말」을 통해 말하고 있다.

우리들의 생활 주변에는 너무나 많은 불화음들이 흔들거린다.

그러나 이 무질서 속에서도 언제나 하나의 순순한 질서들은 존재한

다. 또 이 조화되지 않은 우리의 일상들도 우리의 고차적인 정적 작업
으로 순화시킬 수 있다.

모든 것들은 미화시킬 수 있는 가능─허지만 그것들은 모두 관조의
세계에서 스스로 몸을 흔들어 스러지거나 또는 하나의 고귀한 체중을
지닌다.

양수아는 "조화되지 않은 우리의 일상들도 우리의 고차적인 정적 작업
으로 순화"시켜, "모든 것을 미화시킬 수 있는 가능"으로서 『학생문예』가
그 역할을 할 수 있기를 바라면서 표지화를 그렸다. 광주전남 지역의 문
단과 화단이 함께 지역 청소년들을 위하여 함께 고민하였던 것이다.

문학에 뜻을 둔 고등학생들끼리 조그만 모임을 진즉 하나 가져보고
싶었던 것이 이번에 여러 학생들의 꾸준한 염원과 여울러 문학동호인
들의 아낌없는 뒷밀음을 얻어 비로서 열매를 맺게 되었는 바 「학생문
학회」라 이름했습니다.

우리가 이러한 모임을 갈망하게 된 것도 문학이야말로 가시만이 엉
킨 장미 줄기에서 소담스러운 꽃봉오릴 꿈꾸는 마음일 것이며 또한 늘
낙반하는 감정의 심연에서 가을하늘처럼 맑고 푸르른 감정의 균형을
잡으려는 노력이며 보람을 놓쳐버린 삶의 길 위에서 한줄기 광명을 더
듬어 화안한 자리에 서려는 그 마음이 불꽃처럼 타오르기 때문입니다.

「학생문학회를 조직하면서」라는 이 글에는 학생들이 자발적으로 모임
을 만들었다는 것을 알 수 있다. 그리고 고등학생들끼리 모임을 만들었
는데 '학생문학회'라 이름하였고, 여기에는 '문학동호인들'의 후원이 있
었다는 것을 알 수 있다. 여기서 '문학동호인들'은 『학생문예』 창간호에
글이 실려 있는 문학인들을 지칭한 것으로 보인다. 김현승과 오화룡, 박

봉우, 윤삼하, 권일송 등이 여기에 해당한다. 그리고 작품이 실리지는 않았지만 '시부'와 '산문부'의 지도위원들도 '문학동호인들'이라고 할 수 있다. 그리고 『학생문예』의 지향점을 확인할 수 있는 『학생문예』 편집부의 이름으로 낸 「원고 모집규정」을 살펴보면 다음과 같다.

### 1. 종목
가) 시 (3편 내외), 김현승
나) 소설(200자 원고지 50매 내외), 유공희
다) 평론(200자 원고지 50매 이내), 김상일
라) 희곡(단막물), 김포천
마) 수필((200자 원고지 10매 이내), 편집위원

### 2. 심사방법
가) 일정의 작품은 필히 본사 편집부를 거쳐야만 심사위원의 심사를 받을 수 있다.
나) 작품은 대학부와 고등부로 구별하여 심사한다.

### 3. 보낼 곳: 광주시 광산동 78 학생문예사 편집부

### 4. 응모상의 주의
가) 원고는 매월 10일내로 본사에 도착되어야 한다.
나) 응모자격은 도내에 소재하는 대학생 및 고등학생에 한한다.
다) 원고의 말미에는 반드시 학교명 학년 및 성명을 명기하여야 한다.
라) 본사는 응모작품에 대하여 반환의 책임을 지지 않는다.

「원고 모집규정」을 통해 시, 소설, 평론, 희곡, 수필 등 5개의 장르에 걸쳐 원고를 모집하였다는 것을 알 수 있다. 또한 투고할 수 있는 자격은

'도내에 거주하는 대학생 및 고등학생'으로 한정하고 있어 광주전남 지역의 문학인을 육성하고자 하는 의도로 발행하였다는 것을 알 수 있다.

## 3. 학생문학회와 광주전남 지역문단

학생들이 자발적으로 문학회를 조직하려는 움직임을 알고 고등학교에 재직 중인 교사들이 학생들과 함께 '학생문학회'를 조직하는 데 일조하였다. 1950년대 초반의 광주전남 문단의 분위기를 이어받은 학생들이 문학적 연대를 통해 "서로의 작품 세계를 배우고 더 나아가서는 참된 문학의 의미를 찾으려는" 노력으로 평가된다. 1950년 후반 광주전남의 지역문단의 분위기를 잘 보여주고 있다.

당시 광주고등학교 3학년이던 문순태는 소설 「회오리」를 발표하였다. 간단하게 내용을 정리하면 교도도 수감자인 '나'와 이감 온 수감자인 '고수머리'의 수감생활이 서사의 중심이고 수감생활 중 '고수머리'가 생을 마감하고 '나'도 이감되는 이야기이다. 「소설 선후평」을 보면 문순태의 「회오리」에 대해서 다음과 같은 평을 붙이고 있다.

> 이 작품의 핀트가 어디에 있는지가 분명하지 않다. 싸르트르의 어떤 작품을 연상시키는 감방 안의 기묘한 생활 어처구니가 없는 "고수머리"의 죽음 그리고 형무소에로의 이동 달리는 트럭 뒤에 일어나는 부우연 먼지 – 이런 것들을 통해서 인생의 무슨 부조리를 암시해보려고 한 것인가? 내 생각으로는 "고수머리"가 죽은 뒤에 주인공이 해방감을 느끼면서도 웬일인지 다시 그 꼴 사납고 귀찮던 "고수머리"라는 "인간"이 그리워진다는 인간의 숙명적인 고독을 솜씨있게 다듬어냈더라

면 상당한 작품이 되었으리라고 생각한다. 그리고 묘사에 있어서 수식어가 너무 난잡하다. 필요 이상의 수식은 도리어 효과를 던다. 그러나 이 작품은 그래도 솜씨가 있다고 여겼다.

이 작품을 뽑은 사람은 유공희다. 유공희는 광주고등학교 국어교사로 재직하고 있었는데, 문순태는 후에 다음과 같이 회고하고 있다.

> 3학년 때였다. 유공희 선생님은 송규호 선생님이 결근한 날 보강을 위해 우리 반 교실로 들어오셨다. 나는 놀라고 반가워서 엉겁결에 박수를 치고 말았다. 선생님은 칠판에 '실존주의'라고 크게 썼다. 그리고 한 시간 동안 실존주의에 대한 이야기를 하셨다. 키에르케고르의 「죽음에 이르는 병」에서부터 샤르트르의 「구토」, 까뮈의 「이방인」, 카프카의 「변신」 등에 대한 이야기였다. 인생은 고통이라는 열차를 타고 절망이라는 터널을 지나 죽음이라는 종착역에 이른다는 키에르케고르의 말이 명치 끝에 닿았다. 이날 선생님은 마지막에 "인간은 누구나 죽는다. 모두가 완 왜이 티켓 한 장식을 들고 죽음으로 가고 있다. 그러므로 생은 무의미한 것인지도 모른다. 그러나 한 번밖에 살지 못하니까 아무렇게나 살자는 것이 아니라, 한 번밖에 살지 못하니까 의미 있게 살자는 것이다. 이것이 실존주의의 진정한 철학정신이다"라는 말로 끝을 맺었다. 이 말은 지금까지 내 삶의 방향타 역할을 해주었다.[5]

문순태가 이 작품을 쓰던 무렵의 유공희의 강의 내용인데 수업시간에 배운 이론을 토대로 해서 쓴 작품으로 추정된다. 「회오리」에서 '실존주의'와 '죽음'의 문제를 다루고 있기 때문이다. 가르침에 충실하고자 하였

---

5  문순태, 「한 시간의 실존주의 강의」, 『물 있는 풍경』, 시학, 2008.

던 학생들의 면모에서 고등학교의 문예교육이 얼마나 중요한 의미가 있으며, 문학청년들에게 미치는 영향이 크다는 것을 알 수 있다. 광주고등학교 2학년이었던 민용태는 「일기초」를 발표하였다. 일부분을 옮기면 아래와 같다.

> 산책을 한다는 것이 전방 철다리까지 갔다.
> 이유는 가고 싶었다.
> 자꾸 눈물이 쏟아 질 것 같기도 했다.
> 노래를 퍼부었다.
> 개구리 소리마저 오늘 따라 청춘을 울어 새우는 꼭 그 무엇이라 느껴졌다.
> 나는 이렇게 외로워야 하나?
>  7월 0일

문학적 감수성 짙은 고등학생의 거짓 없는 심경의 토로는 "고개를 푹 쳐박고 숲 속을 헤쳐나가도 얼마를 가고 나면 고향 생각이 나고 어머니 아버지의 얼굴이 아롱거린다. 볼에서는 때마침 대용 눈물이 죽죽 흘러 내"리는 것으로 이어진다. 화순에서 광주로 유학을 와서 혼자 공부하는 외로움을 결코 숨기지 않고 있다.

학생들의 작품을 선정한 '문학동호인들', 즉 선배문학인들도 학생들을 위하여 『학생문예』에 동참하여 작품을 발표하였다. 김현승이 청탁해서 실렸을 것으로 추정되는 김동리의 소설 「팥죽」도 실려 있다. 한국문학의 주류였던 김동리가 작품을 발표함으로써 학생들에게 주는 의미는 컸다. 김현승은 「시인의 위치와 책무」로 시인으로서 반드시 갖추고 있어야 할 정신적 자세가 어떠해야 하는 지, 오화룡은 「나의 시력(작가수업)」을 통해 시인으로 걸어온 길을 담담하게 제시하였고, 윤삼하는 「시의 이해」로 시가 무엇인지를 정리하여 문학인으로 성장하는 데 갖추고 있어야 할 기본적인 것을 상기시켰다.

그리고 김현승의 문학적 제자인 박봉우도 「순금의 고독」이라는 시로 응답하여 후배들을 지원하였다. 박봉우는 광주고등학교 문예부 핵심에서 「광고타임스」의 편집장을 지낸 문사로 학생문예의 모범적인 모델이었다. 그의 시를 옮기면 다음과 같다.

젊음을 자살한다는 것은
봄이 빈
계절

내 心中의 조그만한 새장에는
봄이 와도
초록의 봄이 와도
카나리아가 악보를 잃고
울지 않는다.

사랑이란
받는 것이나 주는것도
그리고 말하지 못 하는것도
괴롭고 외로운
흐름의 원경.

시골 새장엔
초록의 짙은 봄이 와도
서울에 산다는 카나리아가

울지를 못해서,

또, 가난하고
순금의 고독한 편지를
띄운다.

괴로워도……
괴로울수록……
사랑의 아지랑이가 온체 핀
나의 눈물의
집에서……

— 박봉우, 「순금의 고독」 전문

박봉우의 시 「순금의 고독」은 『박봉우 시 전집』[6]에도 수록되지 않은 새로운 작품으로 그의 시가 창간호에 실린 것은 학생 독자들에게 큰 의미였다고 할 수 있다. 고등학교 문예부원으로 당당한 시인이 된 선배의 면모는 흠모의 대상이기에 충분했다. 그래서 문학 지망생인 『학생문예』 독자들에게는 단순한 독물이 아니라 시인이나 소설가가 될 수 있는 희망의 기표로 작용하였을 것이다. 권일송도 「로-강씨에게 부치는 가을의 편지」로 창작의 모범을 보여주었다.

그런데 특별한 것은 「지도위원 및 학생문예 참가교명단」이 표지를 넘기면 첫 페이지에 있다. 여기에는 지도위들의 명단과 함께 『학생문예』에 참가한 학교의 명단이 수록되어 있다. 『학생문예』가 창간된 것은 자연발생적이지만 교육계가 적극적으로 협력하여 발간한 것임을 알 수 있다.

---

6 박봉우, 『박봉우 시 전집』, 임동확 편, 현대문학, 2009.

「지도위원 및 학생문예 참가교명단」을 제시하면 다음과 같다.

〈지도위원〉
**시부** 주기운(전남여고), 문도채(광주농고), 이재만(광주사범), 김병래(숭일고등), 송규호(광주고교)
**산문부** 김포천(광주공고), 윤형성(조대부고), 박능규(광주일고), 김종규(광주상고), 조복남(광주여고), 윤종만(간호여고), 손금만(사례지오고)

〈참가학교〉
**대학부** 전남대학교문학부, 조선대학교문학부, 광주사범대학문학부
**고등부** 광주사범학교 문예부, 광주공업고등학교 문예부, 학다리고등학교 문예부, 목포고등학교 문예부, 광주여자고등학교 문예부, 광주제일고등학교 문예부, 사례지오고등학교 문예부, 신생보육고등학교 문예부, 조선대학교부속고등학교 문예부, 간호여자고등학교 문예부, 수피아여자고등학교 문예부, 전남여자고등학교 문예부, 광주숭일고등학고 문예부, 광주고등학교 문예부

이상의 지도위원과 참가학교를 보면 지도위원이 재직하고 있는 학교의 문예부는 빠짐없이 참가학교 명단에 있다. 다만 대학부의 경우에는 예외로 자유롭게 참가한 것으로 추정된다. 그리고 전라남도와 전라남도교육회가 나란히 "축 발간"이라는 광고가 실려 있는데, 전라남도와 전라남도교육회가 후원하였음을 알 수 있다. 이것은 비단 자발적인 형태의 학생문학동우회를 넘어 지역의 학교와 지역의 행정과 교육단체가 합심하여 문학청년들을 기르기 위한 조직적인 활동의 결과라고 할 수 있다.

## 4. 결론

광주에서 발행된 『학생문예』는 학생들이 자발적인 문학동우회를 결성하여 문학적 연대를 통해 문예창작 활동을 하였음을 보여주는 매체다. 학생들의 문학적 연대를 지역의 선배 문인들과 각 고등학교에서 적극적으로 지원하여 창간한 만큼 광주전남 지역의 문학적 분위기는 남달랐다. 학생 문예지에 나타난 지역 문학적 특징은 세 가지로 정리된다.

첫 번째는 시인 김현승을 비롯하여 광주에서 활동하고 있었던 시인들, 그리고 그의 제자들인 박봉우 등이 『학생문예』 창간호에 작품을 발표하여 학생들의 창작 활동을 격려하고 있다. 둘째는 각 고등학교의 문예부 지도교사들이 적극적으로 참여하여 문예활동을 지원하고 있다. 셋째는 학생들의 작품을 공모를 통하여 학생들의 작품 수준 향상을 꾀하였으며, 대상을 광주전남 지역의 고등학생과 대학생으로 한정하였다. 이것은 결국 광주전남 지역의 학생들을 위한 지역의 문학적 분위기와 태도가 창작 활동을 적극적으로 지원하고 육성하고자 한 의지였다고 할 수 있다.

『학생문예』는 『영도』 동인들의 활동에서 촉발된 새로운 것에 대한 문학적 도전이 고무적인 문예활동을 촉발하였다는 것을 알 수 있는 사료로, 창간호만으로 1950년대 후반의 광주전남 지역문단의 분위기를 자세하게 알 수 있었다.

제5장

# 광주전남 지역문학운동의 확장

# '호남' 정체성의 내적 논리와 『영산강』

## 1. 영산강의 이름으로

광주전남을 대표하는 지리적 공간은 단연 '무등산'과 '영산강'이다. '무등산'은 총면적 75.425km²로 광주와 전남 담양과 화순에 위치해 있고, 최고봉 해발 1,187m의 천왕봉 일대는 천연기념물 제465호 주상절리대(입석대, 서석대, 광석대)가 넓게 분포하고 있다. 수달, 구렁이, 삵 등 멸종 위기종 8종과 원앙, 두견이, 황조롱이 등 천연기념물 8종 등의 동식물이 서식하고 있는 국립공원이다. '영산강'은 전남 담양군 용면 용추봉에서 발원하여 광주광역시과 전라남도 장성군, 나주시, 함평군, 무안군, 영암과 목포시를 거쳐 서해로 흐르는 국가하천이다. 영산강의 길이는 111.68km이다. '무등산'이나 '영산강'은 국가가 관리하고 있지만 '무등산'과 '영산강'은 광주전남 사람들의 삶에서 떼어놓을 수 없는 특별한 곳이다. 그래서 '무등산'과 '영산강'을 소재로 한 문학작품도 많고, '무등산'이나 '영산강'을 표제로 한 시집이나 책들도 상당하다. 그런데 '무등산'이나 '영산강'을 표제로 삼은 잡지는 본 적이 없었다. 『영산강』은 재경전남

향우회지다.

　근대 초기에 서우학회, 서북학회, 기호흥학회, 한북학회, 호서학회, 관동학회, 호남학회, 한북학회, 교남학회 등이 있었다. '서우학회'는 평안도, 황해도 지역, '서북학회'는 평안도, 함경도, 황해도 지역, '기호흥학회'는 경기, 충청도 지역, '한북학회'는 함경도 지역, '호서학회'는 충청도 지역, '관동학회'는 강원도 지역, '호남학회'는 전라도 지역 출신들이 만든 단체였다. 이 학회들은 학회지를 발간하여 그 존재를 널리 알렸다. 전라도 출신의 민족주의자 · 상공인들이 서울에서 조직한 '호남학회'도『호남학보』를 발간하였다. 혹시 그 전통이 재경전남향우회로 이어진 것은 아닐까. 전남에서 서울로 출향한 인사들이 모여 만든 친목모임에서 향우회지를 발간한 것은 근대 초기의 학회들의 학회지가 모체가 된 것이 아닌가 하는 추측도 해보면서『영산강』을 들쳐보았다.

　『영산강』을 보면서 다른 나라 사람들도 우리나라 사람들은 출신 지역을 중심으로 모여서 집단적으로 움직이기를 좋아하는지 궁금하다는 생각이 들기도 하였다. 거기에도 친목을 도모하기 위한 순수한 모임에서부터 정치적인 모임에 이르기까지 여러 형태의 모임이 있기는 하겠지만 우리나라 사람들처럼 출신 지역에 연연하는 나라는 많지 않을 것 같다는 생각도 했다. 재경전남향우회는 서울로 출향한 전남 출신들의 인사들이 모여 만든 친목단체였는데 친목을 넘어선 어떤 욕망이 내재했던 것은 아닌가 싶다. 그래서 전라도 사람들의 삶과 정서를 대표하는 공간인 '영산강'을 표제로 삼은『영산강』을 발행한 것으로 추측된다. 아무튼 재경전남향우회지『영산강』의 대강을 글쓴이들을 통해 간략하게나마 가늠해 보려고 한다.

## 2. 향우회지 『영산강』의 구성과 내적논리

### 1) 『영산강』의 구성

재경 전남향우회지 『영산강』의 〈차례〉를 간략하게 살펴봄으로써 향우회지의 성격을 가늠해 보기로 하자.

『영산강』, 전남향우사, 1960.12.15.
  제자: 손재형, 표지화: 김환기, 목차 그림: 김옥진, 컷: 천경자

  창간사, 오종철/축사, 서민호/영산강찬, 이은상/「하와이 근성론」 파동의 경위, 안용백/나주 비료공장 건설에 관한 증언, 정형모/자본주의와 농업, 김민환/해태산업의 왕국 다도해(논단), 정문기/삼대자본(밀천)(논단), 남계영/엽관운동(논단), 김명식/5대국회와 혁명입법의 귀추(논단), 정판국/상호부조하자(논단), 장홍염/향토와 위인(논단), 백형채/식물성의 고요한밤(시), 김현승/무제(시), 박성용/강이운다(시), 전승묵/구름속 달이 다려가듯(시), 임학송/창변(시), 이형엽/버림받은 사람(희곡), 차범석/선사품(꽁트), 백두성/춘농(단편소설), 천승세/흑인소년(연재번역소설), 모방현 역(리차드 · 라이트작)/호남선점경(수필), 박화성/고향은 멀어도 좋다(수필), 박정온/고향으로 달리는 준급행(수필), 모방현/고향이란 것(수상), 최명수/향토성 소고(평론), 최일수/미래에의 대화(평론), 장백일/역사가로서의 「토인비」(평론), 김순복/재경전남향우회, 박현주/인간 서민호, S/전남향우사를 말함(대담, 대담자: 조국현)/정치가의 소음과 병폐의 분석(특집), 정문원/금차 지방선거의 의의(특집), 이환의

## 2) 정치인과 전문가의 정치사회 논단

『영산강』의 제자를 쓴 이와 표지화와 목차화, 컷을 그린 작가들은 모두 전남 출신의 작가들이다. 여기서부터 전남향우회의 색채가 짙다. 〈차례〉를 봐도 그렇다. 『영산강』의 〈차례〉를 보면 크게 두 종류의 글로 분류되는데 첫째는 정치인과 전문가들을 중심으로 한 논단(논평)이고, 두 번째는 작가들의 문학작품이다. 이로 미루어보면 『영산강』은 친목회의 매체라기보다 종합잡지라고 해도 무방할 정도다. 「전남향우사를 말함」에 "재경 향우 및 각 지방에 산재하고 있는 향우에게 친선과 소통을 도모하며 아울러 향우의 긴밀한 상호연락을 함으로써 각 분야의 발전과 향상을 조장하며 친목을 더욱 돈독히 하려 한다"고 매체의 성격을 밝혔다.

서민호가 쓴 「축사」에도 향우회지의 성격이 뚜렷하게 드러나 있다. "나라를 사랑하는 것이 국민의 상정이라 한다면 우리가 전남에 태어나서 우리 고장의 일초일목을 그리워하고 그 자연의 아름다움을 찬미하고 향우를 사랑하며 아끼는 것은 우리들의 당연한 감정의 발로"라고 하였다. 그리고 다음과 같이 썼다.

> 향토의 문화적 발전과 향우들의 건전한 육성을 뜻으로 하여 보다 더 절실한 시대적 호흡 속에서, 서로 화목하고, 넓게 살피고, 오손도손 모여앉을 자리를 마련하고저 마음을 정한 것이 『영산강』 출간의 의도였음에 더 말할 나위도 없으려니와, 앞으로도 더 큰 의지로써 행진할 저희들의 각오는 곧 여러 향우들의 가슴 속에서 더 큰 의미를 갖게 될 것입니다.[1]

---

1 오종철, 「창간사」, 『영산강』, 전남향우사, 1960.12.15, 14쪽.

전남향우회의 목적은 "향토의 문화적 발전과 향우들의 건전한 육성을 뜻으로 하여 보다 더 절실한 시대적 호흡 속에서, 서로 화목하고, 넓게 살피고, 오손도손 모여앉을 자리를 마련"하는 데 있었다.

서민호는 당시 광주전남을 대표하는 정치인이었다. 전라남도 고흥군 출신으로 일본 와세다대학을 졸업하고, 미국 컬럼비아대학에서 정치사회학부 대학원을 졸업한 후 전라남도 벌교읍에서 남선무역주식회사를 설립하여 운영하는가 하면, 1935년 송명학교를 설립하여 교장을 지냈다. 그리고 재임 중 1942년 조선어학회사건으로 1년을 복역하기도 하였다. 광복 후 관계에 진출하여 광주시장을 거쳐 전라남도지사를 지냈으며, 1950년 제2대 민의원 의원에 당선되었다. 그리고 1952년 거창양민학살사건의 국회조사 단장으로 활동하던 중에 그를 암살하려던 대위 서창선 살해사건으로 복역하였고, 1960년 4·19혁명으로 출옥하였다.[2] 「축사」를 쓸 무렵에는 민의원부의장을 맡고 있었다. 일제 치하에서 민족운동을 한 지사였고, 해방 후에는 정치적인 입지가 확고했으니 「우리고장이 낳은 인간 서민호」라는 제목처럼 그는 재경전남향우회의 구심점이었다.

그리고 제헌국회의원을 지낸 장홍염이 쓴 「상호부조하자」는 논단과 「5대국회와 혁명입법의 귀추」라는 논단을 쓴 정판국[3]의 글도 정치적이다. 이점은 향우회의 성격을 가늠해 볼 수 있게 한다.

또한 「전남향우사를 말함」의 대담자인 조국현은 전남 화순군 출신의 참의원, 제헌국회의원을 지낸 인물이다. 그는 서울에서의 3·1독립 선언과 각지에서의 만세시위 소식을 듣고, 3월 15일에 동리 서당학생 조경환,

---

2  서민호, 『나의 옥중기』, 동지사, 1962, 962쪽.
3  전남 신안 출신으로 1971년도 선거에 당선되어 제8대 국회의원을 지낸 인물이다.

조기현, 그리고 마을 사람들과 함께 읍내 갱미산마루로 올라가서 만세를 불렀다. 또한 남선농민연맹에 화순군 화순소작상조회 대표로 천영진, 박원조와 함께 가입[4], 활동하였고, 화순군에 중등야학원 교사로 학생들을 가르치기도 하였다[5] 그는 "노동자의 이익과 살길은 노동자끼리의 결속인 노동조합에 있고, 농민의 살길과 이익을 위하야는 농민끼리 단결과 결속이 필요하다"고 말하며, 1926년 9월 20일에 화순농민조합을 창립[6]하였을 뿐만 아니라 호남유림의 대표로 "탁치반대, 직시자주독립"의 깃발을 들고 봉기했다. 오채열, 천석봉 등과 전남대성회와 전북명륜회를 대표하여 하지 군사령관을 방문하고 "해방과 자유를 준 연합국에 대하여 충심으로 감사하는 동시에 우리는 모욕적인 탁치를 주검으로써 반대한다"는 메시지를 전달하기도 했다.[7] 「혁명정부에 보내는 공개장」[8]을 『동아일보』에 발표하는 등 강직한 성품의 소유자로 칭송받는 인물이었다. 그의 영향력도 무시할 수 없는 것이었다.

「해태산업의 왕국 다도해」를 쓴 정문기는 전남 순천시 출신으로 동경제국대학 농학부 수산학과를 졸업한 후, 평안북도 수산시험장장, 경기도지사 겸 경기도 수산시험장장, 조선총독부 수산시험장 목포지점장을 지냈다. 그는 조선축구협회를 창설하여 이사장을 지내기도 하였다. 해방 후 농림부 수산국장을 거쳐, 기획처 경제계획관으로 싱가폴 개최 인도태

---

4 『동아일보』, 1923.3.22.

5 『동아일보』, 1925.11.17.

6 『동아일보』, 1926.9.30.

7 『동아일보』, 1946.1.14.

8 『동아일보』, 1963.10.12.

평양수산회의 한국 대표로 참가하는 등 국정에 참여하였다. 또한 제1회 한일회담 대표와 한국생물학회 부회장, 한국수산학술협회장을 거쳐 학술원 특별위원이자 수산분과 위원장 등을 거친 수산업분야의 전문가로서 다도해 전남의 해태산업을 진단하였다.

「「하와이 근성론」 파동의 경위」를 쓴 안용백은 전남 보성군 출신으로 서울로 유학하여 중동학교를 졸업하고, 1930년 경성제국대학 철학과를 졸업하였다. 졸업 후 조선총독부 학무국을 거쳐, 편수서기에 임명되었다. 이때 『문교의 조선』, 『조선』, 『녹기』, 『조선행정』, 『내선일체』 등의 친일잡지에 내선일체와 각종 황국신민화 정책을 찬양하고 선전하는 글을 많이 썼다. 1941년 1월부터는 국민총력조선연맹 사무국 훈련부와 선전부 서기를 거쳐 경남 의령군수로 부임하여 의령군농회 회장과 의령군 미곡통제조합장, 경남 하동군수로 옮겨 재직하다가 해방 후인 1945년 10월 해임되었다. 그 후로 부산중학교 교장, 경남중학교 교장을 거쳐 전남 문교사회국장, 문교부 고등교육국장, 문교부 편수국장을 지냈다. 1958년 5월 그의 고향인 전남 보성에서 자유당 소속으로 제4대 국회의원에 출마하여 당선되었으나 1959년 6월 국회의원 선거 과정에서 부정이 탄로 나서 대법원에서 당선 무효형을 받아 의원직을 상실했다.[9] 이 글을 쓸 때는 의원직을 상실했을 때였고, 후에 전남교육감을 지냈다. 민족문제연구소에서 발행한 『친일인명사전』에 올라있다.

전남 향우회지 『영산강』에는 이 밖에도 2편의 글이 특집으로 실려 있

---

9  민족문제연구소, 『친일인명사전』 2, 445쪽 참조. (그의 친일행적은 광주중외공원에 있었던 흉상의 철거요구로 이어졌고, 2013년 7월 7일 철거되었으며, 올 봄부터 경남 민족문제연구소 등이 경남고등학교 교정에 있는 흉상 철거를 요구하고 있다.)

는데 모두 정치와 관련된 글이다. 정문원의 「정치가의 소음과 병폐의 분석」은 국회에서 근무하던 당시 쓴 글로 4·19혁명은 "우리 민족의 성장이요 한량없는 자랑이다. 또 이 혁명은 세계에 자랑할만 하다"고 평가하였다. 그리고 나서는 "관권의 남용을 방지하자는 혁명이였고 잘 살 수 있는 길을 찾자는 혁명이었는데 지금까지의 결과를 모두가 권리 아귀다툼이라 할까 심하게 평하면 전리품을 노리는 이권투쟁을 위한 것이였나 하는 의문이 생"긴다고 진단하였다. 4·19혁명 후에도 변하지 않는 정치권과 유권자들을 향해 각성을 촉구하였다.

또 하나의 특집인 「금차 지방선거의 의의」는 낙장되어 내용을 확인할 수 없으나 부제가 '올바른 참정권행사로 호남인의 정치 수준을 자랑하자'인 데서 내용은 미루어 짐작할 수 있다. 이 글을 쓴 이환의는 전남 영암 출신으로 서울대 사회학과를 졸업한 갓 서른의 젊은이였는데 민자당 소속 14대 국회의원을 지냈다. 이상에서 본 것처럼 재경 전남향우회지 『영산강』에는 전남 출신의 거물 정치인들, 재계 인사들이 중심이 되어 이끌었다는 것을 알 수 있다. 이것을 볼 때 정치적인 의도가 없는 순수한 향우회지라고 하기는 어렵다. 혹 정치적인 의도는 없었을지라도 정치적인 성격을 드러내고 있음을 부인하기는 어려워 보인다.


### 3) 작가들의 고향, 문학적 원형

전남향우회지 『영산강』에는 전남 출신의 작가들의 시와 소설, 수필과 평론이 실려 있다. 시 5편, 소설 2편, 수필 4편, 평론 3편, 희곡 1편이 실려 있다. 경상도 출신인 이은상도 「영산강찬」에 영산강의 역사와 영산강을 노래한 한시나 시조를 인용하면서 영산강을 의미화 했다. 그리고 김현승은 전남을 대표하는 시인으로 평양에서 태어나 제주를 거쳐 8세 무렵 광주에 정착했다. 시 「식물성의 고요한 밤」은 광주 생활을 모두 정리하고 조선대학교에서 숭실대학으로 자리를 옮긴 뒤에 서울에서 쓴 작품으로 보인다. 『김현승 시전집』[10]이나 『다형 김현승 전집』[11]에는 빠져있는 작품이다. 전문을 옮긴다.

고요한 가을 밤에는
들리는 소리도 많다
씀바귀 마른 입에 바람이 지나는……

고요한 가을 밤에는
들리는 소리도 많다
낙엽보다 쓸쓸한 쓰르라미 우는……

고요한 가을 밤에는
들리는 소리도 많다
누구의 가슴엔가 단풍잎 접어넣는……

고요한 가을 밤에는
들리는 소리도 많다
머나먼 길 위에서 보리피리 불어주던……

고요한 가을 밤에는

10 김현승, 『김현승 시전집』, 김인섭 편, 민음사, 2005.
11 김현승, 『다형 김현승 전집』, 다형김현승시인기념사업회, 2012.

들리는 소리도 많다
어데로 향함인가 호롱의 심지 호올로타는……
— 김현승, 「식물성의 고요한 밤」 전문

  또한 시인 박성룡도 「무제」를 실었다. 전남 해남군 출신으로 광주고 문
예부에서 활동했고, 강태열, 박봉우, 주명영, 김정옥 등과 함께『영도』동
인으로 활동하였다. 1956년 7월『문학예술』에 조지훈, 이한직, 박남수가
'시의 신선함과 지적인 언어, 한자어 배합의 교묘함 등에 주목하여 추천'
을 완료하면서 등단하였다. 시 「무제」는 시집에 실려 있지 않은 작품이
다. 그는 신태양사, 월간『사상계』기자를 거쳐,『민국일보』문화부 기자
일 때 쓴 「무제」는 등단하고 3년째 되던 해의 작품이다.[12]


    유리창을 닦노라면
    가을은 이내 실내에도
    가득하고 만다
    낙엽은 상혀도
    지나간 이야기들은 낙엽이 되어
    가슴위로 쌓여도
    무르익는 것들은 따로이 있다.
    들리는 소리가 무엇이냐고요?
    과일들의 체중이 흔들리는 소리겠지.
    보이는 것들이 무엇이냐고요?

---

12 박성룡은 시집으로『가을에 잃어버린 것들』(삼애사, 1969),『추하추동』(민음사,
  1970),『동백꽃』(신라출판사, 1977),『휘파람새』(서문당, 1982),『꽃상여』(전예원,
  1987),『고향은 땅끝』(문학세계사, 1991),『풀잎』(창작과비평사, 1998)이 있고, 산문
  집으로『시로 쓰고 남은 생각들』(민음사, 1978)이 있다.

엽맥의 녹소들이 불타오르는

빛깔들이겠지.

생각해 보세요.

당신의 수확은 무엇인가를.

찾아보세요. 들어보세요.

당신 속에서 보이는 것

들리는 소리들이 무엇인가를.

一九六〇년의, 또 하나의,

이 깊은 가을에.

— 박성룡, 「무제」 전문

그리고 시 「강이 운다」를 쓴 전승묵은 전북 진안 출신으로 1959년 『한국일보』에 「소년 배달원의 노래」가 당선되었다. 「강이 운다」는 초기 작품으로 이화여중 교사로 재직 중이었다. "강이운다/벌겋게 홍조되어/성난 짐승 처럼 운다//천년을 흘러도 가난하기만 한 땅아/참고 견뎌요 일월이 슬프다"는 구절처럼 '영산강'의 유구함을 시의 바탕에 두고 있지만 역사에 더 주목하고 있다.[13]

또 시 「구름속 달이 달려가듯」을 쓴 임학송은 광주광역시 광산구 출신으로 조선대학교 대학원을 졸업하고 『전남일보』에 재직, 박석창과 함께 2인시집 『시든 영산홍』(향문사, 1956)을 냈다. 이 시는 국무원 공보국 재직 중에 썼다. "숨막힘을 억누르고/여기/입슬을 깨물며 서서/돌아보지

---

[13] 전승묵은 1975년에 첫시집 『배역 없는 무대』를 냈고, '표현문학회' 동인, 민족문학작가회의 회원으로 활동하였다. 시집 『밑불』(한일출판사, 1977), 『자화상에 걸리는 팻말』(사랑사, 1982), 『누워서 보는 별』(경원, 1995), 『꽃비 내리는 길』(삶이 보이는 창, 2002)이 있다. 산문집으로는 『겨울이 추울수록』(교음사, 1987)이 있다.

못할 그리움"으로 고향을 담고 있다. 그리고 서울대학교 문리대 4학년이었던 이형엽의 시 「창변」도 있다.

극작가인 차범석은 전남 목포 출신으로 1955년 『조선일보』 신춘문예에 희곡 「밀주」가 가작, 1956년 『조선일보』에 「귀행」이 당선되었고, 그의 작품들은 사실주의 극을 확립하는 데 공헌하였다. 『영산강』에도 한국전쟁을 배경으로 한 「버림받은 사람들」이 실려 있다. 목포에서 박화성, 차범석 등과 활동했던 백두성은 전남 영암출신으로 니혼대학 문과 졸업하고 국어교사로 재직하면서 소설을 썼다. 1959년 『자유문학』에 「항구」로 신인문학상을 받으면서 등단하였다. 콩트 「신사품」은 덕성여고 교사로 재직 중에 쓴 작품이다. 그는 덕성여고에서 정년퇴직을 한 후에 200여 명이 모여 결성한 '재경호남문학회' 초대 회장을 지내기도 하였다.[14]

또한 천승세는 소설가 박화성의 아들로 1956년 목포고를 나와 1961년 성균관대학교 국문학과를 졸업하였다. 1958년 『동아일보』 신춘문예에 「점례와 소」가 입선, 1958년 『현대문학』에 「내일」이, 1959년 「견족」(1959)이 추천되었다. 소설 「춘농」은 천승세의 초기 작품이다.

그런가 하면 소설가 박화성은 수필 「호남선점경」에는 "큰 도시에서는 2, 3일 새에 집 하나씩이 불어날 만큼 급전하는 변모가 있는 데 반하여서 철도연선, 더구나 호남선연변의 변화란 사오십 년간의 구태가 그대로 있다"고 아쉬운 마음을 표현하면서도 호남선에 처음 몸을 실었던 열세 살 서울 유학길에서부터 한국전쟁의 피난길, 그리고 정차하는 기차역에 대한 소회와 풍경을 담았다. 특히 전북과 경계선인 장성의 갈재부터는 "하

---

**14** 『동아일보』, 1985.1.19

나의 산수화"라고 하면서 "영산강과 장성 갈재의 단풍"은 살벌한 시야를 달래어주는 절경이라 극찬하기도 한다. 또 "송정리에서는 관록이 있어 보이는 중후한 모습의 신사들과 쏙 뽑아낸 말쑥한 청년들이 많이 내린다. 전남의 수도 광주가 있는 까닭일까? 배장수가 파리 떼처럼 붙어서 날뛰는 나주를 지나기 전에 영산강이 열린다. 무등산, 월출산, 유달산, 삼산의 기상은 남성적이오 영산강의 맑은 물은 여성의 맘씨라고 모두들 아끼고 기리는 우리 고장 오직 하나의 흐름!"이라고 강조하였다. 그가 사랑한 고향, 호남선의 종착역 목포까지의 풍경과 추억과 그 안에 담긴 삶을 녹여냈다. 그리고 "그 어느 땐가 다시 호남선점경을 쓸 후배의 글에서는 연선에 많은 변화가 있을 것을 기대하고 싶다."는 추신을 덧붙였다.

또 수필을 쓴 박정온은 전남 장흥군 출신으로 고향을 그리는 마음을 담아 쓴 수필 「고향은 멀어도 좋다」를 통해 "어찌 생각하면 고향의 개념도 곳에 따라 조금씩 달라지나보다. 노령산맥의 줄기 줄기 장성 「갈재」의 긴 터널을 지나 서울행 열차가 전남의 경계선을 벗어나면서부터 벌써 나의 고향은 어느 산골이 아니고 전라도 일원으로 확대된다."고 하였다. 그리고 전라도는 "어두운 봉건의 늪. 지난 날의 또 오늘의 정치적 압력. 예나 이제나 빈곤의 굴레를 벗어나지 못한 실의의 지역"이라고 했다. 전라도 사람들에 대해서는 "역시 대포집 같은 데서 사투리 한마디로 통하는 친구를 만나면 그래도 전라도끼리 반갑다. 서울에서 흔히 제 고향이 전라도가 아니라도 감추는 사람이 있다는 말을 들은 적이 있지만 그것은 자존심이 없는" 짓이라고 일갈한 후 시인 김악의 시 「전라도 사람들」을 인용하였다.

또 모방현은 수필 「고향으로 달리는 준급행」에는 서울에서 기차를 타고 고향가는 길을 상세하게 묘사하였는데, 전라도 사투리를 만나 "여기서는 글자 그대로 인간은 평등이다"면서 고향의 편안함을 담았다. 그리고 목포 출신의 영화배우 최명수는 수필 「고향이란 것」에 고향은 "거저 내 마음의 왕국"으로 묘사했다. 고향은 그런 곳인 모양이다. 평론가 최일수는 평론 「향토성 소고」에서 "문학이 인물을 하나의 전형으로 입상할 때 그 인물의 성격이나 사상이나 기질이 그 인물의 주변생활에 같이 관련되어 있으며 또 주변생활이 없으면 그 인물이나 상황이 형성되지 못하기 때문"에 "주변이라는 것이 향토성"이라고 주장했다. 장백일은 평론 「미래에의 대화—현대시가 가야 할 길」을 통해 "시인에게 있어서 말(언어)은 하나의 실천이면서 동시에 하나의 행동"이기 때문에 "시인이 언어라는 실천적 행위를 가지고 미경험의 세계에 뛰어 들어가서 거기에서 비로소 새로운 세계, 새로운 질서를 창조한다"고 강조하였다.

이렇듯 『영산강』에는 많은 작가들이 장르별로 지면을 차지하고 있다. 전남향우회지이기 때문에 주로 고향과 영산강을 소재로 삼아 쓴 것으로 보이지만, 작가에게 고향은 정신적 원형이고 문학적 원형이기 때문에 이를 쓸 수밖에 없다. 따라서 전남향우라는 동질성을 유지하고 긴밀성을 형성했다.


## 3. 결론

전남향우회지 『영산강』의 대강을 살펴보면서 '재경전남향우회'가 친목 도모에 머물지 않고 또 다른 정치적인 목적을 갖고 창간되었을 가능성도 있다는 생각을 했다. 전남을 상징하는 공간인 '영산강'을 구심점으로 삼아 서울에 거주하는 전남 출신들의 친목 도모가 표면적인 목적이었지만 보이지 않는 내적원리가 작동하고 있음을 보았기 때문이다. 그렇지만 전남 지역의 정치 현안과 경제 산업 분야 등을 진단하고 논평함으로써 지역발전을 견인하고자 한 노력이 담겼다는 것의 의미는 작지 않아 보인다.

그런데 『영산강』은 창간호 이후에도 계속 발간되었는지 여부는 아직 알 수 없다. 다만 『영산강』이 발간되고 얼마 지나지 않아 바로 5·16쿠데타가 있었고, 박정희 정권이 끊임없이 지역에 대한 차별을 감행했다는 점에서 계속 발간되기는 어려웠을 것으로도 추정된다. 여기서 살펴본 것은 『영산강』에 담긴 구체적인 내용보다는 글을 쓴 인물들을 들여다보는 데 의의를 두었다.

# 광주전남의 시정신, 시 전문지 『시인』

## 1. 시인으로

4·19에 참가했기 때문에 도저히 5·16쿠테타를 인정할 수가 없었다. 이 5·16에 대한 부정은 꿈속에서까지 이어졌다. 꿈결마다 가끔 나타나는 검은 안경을 낀 작달막한 그 사람, 그 사람 곁의 또 자그마한 사람들은 내 꿈자리를 수시로 설쳐댔다. 어떤 때는 반들반들한 윤기가 도는 돼지새끼들이 쫓겨와 내 품속을 파고들기도 했는데 그럴 때마다 검은 안경을 낀 그 사람들이 총부리를 겨누며 그 돼지새끼들을 내놓으라고 윽박지르고 쑤셔대고 얼러대기도 했다. 그럴 때면 돼지새끼들은 눈을 부릅뜬 채 돌돌돌거리며 겁에 질린 채 나만 쳐다보기 일쑤였다. 꿈 중에서 제일 좋은 꿈은 역시 돼지꿈이라는 생각은 우리 민족의 오랜 믿음이었고 바람이었다. 꿈속에서였지만 몹시 안타까웠고 불안했다. 이 나라 이 민족이 평탄치 못하리라는 조짐으로 느꼈다. 이 꿈속의 괴이하고 안타깝고 불안한 체험을 토대로 꽤 길게 「아침 선박」을 썼다[1].

---

1 조태일, 「꿈꾸고 나서 쓴 「아침선박」」, 『시인은 밤에도 눈을 감지 못한다』, 나남출판, 1996, 92~93쪽.

1960년대 한국 사회는 전쟁의 상흔과 전후복구의 피로감 속에서도 4·19혁명의 열정에 힘입어 활기찬 출발을 보였다. 4·19혁명은 민주주의를 갈망한 시민들의 열망과 참여의식 덕분에 한국문학사에도 중대한 전환점이 되었다. 그에 따라 한국시단은 순수·참여 문학논쟁이 가열되면서 민중의 힘을 발견하고 민중적 삶을 주목하였다. 4·19혁명이 비록 5·16군사 쿠데타에 의해 미완의 혁명으로 끝나고 말았지만 참여시를 탄생시켜 1980년대 민중문학에 이르기까지 문학사의 큰 줄기가 되었다. 60년대 참여시로 시대를 견인한 대표적인 시인은 신동엽과 김수영이었다. 그리고 뒤를 이어서 확대한 시인이 조태일이다.

조태일은 1963년 겨울 『경향신문』 신춘문예에 「아침선박」이 당선되었다. 그는 습작시 10편도 안 되는 처지에 문단에 등장하였고 등단 1년 후인 1965년 첫 시집인 『아침선박』을 출간함으로써 시인의 대열에 합류하였다. 조병화 시인은 "순수무한한 정신의 깊은 지하수 같은 맑은 개울이 흐르고 있다. 서정의 유역이라기보다 사색의 유역을 개성의 감염이 없이 흐르고 있는 영혼의 개울, 오히려 그것은 현대시의 자연을 흐르고 있는 젊은이의 갈망의 하천일지도 모른다"고 젊은 조태일을 간파하였다. 조태일의 문학 활동에 대한 예견이었다.

그는 군인 장교로 재직 중에도 『신춘시』에 「나의 처녀막」과 「눈깔사탕」 연작시를 발표하는 등 부조리의 심장에 비수를 들이대면서 독재정치를 비판하는 작품을 써댔다. 그 후에 바로 「식칼론」 연작을 발표함으로써 시대와의 처절한 싸움을 멈추지 않고 사회적인 부조리에 정면으로 대응하는 참여시의 기수가 되었다. 조태일은 그것으로 부족하여 새로운 시운동을 전개하기 위해서 시 전문지 『시인』을 창간하고 발행하기에 이른다.

『시인』의 창간은 한국시단을 뒤흔들 시인들의 탄생을 예견한 문학적 사건이었다. 이에 여기에서는 『시인』의 서지와 목차 등을 꼼꼼히 정리하여 편집자였던 조태일의 열정과 고투의 과정들을 살펴보고자 한다.

## 2. 시 전문지 『시인』 창간과 서지사항

### 1) 『시인』 서지사항과 차례

조태일은 시인으로서 창작 활동에 대한 목마름이 커서 시 전문지 『시인』을 창간했다. 그래서 1969년 8월 『시인』을 창간하여 1970년 11월호까지 발간하였다. 『시인』의 서지사항과 차례를 정리하면 다음과 같다.

『시인』 창간호, 1969.8.(1969.7.1. 한국시단사 발행)

편집자의 말/신동엽특집, 시 5편, 시인정신론/이가림, 신동엽론/정진규, 네 개의 도둑질/이협, 병정 돌아오다/김해강, 노송대에서/박재삼, 어느날/장호, 굴욕은/박희진, 사랑이 고갈된 잡놈의 노래/황갑주, 어지런 세상이지만/박열아, 밤의수첩/김선영, 눈물/이향아, 음악회/홍희균, 지나간 우리의 숨소리/슈뻬르비엘(민희식 역), 시법을 생각하면서/구중서, 내용없는 시의 범람

『시인』, 1969.9.(1969.8.1. 한국시단사 발행)
편집자의 말/이성부, 전라도6 외 4편/김원호, 공기 외 4편/권오운, 곰

외 4편/서정주, 머리에 석남꽃을 꽂고/김관
식, 지치장들에게/구자운, 기계가 돌아간
다/고은, 창경원/이상화, 미스(微水) 아니
(安) 지/유경환, 생활의 골목길에서/허의령,
동족/장윤우, 산, 산/김철규, 아지랑이/손광
은, 뜰어서서 외 1편/강희근, 버스로 달리
면/앙리미쇼(민희식 역), 시론단장/알랭 보
스께(조종권 역), 시의 위대성/허버트 리드

(장수인 역), 예술의 기원과 사회적 관계/정진규, 시의 〈애매함〉에 대
하여

『시인』, 1969.10.(1969.10.1.한국시단사 발행)

편집자의 말/최민, 입신 외 4편/박경석, 작품A 외 4편/신세훈, 서울의
몽둥이 외 4편/김지향, 행상 외 3편/박두진, 청산재색도/성춘복, 일
기/이창대, 산행/양중해, 향기로운 숨결들/홍완기, 임금님의 귀/정재
완, 모색/박은영, 계집아이/오창남, 취객/김재흔, 밤이 머물러 있다/
이기반, 꽃삼제/오재철, 주론/쌩.종.뻬르스(민희식 역)/역사.존재.시/
조르쥬.바따이유(조종권 역), 시와 악(상)/김현, 톨스토이 주의의 범람

『시인』, 1969.11.(1969.11.1. 한국시단사 발행)

편집자의 말/김준태, 머슴 외 4편/지하, 하
비 외 4편/원탁시동인특집:김재곤, 약소국
안타깨비 쐐기의 무장/김재흔, 고목이 수런
대는 풍경/문도채, 화단소묘/문병란, 음악
감상실/박홍원, 죽음의 연가/범대순, 이농/
손광은, 푸른 물소리/송선영, 암중행/임효
순, 어떤 시인에게/허연, 현금(해금)/황길
현, 풍경/시와 시론 동인특집/김대규, 세 번

째 사람/김옥기, 그후 거취/김정수, 소신/송인식, 풍선기/안진호, 발견/오미리, 시민의 잠/이용우, 새벽/이재행, 밤바다에서(2)/장필수, 불신시대/최규식, 인생도/제삼의 시론, 시적 오류와 산문적 실패의 지양/이브.본느후아(민희식 역), 시의 행위와 장소/조르쥬 바따이유(조종권 역), 시와 악(하)

『시인』, 1969.12.(1969.12.1. 한국시단사 발행)

편집자의 말/김현승 특집, 고독한 싸움 외 4편/70년대 동인지 특집/강은교, 물/김형영, 악의 이삭/박건한, 이미지/윤상규, 석화/임정남, 아직 꿈이 있는가/시조 27인 특집/고두동, 황야/김어수, 허/김월준, 동목/김춘랑, 가을의 시/김호길, 여숙/박경용, 귀로/박병순, 수릿날/박재두, 바람결에/배병창, 알만하데나/서벌, 매실/윤금초, 채소/이금주, 생활설/이근배, 그 가을/이상범, 광장/이영도, 추청을 간다/이우종, 아침 일기/이은방, 한강서정/이정강, 절벽/이태극, 점화/이호우, 장송/임영장, 가을과 삶의 장/장정문, 요산요수/정소파, 영의 연곡/정원영, 산이 나를 따라와서/권오운, 오후의 심경/최승범, 입추절후/하한주, 하늘/평론/김윤식, 「과수원」의 탐미의식/홍기삼, 시인과 지성과 사회/구중서, 60년대 시의 주류/염무웅, 서정주와 송욱의 경우

『시인』, 1970.1.(1970.1.1. 시인사 발행)

편집자의 말/홍기삼, 참여냐 방관이냐/주성윤, 한국시의 새 판도/한국시동인특집/박제천, 시력/송유하, 수공/양채병, 누이의 화법/오규원, 형황/유윤식, 관절담/정의홍, 뇌작업7/홍신선, 가을 파편/삼인특집/낭승만, 열매 속의 노래가 외 4편/안도섭, 진달래 산 외 4편/윤채한, 난 외 4편/김어수, 추산유곡/성기조, 소품/김영태, 바다 평에 방

가로 한 채가/권국명, 무명고8/김만옥, 와
병기/로버드 블라이(김영무 역), 파블로 네
루다론/파블로 네루다의 시(김영무 역), 다
만 죽음만이외 3편/도브진스끼(민희식 역),
민족시에 대하여/가스똥.바슐라르(이가림
역), 촛불의 시학/현재 한국시인·시조시인
주소록

『시인』, 1970.2.(1970.2.1. 시인사 발행)

편집자의 말/김윤식, 시를 쓴다는 것은 무엇인가/정진규, 시의 〈정직
함〉에 대하여/6인특집/한하운, 춘일소소 외 4편/오화룡, 환생 외 3편/
신동집, 잔해 외 4편/문덕수, 나의 가을 외 4편/김철, 사랑 외 4편/홍
윤성, 장미원에서 외 4편/구상, 속·푸른각서/이인석, 도둑/유안진,
풍선/이향아, 배회/주정애, 추상설경/김정숙, 귀의/박정희, 싱그런 아
침에/김지향, 잉꼬/홍기삼, 자유와 질병(2)/해외시 5편, 로버트블라이
외 4인

『시인』, 1970.3.(1970.3.1. 시인사 발행)

편집자의 말/김재홍, 직유와 은유의 비교계
량고/김대규, 관점의 의혹/5인 특집/황갑
주, 성냥개피 외 4편/조남두, 열병시대 외 4
편/강인한, 눈먼사내 외 5편/이생진, 매미
외 4편/문정희, 비 외 3편/채슬로우·밀로
즈(김영무 역), 바르샤바 외 3편/가스똥·바
슐라르(이가림 역), 촛불의 시학(2)/홍기삼,
자유와 질병(3)

『시인』, 1970.4.(1970.4.1. 시인사 발행)

편집자의 말/김병걸, 이어령론/4인특집:박정만, 상감청자의 귀 외 4편/최민, 성년의 봄 외 4편/김지하, 파리 외 4편/정원모, 연기 외 4편/장백일, 시인의 갈망/진중신, 고전과 생모래가 되섞임의 고뇌 외 1편/박철석, 과목/김봉룡, 서시/이경순, 시조새 외 1편/김영준, 박제새/해외시/쎙종·배르스 외 4명/가스똥·바슐라르(이가림 역), 촛불의 시학(3)

『시인』, 1970.5.(1970.5.1. 시인사 발행)

편집자의 말/임헌영, 숨바꼭질 시학 비판/6인특집:김준태, 참깨를 털면서 외 5편/오순택, 나 외 4편/홍완기, 인왕산에서 외 5편/김철규, 비에 갇힌 여름 외 4편/변학규, 응시 외 4편/박지건, 아름다운 시 외 4편/정창범, 웅변적인 밀어/로버트 블라이(김영무 역), 옥수수밭의 꿩사냥 외 3편/가스똥·바슐라르(이가림 역), 촛불의 시학(4)

1970. 6. 미간
1970. 7. 미간

『시인』, 1970.8.(1970.8.1. 시인사 발행)

편집자의 말/김윤식, 시에 대한 질문방식의 발견/김윤완, 파리 외 4편/김준태, 독수리적 안목이 필요하다/임중빈, 자유와 순교(상), 김수영시인이 도달한 길/김수영, 달나라의 장난 외 11편/김소영, 김수영과 나/로렌스, D. H, 죽음의 배 외 3편/이가림 역, 촛불의 시학(5)

『시인』, 1970.9.(1970.9.1. 시인사 발행)

편집자의 말/시론:김준태, 열개의 이야기/서평:오세영, 시간의 초극/3

인특집:박봉우, 황지의 풀잎 외 4편/김영태,
빼주 한잔 외 4편/박경석, 출근 외 5편/박
제천, 아홉개의 환각/기욤 · 아뽀리네르, 시
정신과 시인/가스똥 · 바슐라르(이가림 역),
촛불의 시학(6)/아프리카 시인 특집

『시인』, 1970.10.(1970.10.1. 시인사 발행)
편집자의 말/막스 · 자꼽, 젊은 시인에게 주
는 충고/서벌, 어떤 경영 외 4편/못파쌍, 공
포 외 4편/조정남, 지각 외 4편/이활용, 싸
움 외 4편/최두유, 사십행 외 4편/노익성,
역학 외 4편/낭승만, 미스테리적 환상 외 4
편/양중해, 아라바의 상가/가스똥 · 바슐라
르(이가림 역), 촛불의 시학(완)

『시인』, 1970.11.(1970.11.1. 시인사 발행)
아르뛰르 · 랭보, 지옥의 계절(상)/양성우,
발상법 외 5편/천상병, 불혹의 추석 외 4편/
정현종, 우리는 죽어서 자기의 가장 그리운
것이 된다 외 4편/주성윤, 최근의 내눈물 외
4편/박홍원, 주민등록증에 비친 자화상 외 4
편/정소파, 현금/막스 · 자꼽(서임환 역), 젊
은 시인에게 주는 충고/라 · 퐁뗴ㅡ느의 우
화시(민희식 역)/김시종, 어머니 외 5편

위 서지사항과 차례에서 확인되듯이 시 전문지 『시인』은 1969년 8월
창간하여 1970년 11월호까지 총 14권을 냈다. 월간지였기 때문에 16권
이 발행되었어야 하는데 1970년 6월, 7월호는 간행되지 못했다. 그래서

『시인』은 14권이 나왔다.

## 2) 『한국시단』과 『시인』

조태일이 창간한 『시인』은 '창간호' 혹은 '1호'라는 표기가 없다. 그리고 발행처는 『한국시단』을 발행했던 '한국시단사'로 발행되었다. 조태일이 발행하고 편집하였던 『시인』이 어떻게 해서 '한국시단사'라는 발행처를 유지한 채 발행되었는지를 알 필요가 있다. 그러기 위해서는 먼저 『시인』 1969년 8월호가 나오기 이전 『한국시단』이 발행되었다는 사실을 언급하지 않을 수 없다. 『한국시단』과 『시인』을 인쇄한 곳은 주식회사 남일인쇄소다. 『한국시단』은 1969년 1월 창간되었다. 『한국시단』을 발행한 '한국시단사'의 대표는 이장근이었고 편집주간은 김해성이었다.

김해성이 주간한 『한국시단』은 3호까지 발행되었다. 김해성은 '한국시단의 유일한 월간시지'를 표방하면서 『한국시단』을 창간하였다. 창간에 앞서 1968년 12월 21일 한국시단사는 '한국시조작가협회'와 공동으로 국민대학교에서 「『한국시단』 창간 기념 신시조 60주년 심포지움」을 열었다. '시조시인'과 '시조 애호가' 다수인이 참석하였고, 조종현이 "한국시조의 문제성"으로 주제 발표를 하였다. 『한국시단』을 창간할 당시는 월간 시조지를 표방한 듯하나 2호와 3호를 보면 시와 시조가 같은 비중으로 지면을 차지하고 있다. 그리고 김해성과 정재완의 평론 및 문인들의 간단한 동정이 실려 있다. 『한국시단』 3호에는 다음호에 대한 안내와 작품 투고 및 작품 공모 공고가 있다. 종간이나 폐간에 대한 어떤 징후도 없이 발행되었는데 『한국시단』은 3호를 끝으로 종간되었다. 『한국시단』

이 어떻게 종간되었는지는 알 수 없지만 대강을 짐작할 수는 있다.

김해성이 『한국시단』을 발행한 남일인쇄소는 조태일이 근무하고 있었던 곳이다. 『한국시단』이 종간되자 『시인』을 발행하게 되었고, 제호를 바꾸어 『시인』을 창간하였다. 이에 발행처를 '한국시단사'에서 '시인사'로 바꾸지 않고 그대로 사용했다. 그래서 김현이 『사상계』에서 제기한 『시인』지의 성격에 대하여 "『시인』을 잘 알지 못한 잘못된 견해로, 김해성 시인과는 어떤 관계도 없다."는 사실을 정리하여 『한국시단』과 『시인』은 무관하다는 것을 "『시인』지는 여러분 독자들이 적극적으로 뛰어들어 편집하고, 여러분 독자들이 마지막까지 남을 양심으로 키워가는 과거에 볼 수 없었던 시지"이며 "어느 특정 인물이나 집단, 또는 어느 한 유파만을 외곬으로 옹호하고 북을 쳐주는 그런 시지가 아"[2]니라고 분명한 선을 그었다. 이 문제를 해결하기 위하여 조태일은 '한국시단사'를 '시인사'로 바꾸었고 1970년 1월호부터는 발행처도 '시인사'가 되었다.

또 하나는 『시인』 종간호가 된 1970년 11월까지 편집·인쇄·발행인이 이장근이며, 1970년 9월호부터는 편집인이 권용태[3]이다. 이 판권지로만 보면 조태일이 『시인』을 편집·인쇄·발행한 것이 아니다. 『시인』지가 창간되자 언론에서도 기대감을 표출하였다. 아래의 기사를 보면

---

2 『시인』, 1970.3.

3 권용태는 1958년 『자유문학』에 「바람에게」, 「기」, 「산」으로 등단한 시인이다. 그는 박봉우, 강태열, 윤삼하와 함께 『영도』 동인으로 참여하기도 했다. 『영도』 동인은 광주고등학교 문예부 출신들로 구성되었으니 권용태와 조태일은 강태열, 박봉우, 윤삼하, 박성룡 등과 어울리면서 『시인』 편집인에 이름을 올린 것으로 추정된다. 권용태는 시집 『아침의 반가』. 『남풍에게』, 『북풍에게』, 『바람에게』를 냈다.

월간시지인『시인』이 한국시단사에 의해 8월호로 창간되어 발표지 면이 모자라 허덕이는 시단에 활기를 불어넣고 있다. 한국시 중흥의 추진력이 될 것을 다짐하면서 창간된『시인』지는 그 첫호에 고 신동엽 시인의 특집과 김해강 황갑주 박열아 등의 근작시를 싣고 있다.

그동안 시단에는 시 전문지가 적잖게 나왔지만 한결같이 단명했고 다만『현대시학』과『시인』만이 계속 발간되고 있는 형편. 그러나『현대시학』이 지면운영에 있어 특정계보의 기관지적 성격을 띠고 있다는 인상을 씻지 못하고 있어『시인』은 좀 더 광범한 필진을 동원함으로써 범시단지의 구실을 할 것으로 보여지고 있다.

『시인』발행인 이장근 씨도 "어느 특정인의 시지가 아니고 한국시인 전체의 공기이며 광장이 될 것"을 다짐하면서 "편파적인 주장과 무책임한 작품의 나열식 발표를 지양, 정직하고 건강한 시단풍토가 형성되도록 뒷받침하겠다"고 밝히고 있다. 그러나 모처럼 탄생된 이 시지도 얼마 동안의 적자운영을 감당하는 끈기가 없다면 시문학사와 함께 남을 만한 장수는 누리기 어려울 것이다.[4]

발행인이 '이장근'이며,『시인』은 광범한 필진을 동원하고 있어서 '범시단지의 구실을 할 것'이라는 전망을 제시하는 이장근의 인터뷰가 실려 있다. 아울러 '건강한 시단 풍토가 형성되도록 뒷받침하겠다.'는 의지를 밝히고 있다. 이장근은 당시 남일인쇄소 사장이었기 때문에 누구보다도 조태일의 의지를 잘 알고 있었다. 때문에 이런 인터뷰가 가능했던 것으로 보인다. 이를 종합하여 다시 정리하면『시인』은 조태일이 창간하여 발행하였고, 발행처는 '한국시단사'를 그대로 썼다가 1970년 1월호부터는 '시인사'로 바꾸었으며, 편집·인쇄·발행인이 이장근으로 표기되었지

---

4 『동아일보』, 1969.7.29.

만 실질적으로 편집 · 인쇄 · 발행인은 조태일이었다.


## 3. 『시인』의 시와 시인상, 신인들을 발굴하여

월간시지 『시인』은 시와 시인의 양심이며 얼굴이다. 더 뚜렷한 말로
하자면 모든 인간의 양심이며 얼굴이다. 신문학이라는 것이 있어 온지
반세기가 되는 동안, 시지 비슷한 것들이 더러 있어 왔다. 그것들은 그
러나 약속이나 한 듯이 희미하게 쓰러져 갔다. 그 원인이 경제적인 여
건에 더 많이 있는 것처럼 오해 되고 있지만, 양식이 있는 판단으로는,
그들 시지의 무성격과 그것을 주간해 온 몇 사람의 몇 푼 안 되는 사
적인 권위주의나 공리주의가 빚은 원인 말고도, 더 깊이 파고들어 가
서, 시인들 자신의 썩음에 있지 않았나 생각된다. 이런 요소들은 인간
이 있는 곳엔 의례 뒤따르기 마련인 것으로, 그에 대한 무자각을 자각
하고 그것을 이기는 곳에 시지의 진정한 번성이 있는 것이 아닐까? 참
어려운 일이겠지만 그 어려움을 극복하고 더 나아가서는 그 어려움을
불러들이면서까지 싸우겠다는 용기와 실천만이 모든 안일주의를 추
방하는 것이 아닐까? 하여, 지난날의 편파적이고, 근시안적인 얕은 태
도를 무너뜨리고 정직한 시와 시인상을 한꺼번에 세울 수 있는 광장을
여기에 마련해 본 것이다. 뜨겁고 아픈 채찍도 정답게 여길 것이다."[5]


조태일이 "지난날의 편파적이고, 근시안적인 얕은 태도를 무너뜨리고
정직한 시와 시인상을 한꺼번에 세울 수 있는 광장"을 마련한 것이 『시
인』이다. 시와 시인으로서 가져야 할 정직함과 양심에 따른 행동을 실천
하기 위해 창간한 것이지만 조태일에게 『시인』의 창간과 시인사의 경영

---

5 『시인』 창간호, 1969.8

은 "몸 주고 마음 바쳐 하나에서 열까지 혼자 좌우했던 이십 청춘의 열정을 순정의 등불처럼 불태운 선업"[6]이었다. 1969년 창간한 『시인』은 당국의 압력으로 폐간될 때까지 총 14권을 발간했고 이를 통해 김지하, 김준태,[7] 양성우[8] 등 시인을 배출하는 쾌거를 이루었다. 그것은 조태일이 자비 출판을 원하는 시집이나 학교의 교지 등의 일감을 소개해 주는 조건으로 남일인쇄소에서 발행했던 것이다. 거기에다 조태일 혼자서 무료 원고 청탁과 편집, 교정, 제작 등을 도맡기를 마다하지 않았기에 『시인』이 나온 것이다. 그런 노력이 독자들의 호평으로 이어진 것은 당연한 일이었다.

시인 김현승도 「7월의 시단」이라는 월평에 다음과 같이 쓰면서 『시인』에 대한 기대감을 나타내고 있다.

> 그달의 시가 흉작이어도 월평을 쓰는 데 곤란을 느끼지만, 이달과 같이 가작이 많아도 제한된 지면을 맡은 월평자로서는 역시 곤란하다. 거기다가 이달엔 『시인』까지 창간되어 나왔다.
> 이 『시인』은 『현대시학』과 그 성격을 상당히 달리하고 있다는 점이 더욱 이채롭고 우리의 관심을 끌만 하다. 『현대시학』이 일견 화려한

---

6 이문구, 「흙의 웃음과 고집불통의 시인」, 『가거도』, 창비, 1983, 136쪽.

7 『시인』은 1969년 11월호에 김준태의 「머슴」, 「시작을 그렇게 하면 되나」, 「서울역」, 「신김수영」, 「아메리카」, '지하'라는 이름으로 김지하의 「비」, 「황톳길」, 「가벼움」, 「녹두꽃」, 「들녘」을 실음으로써 한국현대시사에 빼놓을 수 없는 시인을 발굴해낸 문예지의 위상을 갖게 된다.

8 양성우는 『시인』 1970년 11월호에 「발상법」, 「증언」, 「광물성사랑」, 「혼교지곡」, 「장마」, 「귀뚜라미」를 발표하였다. 이 등단을 계기로 하여 조태일은 양성우의 시집 『겨울공화국』을 발행함으로써 결국 구속되는 사태로까지 이어지고 시집이 몰수되기도 한다.

면목을 갖춘 데 비하여 이 『시인』지는 그 내용이 집중적이다. 시평도 전자가 나열주의라는 인상을 풍기는 데 반하여 후자는 중점주의를 취하고 있는 것 같다.

『시인』 창간호에서 이협은 오랜만에 좋은 시를 보여주었다. 「병정돌 아오다」가 장시여서 특별히 언급하게 되는 것은 아니다. 그는 이 시에서 "소리를 듣고 있다. 항상 내 식구들 사이에 살고 있는 식탁의 소리 ─시대의 이마를 짚는 공기다"의 시적 긴장을 그는 오랜만에 회복하고 있다.

『시인』에 실린 정진규의 신작 5편에서는 이 신인이 그의 특유한 내부의식의 표백을 보다 공감의 세계로 확대시키려는 노력으로 이미지 중심의 수법으로부터 의미굴곡의 수법으로 적지 않이 전환하고 있음을 볼 수 있다. 따라서 견고하기보다는 다소 산문적 경향을 허물할 수 없게 띠고 있다. 그의 시는 결코 단순하지 않다. 우리로 하여금 생각게 하는 내용의 시를 쓰고 있다.[9]

"이 『시인』은 『현대시학』과 그 성격을 상당히 달리하고 있다는 점이 더욱 이채롭고 우리의 관심을 끌만 하다. 『현대시학』이 일견 화려한 면목을 갖춘 데 비하여 이 『시인』지는 그 내용이 집중적이다. 시평도 전자가 나열주의라는 인상을 풍기는 데 반하여 후자는 중점주의를 취하고 있는 것 같다."면서 『시인』지에 대한 기대감을 표시하며 이협과 정진규의 시에 관해서도 호평하였다. 두 시인의 시에 대한 호평은 『시인』지에 대한 호평과 기대감의 표현이었다. 『시인』 창간호에 대한 독자들의 평가는 1969년 9월호 「편집자의 말」에 그대로 드러난다.

---

**9** 『동아일보』, 1969.7.29.

『시인』 8월호가 세상에 나가자 좋고 나쁜 반응들이 쏟아져 들어왔다. 좋은 반응이든 나쁜 반응이든 일단은 편집자가 그것들을 참고로 해야 할 텐데도, 보내온 여러분들에게 솔직히 되돌려 보낼 수밖에 없었다. 성급하게 『시인』을 평가받는다는 것도 우스운 일일 뿐만 아니라, 이쪽의 모처럼의 성격이 무너질 염려도 있을 것 같고, 독자들에게 아첨하는 상술로 타락할 염려가 없는 것도 아니기 때문이다.

요즘 우리 주변에는, 시 쓰는 사람들 중의 몇몇 사람들의 머릿속에 상혼이라는 것이 들끓고 있는 것이 사실이다.

말로는 그렇지 않다 않다 하면서 연막을 치고 있지만, 결과는 정확하게 맞아 떨어지기 마련인 것으로, 우리들은 그것을 최근에 아주 기분 나쁘게 보았다.

이런 일은 비록 몇 사람의 일에 국한된다고 말들을 할 수도 있지만 양식 있고 양심 있는 정직한 시의 동업자들이 받는 피해는 상당한 것이다.

이왕 피를 흘린 바에야, 좋은 시지 하나쯤 만들어보자는 선의의 고집을 독자들은 어떻게 받아들일지 궁금하기도 하다.[10]

위 글에서 조태일은 『시인』의 성격을 명확하게 보여주고 있다. "요즘 우리 주변에는, 시 쓰는 사람들 중의 몇몇 사람들의 머릿속에 상혼이라는 것이 들끓고 있는 것이 사실"이라고 전제한 뒤에 "양식 있고 양심 있는 정직한 시의 동업자들이 받는 피해는 상당"하다. 때문에 "이왕 피를 흘린 바에야, 좋은 시지 하나쯤 만들어보자는 선의의 고집"으로 『시인』을 운영하겠다고 밝혔다. 아래와 같은 글에도 잘 나타나 있다.

---

10 『시인』, 1969.9.

신인응모작품 규정이 『시인』 9월호에 발표되자, 전국 각지에서 많은 문단예비군들로부터 작품들이 투고돼 왔는데, 이들 작품의 거의가 앞에서 지적한 것에 충실한 것들이었다. 이러한 현상은 60년대에 와서 두드러지게 유행하고 있는 것 같은데, 시는 개개인의 개성 있는 창조품이지 그저 그런 유행의 꽹과리 소리나 북소리에 장단 맞추면서 갈겨 놓은 모조품이 아니지 않는가?

아무튼 그런 타성에서 하루바삐 빠져나오는 일이 자기시나 한국시의 발전에 조금이라도 도움을 줄 것 같다.

작품을 보내고자 하는 신인들은 『자기것』을 보내주기 바란다.[11]

전국에서 투고한 원고는 "그저 그런 유행의 꽹과리 소리나 북소리에 장단 맞추면서 갈겨 놓은 모조품"들이었기에 단 한 편도 『시인』에 싣지 않는 결단으로 창간의도를 살려나간다. 이런 의도는 유행을 따르지 말고 개성 있는 시를 쓸 것을 주문하여 새로운 시인들을 길러내는 한 토대가 되었다. "그저 그런 유행의 꽹과리 소리나 북소리에 장단 맞추면서 갈겨 놓은 모조품"이 아닌 '자기것'을 쓴 김준태와 김지하의 작품이 『시인』에 발표된 것이다. 문학사적으로 일대의 사건이 된 시인들이 탄생된 순간이다.

이번호에 투고된 200여 편의 작품 중에서 김준태 씨와 지하 씨의 작품을 골라 실었다. 지난 호(10월)에다 편집자는 60년대 시의 나쁜 유행을 투고된 작품과 함께 지적한 적이 있었는데, 여러분도 읽어보시면 당장 아실테지만 위의 두 분은 그 유행에 조금도 가담하지 않고, 자기 스스로의 개성적인 목소리를 지녀보겠다는 시작상의 고민이 뚜렷한

---

11 『시인』, 1969.10.

작품이다.

　요즘 기성시인들이 열심히 써서 발표하고 있는 작품들을 여러모로 분석하여 볼 때 몇 편을 제외한 다른 대다수의 작품(시라고 인정하기엔 곤란한 것들도 수두룩하지만)과 비교해 보아도 그 수준에 조금 미달되기는커녕 그 수준을 수월히 뛰어 넘고 있다.

　따라서 『시인』지에서는 구태어 기성과 신인을 가릴 필요가 없이 작품만 좋으면 얼마든지 지면을 허락하겠다는 애당초의 뜻이, 한국의 문단정황으로 보아 매우 어려운 일이라는 것을 편집자도 알고 있는 터이지만 이 어려운 벽을 밀어 무너뜨리는 것도 『시인』지의 한 임무임을 밝혀 둔다.[12]

　그는 김준태와 김지하의 작품을 실으면서 "김준태 씨와 지하 씨의 작품을 골라 실었다. 지난 호(10월)에다 편집자는 60년대 시의 나쁜 유행을 투고된 작품과 함께 지적한 적이 있었는데, 여러분도 읽어 보시면 당장 아실테지만 위의 두 분은 그 유행에 조금도 가담하지 않고, 자기 스스로의 개성적인 목소리를 지녀보겠다는 시작상의 고민이 뚜렷한 작품이다."고 평가하였다. 그리고 "기성과 신인을 가릴 필요가 없이 작품만 좋으면 얼마든지 지면을 허락"하는 것이 "한국의 문단정황으로 보아 매우 어려운 일"이지만 "이 어려운 벽을 밀어 무너뜨리는 것도 『시인』지의 한 임무"로 받아들였기 때문에 김준태, 김지하 같은 시인이 배출되었다.

　김준태의 등단작은 「머슴」, 「시작을 그렇게 하면 되나」, 「서울역」, 「신 김수영」, 「어메리카」였다. 김지하의 등단작은 「비」, 「황톳길」, 「가벼움」, 「녹두꽃」, 「들녘」이었다. 김준태는 당시 조선대학교 사범대학 독어과 재

---

12 『시인』, 1969.11.

학생이었고, 주소지는 광주광역시 남구 양림동 139번지였다. 『시인』에는 시 6편을 투고하였는데 그중 5편이 실렸다. 김지하는 서울대 미학과 출신으로 주소지는 서울특별시 종로구 명륜동2가 학림다방에 두고 있었다. 김준태와 김지하의 등장으로 "우리나라 같은 데서는 시 전문지 같은 것은 영 안 될 것이라는 생각들을 뒤엎고 우리 『시인』은 영 잘"[13]되있다.

> 오오 내 형제여, 동포여, 엉큼한 독자여. 거리거리마다 문제의 소낙비가 쏟아지고 있는데 어찌하여 당신들은 드높이 울어대는 해오라기만을 손짓하시나요?
> 우리는 이 어두운 빙하의 시대에서는 침묵도 공범이라는 논리를 절대적으로 믿기 때문에 참된 언어의 탄알이 장진된 권총을 든 채 다만 한 짐을 더할 뿐입니다.[14]

> 작품이 아주 엉터리어서 가도 가도 쓸모 있는 시들을 영영 못쓸 것 같은 가짜 시인들이 여기 저기 그 몹쓸 시들을 시랍시고 발표하여, 그 알량하고 처량한 시인이라는 미명 아래 이름 석자 혹은 두자를 유지시켜 가고 있는 고약한 꼴을 보고 있는 〈시인〉지로서는 틀리게 많이 알려져 있는 그런 가짜 시인들보다는 묵묵히 작품만 좋게 잘 쓰는 시인들에게 지면은 선사 안 할 수가 없는 노릇이다.[15]

조태일은 박정희 정권의 비민주적인 독재에 "어두운 빙하의 시대에서는 침묵도 공범이라는 논리를 절대적으로 믿기 때문에 참된 언어의 탄알

---

13 『시인』, 1969.12.
14 『시인』, 1970.2.
15 『시인』, 1970.4.

이 장전된 권총을 든 채 다만 한 집을 더"할 뿐이라고 했다. 올곧은 정신은 "틀리게 많이 알려져 있는 그런 가짜 시인들보다는 묵묵히 작품만 좋게 잘 쓰는 시인들"인 박정만, 최민, 김지하, 정원모에게 '지면을 선사'하여 작품 발표의 장을 제공했다. 조태일은 일관성 있게 어떤 것에도 흔들리지 않고 진짜 시인에게 지면을 선사하였다. 그래서 독자들의 호응은 더 높아졌다.

> 상업적인 면에서만 문이 검붉어져서 현명한 독자들을 속이지 않을 것이며, 또한 엉터리 독자들에게 아첨 같은 따위도 안 떨 것이다.
> 『시인』지의 출발은 어디까지나 확실하고도 떳떳했고, 그간 걸어온 걸음걸이도 확실하고도 떳떳한 것이어서, 거기서 일어나는 시원한 신바람은 여러분의 땀도 더러 식혀 줬고, 더러는 여러분으로 하여금 안심하게 심호흡을 한번쯤 해보게도 했다. 따라서 어떠한 어처구니 없는 일이 닥쳐 꺼꾸러지는 순간에도 엉큼하게 변명을 하면서 꺼꾸러지는 것이 아니고, 확실하고 당당하게 여러분의 정신 속으로 스며들 것이다. 어떠어떠한 모습으로 변형된 문단도 인정하지 않고, 미끌미끌하고 간질간질한 정치적인 제스처도 마다하고, 모든 문단 브로커들의 어린 장난도 꺾어버리고, 오직 진정한 '시의 밭'이 되고자 할 뿐이다.[16]

"어떠어떠한 모습으로 변형된 문단도 인정하지 않고, 미끌미끌하고 간질간질한 정치적인 제스처도 마다하고, 모든 문단 브로커들의 어린 장난도 꺾어버리고, 오직 진정한 '시의 밭'이 되고자 할 뿐이다."라는 천명은 문단의 벽이 높다고 생각한 문학청년들에게는 좋은 기회로 작용했고 기

---

16 『시인』, 1970.5.

성문인들도 긴장했다. 그래서 또 한 명의 신인이 탄생했다. 시인 양성우가 「발상법」, 「증언」, 「광물성 사랑」, 「혼교지곡」, 「장마」, 「귀뚜라미」를 발표한 것이다. 양성우는 이후 뛰어난 신인으로 문단의 주목을 받으면서 김준태, 김지하와 더불어 1970년대를 대표하는 시인이 되었다.

다른 한편으로 조태일에 의해 신경림과 김지하는 시인으로서의 명성을 얻게 되었다. 신경림과 김지하의 시적 상상력은 남달랐지만 통로는 조태일이 마련해 주었기 때문이다. 조태일이 시인 김관식의 집에서 살고 있을 때 신경림, 천상병 등도 같은 집에 혹은 주변 언저리에 머물렀다. 신경림은 등단 이후 유랑하면서 시를 발표하지 않고 있었을 때였다. 조태일이 신경림에게 『시인』에 발표할 시 5편을 청탁하였다. 그래서 신경림은 『시인』에 발표할 시 5편을 썼다. 그런데 『시인』이 폐간되면서 그 원고는 『창작과비평』에 발표되었다. 김지하도 조태일을 "나에게 있어서는 대장"이라고 부르는데 경위는 다음과 같다.

> 조 형(조동일)이 언젠가 내가 시를 발표하고 문단에 데뷔할 때가 되었다고 시고를 달라고 했다. 나도 그 까닭을 알고 '황톳길' '육십령' 등 6편인가를 주었는데 그가 원고를 보낸 '창비'는 백낙청과 김수영의 감식을 거쳐 불가하다는 판정을 내린 결과 원고를 되돌려 왔다. 조형은 이것을 내내 민망해하고 미안해했다. 지난해던가 올해 초던가 듣자 하니 백낙청 씨가 그때 내 시고를 퇴짜놓은 것은 자기 일생일대의 실수라고 어디에 썼다고 한다.[17]

(김현)은 자기 입맛에 안 맞아도 가능하면 도움을 주려 했으니 그와

---

17  김지하, 「조동일」, 『월간중앙』, 2002.8, 424쪽.

나는 같은 전라도 목포 출신이었기 때문도 있겠으나 덕으로 따진다면 나의 덕성이라기 보다는 그의 덕성일 것이다. 왜냐하면 '창비'에서 퇴짜놓은 그 시편들이 김현의 비공식적 추천으로 조태일 시인의 검토를 거쳐 당시의 시 전문지 '시인(詩人)'에 거듭 2회에 걸쳐 발표됨으로써 늦으막이 1969년도에 내가 문단에 나왔기 때문이다.[18]

학생 시절에는 순전히 조동일 학형 때문에 6−7편을 조형 편으로 '창비'에 보냈다가 퇴짜맞은 이후 시인이 될지도 모른다는 자그마한 생각이나마 아예 접어버렸다. (중략) 아침일찍 일어나 황톳길과 함께 서너 편의 서정시를 원고지에 정서한 뒤 문리대 불문과 조교실로 김현을 찾아갔다. 조연현이니 서정주니 그 무슨 케케묵은 추천 제도나 신문의 신춘문예를 통하지 않고 직접 진출할 수 없겠는가 물었다. 두 가지 대답이었다. 자기는 시의 내용을 잘 모르겠지만 '황톳길' 등의 형식이 철저한 민요풍을 타고 있어 그 점에 미덕이 있다고 생각한다는 것과 이런 시라면 시인 조태일이 운영하는 시 전문지 '시인'을 통해 등단하는 게 좋겠다고, 자기가 조시인에게 추천해주겠으니 염려말고 청진동에 있는 사무실에 원고를 갖다 주라고⋯ 그랬다. 그날로 나는 조태일 시인을 만났고 원고를 읽어본 뒤 내게 새삼 더운 악수를 청하며 곧 싣겠다고 약속했다. (중략) 그러매 생각건대 김현도 김현이지만 조태일 시인은 내게 있어 한 사람의 대장이다. 그가 나를 등단시켰으니⋯⋯[19]

이 회고는 민족문학 진영의 『창작과비평』에서도 알아보지 못했던 김지하의 시를 조태일은 알아보았다는 뜻이다. 신인을 발굴하고 새로운 시 전문지를 만들어가는 조태일의 하루하루는 그것 자체로 신나고 즐거운

---

18 김지하, 「김현」, 『월간중앙』, 2002.8, 425쪽.
19 김지하, 「등단」, 『월간중앙』, 2002.10, 402~403쪽.

나날이었다.[20] 『시인』을 창간할 때의 바람대로 새로운 시와 시인상을 구축해나갔다. "『시인』지를 편집하면서도 돌아가는 시국에 관심을 갖지 않을 수 없었다. 양심적인 시인이나 양심적인 정직한 시들이 그리웠다"[21]고 한 조태일의 언급은 역사의식과 시의식의 향방을 가늠할 수 있게 한다. "『시인』지의 문학적 성격과 조태일 개인의 성품이 일치"[22]하고, "내 시보다 대중적이고 건강하고 씩씩하다"는 김지하의 발언은 인간 조태일의 대쪽 같은 성격과 시정신을 의미한다.

## 4. 문학사의 새로운 전기

박정희 정권의 비민주적이고 반인권적인 국정에 대항하는 목소리를 내지 못하고 있던 때 조태일은 장교로 복무 중일 때에도 신랄하게 비판하는 시를 발표하였다. 그것에 머물지 않고 『시인』을 창간하여 주재하면서 진정성 있는 문학가들에게 원고를 청탁하고 지면을 할애하는 올곧은 문학정신을 보여주었다. 거듭되는 쓴소리와 정권을 향한 강한 메시지들은 정권에 대한 도전이었다. 결국에는 당국의 압력에 시달리다가 경제적인 어려움까지 겹쳐 『시인』은 폐간되고 말았다. 하지만 조태일의 젊은 날을 가장 아름답게 장식한 시인이라는 이름을 붙여준 시 전문지였다.

김준태와 김지하, 양성우의 등장은 한국현대시사의 변화를 예고하는

---

20 "『시인』지를 내놓고 반응이 오자 정말 미친 사람처럼 그것에 매달렸다. 신이 나서 어쩔 줄 몰랐다"고 회고했다. 미망인 진정순, 인터뷰, 2007.7.29.

21 조태일, 「태안사에서 가거도까지」, 앞의 책, 65쪽.

22 김지하, 〈죽형 조태일 시인 추모 다큐〉, MBC, 2005.9.2.방영.

것이었던 만큼 그들이 문단에 가한 충격은 컸다. 『시인』의 발행이 거듭될수록 독자들의 호응은 뜨거웠고, 문단의 이목이 집중되었다. 전봉준이 늘 책상에 걸어두고 의기를 다졌던 그대로 『시인』을 발간하는 동안 옆걸음으로 도망치지 않은 결과였다.

조태일이 발행한 시 전문지 『시인』은 김준태, 김지하, 양성우라는 시인들을 발굴한 것만으로도 문학사의 새로운 전기를 마련하였다. 그러므로 『시인』은 '모든 문단 브로커들의 어린 장난도 꺾어버린', '오직 진정한 '시의 밭'으로 기억될 것이다.

# 목요시 동인의 '선언'과 변화양상

## 1. 서론

동인지 전성시대를 구가하였던 1920년대와 30년대를 지나 1950년대 한국전쟁기를 통과한 후 다시 동인지 활동이 활발해졌다. 1960년대 동인지는 『산문시대』, 『신춘시』, 『60년대사화집』 등이 대표적이다. 문예지 『창작과 비평』와 『문학과 지성』, 시 전문지 『시인』도 창간되었다. 1970년대에는 유신헌법에 저항하고 표현의 자유와 인권 탄압 중지를 요구하는 '자유실천문인협의회'가 탄생하였다. 일련의 과정은 불합리한 시대를 사는 작가들의 문제의식이 문학적 저항으로 나타난 것으로 역사적인 조건이 표현의 자유를 억압하거나 인권을 탄압했을 때 더 분명한 목소리를 내왔다는 것을 알 수 있다.

1980년대는 광주민중항쟁으로 문학의 운동성이 강조되었다. 그에 따라 문학적 대응 또한 광주민중항쟁이 중심에 있었다. 언어와 표현을 억압당한, 슬픔과 분노를 묵인당한 강요된 침묵의 시대에 가장 먼저 균열을 낸 것은 광주에서 결성된 오월시 동인이었다. 오월시 동인은 광주민중항쟁을 문학 안으로 불러들였다. 문학이 사건 속으로 들어가서 슬픔과 분노, 치유와 애도의 장을 열고 강요와 억압에 침묵을 깨고 대항했다. 1980년대는 『오월시』, 『절대시』, 『시와 경제』, 『민중시』, 『열린시』, 『시운동』 등이 소집단을 형성한 동인지로 신군부 정권에 맞선 문학적 응전의 시기였다. 그에 따라 지역별로 문학운동이 확산되었고 출판운동도 전개되었다.

광주에서는 오월시 동인과 함께 목요시 동인이 소집단 문학운동을 전개하였다. 목요시 동인은 오월시 동인보다 먼저 결성되어 활동하였던 동인이고 시대적 조건을 문제의식으로 받아들였다. 목요시 동인은 1979년 봄에 결성되었고, 1979년 가을에 『목요시』 창간호를 낸 뒤 1986년까지 6권의 동인지를 발행하였다. 그런데 아직까지 목요시 동인은 잘 알려져 있지 않았다. 따라서 본장에서는 목요시의 동인지 『목요시』를 광주민중항쟁 이전과 이후로 나누어 동인들이 내세웠던 「선언」을 중심으로 그 변화양상을 밝혀보려 한다. 「선언」의 변화양상을 살피기 위해서 먼저 목요시 동인의 결성 과정과 목요시의 서지사항을 정리한 후 매호 동인지를 발간하면서 내세운 5개의 선언을 분석함으로써 목요시 동인의 문단사적인 의미와 가치를 확인하고자 한다. 1980년대는 시의 시대였다는 평가 속에는 목요시 동인들의 활동은 1980년대 광주에서 전개되었던 문학운동의 변곡점이 드러날 것이다.


## 2. 동인의 결성과 『목요시』 서지사항

1970년대 참여문학과 순수문학의 구도 아래서 '자유실천문인협의회'

는 참여문학 진영의 구심점에 있었다. 국가권력의 막강한 힘으로 인권을 유린하고 인간을 도구로 삼은 광기의 시대에 작가는 '자유실천문인협의회' 이름으로 선언서를 내고 대항했다. 이런 중앙문단의 흐름 속에 광주 전남 지역문단도 큰 흐름은 함께하였다. 1967년에 결성된 원탁시 동인은 참여문학과 순수문학 진영을 아울렀다. 그런 가운데 1979년 봄에 목요시 동인을 결성하고 가을에는 동인지 『목요시』를 냈다.[1] 목요시 동인은 창간호를 낸 이후 매년 1권의 동인지를 발간하다가 1983년 『목요시선집』을 냈고, 그 후 1권의 동인지를 더 발간하였다. 이에 먼저 『목요시』의 발간과 관련된 서지사항과 권별로 동인들의 작품 목록을 정리하여 기본적인 정보를 제공한 다음에 논의를 이어가겠다.

『목요시』 1집(1979. 가을), 현대문학사, 1979.9.
강인한: 우물, 빗방울, 중년행, 오늘의 날씨, 퇴근 길, 개울가에 나가, 천창, 겨울의 황혼, 별에서 보낸 사신
고정희: 수유리의 바람, 신연가1, 신연가2, 신연가3, 신연가4, 신연가5, 도요지1, 도요지2, 도요지3
국효문: 소나기, 보리타작, 봄에게, 오후의 외출, 네 뒤에는, 참외
김종: 땅뺨, 그냥 부르는 노래, 파도, 연가 부르기, 고모님 이야기, 바람, 떠나보기, 사발 돌리기
허형만: 밤을 깎으며, 아내의 아침, 밤비, 신호등 앞에서, 우러르라 하

---

1  1977년을 기준으로 원탁시 동인들은 김재흔, 김재희, 문도채, 문병란, 박홍원, 범대순, 손광은, 송수권, 오명규, 정재완, 진헌성, 차의섭, 주기운으로 현직이 대학교수나 교사였고, 진헌성만 의사였다. 모두 문단에 등단한 중견 작가들이었다. 2020년 5월 현재는 『원탁시』가 아닌 『원탁문학』을 발간하고 있다. 2020년 5월 『원탁문학』 65호를 발간하였다. 한국시문학사상 최장수 동인지다.

신 곳을, 당신에게, 모기장을 걷는다, 일상의 시


『목요시』 2집(1980. 봄), 백제출판사, 1980.5.10.

송수권: 선물, 전설, 겨울 파수병, 청학동일박

강인한: 하수구를 뚫으며, 통화중, 패에 대하여, 축배의 노래, 불편한 사랑, 이런 태평가, 변두리에서1, 변두리에서2

허형만: 햇살 끝에 앉아, 밤비, 공개장, 아, 이제는 우리 푸르른 자유, 귀로, 아내의 감기

고정희: 간척지1, 간척지2, 간척지3, 간척지4

김 종: 부끄러움을 만나기 위하여1, 부끄러움을 만나기 위하여3, 자유항, 새로운 형용사, 달빛까지 비껴가며, 패자와 패색, 벌족

김준태: 비행기와 농민, 자기 몸뚱이를 속이지 않고 아파하는 바람 속에 깨꽃같은 세월이 피어 오른다, 강학종씨, 삼팔선 앞에서 북한 땅을 바라모는 기법, 그리고 통일을 꿈꾸는 슬픈 색주가, 우리들의 그리운 강변은 변함없어라, 잠깐 쉬어 가기를 좋아하는 사람을 위하여 부르는 노래

국효문: 수렵기1 · 2, 얼음, 널뛰기, 기다림, 아침의 꽃


『목요시』 3집(1981. 여름), 믿음출판사, 1981.5.25

국효문: 예하리에 가서(연작), 바람, 타향에서, 울음소리, 연꽃을 기다리며, 겨울 연못

김준태: 살풀이(장시), 달이뜨면 그대가 그리웠다, 밤거리 샹송, 그대 노래, 종달새와 손수건도 사람

김종: 체질, 즐거움, 등불, 술꾼을 주제로 한 술꾼의 노래, 손금을 말한다, 옥녀봉, 병후

고정희: 철쭉祭, 단천, 어여쁜 티뷔, 군불 유감, 옹기, 방랑하는 젊은이의 노래, 순례기1, 순례기2, 순례기3, 순례기4

허형만: 山하나, 풀잎이 하나님에게, 봄날아침, 동지 섣달 장미 앞에

서, 겨울 거리에서, 꽃씨를 묻으며, 겨울 저녁 여섯 시

강인한: 리사이틀, 전라도여, 전라도여(장시), 흥부의 마음1, 흥부의
마음2, 심봉사조

송수권: 새야 새야 파랑새야(장시)


『목요시』 4집(1982. 봄) 세종출판사 1982.5.15

미발표작 발굴; 김수영: 미숙한 도적

김준태: 시인의 친구, 밤거리의 노래, 나비, 너, 초혼결혼식, 아리랑,
엘살바도르

김 종: 울능도(장시)

고정희: 사람 돌아오는 난장판(마당굿시)

허형만: 오월이 오면, 형님, 광주행, 연신내, 종합터미널에서, 목포 아
리앙, 봄의 엘레지, 빵 한조각, 만옥이 생각, 초혼, 광주를 떠나며

강인한: 새장, 북풍, 볼펜 한자루, 치과에 가서, 황혼, 우리나라, 돌의
울음, 김유신에게, 김부식에게, 칙어

국효문: 사냥, 눈길, 그마을1, 그마을2, 그마을3, 그마을4


『목요시』 5집, 최하림 편, 『목요시선집』, 실천문학사, 1983.4.20.

동인지의 작품에 신작시 5편씩, 최하림의 해설 「역사와 우리」


『목요시』 6집, 『넋의 현실적 생살로 빛나
라』, 청하, 1986.10.25.

강인한; 봄의 열쇠, 다듬잇돌, 연애통화, 새
마을에서 본 사건, 첫눈과 전화, 땡감, 이성
규에게, 기계도시, 요즈음의 진리, 12월 30
일의 저녁풍경, 데사파레시도스, 밤 열시의
아이들, 어머니의 자정, 귀, 오동꽃, 변두리
에서

고정희: 천둥벌거숭이 노래2, 천둥벌거숭이 노래3, 천둥벌거숭이 노래4, 천둥벌거숭이 노래5, 천둥벌거숭이 노래6, 천둥벌거숭이 노래7, 천둥벌거숭이 노래8, 사일구 초혼가, 최부자 소전

김준태: 불갑사, 불이냐 꽃이냐, 강강술래, 형제, 북한땅, 넋통일, 광주여, 역사통일하라, 친구생각, 모심기의 노래, 밭시연작

송수권: 징검다리, 운문사의 봄, 이 세상 뜨거움 다해, 한국 호랑이, 남사, 마치산(정산이여 이 종줄을…), 전라도 아이

장효문: 아이들에게 해를, 허리는 23이거나 24입니다, 무등산 으악새

허형만: 철쭉, 무덤, 동짓달 열아흐렛날, 80년대가 절반을 넘어가던 날, 새벽의 서, 얄리얄리 얄량성 얄라리 얄라, 사랑하는 제자의 소식 궁금하던 날, 슬픈 노래

위에 제시한 목차를 토대로 동인지의 현황과 서지를 다시 표로 정리하면 다음과 같다.

| 목요시 | 목요시 동인 | 출판사, 발행일 |
|---|---|---|
| 창간호, 1979. 가을 | 강인한, 고정희, 국효문, 김종, 허형만 | 현대문학사, 1979.9. |
| 목요시 2집, 1980. 봄 | **송수권**, 강인한, 허형만, 고정희, 김종, **김준태**, 국효문 | 백제출판사, 1980.5.10. |
| 목요시 3집, 1981. 여름 | 국효문, 김종, 김준태, 고정희, 허형만, 강인한, 송수권 | 민음출판사, 1981.5.25. |
| 목요시 4집, 1982. 봄 | 김종, 김준태, 고정희, 허형만, 강인한, 국효문 | 세종출판사 1982.5.15. |
| 목요시 선집 | 김종, 김준태, 강인한, 고정희, 국효문, 송수권, 장효문, 허형만 | 실천문학사, 1983.4.20. |
| 목요시 6집 | 강인한, 김준태, 고정희, 송수권, **장효문**, 허형만 | 청하, 1986.10.25. |

위의 표에 정리한 대로 목요시 창간 동인은 시인 강인한, 고정희, 국효문, 김종, 허형만이다. 2집부터 송수권과 김준태가 합류하였으며, 『목요시선집』부터 장효문이 합류해서 8명이 되었다. 『목요시』 4집에 송수권, 6집에 김종이 작품을 싣지 않았으며, 『목요시』는 6집을 내고 해체되었다.

다음으로 목요시 동인들의 공통점은 모두 등단하여 활동하고 있었던 중견의 시인들이었다는 점이다. 강인한은 전북 정읍 출신으로 살레시오고 교사로 『조선일보』 신춘문예에 당선되어 시집 『이상기후』와 『불꽃』이 있었다. 고정희는 전남 해남 출신으로 YWCA에서 재직, 『현대시학』에 박남수의 추천으로 등단하여 시집 『누가 홀로 술틀을 밟고 있는가』가 있었다. 국효문은 광주 출신으로 중앙일보 신춘문예에 입선, 『현대시학』에 박남수의 추천으로 등단하여 시집 『홍적기의 새』가 있었다. 김종은 전남 나주 출신으로 조선대 교수로 『중앙일보』에 신춘문예에 당선되어 시집 『장미원』이 있었고, 허형만은 전남 순천 출신으로 『월간문학』 신인상에 당선되어 시집 『청호』가 있었다. 2집부터 합류한 김준태는 전남 해남 출신으로 전남고 교사로 1969년 『시인』을 통해 등단하여 시집 『참깨를 털면서』가 있었고, 송수권도 전남 고흥 출신으로 광주여고 교사로 『문학사상』 신인상에 당선되어 활동, 목요시 동인에 합류한 1980년 9월에 시집 『산문에 기대어』를 냈다. 장효문은 전남 고흥 출신으로 『시문학』에 추천되어 등단 시집으로 『들쥐 떼의 울음』이 있었다. 이렇게 목요시 동인들은 이미 시집을 낸 중앙문단에도 잘 알려진, 중견 시인으로 활동하고 있었다.

그동안 많은 동인지들이 "동인들이 공통적으로 지향하는 뚜렷한 문학관이 드러나지 않는다", "기성문단 혹은 중앙문단 주류에 편입되지 못한 신인이나 지방 문인이 동인을 결성해 그들의 작품을 발표할 매체로 동인지를 이용하고 있는 경우가 허다하다"[2]는 지적을 받아왔다. 목요시 동인은 "많은 동인지에서 동인들이 공통적으로 지향하는 뚜렷한 문학관이 드러나지 않는다"는 지적과 다르게 뚜렷한 문학관을 드러냈다. 그리고 "기성문단 혹은 중앙문단 주류에 편입되지 못한 신인이나 지방 문인이 동인을 결성해 그들의 작품을 발표할 매체로 동인지를 이용"하기보다는 다른 매체에 작품을 더 많이 발표하고 있었다. 그래서 지적된 2가지 문제에 해당하지 않는다. 그런데 중앙문단에 이름을 올린 중견 시인들이 동인을 결성하였는지, 그 이유와 목적은 무엇인지 알 필요성이 있다.

## 3. 광주민중항쟁 이전의 '선언'과 문학적 지향

앞장에서 살핀 것처럼 이미 기성문단과 중앙문단에 이름을 올린 시인들이 왜 동인을 결성하였는가는 중요한 문제다. 목요시 동인의 결성 과정과 동인지 『목요시』의 창간 과정을 알 필요가 있다. 목요시 동인은 1979년 3월에 "호남지방에서는 근래에 들어 동인 활동이 미약하므로 우리가 젊음으로써 호남의 시단을 활성화"하고 "습작기의 정열을 되살려 무등산 같은 작품"을 쓰는 것이 목적이었다. 시인 강인한, 고정희, 국효문, 김종, 허형만이 창간 동인이다. 동인을 결성하게 된 이유와 목적을 더 자세히 알기 위해서는 『목요시』 창간호의 「선언」을 살펴봐야 한다.

오늘의 시가 상업예술이 아니고 비상업적인 예술이라는 가장 기본적인 입장에서 우리는 모든 상업주의를 거부한다. 지나친 테크닉 위주

---

2 문홍술, 「1960년대~1980년대 동인지의 동향과 특성」, 『계간 시작』, 2019.5, 34쪽.

의 장인적인 상업성과 지나친 독선의 정치적인 또 다른 상업성도 우리
는 거부한다. 시인은 가수도 정치가도 아니다. 시인은 다만 음율있는
언어로 자기의 성을 구축하는 언어의 주인일 뿐이다.

　주제가 없이 도도히 범람하는 현란한 의상과 공허한 핏대를 똑같이
우리는 배격한다.

　그러나, 시는 시인의 성실한 삶을 반추히는 그 시대의 사회적인 산
물이며, 무엇보다도 시정신을 내포해야 한다는 점을 결코 우리는 잊지
않을 것이다. 적어도 올바른 주제와 올바른 아름다움이 있는 참다운
시를 지향하며 우리는 첫걸음을 내딛는다.

—「첫 번째 선언」

　목요시 동인들이 내세운 동인지의 방향성과 동인들의 각오를 천명한
「첫 번째 선언」에는 거부와 배격 그리고 지향성이 뚜렷하게 드러나 있다.
첫째는 상업성의 거부다. 그것은 '모든 상업성'과 '지나친 테크닉 위주의
장인적인 상업성과 지나친 독선의 정치적인 또 다른 상업성'을 거부하겠
다는 데서 드러난다. 둘째는 주제가 분명하지 않은 시의 거부다. '주제가
없이 도도히 범람하는 현란한 의상과 공허한 핏대'을 배격하겠다는 것에
서 분명하게 드러난다. 셋째는 올바른 주제와 올바른 아름다움을 지향
한다. '시는 시인의 성실한 삶을 반추하는 그 시대의 사회적인 산물이며,
무엇보다도 시정신을 내포'한, '올바른 주제와 올바른 아름다움이 있는
참다운 시'를 써야 한다는 것이었다.

　이 「첫 번째 선언」에는 문단이 상업성에 치우쳐 있다는 문제, 현란한
표현, 기대와 감정이 노출된 주류 문단의 흐름, 시정신이 살아 있는 참다
운 시가 없다는 문제의식이 담겨있다. 목요시 동인들은 중견시인으로 활
동하면서 문단의 풍토가 그들이 지향하는 것과는 거리가 멀었다고 판단

하고, 상업성으로부터 자유롭고, 주제를 살린 표현기교로 참다운 시를 쓰기 위해 의기투합하였다고 할 수 있는데 이것이 동인을 결성하게 된 동기이자 목적이다. 새로운 시창작을 선언함으로써 실천으로 옮기기 위해 목요시 동인을 결성해서 "동인지의 목적을 문제 삼을 때, 뚜렷한 문학적 공유점을 표방"[3]한 것이다.

목요시 동인은 창간호를 시작으로 매년 1권의 동인지를 발간하였다. 『목요시』 2집은 1980년 5월 10일, 광주민주화운동이 일어나기 일주일 전에 발행되었다. 동인지가 발간될 때까지만 해도 광주는 신군부의 등장에 맞서 민주화를 요구하는 대학생들의 시위가 산발적으로 있기는 하였지만 "국가전복을 꾀하는 불순분자들의 행동"이라고 할 만한 일이 일어나지 않았다. 타 지역과 크게 다를 바 없는 분위기였다. 그래서 두 번째 동인지도 무리 없이 발간되었다. 창간호 때의 「첫 번째 선언」이 2집에서는 더욱 구체화 되었는데 그것이 「두 번째 선언」에 담겼다.

> 이 시대를 살아가는 우리에게 있어서 시는 무엇이어야 하는가. 한 시대를 보내고 새로운 시대를 맞는 팔십 년대의 지평에 서서 다시 한 번 확인하고 싶은 것은 시의 의미이다.
> 우리는 비록 역사 속을 살고 있지만, 많은 역사적 사실의 충격 속에 살고 있지만, 그 사실을 쓰고자 하지는 않는다. 우리는 다만 우리들 삶의 진실을 쓸 따름이다. 시는 사실의 기록이 아니란 것을, 시는 진실의 표현이라는 것을 우리는 재확인한다.
> 그리하여, 가장 확실한 것만을 시로써 말할 수 있을 뿐이다.
> ─「두 번째 선언」

---

3 위의 글, 34쪽.

목요시 동인들은 두 번째 선언에서 '우리에게 있어서 시는 무엇이어야 하는가'를 질문하고 있다. 2집은 광주민중항쟁이 일어나기 바로 직전에 발간되었는데 '역사적 사실의 충격 속에 살고 있지만', '우리들 삶의 진실'을 쓰겠다고 선언하였다. 이때는 1979년 10·26사건으로 박정희 대통령이 시해되고 최규하 내각이 긴급조치를 해제하여 재야인사들이 복권되었으나 신군부 세력이 12·12사태로 권력을 장악한 상태에서 민주헌법의 제정을 요구하는 학생들의 시위가 전국적으로 확산된 시기였다. 일련의 혼란한 정국 속에서 『목요시』 2집을 냈기 때문에 "시는 사실의 기록이 아니란 것을, 시는 진실의 표현이라는 것을 우리는 재확인한다"고 선언한 것이다. 그리고 일정한 거리를 유지하되 '사실의 기록'이 아니라 '진실의 표현'임을 강조하고 '가장 확실한 것'만을 쓰겠다는 의지를 표명했다.

목요시 동인의 「두번째 선언」은 시대를 넘는 문학적 응전으로뿐만 아니라 작가적 소명을 다하겠다는 선언이라고 할 수 있다. 선언을 통해서 목요시 동인들은 '이 시대를 살아가는 우리에게 있어서 시는 무엇이어야 하는가'를 질문하고, '시는 왜 쓰는가, 시를 써서 무엇을 하는가, 시는 어떤 역할을 해야 하는가'를 고뇌하였다는 것을 알 수 있다. 시인의 자리, 시의 자리, 시의 의미에 대한 근본적인 질문으로 시인의 자리, 시의 의미를 따짐으로써 시대의 목격자로 '진실'을 담고자 하였다.

광주민중항쟁 이전에 발행된 『목요시』 창간호와 『목요시』 2집의 「선언」에는 목적과 문학적 지향점이 시대적인 상황과 일정한 거리를 확보하면서, 「선언」에 견주는 작품을 쓰기 위해서 동인들은 애쓰면서 작품 활동을 했다. 그러나 광주민중항쟁을 겪은 뒤로 역사적인 사건과 거리를 유지할 수 없었다. 따라서 목요시 동인들에게도 변화가 일어났다.

## 4. 광주민중항쟁 이후의 '선언'과 문학적 지향

1980년 5월 광주민중항쟁은 목요시 동인들의 활동에도 변환점이 되었다. 광주에서 자행된 학살, 학살의 현장에 있었던 시인들, 쫓기고 숨고, 죽는 과정을 목도한 시민들의 삶은 그 이전으로 돌아갈 수 없이 파괴되었고 치유할 수 없는 상처를 남겼다. 광주는 분노와 애도가 습합된 비극의 도시, 침묵의 도시, 저항의 도시가 되었다. 그에 따라 시인의 자리는 결국 '사실의 기록'을 알리는 도구가 될 수밖에 없었다. 목요시 동인이었던 김준태는 광주민중항쟁의 참상을 가장 먼저 「아아, 광주여 무등이여, 이 땅의 십자가여」를 1980년 6월 2일 『전남매일신문』에 발표함으로써 '사실의 기록'을 넘어선 '진실의 표현'을 했다. 광주민중항쟁은 『목요시』 3집의 문학적 방향성에도 영향을 미쳤다. 『목요시』 창간호와 2집과 다른 징후와 지향은 「세 번째 선언」에 담겨 있다.

시의 생명은 예술적 감동과 더불어 전달의 기능을 가진다. 여러 가지로 의미 전달이 제한되는 불편한 시대에 있어서 시의 언어는 현학적이고 건조한 발음부호를 전락해버릴 우려가 있다. 우리는 특히 이 점에 유의하고자 한다.
한 편의 시가 민족을 구원할 수 있는가? 아니다. 한 편의 시가 인간의 영혼을 구원할 수 있는가? 아니다. 시인은 그런 존재가 아니므로 우리는 그렇게 믿지는 않는다.
그러나 역사 속에 처한 인간의 현재를 조명하는 데 있어서 시는 여타의 문학 언어보다 강한 명징성을 가지고 있다고 우리는 믿는다.
그러므로 시가 민족과 우리의 영혼을 구원하는 것이 아니라 할지라도 단 한 줄기의 가느다란 각성의 빛줄기가 될 수 있다는 희망에서 우리는 우리의 시를 세우고자 한다.

－1981년 여름－

—「세 번째 선언」

광주민중항쟁 이전에 목요시 동인은 '진실의 표현'을 강조함으로써 시란 무엇인가를 고뇌하였던 것과는 다르게 「세 번째 선언」에 "시의 생명은 예술적 감동과 더불어 전달의 기능을 가진다"는 것을 명징하게 제시하였다. 목요시 동인이 추구하는 세계에 변화가 생겼다는 것을 의미한다. 이는 '전달'의 기능에 방점을 두었다. 특히 시가 "역사 속에 처한 인간의 현재를 조명"하는 "강한 명징성"을 갖고 있다는 것을 강조하고 있는 것을 볼 때 사실이 왜곡되고 진실이 묻히고 매장된 광주민중항쟁의 실체를 알려야 한다는 각오를 분명하게 제시하였다. 시가 "민족과 우리의 영혼을 구원"하지는 못할지라도 "각성의 빛줄기가 될 수 있다는 희망"의 도구로 삼아서 "시를 세우고" 있다. 광주민중항쟁의 처참했던 현장에 있었던 시인들은 "시가 현실 앞에서 극히 무력한 존재라는 것"[4]을 확인하고 "절망한 인간에게 한줄기 가느다란 위안의 불빛밖에 될 수 없"[5]음에도 불구하고, 무력하지만 '각성의 빛줄기'를 찾겠다고 선언한 것이다. 목요시 동인들은 1980년대 소집단 운동에 선명한 발자취를 남기고 있다.

신군부에 의해 무참하게 짓밟힌 광주는 정권과 언론이 낙인찍은 대로 역적의 도시, 폭도의 도시로 둔갑하여 사형선고가 내려진 도시가 되었다. 헤아릴 수 없는 희생을 치른 도시 광주에서 시인으로 산다는 것은 절

---

4 최하림, 「역사와 우리」, 『목요시선집』, 실천문학사, 1983, 280쪽.

5 위의 책, 280쪽.

망적이었지만 증언과 애도로 '단 한 줄기의 가느다란 각성의 빛줄기가 될 수 있다는 희망'을 쓰고자 했다. 광주민중항쟁을 온몸으로 겪은 동인들은 '선언'을 통해 지향할 세계에 대해 답한 것인데 그것은 언론의 기능을 대신 수행하는 시의 도구성을 포괄하는 것이었다. 시인들의 시세계는 변할 수밖에 없었다.

그러나 목요시 동인은 '선언'에도 불구하고 〈광주여, 우리들의 십자가여〉라는 그 저항 영원 순수문학의 극치를 보였던 김준태가 소속해 있었음에도 젊은 문학운동인의 관심을 끌지 못했"을 뿐만 아니라, "바로 그렇기 때문에 젊은 문학운동론자들의 운동적 기대치에 더욱 어긋"[6]났다. '전달'의 기능성을 강조했던 「세 번째 선언」과 달리 광주민중항쟁이 시의 주된 제재가 아니었고, 신군부와 정권을 향한 날카로운 언어로 저항과 대결 의지를 담아내지 못했기 때문이다. 김준태 시인 같은 경우는 제2시집 『나는 하느님을 보았다』에 "아아, 머리와 가슴통에 날개가 달린 듯이 시가 빙빙 잘 써진다. 기분좋다"[7]고 하거나 "한과 체념에 질질거린 눈물타령 콧물타령 따윈, 나에게 있어선 헌 고무신짝만큼도 못하다. 나는 앞으로 더 많은 '기분 좋은 시'를 쓸 것이다."[8]고 한 것에서 확인되는 것처럼 『목요시』에 대한 최하림의 평가가 전혀 근거가 없는 것은 아니다.

그렇지만 목요시 동인의 활동에는 분명한 변화의 지점들이 있다. "시인의 사명과 시의 존재 가치 앞에서 우리는 과연 지금 이 땅에서 무엇을 해야 하는가를 물음으로 가슴이 뜨거웠던"(『목요시』 3집) 시인들은 새로

---

6  김정한, 「문학성의 힘과 운동성의 힘」, 『목요시』 6집, 청하, 1986, 137쪽.
7  김준태, 「시인의 자기 말」, 『나는 하느님을 보았다』, 한마당, 1981, 135쪽.
8  위의 글, 136쪽.

운 시 형식으로 시대를 담아내고 있기 때문이다. 김준태는 장시 「살풀이」를 통해 시 형식을 실험하면서 광주민중항쟁의 고통과 역사적 의미를 살리고자 하였고, 강인한도 장시 「전라도여, 전라도여」를 통해 전라도의 역사적인 자리를 호출했다. 송수권도 『목요시』 3집에 동학농민혁명을 소재로 한 「새야 새야 파랑새야−마지막 노을」[9]에 역사의식을 앞세운 장편 서사시를 발표하였다.

1980년대는 반민중적인 시대였다. 동인들은 민중이 시대의 주체이자 객체가 되었던 민중의 시대를 장시에 담아 그들의 이야기를 써서 변혁과 변화를 도모한 것이다. "시가 감상적이면 어떻고 패배주의면 어떤가. 거기에 시인의 고뇌, 시인의 삶이 얼마나 절실하게 담겨서 예술적으로 표출되었느냐가 그 시의 질을 결정짓는 것"[10]으로 여겼기 때문이다. 이렇듯 『목요시』 3집은 목요시 동인들의 지향과 시인들의 색채가 드러나 있다. 이즈음에 광주에서 오월시 동인도 결성되었다. 이렇게 목요시 동인과 오월시 동인은 소집단 문학운동을 하는 가운데 『목요시』 4집에 「네 번째 선언」을 하였다.

다시 언어를 이야기하자.
80년대의 길고 긴 터널을 걸어가는 우리의 시인들은 터널의 끝에서 터져나올 빛의 언어가 우리의 것이어야 함을 믿는다.
우리가 심은 언어가 비록 척박한 토양에 뿌리일지라도 언젠가는 튼튼하고 아름다운 역사적 언어와 예술적 언어로서의 꽃을 피워야 한다

---

9  송수권은 『목요시』 3집에 발표한 작품과 다른 매체에 발표한 작품으로 시집 『새야 새야 파랑새야』(나남출판, 1987)를 냈다.
10  송수권, 「(설문)나와 소월시 문학상」, 『문학사상』, 1991.1, 170쪽.

고 생각한다. 질긴 생명력과 감동의 빛나는 개화를 위하여 또다시 우
리는 네 번째 언어의 씨앗을 이 땅에 뿌린다.

－1982년 봄－

－「네 번째 선언」

목요시 동인들은 「네 번째 선언」에 "다시 언어를 이야기하자"고 선언
하였다. 그리고 80년대를 긴 터널로 상정한 뒤 "터널의 끝에서 터져나올
빛의 언어"는 시적 언어이며, 그 언어는 "튼튼하고 아름다운 역사적 언어
와 예술적 언어로서의 꽃"이며 목요시 동인이 그 "언어의 씨앗"이 되고자
하였다. 1980년대를 '긴 터널'로 비유하여 공안탄압이라는 '어둠'의 시대
를 건너기 위해서는 그만큼 언어가 중요하다는 것을 강조한 것이다. 언
어적 감수성을 드러내면서 『목요시』 4집을 발간하는 동안 '선언'을 계속
해왔다. '선언'은 일종의 문학적 결단과 의지의 표명으로 김준태와 고정
희는 '현실역사'를, 김종, 국효문, 장효문, 송수권은 '역사사실'을 대상으
로 작품을 썼다. 그리고 "각자의 삶이 불안하고 방향 잡기 어렵게 되자
역사라는 거울을 통해 그들 자신을 파악하고 반성하고 방향 조정"[11]을 해
나갔다.

이 『목요시』 4집에는 김종이 장시 「울릉도」를, 고정희는 마당굿시 「사
람이 돌아오는 난장판」을 발표했는데 3집에 이어서 시적 형식의 변화가
눈에 띈다. 특히 고정희는 민중들이 삶을 일궜던 '마당굿'을 빌어서 시대
를 넘는 치열한 시 쓰기로 "이상과 현실을 분리해서 생각하지 않으며 정
치 현실과 예술의 혼을 따로 떼어 놓지 못"[12]하고 행동으로 옮겼다. 허형

---

11 최하림, 앞의 글, 280쪽.

12 고정희, 「책뒤에」, 『눈물꽃』, 실천문학사, 1986.

만도 "5·18민주화운동을 온몸으로 겪으면서 피한 적도 부딪친 적도 없었지만, 온몸으로 시대를 살아왔"으며, "민족-개인, 서정-목적, 순수-참여라는 길항의 에너지로 작품"을 쓰려고 했다는 것에서 확인되는 것처럼 "어떤 순수도 현실이라는 토양을 무시할 수 없는 것이고, 어떤 참여도 본질적인 서정 속에 녹아들"[13]게 작품을 썼다.

이렇게 『목요시』 4집을 발간하는 동안 '선언'을 통해 동인 활동의 방향성과 문학적 지향을 드러내면서 '선언'과 '작품'을 일치시키려 노력해왔다. 그러다가 1983년 최하림이 『목요시선집』을 냈는데 『목요시』 5집을 대신하는 형식이었고 「선언」은 없었다. 이때 장효문이 합류했다. 『목요시』 6집은 1986년에 나왔고, 「여섯 번째 선언」을 했다. 많은 것을 말하고 있는데 이유는 여러 층위로 분석할 수 있다.

> 시의 기둥은 말이다.
> 어둡고 우울했던 3년간의 침묵 끝에 이렇다할 변모나 신명도 없이 「목요시」가 건져낸 말의 실체들을 몇 번의 망설임 끝에 내어 놓는다.
>
> 1.
> 말이 철학이거나 역사이거나 이데올로기일 수는 없으되 그러나 삶의 중심에서 뜨겁게 용솟음치는 진실을 왜곡시키는 앵무새로 전락하거나 허수아비 언어가 되어서는 안 된다는 것을 우리는 뼈아프게 절감하고 있다. 어떠한 경우에도 말은 거짓된 시대의 들러리가 될 수 없다.
> 그런 의미에서 말은 역사 속에 감춰진 진실의 통로이며 인간을 발견하는 의미부호이다. 말을 통해서 우리는 역사에 이르고 말을 통해서

---

**13** 허형만, 「나의시론-더 심화된 서정의 사유와 감각을 위하여」, 『작가세계』, 2015, 200쪽.

우리는 민족의 힘을 계승하며 말을 통해서 자존의 얼을 갖게 된다고
우리는 믿는다.

2.

그러나 80년대 시는 말의 힘을 잃어버렸고, 말의 자유를 잃어버렸으
며, 말의 독자성을 잃어버렸고 말의 자존심을 잃어버렸다고 우리는 고
백하지 않을 수 없다.

우리가 다시 찾아야 할 말,

말이 입어야 할 혼,

혼이 지녀야 할 노래는 지금 어디에 있는가?

시는 결국 거친 시대의 수난을 극복하는 말이어야 하고 죽음 넘어서
는 혼이어야 하며 가슴과 가슴을 이어주는 노래이어야 한다는 것을 우
리는 믿는다. 이 순례의 길목에서 「목요시」는 다시 미혹의 안개를 건
너가는 여섯 번째 발걸음을 내딛는다.

－1986. 가을－

— 「여섯번째 선언」

「네 번째 선언」의 "다시 언어를 이야기하자"를 이어서 "시의 기둥은 말
이다."는 선언을 강조하였다. 특히 "진실을 왜곡시키는 앵무새로 전락하
거나 허수아비 언어가 되어서는 안 된다는 것을 우리는 뼈아프게 절감하
고 있"다는 부분과 "어떠한 경우에도 말은 거짓된 시대의 들러리가 될 수
없다"는 것을 알았다는 데서 드러난다. 억압의 시대, 표현의 자유가 말
살된 시대, 감시와 처벌 속에서 시로 응전하고자 하였던 동인들은 '80년
대 시는 말의 힘을 잃어버렸고, 말의 자유를 잃어버렸으며, 말의 독자성
을 잃어버렸고 말의 자존심을 잃어버렸다"는 진단을 내리고 '말'을 강조
한 것이다. 목요시 동인들에게 "시는 결국 거친 시대의 수난을 극복하는

말이어야 하고 죽음 넘어서는 혼이어야 하며 가슴과 가슴을 이어주는 노래"이어야 한다고 믿었기 때문이다.

강인한은 "이념으로 시를 쓰지 않은" 상식적인 삶을 거부하였다는 점에서, 고정희는 튼튼한 의식의 힘으로 외로운 정신의 강인함을 표출하였다는 점에서, 국효문은 현란한 언어를 동원하지 않은 시혜로운 시적 태도를 지녔다는 점에서, 김종은 호흡이 길고 언어를 넉넉하게 이끌었다는 점에서, 김준태는 육성으로 내뱉는 정직한 언어로 삶의 현장을 표현하였다는 점에서, 허형만은 철저하게 생활에 밀착하여 따뜻한 일상의 순간들을 담아냈다는 점에서 『목요시』는 "올바른 주제와 올바른 아름다움이 있는 참다운 시"[14](이윤택; 72)를 썼다. "5년 전의 그 문학운동 필연성에 비해, 『목요시』는 너무도 당당히 문학의 힘이랄까, 문학성이 그 자체로 지니는 운동적 힘의 역량을 당시 기준치 이상으로 집중시켰고, 그래서 그 80년대의 논의 속도에 고려대상으로 되지 못"[15]하기도 했다.

1980년대 소집단 문학운동 진영에서는 목요시 동인의 존재감은 컸지만 논의의 대상으로 삼지 않았던 것이다. 그도 그럴 것이 1984년 12월 학생운동, 노동운동, 농민·청년·문화 기타 사회운동 등 운동권과 재야정치 세력을 포괄하는 전남사회운동협의회가 결성된 이후 1987년 5월 18일 민주헌법쟁취 국민운동본부가 창립될 때까지 광주전남의 민중운동은 전남사회운동협의회가 이끌었다. 목요시 동인은 그런 지역사회 운동과는 거리가 있었고 '언어'와 '말'도 당시 사회현장과 거리가 있었기 때문이다. "시는 결국 거친 시대의 수난을 극복하는 말이어야 하고 죽음 넘어서

---

**14** 이윤택, 『우리 시대의 동인지문학』, 시로, 1983, 72쪽.

**15** 김정한, 「문학성의 힘과 운동성의 힘」, 『목요시』 6집, 청하, 1986, 137쪽.

는 혼이어야 하며 가슴과 가슴을 이어주는 노래이어야 한다"는 '선언'과
는 동인들의 활동이 동일성을 획득하지 못하였던 것이다.

또 다른 측면에서 목요시 동인들은 모두 안정적인 직업을 가진 시인
들이었기 때문에 상대적으로 민중문학의 특징 중 하나인 현장성이 떨어
진 '언어'와 '말'이었던 것도 원인이라고 할 수 있다. 대표적으로 교사였
던 송수권의 경우 "원래 시가 서정시지 서정시 아닌 시가 있겠는가? 이
제야 서정 서정……하고 나오는데 80년대의 시가 운동성으로 떨어지다
보니 그동안 서정은 개똥 취급"[16]했다며 이러한 경향을 비판하였다. 그리
고 "우선 역사 의지와 민족정신이고, 그 다음이 형태적인 측면에서의 향
토 언어의 생래적 가락"[17] 속으로 들어가 그만의 시적 개성을 살려 나가
는 독자적인 행보를 하였다. "현실 변혁의 의지를 시에 효과적으로 담아
내는 일에 실패"[18]했다는 평가는 이를 두고 한 말이다.

1979년에 결성되어 1986년에 해체된 목요시 동인은 "현실의식과 언어
미학은 필수 불가결한 요소"로 잘 결합하였다는 평가와 시대적 현장성을
확보하지 못했다는 평가가 공존한다. 그러나 "현실의식도 가지면서 아름
다운 언어를 추구"한 문학장에서 "극단주의에 빠져 들지 않"고, 『목요시』
창간호에서 선언하였던 상업성과 언어유희에 물들지 않은 "그들만의 개
성"[19]을 유지하였다는 것만으로 목요시 동인은 문학적인 역할을 잘 수행

---

16 송수권, 「(설문)나와 소월시 문학상」, 『문학사상』, 1991.1, 169쪽.
17 조연정, 「송수권 시론에서 '한'의 의미 - '원한'에서 '승화'로 -」, 『한국문화』 35권, 2005, 167쪽.
18 위의 책, 167쪽.
19 이윤택, 「올바른 주제, 올바른 아름다움 -『목요시』」, 앞의 책, 60쪽.

하였다고 할 수 있다. 따라서 목요시 동인은 1980년대 초반의 집단적인 시운동의 가능성을 보여주었다는 점, 지역문학 운동사의 한 장을 형성하였다는 점에서 의의가 있다.


## 5. 결론

1980년대의 문학은 신군부 정권에 맞선 문학적 응전의 시기였다. 작가들이 소집단을 형성하여 동인지, 무크지를 발행하였다. 그중에 목요시 동인이 있다. 목요시 동인은 1979년에 결성되었고 1986년에 『목요시』 6권을 내고 해체되었다. 매호마다 '선언'으로 동인지의 지향점을 분명히 하고 있어서 '선언'의 변화양상을 살펴보았다. 특히 광주민중항쟁 이전과 이후로 나누어 '선언'을 분석하고자 먼저 목요시의 서지사항을 정리하였고, 목요시 동인의 결성 과정을 밝혀 적었다.

호남의 시단을 활성화하고 정열적인 작품을 쓰기 위해서 중앙문단에도 잘 알려져 있었던 시인들이 결성한 목요시 동인은 광주민중항쟁 이전에 2권의 동인지를 발행했다. 2권의 『목요시』 '선언'에는 창간의 목적에 부합한 상업성으로부터 자유로운 창작의 흔적이 역력했다. 그러나 광주민중항쟁 이후의 3권의 동인지와 1권의 선집에는 광주민중항쟁의 충격을 '선언'을 통해 드러냈고, 문학의 도구성을 강조하는 쪽으로 변화되었다. 그와 함께 창작 방법을 쇄신하였고, 새로운 시 형식을 실험하였다. 이때 광주에서 문학운동과 출판운동이 적극적으로 전개되었는데, 목요시 동인들의 활동도 같은 운동의 맥락에 있었다.

목요시 동인은 기성세대로서 참신성이나 새로운 시적 기교에 획기적인 변화가 있었던 것은 아니었지만 '선언'을 통해서 활동의 목적성이나 지향점을 분명하게 드러내고 있었다는 점에서 다른 동인지들과 변별된다. 그리고 1980년대 초반의 집단적인 시운동의 가능성을 확인하였다.

# 광주지역 매체운동과 '도서출판 광주'

## 1. 서론

1980년대 광주는 현대사의 변곡점인 '광주민중항쟁'지로 다른 지역의 문화운동과는 출발점이 다르다. 당시 광주는 광주민중항쟁으로 인해 지역적으로 단절되었고, 사람들은 심리적으로 고립되어 있었다. 그런 상황을 타개하기 위하여 대학생들과 청년들, 지식인들과 문화인들은 내부에서 조용히 움직이기 시작하였고, 이들이 조직의 형태를 갖추고 활동하기까지는 시간이 필요했다. 하지만 조직을 갖추지 못한 상태에서도 잔인한 광주의 오월, 그 진실을 알리는 데 앞장섬으로써 광주가 단절과 고립을 벗어나는 역할을 담당했다. 이들은 정부의 탄압에 기민하게 대응하면서 시와 그림으로, 벽보와 벽화로 억압과 통제, 감시와 처벌을 감내하였고 운동의 방향에 따라, 사안의 중요성에 따라 여러 형태를 띠고 움직였다. 그렇기 때문에 광주의 문화운동을 어느 한 측면에서 논의하긴 어렵다.

광주민중항쟁은 역사를 총체적으로 점검하고 성찰, 진단하는 기폭제가 되어 민주화운동, 통일운동, 반미운동, 민중운동 등을 견인하였다. 그

로 인해 광주는 1980년대를 이른바 시의 시대, 무크지의 시대를 부르게
된 중심에 있게 되었다. 실재로 광주에서는 많은 무크지들이 나왔고 기
성작가들뿐만 아니라 많은 신예 작가들이 참여하였다. 이 시기에 발행된
무크지는 아래와 같다.

| 발행주체 | 동인지 및 무크지 | 출판년도 | 출판사 |
|---|---|---|---|
| 목요시 동인 | 1집 목요시 | 1979 | 현대문화사(광주) |
| | 2집 목요시 | 1980 | 백제문화사(광주) |
| | 3집 목요시 | 1981 | 믿음출판사(광주) |
| | 4집 목요시 | 1982 | 세종출판사(광주) |
| | 5집 목요시선집(최하림 편) | 1983 | 실천문학사(서울) |
| | 6집 넋의 현실적 생살로 빛나라 | 1986 | 청하(서울) |
| 오월시 동인 | 1집 이 땅에 태어나서 | 1981 | 도서출판청사(서울) |
| | 2집 그산 그하늘이 그립거든 | 1982 | 대호출판국(광주) |
| | 3집 땅들아 하늘아 많은 사람아 | 1983 | 도서출판한국(서울) |
| | 4집 다시는 절망을 노래할 수 없다 | 1984 | 도서출판청사(서울) |
| | 5집 5월 | 1985 | 도서출판청사(서울) |
| 민족과문학 | 민족과 문학 | 1983 | 세종출판사(광주) |
| 지역문화 | 민족현실과 지역운동 | 1985 | 도서출판 광주 |
| 민족과지역 | 민족과 지역 | 1988 | 규장각 (광주) |
| 광주전남민족문학인협의회 | 민족현실과 문예운동 | 1989 | 도서출판 광주 |
| 5세대 동인 | 1집 그리움이 터져 아픔이 터져 | 1987 | 나남 (광주?) |
| | 2집 노래로 노래해다오 | 1989 | 열음사(부산) |

1980년대 광주의 동인지 및 무크지

광주지역의 동인지와 무크지 목록에 드러나듯이 1980년대 광주는 지
역이 처한 상황에 민첩하게 대응하였다. 이 동인지와 무크지들은 동인지

와 무크지의 성격에 따라 사안을 다루는 시각에 차이가 있었고, 여러 갈래의 목소리로 나뉘어져 있을 뿐만 아니라 어느 한 개인이 주도적인 목소리로 헤게모니를 장악하고 있기도 하다. 하지만 당시 광주가 처한 상황을 엄혹하게 받아들이고 문제해결을 위한 고투는 한 목소리를 내고 있었다. 그렇기 때문에 모든 동인지와 무크지를 대상으로 한 개별적이고 종합적인 연구는 차후로 미룬다. 여기에서는 광주 지역문화운동의 구체적인 사례인 '도서출판 광주'에서 발행한 무크지로 한정하여 논의하고자 한다.

1980년대 광주는 강요당한 침묵이 도시 전체를 지배하고 있었던 만큼 그 분노와 좌절을 표출할 출구가 절실했다. 그 상황을 돌파하기 위해 청년들과 지식인들이 구심점이 되어 지역운동을 전개하였다. 그것이 자연스럽게 지역문화운동으로 전문화되었다. 이때 광주의 지역운동은 여러 차원에서 다양한 양상으로 전개되었지만 본고에서는 그중에서도 지역문화운동이 지역문예운동으로 이어지는 일련의 과정에 주목하여 지역문예운동을 중심으로 지역운동의 특수성을 밝혀보려 한다.[1] 이를 위하여 먼저 광주의 지역운동 및 지역문화운동을 정리하고, 지면을 통해 드러나지 않은 내용은 당시 지역문화운동의 핵심에서 활동했던 이들과 면담을 통해 보완하였다. 광주의 지역문예운동이 광주민중항쟁의 증언과 복원, 그리고 망각의 지연을 위한 운동이자 지역문화운동이었음을 확인할 수 있

---

1 행정구역의 분할이 있기 전 전라남도 광주시였던 시기의 지역문화운동은 행정구역 분할 이후 광주광역시의 지역문화운동과 분리할 수는 없다. 따라서 여기서는 행정구역의 분할과는 상관없이 광주 지역문화운동은 전남 지역문화운동과 같은 맥락에서 다루질 수밖에 없다.

을 것이다. 또한 1980년대 전국적으로 일어났던 지역운동의 한 사례로 제시될 수 있을 것으로 기대한다.

## 2. 광주 지역문화운동의 역동성

　　광주사태가 일어날 수밖에 없었던 사회경제적 필연으로서의 지방민에게 중층적으로 가중되어 온 구조적 모순, 미약한 조직력으로도 가능했던 민중연합으로의 지방민의 잠재력, 농촌을 배후지로 한 중심도시 무장투쟁에 의해 흔들렸던 약한 제제로서의 지방의 지배구조, 현단계 운동의 큰 한계와 약점으로서의 지역적 고립성 등 심각하게 받아들여야 할 쟁점들이 여러 개 깔려 있다. 이러한 총제적인 되살림의 작업이 바로 지역운동이며, 그 한 형태가 지역문화운동이다. 따라서 광주사태로 드러난 싸움의 주체, 대상, 방법, 단계, 이유, 속도, 계기, 한계 등을 살펴보는 가운데 지역운동의 주체, 대상, 방법, 단계, 이유, 속도, 계기, 한계 등이 바로 보인다.[2]

　광주 지역운동의 한 형태로서 지역문화운동의 성격을 정리한 글로 '광주사태(광주민중항쟁)'가 '지역운동의 주체, 대상, 방법, 단계, 이유, 속도, 계기, 한계' 등을 직시하고 있는데, 특히 광주민중항쟁이 일어난 이유를 구조적인 모순, 지방민의 잠재력, 지방의 지배구조, 지역적 고립성 등의 4가지로 보고 있다는 점에 주목할 필요가 있다. 이것이 곧 지역운동 논리와 지역문화운동의 방향성을 제시하고 있기 때문이다. 물론 이 시기

---

2 한정남, 「'85 전후상황과 지역문화운동」, 『민족현실과 지역운동』, 도서출판 광주, 1985, 31쪽.

의 지역운동은 광주뿐만 아니라 전국적으로 지역마다 방향성을 갖고 전개되었다. 하지만 광주라는 특수한 공간의 지역운동은 타 지역과는 근본적으로 다를 수밖에 없는 조건을 갖고 있었다. 따라서 광주의 지역문화운동이 전개되는 일련의 맥락을 확인하려면 광주민중항쟁을 전후한 광주 지역문화운동 전개과정을 먼저 정리할 필요성이 있다.

광주에서는 광주민중항쟁 이전부터 반독재 민주화운동, 민족통일운동, 노동자·농민운동 등을 통해 사회변혁을 주도한 '전남민주청년협의회'가 있었다. 이곳을 중심으로 지역운동이 전개되고 있었는데 여기에 '현대문화연구소', '양서조합', '들불야학' 등의 다양한 조직과 단체가 연계망을 구축하여 운동의 역량을 키웠다.[3] 그 시작은 1976년 황석영이 해남으로 이주하여 김남주 등과 '사랑방농민학교'를 열고 해남농민운동을 지원하면서부터 가시화되었다. 황석영의 해남 거주는 서울의 김지하, 채희완, 임진택, 김민기 등이 콘텐츠로써 문화운동을 지역으로 확장하는 시발점이 되었다. 그 영향으로 전남대학교 학생들은 '민족문화운동회(탈춤반)'를 조직했고, 1978년 전남대 교육지표사건으로 '민족문화운동회' 회원들이 구속됨으로 인해서 해체되는 과정을 겪었지만 다시 전용호가 조직을 정비하여 '가면극연구회'를 꾸려나갔다.

1979년 10·26사건으로 긴급조치가 해제되고 민족문화운동회 회원들이 석방되면서 전남대 연극반의 박효선, 김태종은 '민족문화운동회'와 함께 극단 '광대'를 설립, 1980년 4월 광주 YMCA에서 농정을 비판하는 마당극 〈돼지풀이〉를 올렸다. 이때 황석영은 해남과 광주를 왕래하면서 소

---

**3** 천유철, 『오월의 문화정치』, 오월의봄, 2016, 419쪽.

극장운동을 펼치고 있었고 소극장 개장 공연으로 〈한씨연대기〉를 준비하고 있는 도중에 광주민중항쟁이 발생했다. 광주민중항쟁 기간 동안에는 윤상원이 이끄는 '들불야학'은 「투사회보」를 제작하고, 극단 '광대'는 시민궐기대회를 주도하면서 가두 활동과 대자보 활동을 전개하였다. 광주민중항쟁이 진압당한 뒤에 극단 '광대' 회원들이 모두 구속되거나 강제징집을 당함에 따라 광주의 지역운동은 잠시 소강 상태에 빠졌다. 그러나 1981년 해남에 있던 황석영이 광주로 이주하면서 광주의 지역운동은 다시 활기를 띠게 된다.

광주로 이주한 황석영은 자신의 집에서 김종률, 전용호 등과 「님을 위한 행진곡」 테이프 2,000개를 제작하여 지하선전 활동을 시작하면서 중단되었던 소극장운동을 재개하였는데, 여기에 '현대문화연구소'를 거점삼은 윤만식, 박효선, 전용호, 김선출, 김윤기 등이 가세함으로써[4] 문화운동과 학생운동이 결합하였다. 이에 따라 광주의 지역문화운동은 대중성을 확보하기 위한 적극적인 형태로 바뀌었다. 이 과정에서 파편적으로 흩어져 활동하던 단체들이 개별운동의 한계를 극복하기 위해 '광주민중문화연구회'[5]를 결성하게 된다. 그에 따라 '광주민중문화연구회'는 산하에 문학분과, 미술분과, 연희분과를 두고 전문적인 분과활동을 펼쳐나간다. 당시 문학분과장은 나종영, 임철우, 미술분과장은 홍성담, 김경주, 연희분과장은 윤만식, 박효선이었다. '광주민중문화연구회' 산하의 분

---

4  위의 책, 420쪽.

5  1983년 12월에 조직된 '광주민중문화연구회'의 공동대표는 황석영, 강신석, 송기숙, 문병란, 윤영규였고, 운영위원장은 박효선이었다. 박효선이 일신상의 이유로 2개월 만에 사임하고 운영위원장에 홍성담이 선임되었고, 간사에는 전용호였다.

과는 점차 전문 단체로 조직화되면서 지역의 문화운동을 주도하게 되었다.[6] 이후 각 분과별로 전문적인 문화운동을 전개하게 되는데 문학분과는 출판운동으로 활동을 강화하였다.

그런데 문학 쪽에서 보면 현실적인 문제는 출판문화의 유통구조와 관련된다. 운동으로서의 문학이 기존의 상업적 유통구조를 확산의 수단으로 사용하더라도 최소한의 근거로서 지역별 분야별 운동 내에 회원적 성격의 유통구조를 마련함이 원칙인데 앞으로의 출판계 전망으로 볼 때 이것이 현실적인 문제로 부딪쳐 올 것이라는 것이다. 올림픽을 계기로 조만간 지식산업 분야에 외국 자본이 본격적으로 들어올 것이고 그에 따라 외국 저작권이 보호되는 경우 70년대 이래 문화운동의 중요한 기반이 되었던 소규모 출판사들은 심각한 타격을 입게 될 것이다. 문화운동의 중요한 매체인 이 소규모 출판사들이 존속할 수 있는 기반을 마련하는 것은 90년대를 바라보는 문화운동에 지워진 무거운 짐이다. 더구나 대형 서점이 상업적 유통구조를 독점해 가는 추세이고 보면 이것은 더욱 절실한 문제이다. 이러한 문제를 해결하기 위해서는 회원적 성격의 유통구조의 확대와 그것을 통해 준회원적 독자기반의 확충이 절대적으로 필요하다. 이 확대 작업은 전략적으로 지역 단위의 문화운동, 분야별 문화운동을 필요로 한다.[7]

---

6  이상은 기록으로 정리되어 있지 않은 광주 지역문화운동의 흐름을 알 수 있게 정리한 것으로, 당시 지역운동의 핵심에 있었던 전용호의 회고담을 정리한 것이다. 이 회고담은 2017년 12월 5일 2시 30분부터 5시까지, 광주광역시 서구 양동 전용호의 사무실에서 필자와 면담형식으로 진행되었다. 전용호는 『죽음을 넘어, 시대의 어둠을 넘어』(창비, 2017)의 황석영, 이재의 등과 공동저자로, 『광주매일신문』 신춘문예로 등단하여 소설가로 활동하고 있다. 본서에는 문학분과를 중심으로 논의를 한정하여 인용하였다.

7  김진경, 「지역문화론」, 『5월』, 5월시동인회, 청사, 1985, 318쪽.

당시 전국적으로 전개되었던 지역문화운동 과정에서 출판문화와 유통 구조의 문제는 문학분과의 선결과제였다. 이 문제를 해결하기 위해 광주에서는 젊은 작가들이 모여 출판사 설립문제를 놓고 중지를 모으게 되었다. 그 결과 김준태, 나종영, 김유택, 박호재, 전용호, 임동확, 고규태, 이삼교, 김신운, 김희수 등 10여 명이 각 50만 원씩 기금을 조성하여 '도서출판 광주'를 설립하게 되었다. '도서출판 광주'의 대표는 시인 김희수, 편집에는 고규태, 임동확, 윤동현, 전용호가 맡았는데, 이들은 모두 무급으로 상근하면서 적극적인 출판운동을 이끌었다. 이것은 당시 매스컴이 "지배계층에 완전히 독점되었거니와 그 이후 정보 유통의 민주화를 위한 소형 매체 개발의 노력"을 "기반으로 해서 80년의 어려운 상황이 닥치자 무크지와 동인지가 나타나게"[8] 되었다.

그런 측면에서 광주의 출판운동은 중앙집권적인 출판 유통의 구조를 혁파하고자 한 문화운동이었으며, '도서출판 광주'는『민족현실과 지역운동』과『민족현실과 문예운동』을 출판하는 성과를 냈다. 첫 출판물인 무크지『민족현실과 지역운동』은 채 출판이 되기도 전에 인쇄소에서 압수를 당하지만 비밀리에 다시 제작함으로써 지역문화운동의 불씨를 당기는 초석이 되었다. "80년대를 민중의 시대, 참여와 변혁의 시대라고 할 수 있다면, 그 견인차로서의 예술, 이를 추동한 출판문화는 이 시대의 문학사 기술에서 중요하게 다루어지는 것이 마땅하지만 우리의 문학사는 80년대를 무크지 시대로서 호명만 하고 그것의 내부/세부에 관해서는 무심"[9]

---

8  김진경, 앞의 글, 311쪽.

9  김문주, 「1980년대 무크지 운동과 문학장의 변화」, 『한국시학연구』 37호, 한국시학회, 2013, 89~90쪽.

했다. 그러나 출판문화운동이 다양한 무크지를 생산하는 견인차였다는 것은 부인할 수 없는 사실이다. 특히 유통구조의 독점문제를 해결하기 위해서 회원적 성격의 유통구조를 확대하고 독자기반을 확충하여 지역의 문화운동 차원에서 선결적으로 해결해나갔다는 점에서 1980년대를 단순히 무크지의 시대로 호명하고 그칠 문제는 아니다.

광주의 출판문화운동은 "지역의 문화가 자신을 세계의 중심으로 생각하지 않고 중앙을 더 나가서는 중앙의 중앙인 서구를 세계의 중심으로 생각하는 것이야말로 주체를 상실한 것"[10]으로 보았기 때문에 주체성을 확보하는 운동이었다. 그런 점에서 '도서출판 광주'의 설립은 그 자체로 주체적인 지역운동이자 지역문화운동이었고, 발행한 무크지 『민족현실과 지역운동』과 『민족현실과 문예운동』은 중요한 의미를 갖는다. '도서출판 광주'의 첫 출판물인 『민족현실과 지역운동』[11]은 '지역문화1'이라는 타

---

10 김진경, 앞의 글, 314쪽.

11 지역문화1, 『민족현실과 지역운동』, 도서출판 광주, 1985.12.25. 〈차례〉「지역문화」를 펴내면서/〈특집: 지역운동의 논리와 지역현실〉 지역운동론, 전용호/'85 전후상황과 지역문화운동, 한정남/지역출판운동을 위하여, 고규태/한국 어업경제의 구조적 종속, 김동민/농수입부장관에게 보내는 호소문, 편집부/〈르뽀〉 소외된 땅, 어민 현장을 찾아서, 글과현장-개발정책에 병든 죽음의 바다-여천·광양지역/-개펄에 쌓이는 빚과 한숨-완도지역//〈기획논문〉 제3세계의 군부와 민족해방운동, 이광호/통일지향의 삼민문화를 위하여, 이술/민족미술의 재점검, 김경주//〈시〉 사랑하는 배 고향 광주를 외, 박봉우/배를린의 민들레 외, 문병란/강상술래 외, 김준태/칼과 시 외, 김희수/동해일기·1 외, 나해철/안개마을의 자장가·13 외, 고광헌/분단절 외, 이재무/누나와 울멍이 외, 김용락/당신의 한줌 재로 불타고 외, 이승철/박씨 외, 조진태/〈소설〉 여름의 끝, 이삼교/비오리, 박호재//〈희곡〉잠행, 박효선//〈서평〉 광주 오월의 젊은 시인들, 임동확//〈5월기획: 5월과 문화항쟁, 민중문화연구회〉 금남로에 울린 문화패의 북소리/총탄 속의 프랭카드/민중언론 '투사회보'/무등산을 뒤에 두고/광주는 아직도 계속되고 있다./무등의 큰별로 떠오른 아! 박용준 열사/피

이틀로 출판되었다. 「발간사」에는 지역운동의 목표를 적시함으로써 운동의 방향성을 제시하고 있다.

1985년 상황은 여러 가지 의미에서 매우 중요한 해라고 여겨진다. 즉 그것은 80년대 벽두를 장식한 광주 5월 민중항쟁이 일어난 지 5년이 지났다거나, 잠시 저들에 의해 주어진 유화국면이 탄압국면으로 들면서 가속되는 억압과 착취, 대립과 갈등이 표면화되고 있다고 해서가 아니다. 이미 극한적인 상황까지 와버린 현재에 대한 인식과 두려움! 다시 말해 이제 우리 운동은 반민주 반독재 투쟁의 차원에서가 아니라 민족의 생존과 국운의 차원에서 모든 운동이 전개되어야 할 시점에 서 있다는 것이다.

따라서 체제내적인 운동방식과 구체적인 현장과의 연결이 없는 어떠한 이론이나 실천양식도 시종일관 구조적 관념적 차원에 정체되어 오히려 우리 모두에게 또 하나의 압박으로 작용할 수 있음을 간과해서는 안 된다.

여기서 주목할 점은 1985년을 "반민주 반독재 투쟁의 차원"을 넘어서 "민족의 생존과 국운의 차원에서 모든 운동이 전개되어야 할 시점"으로 인식하고 있고 "체제내적인 운동방식과 구체적인 현장과의 연결이 없는" 이론이나 실천양식은 오히려 지역운동을 악화시킬 위험성이 있다고 본 점이다. 이것은 1985년 이전의 광주 지역운동이 갖고 있었던 한계를 돌파하려는 의지를 천명한 것으로서 광주의 지역운동이 "구체적인 시각과

---

로 물든 흰 까운/〈시사번역〉 미국의 핵정책과 한반도의 평화 B.커밍스//〈번역〉 제3세계이야기, L.B 혼봐나 외/검둥이의 손오, 즐겁고 오, 복된…/모로코의 어린이 노동/노래1 킴카와 콜라(악보)/노래2 우리는 한 세계의 어린이(악보)

인식을 바탕으로 우리는 '지역대중의 확보'와 '현장성' 획득을 최우선의 과제"로 삼아 운동성을 강화해나가기 시작하였다는 것을 의미한다. 전용호의 「지역운동론」에서 광주의 지역운동 논리가 확인된다.

> 광주민중항쟁의 투쟁과정을 통해 70년대의 우리 운동의 성과와 한계가 분명히 표출되었던 바, 그동안 중앙권 중심의 운동만으로는 민중의 잠재적 역량을 한 단계 상승국면으로 접어드는 주체적 실천력과 운동성으로 수렴할 수 없다는 점이다. 즉 지역운동은 이제 지역대중의 운동역량의 양적확대와 그로 인한 대중운동의 성숙 없이는 민주화운동도 성과 없는 소모적 공방전 이상의 의미가 없으며, 앞으로의 운동이 각 지역의 탄탄한 대중역량의 구축과 그에 따른 각 지역운동의 통일된 힘만이 민족운동의 참 승리를 쟁취할 수 있다고 하는 민족적 대중노선의 관철을 의미하는 것이다.

광주의 지역운동이 대두된 배경에는 80년 5월 광주민중항쟁의 충격과 교훈이 있었다. 또한 지역의 문제점을 직시한 것이 지역문화운동과 민중문화운동으로 전개되었다. 특히 '체제내적인 운동방식과 구체적인 현장과의 연결이 없는' 이론이나 실천양식이 아니라 '지역대중의 확보'와 '현장성' 획득을 최우선의 과제로 내세워 실천에 방점을 두었다. 때문에 "'지역운동(론)'은 민주주의의 실현, 민중생활의 향상과 민중생존권의 확립, 민족자주권의 확립과 평화통일이라는 우리 운동의 과제를 올바로 성취해낼 수 있는 투쟁전략 및 매개조직"이 필요했고 "민중운동적 이념을 민족운동으로 완성시켜내는 전략적 개념의 매개항"[12]으로서 '앞으로

---

12  전용호, 「지역운동론」, 위의 책, 도서출판 광주, 1985.

의 운동이 각 지역의 탄탄한 대중역량의 구축과 그에 따른 각 지역운동의 통일된 힘만이 민족운동의 참 승리를 쟁취할 수 있'는 대중운동이야말로 지역현실을 적극적으로 반영할 수 있다고 보았다. 실제로 『민족현실과 지역운동』은 지역 대중들의 삶 속으로 들어가 그들이 처한 현실에 초점을 맞추고 있다. 한정남의 「85 전후상황과 지역문화운동」과 고규태의 「지역출판운동을 위하여」, 김동민의 「한국 어업경제의 구조적 종속」이 그것이고, 무엇보다도 농업이 대부분을 차지하는 지역민들의 문제를 「농수입부장관에게 보내는 호소문」에 담아냄으로써 문제해결을 위해 애썼다. 그리고 「르뽀/소외된 땅, 어민현장을 찾아서」에 여천·광양 지역과 완도 지역의 현실을 반영하여 지역의 현실이 민족의 현실임을 직시하였다.

두 번째 무크지인 『민족현실과 문학운동』[13]에는 민족현실의 구체적인 모습을 사회운동 측면에서 직시하였다. 전용호의 「5월 선전활동 보고

---

13 광주·전남민족문학인협의회, 『민족현실과 문학운동』, 도서출판 광주, 1989.3.20. 〈차례〉/질곡의 시대를 되돌아 보며, 편집부/권두사, 이명한/〈민족문학교실 강좌〉 우리문학사 속의 반미문학, 최원식/민족문학은 실천이론이다, 김명인/민족문학의 주체와 세계관, 김태현/〈특별대담〉 80년대, 김지하와 김남주의 문학세계/김지하의 생명론/김남주의 민족문학관/〈사회운동의 논리와 지역현실〉/5월 선전(선동)활동 보고서, 전용호/'88 농민투쟁의 현황, 김기영/언론 춘추전국시대를 진단한다, 박범순/삼양타이어인가? 금호타이어인가?, 심용식/〈문학운동의 실천과 현실〉더 크게 더 힘차게 노동해방가를 부르며, 광주청년문학회/진실이 밝혀지는 그날까지, 이재윤/〈기획논문〉 북한의 문예정책과 전개과정, 윤정현/〈시〉 김기홍, 김하의, 김호균, 문병란, 이봉한, 장효문, 하경, 한상원, 김경윤(신인), 윤정현(신인), 이하영(신인)/〈소설〉 땡볕기행, 김신운/외길로 가는 화살표, 이지흔/구암리 사람들, 조성현(신인)/〈서평〉 김남주론, 「조국은 하나다」, 임동확/김희수 시집, 「지는 꽃이 피는 꽃들에게」, 박오복.

서」, 김기영의 「88 농민 투쟁의 현황」, 박범순의 「언론 춘추전국시대를 진단한다」, 심용식의 「삼양타이어인가? 금호타이어인가?」이 그러하다. 「5월 선전활동 보고서」는 광주민중항쟁의 한가운데서 움직였던 '들불야학'과 극단 '광대'가 수행했던 선전 활동을 구체적인 자료를 토대로 정리하여 항쟁을 기록 및 증언하였다. 「88 농민 투쟁의 현황」은 전국 농민들이 농

『민족현실과 문학운동』

업말살정책으로 인한 폐해의 심각성을 자각하고 농민의 권리를 찾고 요구하며, 부당함을 거부하는 투쟁의 현황을 기록하면서 농민운동의 과제가 품목별 · 지역별, 여러 형태로 전개되는 투쟁 역량을 자주 · 주체적인 조직으로 수렴하여 전체 변혁운동과 관계를 갖고 함께할 것인지를 고민하였다. 또한 박범순의 「언론 춘추전국시대를 진단한다」는 광주전남 지역 언론계 현황과 신문사 사주들의 공공성 문제와 기자들의 보도 자세를 낱낱이 밝히면서, 상업주의로 흐를 위험성과 지역의 특수성에 안주하지 않는 논조가 분명한 보도, 대기자 제도의 도입, 편집기자들의 전문성을 요구하였다. 심용식의 「삼양타이어인가? 금호타이어인가?」는 관이 주도하여 발생한 분쟁의 과정을 소상하게 밝혀 경제문화에 뿌리내린 정경유착의 문제점을 폭로하였다. 모두 지역 현안을 객관적으로 바라보고 문제점을 짚어가면서 지역 현실에 민첩하게 대응하였음을 알 수 있다.

특히 최장기 근속 여성노동자인 이재윤[14]의 수기 「진실이 밝혀지는 그

---

**14** 당시 이재윤은 1945년 일제하 종연방직(가네보, 전남방직의 전신)에 14세의 어린 나이로 강제로 입사한 뒤 그 후 42년 동안 방직공장 노동자로 근무한 국내 최장 근

날까지」는 지역운동의 역동성을 확인할 수 있는 글이다. 방직공장의 여성 노동자들이 겪었던 저임금과 노동 착취, 그리고 해방과 한국전쟁을 거치면서 종연방직의 사주가 바뀌어 가는 과정, 여성 노동자의 삶 속에 녹아 있는 정치권력과 자본권력의 이동이 확인된다. 광주의 지역운동이 노동운동에도 깊이 있게 대처하였음을 알 수 있다. 이렇게 '도서출판 광주'에서 발간한 두 권의 무크지는 1980년대 광주 지역의 역동적인 문화운동의 소중한 결과물이며, 결국 지역문예운동으로 확산되는 토대를 마련하게 되었다.

## 3. 광주 지역문예운동의 특수성

광주 지역운동으로써 지역문예운동은 특히 많은 시편들을 통해 5 · 18 광주민중항쟁'을 증언하고 복원해나갔다. 광주에서도 1970년대 민족문학과 민중문학에 대한 논리와 논쟁들을 이어받아 1980년대는 더욱 더 진지하게 민족문학, 민중문학, 노동문학, 통일문학에 대한 논의들로 문학장이 채워졌다. '광주민중항쟁'을 겪은 광주는 충격과 공포와 분노 속에서 일체의 증언이나 애도의 무의미함에 절규했기 때문에 다른 지역의 문예운동과는 같으면서도 다른 지점에 있다. 한동안의 침묵을 뚫고 '광주민중항쟁'을 전면화한 것은 오월시 동인이다. 오월시 동인은 문학을 운동의 도구로 삼아 '광주민중항쟁'을 문학적으로 알리기 위해 1981년 광

---

속 여공으로 87년 4월 정년퇴직하였고, 근무일수와 관계된 퇴직금 액면을 두고 전남방직과 법정투쟁 중이었다. 당시 전남방직의 대표는 김용주였다.

주광역시 동구 학동의 박재성의 집에서 커튼을 치고 소등한 채 어둠 속에서 모여 앉아 결성되었다. 오월시 동인은 "신군부에 대한 분노와 오월 영령들을 위로하고 산자들의 부끄러움을 벗기 위해 진실한 문학을 한다."는 의지를 모아 앞으로 상황이 어찌 될지 모르니까 1집이라도 내기로 결의하고 창간사 없는 동인지 『이 땅에 태어 나서』를 발행하였다.[15] 오월시 동인은 '광주민중항쟁'을 애도하고 증언을 시작하였다. 이를 시작으로 '광주민중항쟁'의 진실에 가까이 다가가게 되었고, 분노와 절망, 애도와 증언을 담은 작품들이 대거 발표되기에 이른다. 그러므로 오월시 동인은 지역문예운동의 앞자리에 있었고, 시의 시대를 견인하는 결정적인 역할을 하였다고 할 수 있다. 물론 이보다 먼저 1979년에 결성되었던 목요시 동인이 있었지만 2권의 동인지가 발행될 때까지 1980년대 문학의 운동성과는 거리가 있었기 때문에 오월시 동인과는 다른 지점에 있다.

이런 가운데 '도서출판 광주'는 무크지 『민족현실과 지역운동』에 많은 지면을 문학작품으로 채우면서 문학의 운동성을 강화하였다. 여기에 시인 박봉우는 「사랑하는 내고향 광주를 아직은 노래하지 않으련다」, 「분단에서」, 「민중의 소리」, 「분단아!」를 발표하여 광주민중항쟁과 분단문제를 형상화하였고, 문병란은 「베를린의 민들레」, 「특보 앞에서」, 「큰 꿈」에 분단된 조국의 통일을 바랬다. 김준태도 「강강술래」, 「꽃이 져도 그대들을 따라가리라」, 「도깨비바늘나무는 도깨비바늘 나무에게 기어이 뒷등을 찔리는 가을의 숲길」에 농촌문제와 광주민중항쟁을 담았다. 광주

---

**15** 2016년 6월 29일 나종영 시인의 자택인 광주광역시 동구 지산동에서 대담한 내용이다. 나종영은 또 '도서출판 광주'는 진보청년 문인들이 설립해서 지역문학운동으로 무크지를 냈다고 당시를 회상하면서 또 다른 게릴라전이었다고 증언했다.

를 대표하는 시인들이었던 박봉우와 문병란, 김준태는 후배들의 모범을 보임으로써, 여기에 젊은 시인들이 합세하여 김희수는 「칼과 시」, 「아리랑」, 「질경이 풀의 노래9」, 「아아 무등의 아들 홍기일!」을, 나해철은 「동해일기1」, 「다시 무등에 올라」, 「풍산당숙」을, 고광헌은 「안개마을의 자장가13」, 「안개마을의 자장가14」, 「안개마을의 자장가15」를 발표하였다. 나해철과 고광헌은 오월시 동인으로 광주민중항쟁과 농촌문제를 증언하였다. 그리고 다른 지역의 작가들도 참여하고 있는 것으로 보아 지역문예운동은 연대성을 띠고 전개되었음을 알 수 있는데 삶의 문학동인인 이재무는 「분단절」, 「옥수수」, 「공수부대 출신 철수씨의 하루」, 「가을에」를, 분단시대 동인 김용락은 「누나와 울멍이」, 「신탄리」, 「각서」로, 민의 동인인 이승철은 「당시은 한줌 재로 불타고, 우린 이렇게 살아남아」, 「서울의 밤」, 「오월비」에 광주민중항쟁을 증언하였다. 그리고 민중시 동인 조진태는 「박씨」, 「노동1」, 「찬가2」를 통해 노동현장의 목소리를 담았다. 이들이 발표한 시들은 광주민중항쟁과 분단문제, 노동현장을 형상화하여 '지역 대중성'과 '지역 현장성'을 획득하고 있다.

특히 박호재는 소설 「비오리」로, 박효선은 희곡 「잠행」으로 광주 지역 문단에 새로 이름을 올렸다. 이들은 광주 지역문예운동에서 빼놓을 수 없는 작가로 성장하게 되는데, 박효선은 주로 광주민중항쟁을 주제로 한 희곡을 써서 무대에 올림으로써 자타가 공인하는 '오월 광대'가 되었다. 오월시 동인 임동확은 나종영의 시집 『끝끝내 너는』, 곽재구의 시집 『전장포 아리랑』, 이영진의 시집 『6·25와 참외씨』, 고광헌의 시집 『신중산층 교실에서』를 「광주 오월 젊은 시인들」로 분석 평가하여 오월시 동인들이 차지하였던 1980년대의 위상을 여실하게 정리해나갔다.

그런데 이렇게 전개되던 광주지역 문화운동은 '도서출판 광주'의 편집실 상근자이자 오월시 동인이었던 임동확이 광주일보 기자로, 윤동현은 교사로, 선용호는 폐결핵 치료를 위해 요양원으로 떠나고, 고규태마저도 구속되면서 지역문예운동의 구심점이 되고자 했던 목적을 달성하기 전에 중단되고 말았다. 그러나 다행히 전용호가 폐결핵 치료를 마치고 요양원에서 복귀하여 출판사를 재건하면서 『민족현실과 문학운동』이 간행될 수 있었다. 이때는 1987년 6·10항쟁으로 민주화운동이 정점에 이르렀고, 6·29선언으로 그동안 전개되었던 지역운동과 문예운동이 1987년 이전과는 다른 방식으로 전개되었다. 광주지역에서 발간된 무크지를 비롯하여 여타 지역에서 발행된 1980년대 무크지는 발간사/혹은 창간사를 통해 "서울 중심의 문학, 민중들의 삶과 무관한 자기도취적 문학주의, 그리고 지식인과 특정 문학엘리트 위주의 폐쇄적 문학시스템에 대한 매우 강한 부정"과 함께 "소수 문학인들의 독점과 서울−중앙집권화"의 문제점을 극복하고자 하였다. 그에 따라 "현실과 현장, 삶과 민중, 다양성과 개방성을 주요과제로 내세"**16**우면서 광주의 지역문예운동은 '현장'에 역점을 두게 되었다.

외세와 지배계급에 빌붙어서 매국적인 영달만을 위한 길을 걸었던 자가 있었는가 하면, 민족의 자존을 위해서 분노의 불길을 태웠던 사람도 있었으며, 음풍농월을 통해서 은둔적 자족감을 만끽했던 경우도 많았다. 그러나 어떤 경우건 간에 우리가 단언할 수 있는 것은, 문학

---

**16** 김문주, 「1980년대 무크지 운동과 문학장의 변화」, 『한국시학연구』 37호, 한국시학회, 2013, 97쪽.

이 이 사회와 역사 속에서 발생했고 그것과 흥망을 같이 했기 때문에 존재이유도 여기서 찾을 수밖에 없으며, 사회와 역사를 위해서 중대하고 책임 있는 역할을 담당하지 않을 수 없다는 사실이다. 오늘과 같이 비민주 반자주 그리고 분단이라는 엄청난 모순을 안고 있는 현실에서는 다른 어느 시기보다도 문학의 역할을 증폭되어 있다. 더구나 광주라는 사회가 갖는 특수성 때문에 우리의 위치는 다른 지역보다 중요하고 책임 또한 무겁다고 하지 않을 수 없는 것이다.

하나의 역사적 사건은 비록 짧은 기간, 좁은 지역에서 전개되었다 할지라도 그가 소속해 있는 전체 사회와 무관할 수 없는 것이며 국경을 뛰어넘어 세계적인 영향을 끼치게 되는 경우가 적지 않다. 80년 5월 광주항쟁은 40년 동안 민족 내부에 쌓였던 제반 모순들이 반역사적이고 야만적인 군부세력의 도발을 받아 폭발한 세계사적인 사건이었다. 다시 말하면 그동안에 누적된 국내적 모순들이 휴화산으로 잠복해 있다가 광주라는 민감한 분화구를 통해 분출한 것이다. 외세와 압제자들에 대한 항쟁의 역사를 가슴 가운데 자랑으로 삼고 살아왔던 광주시민들은 야만적인 군부집단의 폭거에 대해서 엄청난 희생을 무릅쓰고 저항을 계속했었다. 10일 동안의 항쟁 끝에 광주는 쓰라린 좌절을 맛볼 수밖에 없었지만 꺼지지 않는 민중의 역량은 불씨로써 남아 전국적인 투쟁으로 번졌고 결국 6·29를 가져오게 했었다.[17]

이 글은 역사적으로 '문학의 역할'을 물으며, '사회와 역사를 위해서 중대하고 책임 있는 역할'을 담당하였다는 사실을 토대로, '비민주 반자주 그리도 분단' 모순을 극복하는 데 '문학의 역할론'을 강조하고 있다. '광주민중항쟁'을 '40년 동안 민족 내부에 쌓였던 제반 모순들이 반역사적이고 야만적인 군부세력의 도발을 받아 폭발한 세계사적인 사건'으로 규

**17** 이명한, 「몇 가지의 과제」, 『민족현실과 문학운동』, 도서출판 광주, 1989, 29~30쪽.

정하고, 광주의 작가들은 '특수성 때문에 우리의 위치는 다른 지역보다 중요하고 책임 또한 무겁'게 받아들이고 있음을 알 수 있다. 이것은 '광주 민중항쟁'이 6·10항쟁과 6·29선언의 단초가 되었다는 데 있다.

여기서 주목할 것은 "87년에서 88년에 걸쳐 '민족문학론'은 우리 문학의 이론과 창작에 있어서 핵심적인 테제로 떠"올랐다는 것이다. 그리고 "오늘의 민족문학의 중추인 '5월 광주'를 몸소 담지하고 있는 이 지역 독자 대중의 높은 동력에도 불구하고 또 이 지역 작가들의 현저한 문학 생산력에도 불구하고 이 문제에 대한 논리적 심화작업은 다소 등한히 되었다"는 사실을 자각한 것이다. '광주전남 민족문학인협의회'가 〈88년 하계 민족문학교실〉을 개설했고, 강연 요지를 〈민족문학교실 강좌〉를 개최한 것도 그런 이유에서였다. 최원식의 「우리문학사 속의 반미문학」에서 가장 중요한 과제로 군부독재를 깨부수고 진정한 민주화를 실현하는 문제, 대미·대일관계의 종속성을 깨고 민족의 자주성을 회복하는 문제, 민족의 통일을 성취하는 문제로 짚으면서 문제의 해결은 반미에 있다고 주장하였다. 그리고 반미를 형상화한 문학작품을 소개하면서 반미야말로 민족문학을 회복하는 최전선임을 주장하기에 이른다.

이에 김명인은 「민족문학은 실천이론이다」를 통해 문학의 주체는 '대중'이며 '문학'과 '운동'을 분리할 수 없는 것이며, 민중을 역사의 주체로 상정하고 자주·민주·통일이 주요 과제라고 보았다. 이런 논의들은 1970년대 민족문학론을 계승, 심화, 확대시켜 분단체제의 극복을 지향하는 1980년대 민족문학론으로 새로이 자리매김하였다.[18] 특히 "지역문

---

**18** 하정일, 「민족문학, 국민문학, 민족주의문학」, 『역사비평』, 2006.2, 340~341쪽.

학에서 지역성은 역사성과 동의어"이지만 동시에 지역의 "장소성과 역사성은 단순한 지역적 유산"[19]만은 아니다. 때문에 '광주민중항쟁'은 지역성과 역사성을 동시에 담보함으로써 반미와 반미문학을, 민중과 민중문학, 노동과 노동문학의 장을 열게 하여 1980년대 민족문학으로 수렴되게 하였다.

광주의 작가들은 "오월이 전하고 있는 민중의 희망, 통일열망, 민주와 인간성의 구체성을 부여, 이상성의 획득을 통해 널리 알리는 것이 전문적인 문학예술 본연의 임무"라고 보았고, "역사의식이니 문학인의 사명이니 하는 거창한 것은 찾지 않고도 단지 시대를 가장 여린 고막으로 느끼는 것"이 문학예술이며, "5월정신이 그 거대한 몸무게로 우리들의 뇌를 누를 것은 당연한 것"[20]으로 간주하였다. 그렇기 때문에 1980년대 광주에서 발행한 무크지들은 그 중심에 '광주민중항쟁'을 두었다. "억압적 현실에 대한 문단 내 주체들의 게릴라적 응전이라기보다 그동안 문학 제도 바깥에 소외되었던 타자들의 욕망이 본격적으로 분출된 장"[21]인 무크지를 통해 주체적인 문예운동을 전개한 의지는 "참담한 좌절과 거대한 민중적 희망"을 낳았고, "우리를 일생동안 가장 처참하고 가장 의미 있는, 그리고 가장 절망적이지만 가장 힘을 주는 사건"[22]이 되었다. 그것으로 증언과

---

**19** 구모룡, 「지역문학:문학적 생성 공간으로서의 경계 영역」, 『지역문학과 주변부적 시각』, 신생, 2005, 27쪽.

**20** 김정환, 「더 크게 더 힘차게 노동해방가를 부르며」, 「민중문학의 전망에 대한 몇 가지 생각」, 『삶의 시, 해방의 문학』, 청하, 1986, 164쪽.

**21** 김문주, 「1980년대 무크지 운동과 문학장의 변화」, 『한국시학연구』 37호, 한국시학회, 2013, 99쪽.

**22** 김정환, 위의 책, 164쪽.

애도로 문단을 가격하고 민중문학과 통일문학으로 확장해나갔다.

이때 신예문인들은 광주의 지역적 특수성과 역사성의 자장 아래에서 역동성과 탄력성을 가진 주체들로 성장하였다. 두 권의 무크지가 지역의 운동을 정리, 분석, 전망하는 종합지 성격을 띠고 있었지만 운동의 중심에는 문학이 있었다. 그것의 단적인 사례가 광주청년문학회의 활동이다.

> 진보적인 지식인작가, 문예활동가 집단에서는 전체 변혁운동의 부분운동으로서의 문학운동 역시 다른 부분운동 집반과의 강고한 연대를 통해 투쟁의 성과를 고취시켜야 한다는 입장을 갖고 노동하는 생산대중의 세계관에 우리 민족운동의 전망을 올바르게 접맥시키고 이를 일상적인 운동적 실천으로 담보해낼 때 비로소 전체 운동에 기여하는 전위적 존재로서의 자기 위치와 역할을 담당해낼 수 있다는 공동의 인식을 갖게 되었다. 또한 근로대중의 이익을 위해 복무하는 현장 문학의 중요성을 절감하면서 공장 노동자, 빈·소농, 농업 노동자, 도시 빈민, 사무직 및 서어비스업 노동자, 소생산자, 소상인 등 문학의 생산자이기보다는 그로부터 소외된 수용자에 불과했던 근로대중들의 구체적인 삶과 노동 속으로 문학인이 뛰어듦으로써 그들이 주체가 되는 문학예술을 건설하는 데 기여할 수 있다는 확신을 광범위하게 고유하기에 이른 것이다.[23]

광주에서 지역문예운동을 전개함에 있어서 특히 '노동하는 생산대중의 세계관을 우리 민족운동의 전망을 올바르게 접맥'하고, '일상적인 운동적 실천으로 담보'하기 위해 '전위적 존재로서의 자기 위치와 역할을

---

**23** 광주청년회, 「더 크게 더 힘차게 노동해방가를 부르며」, 『민족현실과 문학운동』, 도서출판 광주, 1989, 153~154쪽.

담당해낼 수 있다'고 믿었던 젊은 작가들은 광주 지역의 "우리 데이터 농성 투쟁 현장에 문학이라는 무기를 들고 실천적으로 몸담"고 "현장문예 활동인 우리데이타 문학교실"[24]을 운영하였다. "노동자계급이야말로 현재의 정치·경제적 모순을 가장 첨예하게 체험하고 있는 핵심적 계급이라는 사실과, 문학운동에 있어서도 민족문학의 핵심은 민중문학이며 민중문학의 핵심은 노동문학이며, 노동문학이야말로 민족문학의 핵심을 이룬다는 집단인식"[25]이 현장으로 찾아가게 하였다. '우리데이타' 노동자들이 부당한 위장폐업에 항거하여 60여 일이 지나도록 파업철회 투쟁을 하고 있는 김윤숙의 「폐업투쟁 60일」, 장미록의 편지글 「부모님께」, 정지숙의 수기 「가투현장」, 서은경의 「투쟁일기」, 양금순의 「폐업의 아픔을 견딘 우리」 등이 노동주체의 육성을 담았다. 이것은 "대중들이 주체가 되는 문예대중화를 담보해내는 향후 문예운동의 올바른 방향을 예시하는 하나의 사례"[26]다. 한편으로 통일문학을 대비한 윤정현의 글 「북한의 문예정책과 전개과정」은 무크지의 게릴라적인 특성을 반영한 글로 북한의 문예정책을 다루었다.

그리고 두 번째 발행된 무크지에는 신인들이 대거 등장하였다. 김경윤은 시 「교단일기2」, 「교단일기3」, 「유배지」로, 윤정현은 시 「문화공작대」, 「남행」, 「세석평전」으로, 이하형은 시 「하루살이」, 「충장로에서 대인동까지」, 「종이꽃」으로, 조성현은 소설 「구암리 사람들」로 등단하였다. 광주에서 문학적 열망을 키우던 문학청년들의 등장은 문학적 토양을 기름지

---

24 광주청년회, 앞의 글, 154쪽.
25 광주청년회, 앞의 글, 155쪽.
26 광주청년회, 앞의 글, 164쪽.

제5장  광주전남 지역문학운동의 확장

게 하였고 문학적 외연을 넓혔으며, 무엇보다도 광주의 특수성을 살린 작품들로 지역문예운동이 탄력을 받았다. 그리고 1988년 12월 21일 김남주가 석방됨에 따라 임동확은 「그는 인류에게 불을 선사한 프로메테우스이길 원했다」에 김남주의 시집 『조국은 하나다』와 김준태가 편한 『김남주론』을 대상으로 서평을 썼다. 그런 측면에서 무크지나 동인지를 과도기적인 문학으로 재단한 것은[27] 무크지나 동인지가 당대의 문학적 역할에 충실하였다는 점, 그리고 지역의 문화를 집적하고 생산함으로써 지역문학담론을 이끌었다는 점을 과소평가하고 있다. "무크란 기본적으로 부정기성 즉 자체완결성과 연속성의 적절한 배합을 그 기본 장점으로 구사하면서 이 시대에 도사리고 있는 잠재적 위협에 적극적·능동적으로 대처하기 위한 한 형식"이다. 그 무크지는 "70년대의 그 격동기를 거친 우리의 의식과 행동이 힘들게 추출해낸 어떤 적극적인 대처방안 즉 능동적인 문화전략"[28]으로 1980년대, 엄혹한 시대에 그 소명을 다했다.

　무크지는 '매체' 자체를 논의의 대상으로 삼을 것인지, 매체의 '역할'을 논의의 대상으로 삼을 것인지에 따라 다양한 시각이 존재할 수 있다. 무크지가 '매체'로서 지속가능한 창작 활동의 매개체였다면 그것 자체도 성과라고 할 수 있다. 그리고 무크지가 '역할'로써 시대적 소임을 다했다면 결코 무크지 시대는 문학의 종언이 아니며 무크지 시대야말로 새로운 문학의 가능성을 열었다고 할 수 있다. 이에 따라 광주 지역의 무크지는 '광주민중항쟁'을 중심으로 민중문학, 통일문학, 노동자문학 담론의

---

**27** 한 기, 「무크지 시대의 종언 혹은 전환기의 문학적 움직임」, 『문학과사회』 창간호, 1988.2.
**28** 「이 책을 내면서」, 『움직이는 시』, 시인사, 1983.

출발점이었다는 의미를 지닌 만큼 가치의 유무를 떠나 지역이 갖고 있는 특수성을 문학적으로 대응한 것만으로 충분한 의미가 있다고 할 것이다.

## 4. 결론

한 지역의 문예운동을 한꺼번에 어느 한 시각에서 정리하는 일은 쉽지 않다. 특히 1980년대 광주는 '광주민중항쟁'을 겪은 도시로서 강요당한 침묵이 도시 전체를 엄습하여 지배하고 있었다. 그리고 여러 갈래의 운동노선이 있었으며, 다양한 목소리를 내는 단체들이 움직이고 있었기 때문에 그에 따른 어려움이 상존한다. 분노와 좌절을 표출할 수 있는 출구가 절실하게 필요했던 광주에서는 그 상황을 돌파하려는 움직임이 지역운동으로 지역문화운동으로 전개되었다. 그것이 출판문화운동으로 이어지면서 광주 지역문예운동의 중심이 되었다. 광주 지역문화운동을 단순화할 수는 없지만 광주 지역문화운동의 일단을 정리한 후 '도서출판 광주'에서 발행한 무크지 2권을 대상으로 지역문예운동의 전개과정과 특수성을 살펴보았다.

1980년대는 무크지의 시대이자 시의 시대였던 만큼 전국적으로 많은 무크지들이 발행되었고 지역운동이 활발하게 전개되었다. 광주에서도 지역운동과 함께 많은 무크지들이 발행되었다. 그러나 광주는 현대사의 변곡점인 '광주민중항쟁'지였기 때문에 다른 지역의 문화운동과는 다른 차원에서 논급된다. 광주 지역문화운동은 광주민중항쟁 이전에도 황석영이 해남으로 이주하여 김남주와 농민운동을 전개한 것에서도 드러나지만 '광주민중항쟁' 이후 전개된 지역운동은 지역현실에 집중하여 다각도로 전개되었다. 이때 젊은 작가들이 주체적으로 '도서출판 광주'를 설립하였고, 적극적으로 출판문화운동을 펼쳤고, 그 결과물이 무크지『민족현실과 지역운동』과『민족현실과 문학운동』이었다.

　일종의 게릴라운동으로 검열과 감시를 피하면서 능동적으로 대처하기 위하여 발행한 무크지『민족현실과 지역운동』과『민족현실과 문학운동』은 압수되는 어려움을 겪으면서 지역현실과 '광주민중항쟁'을 증언하고 복원하기 위해 애썼다. 특히 광주 지역의 무크지는 '광주민중항쟁'을 중심으로 민중문학, 통일문학, 노동자문학 담론의 출발점을 제공하였다는 데에 각별한 의미가 있다. 따라서 광주의 지역문예운동은 '광주민중항쟁'을 증언하고 복원하려는 문학적인 대응이었다는 특수성을 갖는다.

## 1. 단행본

강태열, 『뒷창』, 명상, 2000.

고려대학교 아세아문제연구소 육당전집편찬위원회, 『육당 최남선전집』, 현
　　　　암사, 1975.

고정희, 『눈물꽃』, 실천문학사, 1986.

광주언론인동우회, 『광주전남언론사』, 삼화문화사, 1991.

광주전남미술협회, 『광주·전남 근현대미술총서1』, 전일출판사, 2007.

구광모, 『문화정책과 예술진흥』, 중앙대출판부, 2001.

구모룡, 『지역문학과 주변부적 시각』, 신생, 2005.

권영민, 『해방40년의 문학』, 민음사, 1985.

김병고, 『목포예술인들의 빛과 그림자』, 뉴스투데이, 2009.

김양수, 『한국잡지사연구』, 한국학연구소, 1992.

김용팔, 『김용팔시조전집』, 한맘, 2007.

김우정, 『태양과 지옥의 시』, 항도출판사, 1958.

김윤식, 『해방공간의 내면풍경』, 민음사, 1996.

김정환, 『삶의 시, 해방의 문학』, 청하, 1986.

김종문, 『불안한 토요일』, 보문각, 1953.

김준태, 『나는 하느님을 보았다』, 한마당, 1981.

김춘수, 『김춘수전집』, 문장사, 1982.

김평옥, 『몽로』, 서울대학교출판부, 1948.

김  현, 『상상력과 인간/시인을 찾아서』, 민음사, 1993.

――――, 『우리시대의 문학/두꺼운 삶과 얇은 삶』, 문학과지성사, 1993.

김현문학전집간행위원회, 『한국문학의위상/문학사회학-김현문학전집1』,
       문학과지성사, 1991.

김현승, 『김현승 시전집』, 김인섭 편, 민음사, 2005.

――――, 『다형김현승전집』, 다형김현승시인기념사업회, 2012.

남기혁, 『한국 현대시문학사』, 소명출판, 2005.

모윤숙, 『모윤숙문학전집』, 성한출판사, 1986.

목포100년의 문학 발간추진위원회, 『목포 100년의 문학』, 올뫼, 1997.

목포시인선집 발간위원회, 『목포시-53시인선』, 세종출판사, 1983

목포작가 76인수필선 발간위원회, 『온돌방의 낭만-목포작가76인 수필선』,
       세종출판사, 1984.

민족문제연구소, 『친일인명사전 2』, 2009.

민족문학사연구소, 『새 민족문학사 강좌』, 창작과비평사, 2009.

민충환 편, 『계용묵전집』, 민음사, 2004.

박경창, 『운촌』, 월간문학사, 1978.

박기동, 『부용산』, 남도문화관광진흥센터, 2002.

박남수, 『박남수전집』, 한양대학교출판원, 1998.

박봉우, 『박봉우 시 전집』, 임동확 편, 현대문학, 2009.

박성룡, 『가을에 잃어버린 것들』, 삼애사, 1969.

──, 『시로 쓰고 남은 생각들』, 민음사, 1978.

──, 『한국전후문제시집』, 신구문화사, 1964.

박순범, 『세월』, 아동문예사, 1980.

──, 『임싱리 옛집』, 예원출판사, 1990.

박용철기념사업회, 『박용철전집』, 깊은샘, 2004.

박태일, 『한국 지역문학의 논리』, 청동거울, 2004.

박형철, 『광주 전남 문학동인사』, 한림, 2005.

백락준, 『한국교육과 민족정신』, 문교사, 1953.

백수인, 『대학문학의 역사와 의미』, 국학자료원, 2003.

상록동인, 『상록집』, 학우출판사, 1952.

서민호, 『나의 옥중수기』, 동지사, 1962.

손광은, 『전남문단변천사』, 전남문학백년사업추진위원회, 1997.

손철, 『철 2』, 송정문화사, 1991.

신동엽, 『신동엽전집』, 창작과비평사, 1975.

안종철 외, 『근현대의 형성과 지역 사회운동』, 새길, 1995.

유공희, 유상유공희선생문집간행위원회 편, 『물 있는 풍경』, 시학, 2008.

이동순 편, 『박흡 문학전집』, 국학자료원, 2013.

이동욱, 『두견새』, 항도출판사, 1954.

이성부, 『이성부시집』, 시인사, 1969.

이수복, 『이수복시전집』, 장이지 편, 현대문학, 2009.

이윤택, 『우리 시대의 동인지문학』, 시로, 1983.

이형권, 『한국시의 현대성과 탈식민성』, 푸른사상사, 2009.

정  훈, 『정훈시전집』, 동남풍, 2002.

조선문학가동맹 편, 『건설기의 조선문학─제1회 전국 문학자대회 자료집 및 인명록』, 온누리, 1988.

조연현, 『조연현문학전집 1』, 어문각, 1977.

조운, 『조운시조집』, 조선사, 1947.

조태일, 『시인은 밤에도 눈을 감지 못한다』, 나남출판, 1996.

조태일, 『가거도』, 창비, 1983.

조희관, 『多島海의 달』, 항도출판사, 1951.

―――, 『다도해의 달』, 해군목포경비부 정훈실, 1951. 1. 15.

―――, 『새날이 올 때』, 갈매기사, 1951.

―――, 『철없는 사람』, 항도출판사, 1954.

차재석, 『삼학도로 가는 길』, 세종출판사, 1991.

천유철, 『오월의 문화정치』, 오월의봄, 2016.

최하림, 『목요시선집』, 실천문학사, 1983.

―――, 『최하림시전집』, 문학과지성사, 2010.

한말숙, 『사랑할 때와 헤어질 때』, 솔과학, 2008.

홍기돈, 『근대를 넘어서려는 모험들』, 소명출판, 2007.

## 2. 논문

김문주, 「1980년대 무크지 운동과 문학장의 변화」, 『한국시학연구』37호, 한
　　　국시학회, 2013.

박태일, 「목포지역 정훈매체 『전우』 연구」, 『현대문학이론연구』38집, 현대
　　　문학이론학회, 2009.

서재길, 「1930년대 라디오드라마 텍스트 연구- 호남평론 소재 자료를 중심
　　　으로」, 『민족문학사연구』43, 민족문학사연구소, 2010.

엄동섭, 「한 고전주의자의 좌파적 전향-조남령론」, 『어문연구』106호, 2000.

이동순, 「박흡의 문학적 생애와 시세계」, 『현대문학이론연구』44, 현대문학
　　　이론학회, 2011. 3.
――――, 「지역문학의 중앙문학화 사례-『영도』동인을 중심으로」, 『한국언어
　　　문학』80집, 한국언어문학회, 2012. 3.
――――, 「한국전쟁기 순문예지『신문학』연구」, 『현대문학이론연구』43, 현
　　　대문학이론학회, 2010. 12.
――――, 「해군목포경비부의 정훈 잡지『갈매기』발굴의 의미」, 『근대서지』8,
　　　2013. 12.
이명희, 「한국 전시출판 상황에 관한 연구」, 중앙대학교 신문방송대학원 석
　　　사논문, 1994. 2.
이승하, 「6·25전쟁 수행기의 한국시 연구」, 『배달말』42, 배달말학회,
　　　2008.
정근식, 「사회적 타자의 자전문학과 몸」, 『현대문학이론연구』23, 현대문학
　　　이론학회, 2004.
조연정, 「송수권 시론에서 '한'의 의미- '원한'에서 '승화'로-」, 『한국문화』35
　　　권, 서울대학교 규장각 한국학연구원, 2005.
지수걸, 「일제하 전남 완도.해남지역의 농민조합운동 연구」, 『역사교육』49,
　　　역사교육연구회, 1991.

## 3. 기타

『5월』
『갈매기』
『경향신문』
『계간 시작』

『광고타임스』

『동아일보』

『매일신보』

『목요시』

『목포문학』

『무등일보』

『문예월간』

『문학과사회』

『문학들』

『문학사상』

『문학춘추』

『민족현실과 문학운동』

『민족현실과 지역운동』

『새싹』

『세대』

『시대일보』

『시문학』

『시정신』

『신문학』

『심상』

『역사비평』

『영도』

『예술문화』

『오마이뉴스』

『움직이는 시』

『월간문학』

『월간중앙』

『자유문학』

『작가세계』

『전남매일신문』

『전남일보』

『조선일보』

『중외일보』

『탑뉴스』

『광고시집』

『광주일보』

『마을』

『목포평론』

『시와 시학』

『시인』

『학생문화』

『한겨레신문』

『한국일보』

『해군 목포경비부의 연혁사』


광주고등학교, 「광고문학관 문학인 명부」

국가기록원, 「1939년 조희관 형사사건부」 판결문, 1939. 2. 4.

국사편찬위원회, 「대한민국인사록」, 한국역사정보통합시스템.

김지하, 〈죽형 조태일 시인 추모 다큐〉, MBC, 2005. 9. 2.방영

대예술가 남관 홈페이지, www.namkwan.com.

ㅈ

ㅊ

광주전남 지역문학과 매체